ISABELL SCHÖNHOFF

Das Erbe der Greiffenbergs

Weitere Titel der Autorin:

Das Erbe der Greiffenbergs – Gegen den Wind

ISABELL SCHÖNHOFF

DAS ERBE DER GREIFFEN-BERGS

Zu neuen Ufern

ROMAN

Lübbe

Die Bastei Lübbe AG verfolgt eine nachhaltige Buchproduktion. Wir verwenden Papiere aus nachhaltiger Forstwirtschaft und verzichten darauf, Bücher einzeln in Folie zu verpacken. Wir stellen unsere Bücher in Deutschland und Europa (EU) her und arbeiten mit den Druckereien kontinuierlich an einer positiven Ökobilanz.

MIX
Papier | Fördert gute Waldnutzung
FSC® C014496
FSC www.fsc.org

Originalausgabe

Textredaktion: Claudia Schlottmann, Berlin
Umschlaggestaltung: Guter Punkt, München | www.guter-punkt.de
unter Verwendung von Motiven von © iStock/Getty Images Plus:
Vladimir Sukhachev | Elena Pantiukhina | marilyna | mtruchon
und © AdobeStock: Johannes Wiebel | punchdesign
Satz: hanseatenSatz-bremen, Bremen
Gesetzt aus der Minion Pro
Druck und Verarbeitung: GGP Media GmbH, Pößneck

Printed in Germany
ISBN 978-3-7857-2862-8

2 4 5 3 1

Sie finden uns im Internet unter luebbe.de
Bitte beachten Sie auch: lesejury.de

Prolog

1922 führten Geschäfte den Handelsreisenden Eduard von Greiffenberg nach Prien am Chiemsee, wo er seine große Liebe Josefine kennenlernte. Die beiden heirateten und eröffneten wenig später einen kleinen Tante-Emma-Laden, der sich schnell großer Beliebtheit erfreute. Vor allem Josefines selbst gekochte Hagebuttenmarmelade, ihre frisch zubereiteten Salate und die handgefertigten Pralinen fanden reißenden Absatz. Das kleine Unternehmen expandierte und spezialisierte sich auf Delikatessen, die Eduard teils aus dem Ausland bezog. Josefines Fleiß und Geschick sowie Eduards Weitblick und sein Händchen für lukrative Immobilien verhalfen den Greiffenbergs im Laufe der Jahre zu einem ansehnlichen Vermögen. Noch heute steht der Name *Feinkost Greiffenberg* für erlesene Köstlichkeiten aus aller Welt. Die Firma ist nach wie vor in Familienbesitz, und der Hauptsitz befindet sich dort, wo alles begann: in Prien am Chiemsee.

Waidmannsheil

»Stopp! Hier müssen wir abbiegen!«, rief Therese und deutete auf den Schotterweg zu ihrer Rechten.

Ferdinand trat voll auf die Bremse und riss ruckartig das Lenkrad herum.

»Jetzt ist mir schlecht«, murmelte sie und sah ihn vorwurfsvoll an.

»Mir auch!«, gab Mike Grindler von hinten zu Protokoll. Ihr Nachbar saß auf der Rückbank und krallte sich mit beiden Händen am Türgriff fest.

Ferdinand gab ungeachtet der Schlaglöcher noch einmal richtig Gas, und erst als der Motor laut zu heulen begann, schaltete er zwei Gänge hoch.

Therese schüttelte stumm den Kopf. Sie wusste, dass es ein Fehler war, ihrem Sohn das Lenkrad zu überlassen, trotzdem hatte sie sich auch diesmal wieder breitschlagen lassen. Sie war heilfroh, als sie wenig später die lang gezogene Allee erreichten, die sie geradewegs an ihr Ziel führte: das kleine, hellgelb getünchte Jagdschloss, das mit seinen vielen Zwiebeltürmchen aussah, als wäre es dort soeben von einer guten Fee hingezaubert worden.

Der Kies knirschte unter dem schweren Gefährt. Ferdinand steuerte den Parkplatz an und brachte ihren Land Rover Defender neben einem anderen, baugleichen Modell zum Stehen. Erleichtert öffnete sie die Beifahrertür und kletterte mit etwas zittrigen Knien hinaus. »Sieht so aus, als wären wir spät dran.« Sie deutete auf einen riesigen Pulk tarnfarbengrün gekleideter Menschen mit Warnwesten, die sich auf dem Rasen vor dem Schlösschen tummelten. Es waren sicher sechzig oder siebzig, schätzte sie. Und mindestens noch einmal genauso viele Jagdhunde, die wild kläffend herumsprangen. Vermutlich ahnten sie, dass sie heute dem ureigensten Zweck ihrer Existenz nachkommen durften: dem Jagen.

Ferdinand und Mike Grindler waren inzwischen auch ausgestiegen und fischten gerade ihre Jagdutensilien aus dem Kofferraum. Sie selbst ging ebenfalls nach hinten, angelte nach ihrem Rucksack und setzte sich den Jägerhut auf, der nur einmal im Jahr zum Einsatz kam, und zwar immer am letzten Samstag im Oktober. Das war traditionell der Tag, an dem der Priener Hotelier Franz Loibinger alles, was im Chiemgau Rang und Namen hatte, zur großen Drückjagd nach Greimharting einlud.

»Na dann: Waidmannsheil!« Ferdinand schlug die Heckklappe zu und blickte ihr prüfend ins Gesicht. »Und? Bist du bereit?«

Sie nickte stumm, obwohl sie es weiß Gott nicht war. Sie hasste es, diese fürchterlichen grünen Outdoorklamotten zu tragen und damit durch den morastigen Wald zu stapfen, um arme Tiere aufzuscheuchen, damit sie in ihr Verderben rannten. In den letzten Jahren hatte sie es trotzdem einigermaßen erträglich gefunden, denn da war Ludwig noch an ihrer Seite gewesen. Er hatte die Jagd geliebt und es immer geschafft, dass etwas von seiner Begeisterung und guten Laune auf sie übergesprungen war. Dieses Jahr fand Loibis Spektakel erstmalig ohne ihn statt, und er würde fehlen. Nicht nur ihr. Auch den sechzig, siebzig Jägersleuten da drüben auf dem Rasen, von denen ihn die meisten sicher gut gekannt hatten. Langsam setzte sie sich in Bewegung. Ferdinand und sein Begleiter waren schon vorausgegangen und hatten sich ins Getümmel gestürzt. Sie selbst hatte es nicht besonders eilig damit.

Sie fröstelte. Es war noch frisch, doch davon abgesehen zeigte sich der Oktober von seiner besten Seite. Die Sonne schien, und entsprechend gut war die Stimmung unter der Jägerschaft. Als kleine Stärkung vorab wurden Kaffee und Tee aus Thermoskannen ausgeschenkt, und jemand verteilte belegte Brötchen. Sie nahm eines mit Käse und hielt Ausschau nach bekannten Gesichtern. Plötzlich stockte ihr der Atem. Am Waldrand, unter einem Baum, stand ein Mann. War das nicht …? Wie von Sinnen drängelte sie sich durch die Menge, doch als sie das nächste Mal einen Blick auf die Stelle erhaschen konnte, war niemand mehr zu sehen. Sie schloss die Augen und atmete tief durch. Einen winzigen Augenblick lang hatte sie gedacht, es sei ihr Ludwig gewesen, der da an dem Eichenstamm gelehnt hatte. Schnell schüttelte sie den Gedanken ab. Sie drehte ja langsam wirklich durch. Mit wenig Appetit biss sie in ihr Brötchen und blickte sich noch einmal um. Weiter hinten entdeckte sie Ludwigs Bruder Wolfgang, und an einem Stehtisch stand ihre Schwiegermutter Elsa und trank Tee. Somit waren die Greiffenbergs erst einmal vollzählig. Ihre Tochter Pauline würde erst später zum Essen dazustoßen, genau wie ihre Jüngste, Antonia.

Sie ging hinüber zu ihrem Sohn, der sich so angeregt mit

Mike Grindler unterhielt, dass er sie kaum zu bemerken schien. Der neureiche Unternehmer war kurzfristig eingesprungen, nachdem Ferdinands Freundin Nina gestern Abend abgesagt hatte. Therese hatte mitbekommen, dass sie wieder einmal gestritten hatten, kurz nachdem sie aus München angereist waren. Sie seufzte. Falls das zwischen ihrem Ältesten und dieser Nina überhaupt etwas Festes gewesen war, nahte vermutlich bald das Ende. Dabei schien sie nett zu sein. Aber ihr Sohn nahm ja immer Reißaus, wenn es ernst wurde. Zuweilen fragte sie sich, ob er eigentlich nie erwachsen werden würde.

Sie hatte gerade still ihr Käsebrot vertilgt, als der Gastgeber zu ihnen stieß. Er war ein guter Freund von Ludwig gewesen.

»Grüß dich, Loibi«, sagte sie und reichte ihm die Hand. Über den Sommer war er noch feister geworden und sein Gesicht mindestens noch eine Nuance röter.

»Ah, die Greiffenbergs sind endlich vollzählig!«, rief Franz Loibinger mit dröhnender Stimme, während er fest ihre Hand drückte.

»Ja. Sind sie. Jetzt kann's losgehen«, mischte Ferdinand sich ein.

Loibi lachte laut. »Komm mal her, mein Junge!« Mit einem Ruck drückte er ihn an sich und schlug ihm mit der flachen Hand ein paar Mal auf den Rücken. »Und? Geht's gut in München?«

»Schlechten Leuten geht's immer gut. Weißte doch, Loibi.« Therese staunte nicht zum ersten Mal darüber, wie ihr Sohn es verstand, das Sprücheklopfniveau perfekt an sein jeweiliges Gegenüber anzupassen. Eine Gabe, die, wie er gern betonte, oft unterschätzt wurde.

Der Hotelier grinste. Offenbar war er bestens aufgelegt. Kein Wunder. Die allermeisten waren seiner Einladung zur Jagd gefolgt, und das Wetter hätte auch nicht besser sein können. Er war alleiniger Pächter der Jagd, in der sie heute unterwegs sein würden, um einer Überpopulation an Rotwild und Wildschweinen den Garaus zu machen. Seit Therese denken konnte, war das Tradition und zudem wichtiges gesellschaftliches Ereignis. Wer nicht eingeladen war, gehörte nicht dazu, zur großen Chiemgau-Mischpoke, war nicht drin im existenziell wichtigen Inner-Chiemsee-Circle, kurz ICC, wie die Greiffenbergs das familienintern gern nannten.

Loibi wandte sich nun wieder an sie. »Schön, dass du gekommen bist, Resi.« Seine Miene wurde plötzlich ernst. »Du vermisst ihn, oder?«

Sie schluckte und konnte nicht antworten, aber Loibi verstand sie trotzdem.

»Ich auch«, murmelte er. »Heute ganz besonders.«

»Ja«, presste sie hervor. Dass sie ihren geliebten Ehemann nie wieder sehen würde, war unvorstellbar. Immer noch, nach über einem halben Jahr. Und so versuchte sie, den Gedanken nicht an sich heranzulassen, wie so oft seit diesem furchtbaren Tag im April, der alles verändert hatte. Da war Ludwig mit seinem Segelboot in einen Sturm geraten und nicht nach Hause zurückgekehrt. Seine Leiche war nie gefunden worden. Lange hatte sie insgeheim gehofft, dass er doch eines Tages wieder auftauchte – mit irgendeiner verrückten Erklärung im Gepäck, oder ihretwegen auch ohne. Die Hoffnung starb eben tatsächlich immer zuletzt. Doch inzwischen war auch die so gut wie tot, denn es war nichts dergleichen geschehen. Ludwig war verschwunden geblieben, und so mussten sie davon ausgehen, dass das Oberhaupt der Familie von Greiffenberg, ihre große Liebe und Vater ihrer Kinder, am Grund des Chiemsees sein Grab gefunden hatte. Sie würde nie darüber hinwegkommen. Und auch seine Mutter Elsa nicht, da war sie ganz sicher. Aber das Leben ging trotzdem seinen Gang. Musste es ja, half ja nichts. Also machten sie weiter, alle zusammen, so gut es eben ging.

Ferdinand lag bäuchlings auf dem Boden und starrte wie gebannt auf die Waldlichtung. Dicht neben ihm lag Mike. So dicht, dass sein penetrantes Parfüm ihm förmlich den Atem nahm.

»Hier. Willst du auch?« Mike streckte ihm einen Flachmann entgegen.

»Was ist das?«, flüsterte er.

»Na, was schon?«, gab sein Kumpel leise zurück.

Ferdinand nickte. *Wild Dog* also. Er nahm einen Schluck aus der silbernen Flasche, aus Höflichkeit hauptsächlich. Zum einen hatte er gerade keinen Durst. Zum anderen mochte er den Energydrink nicht besonders, was er Mike aber wohlweislich nicht auf die Nase band. Der hatte ihn nämlich erfunden und war auf die Art mehrfacher Millionär geworden. Da hatte ihr Nachbar tatsächlich ein glückliches Händchen gehabt, das musste man ihm lassen. Und fraglos hatte auch er selbst davon profitiert. In der Vergangenheit hatte Mike ihm mehrmals finanziell aus der Patsche geholfen und ihm hin und wieder großzügig einen seiner zahlreichen Luxusschlitten geliehen. Doch dann war es passiert: Er hatte Mikes Jaguar zerlegt, nachts auf der Landstraße im, nun ja, ›angeheiterten‹ Zustand, weshalb Polizei und Versicherung rausgehalten werden mussten. Zum Glück war er selbst unversehrt geblieben, doch jetzt schuldete er Mike round about fünfzig Riesen. Die er nicht hatte. Also blieb ihm nichts anderes übrig, als seine Schulden auf andere Art zu begleichen. Da er sein Geld als Stuntman verdiente und Mike sein *Wild Dog* gerne mittels spektakulärer Werbespots ins Gespräch brachte, lag die Lösung im Grunde auf der Hand. Ferdinand trainierte seit Wochen für die waghalsigen Dreharbeiten, die in weniger als zwei Wochen stattfinden würden.

»Stay wild«, zitierte er den berühmten *Wild-Dog*-Werbeslogan und gab den Flachmann zurück. Mike nahm auch einen Schluck daraus und ließ ihn dann in seiner Jackentasche verschwinden. »Ich hoffe, der gottverdammte Prachtkerl läuft *uns* vor die Flinte«, murmelte er und blickte hoffnungsvoll durch sein Fernglas.

»Du meinst den Zwölfender, von dem alle reden?«

»Ja. Angeblich ist er hier in der Ecke schon ein paar Mal gesichtet worden. Sagt jedenfalls dein Onkel Wolfgang. Er wollte sich da drüben postieren.« Mike deutete in nördliche Richtung.

»Aha. Na ja. Warten wir's ab.«

Eine Weile lagen sie reglos da, und langsam wurde es Ferdinand langweilig. Er war nicht der Typ, der stundenlang irgendwo rumliegen oder rumsitzen konnte, ohne etwas Nennenswertes zu tun – oder wenigstens zu sagen. Aber wenn man das Wild nicht vertreiben wollte, musste man nicht nur stillhalten, sondern auch das Reden einstellen. Einmal mehr gelangte er zu der Erkenntnis, dass das Jagen im Allgemeinen nicht so seins war.

»Ich glaub's nicht«, flüsterte Mike plötzlich, packte ihn am Arm und deutete mit dem Kinn nach rechts.

Ferdinand folgte seinem Blick. »Krass«, murmelte er und spürte, dass sein Herz zu pochen begann. Die Jagd hatte erst vor etwa einer Stunde begonnen, und da stand er schon, halb im schwindenden Morgennebel: der Zwölfender in seiner ganzen Pracht. Neugierig hob das Tier den Kopf und schaute interessiert in ihre Richtung. Sein Geweih sah gewaltig aus. Ferdinand hielt den Atem an und rührte sich nicht.

»Worauf wartest du?«, zischte Mike. »Der bleibt nicht ewig da stehen!«

»Er ist zu weit weg«, erwiderte er leise.

»Das sind keine zehn Meter, Alter.«

Mit vorsichtigen Bewegungen legte Ferdinand sein Gewehr an und nahm den kapitalen Hirsch ins Visier. Seine Hände zitterten leicht.

Mike stieß ihm ungeduldig in die Rippen.

Ferdinand zielte. Wenn er jetzt abdrückte, würde er das Tier vielleicht hinter dem Schulterblatt treffen, was wünschenswert wäre, damit die Vorderkeulen unversehrt blieben. Die Bedingungen waren gut für so einen Blattschuss. Wenn er jetzt langsam mal abdrückte jedenfalls. Er hielt die Luft an. In diesem Moment knackten hinter ihnen Zweige. Der Hirsch wandte den Kopf in die Richtung, aus der das Geräusch gekommen war, und ging in Habachtstellung. Kurz wackelte er mit dem Geweih, dann stob er davon.

»Verdammt!«, fluchte Mike.

»Oma«, raunte Ferdinand überrascht, als seine Großmutter plötzlich hinter einem Baum hervortrat.

»Oh, hab ich etwa ein Tier verjagt?«, wisperte sie mit Unschuldsmiene.

Mike stöhnte entnervt und genehmigte sich noch einen großen Schluck *Wild Dog*.

Ferdinand sprang vom Waldboden auf und klopfte sich ein paar Blätter von der Hose. »Jepp, du hast's versaut«, sagte er und hatte Mühe, seine Erleichterung zu verbergen. Unauffällig zwinkerte er Oma Elsa zu. Er wusste, dass sie wusste, dass er im Grunde keiner Fliege etwas zuleide tun konnte. Und erst recht keinem stattlichen Hirsch.

1. Der Ausflug

»Wie lange brauchen wir noch?« Pauline warf einen Blick auf ihre Armbanduhr.

»Knapp fünfzehn Minuten, schätze ich.« Leopold schaute konzentriert vor sich auf die Straße. Wobei ›Straße‹ ein großes Wort war für das, worauf sie gerade unterwegs waren. Der Forstweg war schmal, nicht befestigt und voller Löcher und Geröll. Leopolds alter VW-Bulli kämpfte sich schnaufend Meter um Meter bergauf.

»Macht er prima, der gute alte Samba, oder?« Dass das Sondermodell gemeinhin unter diesem Namen bekannt war, hatte sie schon gewusst, bevor sie Leopold näher kennenlernte. Einen Großteil ihrer Kindheit hatte sie nämlich damit zugebracht, mit ihrem Bruder Ferdinand Oldtimer-Quartett zu spielen. Was alte Autos anging, machte ihr so schnell keiner was vor. Sie klopfte mit der Hand auf das rote Metall des Cockpits. »Halt durch, Junge! Gleich hast du's geschafft.«

»Der hat schon ganz andere Strecken bewältigt in seinem fast siebzigjährigen Leben. Das hier macht der mit links«, behauptete Leopold und zwinkerte ihr zu.

»Hoffen wir das Beste. Apropos, dürfen wir hier überhaupt fahren? Ich meine, das ist doch ein Forstweg und der Bulli streng genommen kein Nutzfahrzeug.«

»Na ja, streng genommen. Aber ich darf das.« Leopold grinste. »Der Förster ist mein Großcousin.« Er runzelte die Stirn. »Oder so was Ähnliches. Jedenfalls sind wir irgendwie verwandt. Und was heißt hier überhaupt ›kein Nutzfahrzeug‹?« Er deutete nach hinten auf die umgeklappten Rückbänke, auf die er einen Stapel Holzlatten gepackt hatte. »Man kann Sachen damit transportieren. Und sogar drin übernachten. Ich meine, wenn das nicht nützlich ist …«

Pauline lachte. »Auch wieder wahr.«

Heute Morgen, nachdem ihr zukünftiger Ex-Mann Sebastian die Zwillinge fürs Wochenende abgeholt hatte, waren sie in Richtung Berge aufgebrochen. Es war Samstag, der letzte im Oktober. Die Sonne lugte durch die rot und gelb gefärbten Blätter der Bäume und schickte ihre Strahlen durch das geöffnete Rolldach des Oldtimers. Es war noch ein wenig frisch um zehn Uhr in der Früh, doch man spürte schon jetzt, dass es für einen Oktobertag ungewöhnlich warm werden würde. Leopold hatte beschlossen, das schöne Wetter zu nutzen, um einige seiner Bergwiesen in der Umgebung abzufahren. Der eine oder andere Zaun musste repariert werden, und an einem Unterstand war bei einem Herbststurm letzte Woche das Dach beschädigt worden. »Komm doch mit«, hatte er ihr gestern Abend vorgeschlagen. »Wir beeilen uns mit den Reparaturen, und dann machen wir uns in den Bergen einen richtig schönen Nachmittag.«

»Ich kann nicht«, hatte sie erwidert und bedauernd mit den Schultern gezuckt. »Loibis Jagd. Da darf ich nicht fehlen. Und übrigens: du eigentlich auch nicht.« Sie seufzte. »Aber du hast natürlich eine gute Ausrede mit deinem Hof, den

Zäunen und dem Dachschaden.« Sie hasste das Jagen, doch wenn Franz Loibinger einmal im Jahr zur großen Drückjagd lud, kam sie nicht drumherum. Geschäftsleute, Kommunalpolitiker, Banker – wer im Chiemgau etwas zu melden hatte, stand auf Loibis Gästeliste – so war es schon immer gewesen. Ein Sehen und Gesehenwerden eben, und vor allem eine gute Gelegenheit zum Netzwerken. Als Geschäftsführerin von *Feinkost Greiffenberg* durfte sie sich ein solches Event natürlich nicht entgehen lassen. Gerade jetzt in der Krise galt es, Präsenz zu zeigen.

»Ich würde gern, Leo, aber …« Sie stockte. Manchmal ging sie sich selbst auf die Nerven mit ihrem übertriebenen Pflichtbewusstsein. Sie überlegte noch einmal. Ihr Bruder Ferdinand würde auf jeden Fall hingehen und sie sicher würdig vertreten. In so was war er ohnehin viel besser als sie, und so gesehen reichte es vielleicht, wenn sie einfach am Abend zum Essen dazustieß. Sie hatte eh keinen Jagdschein und würde allenfalls als Treiberin eingesetzt – was zwar besser war, als selbst zu schießen. Aber die Aussicht auf einen sonnigen Wiesentag mit Leopold erschien ihr trotzdem bedeutend verlockender.

»Aber?«

»Weißt du was?«, sagte sie spontan. »Ich mach das.« Sie gab ihrem Freund einen Kuss auf den Mund. »Ich komm einfach mit.«

Er grinste. »Einfach so? Du Wahnsinnige!« Er drückte sie fest an sich. »Es wird dir guttun, meine Süße.«

Und da hatte er recht. Sie hatte eine kleine Auszeit bitter nötig. Die letzten Wochen hatten ihr alles abverlangt. Die Sorgen um die Firma brachten sie beinahe um den Verstand, und es ließ sie nicht los, dass sie mit der Aronia-

Limonade um ein Haar das gesamte Familienunternehmen mit Anlauf vor die Wand gefahren hätte. Die Beeren waren vor der Ernte mit belastetem Kompost gedüngt worden, sodass krebserregende Stoffe in die Greiffenbergsche Aronade geraten waren. Ein gefundenes Fressen für die Presse – und ein nie dagewesenes Desaster für *Feinkost Greiffenberg*. Am Ende hatte sich herausgestellt, dass ihr unsäglicher Noch-Ehemann Sebastian die Ernte absichtlich sabotiert hatte, um ihr und ihrer Familie zu schaden, doch das machte die Sache nicht besser. Sie warf sich selbst vor, dass sie ihn unterschätzt hatte. Dass sie überhaupt einen Psychopathen wie ihn geheiratet hatte. Und dass sie ihm durch eine unbedachte Geldtransaktion in die Karten gespielt und so beinahe auch noch das Sorgerecht für ihre Zwillinge Ada und Max verloren hätte. Sie konnte von Glück sagen, dass Sebastian die Rechnung ohne Elsa und den Rest der Familie gemacht hatte. Und ohne ihre Priener Freunde. So waren seine kriminellen Machenschaften schließlich doch ans Licht gekommen. Ada und Max konnten bei ihr bleiben, und Sebastian hatte der Firma *Feinkost Greiffenberg* eine saftige Entschädigung zahlen müssen. Wenigstens das. Der Imageschaden war trotzdem immens. Vergiftete Limonade. Gesundheitsschädlich. Sogar krebserregend. Das blieb hängen in den Köpfen der Kundschaft. Doch sie wollte nicht aufgeben, und Leopold tat alles in seiner Macht Stehende, um sie zu unterstützen. Wenn die Sache mit der Aronade irgendetwas Gutes gehabt hatte, dann, dass sie und er dadurch zusammengekommen waren.

»Sag mal, hast du das auch gehört?« Pauline steckte den Kopf durch die kleine Fensteröffnung der Beifahrertür. »Da hat irgendwas gerumpelt. Und warum ist der Motor plötzlich so laut?«

Sie hatten bereits zwei der drei Bergwiesen angefahren und gemeinsam geflickt, was es zu flicken gab. Das Dach des Unterstandes wieder instand zu setzen, hatte etwas länger gedauert als erwartet. Inzwischen war es beinahe zwei Uhr, aber in wenigen Minuten würden sie die dritte und letzte Station erreichen, wo voraussichtlich nicht allzu viel zu tun sein würde. Gerade hatten sie ein Waldstück verlassen, und der gewundene Schotterweg führte sie zwischen hügeligen Weideflächen hindurch. Das Gras, das noch immer saftig grün war und voller gelber Butterblumen, stand hier knöchelhoch.

Leopold trat auf die Bremse, lenkte den Bulli geschickt nach links auf die Wiese und kam zum Stehen. Schnell schaltete er den dröhnenden Motor ab und sprang aus dem Wagen. Auch Pauline stieg aus. Sie kannte sich mit Automotoren nicht aus, aber das brauchte sie auch nicht, um zu wissen, dass das eben alles andere als gut geklungen hatte.

»Ich fürchte, es hat was mit dem Auspuff zu tun.« Leopold marschierte nach hinten und ging in die Hocke. »Jepp, der Auspuff!«

»Was ist damit?« Pauline kniete sich neben ihn.

»Er ist … ähm … tja, nicht mehr da. Muss abgefallen sein. Ich schätze, das war das komische Geräusch.«

»Verdammt. Und … braucht man den zwingend? Also, den Auspuff?«

»Ich fürchte, ja. Ohne das Ding zu fahren ist superlaut, du hast es ja gehört. Und es kann dem Motor schaden. Das möchte ich lieber nicht riskieren. Außerdem ist es auch noch verboten.«

»Verstehe. Und … was machen wir jetzt?«

»Schere, Stein, Papier. Wer verliert, sucht den Auspuff. Vielleicht kriege ich ihn ja wieder angebracht.« Leopold legte sich auf den Rücken, robbte mit dem Kopf voran unter den Wagen und schaltete die Taschenlampe seines Handys ein. »Hmmmm …«, brummte er.

»Was ist denn?«, fragte sie. Es war ein besorgt klingendes ›Hmmmm‹ gewesen, fand sie.

»Da ist was abgebrochen. Kann sein, dass ich das auf die Schnelle nicht wieder hinkriege.« Leopold kam unter dem Wagen hervor und setzte sich im Schneidersitz vor sie. »Na ja, schauen wir mal. Bereit?«

Sie nickte mit ernster Miene. »Bereit!«

Synchron streckten sie ihre rechten Arme aus und machten eine Faust.

»Schnick, Schnack, Schnuck«, murmelten sie wie aus einem Munde.

Pauline hatte sich für Papier entschieden. Leopold leider für Schere.

»Tja, schade für dich.« Er grinste, sprang auf und zauberte ein altes Handtuch aus den Untiefen des Bullis hervor. »Hier. Der Auspuff ist vermutlich schmutzig. Und er könnte noch heiß sein. Sei vorsichtig, wenn du ihn anfasst!«

Seufzend nahm sie den Lappen und marschierte los. Weit musste sie zum Glück nicht gehen. Sie sah das Teil schon von Weitem. Es lag mitten auf dem Schotterweg. Vorsichtig hüllte sie den öligen, rostigen Auspuff in das schmuddelige Handtuch und trug ihn wie ein Baby zurück zu Leopold.

»Hier ist das gute Stück!«, rief sie und legte es vorsichtig neben den Bulli ins Gras, als wäre es aus Glas. Dann registrierte sie, dass Leopold bereits ein rot-weiß kariertes Tischtuch auf der Wiese ausgebreitet hatte und nun den Picknickkorb, den sie am Morgen gemeinsam gepackt hatten, darauf abstellte. Er nahm Teller und Gläser heraus, und dann eine Flasche Rosé samt Kühlmanschette, die er noch schnell hineingeschmuggelt haben musste.

»Ich dachte, ich decke schon mal den Tisch«, erklärte er und holte vorsichtig den selbst gebackenen Apfelkuchen und ein wenig Obst aus dem Korb. Nachdem er alles auf dem Tischtuch ausgebreitet hatte, schnappte er sich den eingewickelten Auspuff und schob sich damit unters Auto. Wenig später kam er wieder hervor und schüttelte den Kopf. »Nix zu machen ohne Schweißgerät.«

»Oh, okay. Und was jetzt?« Ratlos sah sie ihn an.

Er scrollte auf seinem Handydisplay herum. »Ich rufe meinen Schwager an. Vielleicht kann er herkommen.«

»Ja, gute Idee. Mit Schweißgerät.«

»Oder mit Abschleppseil. Das tut's vielleicht auch fürs Erste.«

»Hoffentlich erreichst du ihn. Bis er hier ist …« Sie blickte nervös auf ihre Armbanduhr. »Ich muss doch zum Jagdessen.«

Er nickte und ließ es klingeln. »Geht keiner ran. Weißt du was? Wir picknicken jetzt erst mal.«

»Mhmmm …«, machte Pauline und überlegte, wer noch infrage käme, um sie hier oben, mitten im Nirgendwo, abzuholen. Ferdinand war bei der Jagd, ebenso wie fast alle ihre Nachbarn. Antonia hatte noch keinen Führerschein, und nach Hause laufen ging auch nicht. Sie waren sicher dreißig, vierzig Kilometer von Prien entfernt.

Leopold sah sie nachdenklich an. »Sag mal …«

»Ja?!«

»Was hältst du davon, wenn wir einfach hierbleiben heute Nacht?«

»Wie meinst du das, hierbleiben?«

Er deutete auf den Bulli. »Na ja. Wie gesagt. Nutzfahrzeug. Man kann drin übernachten. Und diese schöne Blumenwiese hier – das ist doch der perfekte Ort zum Campen.« Er deutete nach rechts. »Da drüben in dem Wäldchen gibt es sogar einen kleinen Badesee. Eiskalt, aber wunderschön. Ich räume einfach die restlichen Bretter aus dem Wagen. Und … ich habe sogar eine Decke dabei.«

»Sieht die so aus wie das Handtuch von eben?«

»Nein!«, rief er empört.

»Hat da schon mal ein Hund drauf gelegen? Oder ein … Schaf?«

Er stieß ihr sanft in die Rippen. »Nein. Sie ist sauber, kuschlig, und sie riecht gut. Glaube ich jedenfalls.«

»Wonach?«

»Na ja, nach … mir.«

Sie grinste. »Okay, das ist gut. Aber … ich kann trotzdem nicht, Leopold.«

»Warum nicht?«

»Ich habe Oma Elsa versprochen, dass ich auf jeden Fall noch komme. Sie wird bestimmt sauer, wenn ich einfach wegbleibe.«

»Schick ihr eine WhatsApp-Nachricht. Hey! Wir haben eine Autopanne! Mitten in den Bergen. Ich meine, das ist noch besser als Dachschaden.«

»Meinst du?«

»Auf jeden Fall!«

Sie dachte nach. Das mit dem See klang wunderschön.

»Lassen wir das Dach auf?« Pauline breitete die Decke über sie beide.

»Na klar. Wenn wir schon campen, dann unter freiem Sternenhimmel.«

Sie hatten es sich auf den umgeklappten Rücksitzen bequem gemacht, ganz dicht nebeneinander, und blickten nach oben.

»Frierst du noch?«

Sie schüttelte den Kopf. Vorhin, nach dem Picknick in der Sonne, waren sie tatsächlich zu dem kleinen See im Wald gestapft. Umringt von hohen Tannen hatte er dagelegen, ganz ruhig und grün. Sie hatten sich auf den Holzsteg gesetzt und einen Haubentaucher beobachtet, der in ihrer Nähe herumgeschwommen war.

»Er hat fast die gleiche Frisur wie du«, hatte sie schmunzelnd gesagt und auf den schwarzen, struppigen Kopf gedeutet, dem der Vogel vermutlich seinen Namen zu verdanken hatte.

»Na warte!« Leopold kniff ihr in die Seite. Dann sprang er auf. »Was ist? Gehen wir rein?«

Pauline streckte einen Fuß aus und hielt ihn ins Wasser. »Zu kalt«, erklärte sie und zog ihn schnell wieder raus.

»Feigling«, sagte er lachend.

»Na gut, du hast es so gewollt.« Schnell entledigte sie sich ihrer Jeans und der Bluse, nahm Anlauf und hüpfte kopfüber in den See. Es war so unfassbar kalt, dass sie fast in eine Schockstarre verfiel. Prustend tauchte sie wieder auf. »He, du stehst ja immer noch da!«, rief sie.

»Ist es sehr kalt?«

»Nein, gar nicht«, log sie.

»Sicher?«

»Absolut sicher.« Hinter ihrem Rücken überkreuzte sie schnell Zeige- und Mittelfinger.

Da zog auch Leopold Hose und T-Shirt aus und sprang mit einem Satz ins Wasser. »Uaaaahhhh!«, brüllte er, kraulte mit wenigen Zügen zu ihr und umarmte sie. »Lügnerin«, sagte er und küsste sie.

Lange hielten sie es nicht aus im Wasser. Sie schwammen an Land und legten sich nebeneinander auf die Wiese, um sich von der Sonne trocknen zu lassen. Leopold versuchte doch noch ein paar Mal, jemanden zu erreichen, der ihnen helfen könnte, jedoch ohne Erfolg. Irgendwann aßen sie die Reste aus dem Picknickkorb, und als es dunkel zu werden begann, bereiteten sie gemeinsam ihre Schlafstatt in seinem sogenannten Nutzfahrzeug vor.

»Ich gebe zu, es war eine gute Idee, Leo«, erklärte sie jetzt.

»Was? Das Dach offen zu lassen?«

»Das auch. Und hier zu übernachten. Es ist supergemütlich.«

»Sag ich doch. Die Decke auch, oder?«

»Die Decke. Und du. Du bist auch supergemütlich.«

Er lachte.

Eine Weile sahen sie schweigend durch die Dachöffnung in den Himmel.

»Schau mal, eine Sternschnuppe!«, rief sie plötzlich und schloss schnell die Augen.

»Und? Was wünschst du dir?«, fragte er.

Kurz überlegte sie. »Dass ich den Aronade-GAU rückgängig machen kann«, murmelte sie.

»Rückgängig machen funktioniert nicht bei Sternschnuppen.«

»Ach, das wusste ich gar nicht.«

»Ist aber so.«

»Okay, dann … dann wünsche ich mir, dass ich es schaffe, das alles irgendwie wiedergutzumachen.«

»Es war nicht dein Fehler, Pauline.«

»Hmmm …«

»Du schaffst das.«

Sie drehte sich zu ihm und umarmte ihn fest. »Ja, ich schaffe das«, sagte sie leise. »Mit dir schaffe ich das!«

2. *Flaute*

Pauline stieg aus ihrem Mini Cooper, stemmte die Hände in den Rücken und streckte sich. Die Nacht in Leopolds VW-Bus war nicht sonderlich bequem gewesen, aber trotzdem wunderschön. Gestern Morgen hatte sie Ferdinand erreicht, der sich schließlich ziemlich verkatert samt Abschleppseil auf den Weg gemacht hatte, um sie, Leopold und den Bulli zurück nach Prien zu befördern. Der Oldtimer stand nun wieder in der Scheune und wartete auf einen neuen Auspuff. Leopold würde sich am nächsten Wochenende darum kümmern.

Pauline drückte auf den Zündschlüssel, um das Auto zu verriegeln. Dann überquerte sie den Marktplatz und betrat den hübschen Priener Flagship-Store von *Feinkost Greiffenberg*. Wie immer roch es dort nach frisch gemahlenem Kaffee und Pralinen.

»Servus, Pauline!« Hanne stand hinter der kleinen Frischetheke und lächelte ihr entgegen. »Hier, probier mal«, forderte sie sie auf und deutete auf einen silbernen Teller mit Käsewürfeln. Sie hatte jeden einzeln mit einem hölzernen Zahnstocher aufgespießt.

Pauline ließ einen Würfel in ihren Mund wandern und kaute genüsslich.

»Bergkäse von Gerti«, erklärte Hanne und kam hinter der Theke hervor. Sie kannte sie seit Schultagen, schon damals waren sie Freundinnen gewesen. Hanne arbeitete seit Jahren im Greiffenbergschen Laden und war inzwischen mit der Filialleitung betraut. Mit einer geübten Handbewegung strich sie sich die blütenweiße, gestärkte Schürze glatt. »Frisch angeliefert. Ich dachte, ich lass die Kunden mal probieren. Er schmeckt zum Niederknien, findest du nicht?«

»Hmmm. Köstlich«, stimmte Pauline zu und nahm sich noch ein Stück. »Und, wie läuft's sonst so?« Sie blickte sich um. Hinter der Fleischtheke entdeckte sie einige Stücke frischen Wilds. »Von der Jagd am Wochenende?«

Hanne nickte. »Ist heute Morgen reingekommen. Ich hoffe, es verkauft sich.«

»Meinst du nicht?«

»Na ja, du siehst es ja selbst. Kein Mensch da. Flaute. Wieder mal.«

Pauline schaute auf die Armbanduhr. Es war kurz vor zwölf. Es hatte Zeiten gegeben, da hatten die Kunden um diese Uhrzeit Schlange gestanden. Sie seufzte.

Hanne ging an die alte Registrierkasse, öffnete sie und zog einen Zettel daraus hervor. »Hier«, sagte sie. »Die Umsätze der letzten beiden Tage.«

Pauline nahm das Blatt und starrte auf die Zahlen. »Puh!«, stöhnte sie. Das ging jetzt schon seit Wochen so. Es war wie verhext, in den Laden kamen kaum noch Kunden. Seit dem Drama mit der vergifteten Aronade kauften sie offenbar woanders ein. Es war das eingetreten, was sie alle befürchtet hatten: Der Skandal hatte auf alle Produkte ihrer Firma abgefärbt. Das ganze Unternehmen war in Misskredit geraten, und das war eine Katastrophe. Eine, von der Pauline nicht wusste, wie sie ihr beikommen sollte. Wenn *Feinkost Greiffenberg* Konkurs anmelden musste, dann wäre allein sie dafür verantwortlich. Sie würde sich nie verzeihen, dass sie sich den Aronade-Coup von Sebastian hatte vermasseln lassen. Zu allem Überfluss hätte sie beinahe auch noch Leopold wieder verloren, weil er derjenige gewesen war, der damals den günstigen Dünger aufgetan hatte. Sie hatte ihm das zum Vorwurf gemacht, dabei hatte er nun wirklich nicht ahnen können, dass das Zeug verunreinigt war. Nicht einmal sie selbst hatte sich vorstellen können, zu welch perfiden Mitteln Sebastian greifen würde, um sie und ihre Familie zu vernichten.

»Wenn das so weitergeht, dann …« Sie stockte. Besser, sie sagte Hanne nicht, was dann unweigerlich passieren würde.

In diesem Moment erklang die Ladenglocke, und eine Kundin trat ein. Endlich, dachte sie beinahe erleichtert. Es war Frau Huber. Sie betrieb um die Ecke eine kleine Änderungsschneiderei. Pauline kannte sie, seit sie denken konnte.

»Servus, die Damen«, grüßte Frau Huber freundlich. Ihr Blick blieb an ihr hängen. »Oh, die Chefin persönlich. Schaust du nach dem Rechten, Pauline?«

»Ja, genau. Ich …«

»Wie geht's der Oma?«

»Bestens. Fit wie eh und je.«

»Das freut mich.«

»Was kann ich denn für Sie tun, Frau Huber?«, fragte Hanne nun geschäftig.

»Ich brauche Käse zum Wein. Wir bekommen heute Abend Besuch. Die Angermaiers. Da soll es natürlich etwas Gutes geben.«

»Da habe ich etwas für Sie. Probieren Sie den mal«, forderte Hanne sie lächelnd auf und deutete auf den Silberteller mit den frisch geschnittenen Würfeln. »Bergkäse aus Heumilch. Bio. Der ist einfach nur super.«

Pauline reichte der Kundin die Platte und nahm sich selbst gleich auch noch ein Stück.

Frau Huber probierte. »Hmmm, ja. Der ist wirklich gut. Schönes Aroma.« Sie nahm noch einen zweiten Würfel. »Was soll der kosten?«

»Fünfunddreißig Euro das Kilo.«

»Fünfund… Herrschaftszeiten!«

»Na ja, es ist Bioware. Über ein Jahr gereift und …« Hanne warf Pauline einen hilfesuchenden Blick zu.

»… aus der besten Milch gewonnen«, sprang sie ihrer Freundin zur Seite.

»Klar, und dreimal links gewendet, rechts gedreht und doppelt gewickelt. Und am Ende ist's doch wieder ungesund. Ich unterstütz euch Greiffenbergs gern in diesen schwierigen Zeiten. Als Nachbarin und als alte Stammkundin, aber ganz ehrlich. Da werd ich ja arm. Ich muss auch schauen, wo ich bleib.«

»Wir haben auch günstigeren Käse, wenn Sie …« Hannes Stimme klang auf einmal fast verzweifelt.

Frau Huber winkte ab. »Schon gut. Ich überleg's mir noch mal. Servus zusammen!« Sie hob die Hand zum Gruß, öffnete die Ladentür und verschwand.

Hanne seufzte. »Die Leute haben das Geld sowieso nicht mehr so locker sitzen. Und seit das mit der Aronade passiert ist …«

»Ich weiß. Die Preise sind ja auch wirklich gesalzen. Aber die Zulieferer müssen halt dran verdienen, genau wie wir. Und seit die Energiepreise so enorm gestiegen sind, ist es nicht besser geworden.« Resigniert zuckte sie mit den Schultern. Es war ein Drama. Der Auftritt von Frau Huber und die desaströsen Umsatzzahlen sprachen eine klare Sprache. Gerade war ihr noch einmal deutlich vor Augen geführt worden, in welchem Zustand sich das Familienunternehmen befand. Es musste etwas passieren, und zwar schnell. Dank Sebastians Schadensersatzzahlung war noch ein wenig Geld in der Kasse, aber es war nur eine Frage der Zeit, bis es aufgebraucht wäre. Sie machte sich nichts vor. Es war fünf vor zwölf.

Ferdinand verschränkte die Arme hinter dem Kopf und streckte die Beine unter dem Tisch aus. Ausnahmsweise war er mal pünktlich zur außerordentlichen Gesellschafterversammlung erschienen, zu der seine Schwester ihn einbestellt hatte. Nur Onkel Wolfgang war leider noch nicht da.

»Wo bleibt er?« Ferdinand deutete mit dem Kinn auf den angestammten Platz seines Onkels ihm gegenüber.

Pauline zuckte mit den Schultern. »Frag mich nicht.«

In diesem Moment öffnete sich die Tür, und sein Onkel trat endlich ein. »Mahlzeit!«

»Mahlzeit«, murmelte Ferdinand und sah auf seine Armbanduhr. Er hatte nicht ewig Zeit und vor allem keine Lust, den ganzen Nachmittag in diesem tristen Konferenzraum zu verbringen. Draußen schien die Sonne. Es war das perfekte Wetter für eine ausgiebige Joggingrunde am See oder einen Ausflug in die Berge. Wo er schon mal hier war.

»Tut mir leid, Kinder.« Onkel Wolfgang zuckte mit den Schultern. »Ich hatte noch einen wichtigen … Termin.«

Seine Schwester warf ihm einen vielsagenden Blick zu, und er wusste, was der bedeuten sollte. Onkel Wolfgangs wichtige Termine kannten sie. Sie fanden meist auf dem Golfplatz statt. Oder im Wirtshaus. Heute, so vermutete Ferdinand, war Letzteres der Fall gewesen. Das zumindest ließ sich aus dem Geruch nach Bier und Rauch schließen, der soeben zusammen mit seinem Onkel in den Raum geweht war.

»Schön. Dann können wir ja starten«, erklärte Pauline kühl und warf einen Blick auf den Bildschirm ihres Laptops.

»Was gibt's denn so Wichtiges?«, erkundigte sich Onkel Wolfgang. »Du hast es ja ziemlich dringend gemacht in deiner Mail.«

»Ja. Weil es dringend ist«, erklärte Pauline. »Hast du die Umsatzzahlen der letzten Woche gesehen? Es wird immer schlimmer!«

»Na ja, das wundert mich nicht.«

Seine Schwester seufzte. Onkel Wolfgang ließ noch immer bei jeder Gelegenheit durchblicken, dass sie den Aronade-GAU und die dadurch verschärfte Schieflage des Unternehmens zu verantworten hatte.

»Ich kann nicht rückgängig machen, was geschehen ist«, erklärte sie nun mit frostigem Gesichtsausdruck. »Deshalb müssen wir handeln. Wir brauchen Ideen. Eine Strategie, wie wir die Firma wieder auf Kurs bringen und unseren guten Namen wieder herstellen. Ich hab nachgedacht und mir ein paar Dinge überlegt.« Sie schaltete den kleinen Beamer ein, der neben ihr auf dem Konferenztisch stand.

Onkel Wolfgang lehnte sich zurück und verschränkte die Arme vor der Brust. »Jetzt bin ich gespannt.«

Ferdinand gähnte. PowerPoint-Präsentationen machten ihn müde. Immer. Es war wie ein Pawlowscher Reflex.

Sobald die erste Folie an der Wand erschien, überkam ihn eine bleierne Schwere, und seine Gedanken schweiften ab. Er hätte seine Schwester gerne mehr unterstützt, aber gerade sah er sich dazu absolut nicht in der Lage. Ihm ging alles Mögliche durch den Kopf, doch nichts davon hatte etwas mit der Rettung von *Feinkost Greiffenberg* zu tun.

»Ich habe mir ein Maßnahmenpaket überlegt …«, hörte er seine Schwester noch sagen, dann glitten seine Gedanken zu Nina. Er seufzte leise. Gestern hatte sie sich beim Abendessen von ihm getrennt, mehr oder weniger aus dem Nichts. Sie hatte Spaghetti Arrabiata zubereitet und er einen großen Vogerlsalat mit Walnüssen und Pinienkernen. Gerade als er sich den Teller vollgepackt hatte und die erste Gabel zum Mund führen wollte, hatte sie ihm eine Frage gestellt: »Sag mal, Ferdinand, was ist das eigentlich mit uns?«

»Was meinst du?«, hatte er leichthin erwidert und sich genüsslich die Pasta in den Mund geschoben. Die war ihr gestern ganz besonders gut gelungen, das musste man ihr lassen.

»Ich meine …«, hatte sie zögernd erwidert. »Wie stehst du zu mir? Ist das etwas … Festes mit uns?«

Er redete nicht gern über Beziehungskram. Warum wollten Frauen ständig alles analysieren und zerreden? Und immer die Frage nach dem Status. Musste man denn alles kategorisieren? Was Festes. Was Lockeres. Irgendwas dazwischen. Im Grunde war es doch egal, wie man es nannte, wenn man Spaß zusammen hatte und jeder den anderen so ließ, wie er war. Nina aber schien es ernst gemeint zu haben, sie erwartete eine Antwort. »Na ja, klar. Beziehungsweise, es … kommt drauf an«, hatte er ausweichend geantwortet.

»Worauf?«

»Darauf, was du jetzt genau mit ›fest‹ meinst.«

»Ah. Okay.«

»Was heißt das, ›ah, okay‹?«

»Dass das ja im Grunde schon die Antwort auf meine Frage ist«, hatte sie erwidert.

In diesem Moment hatte er schon geahnt, worauf es hinauslaufen würde.

»Ich mag dich, Maus«, hatte sie gesagt. Ja, sie hatte wirklich ›Maus‹ gesagt. Wieder einmal, obwohl sie wusste, dass er so nicht genannt werden wollte. ›Maus‹ war einfach so verdammt … uncool.

»Wir sind jetzt schon einige Zeit ein Paar«, hatte sie fortgefahren. »Und ich finde, es ist an der Zeit, den nächsten Schritt zu gehen.«

»Der da wäre?«

»Na ja, zum Beispiel … zusammenziehen. Ich bin doch eh so oft hier, und es wäre viel praktischer. Und auch kostengünstiger, bei den Mietpreisen.«

»Praktischer«, hatte er gemurmelt und dabei offenbar ziemlich konsterniert ausgesehen.

»Ferdinand?«

»Mhmmmm?«

»Du sagst ja gar nichts.«

Nein. Er hatte nichts gesagt in dem Moment. Weil er nämlich nicht gewusst hatte, wie er ihr erklären sollte, dass der nächste Schritt für ihn im Moment keine Option war. Sie führten eine lockere Beziehung, wenn man es denn unbedingt einordnen wollte. Und das war in seinen Augen perfekt. Tja, aber sie hatte wohl irgendwann begonnen, das anders zu sehen. Ein klares ›Commitment‹ hatte sie gewollt. »Ich möchte einfach wissen, woran ich bin.«

Nina war toll. Keine Frage. Sie verstanden sich gut, lagen bei vielen Dingen auf einer Wellenlänge. Und dann war sie auch noch schön. Aber irgendetwas in ihm hatte sich trotzdem dagegen gewehrt, ihr dieses klare Commitment zu geben. Ein Gefühl, ziemlich vage, aber nicht vage genug, um einfach ja sagen zu können, aus Sorge, sie sonst zu verletzen. Er war Anfang dreißig. Im besten Alter also für das, was ihr vorschwebte: zusammenziehen. Heiraten. Haus kaufen. Kinder kriegen. Am besten möglichst instagramtauglich. Er hatte das mehrfach bei Freunden beobachten können. Einer nach dem anderen war vom Markt verschwunden – und von den Dancefloors der Münchener Nachtclubs. Doch er tickte anders. Er wollte das alles nicht. Nicht so. Vielleicht war er ja beziehungsunfähig. Oder Nina war einfach nicht die Richtige. Jedenfalls war sie ihm nicht über die Lippen gekommen, diese von ihr eingeforderte Festlegung. Stattdessen hatte er sich schweigend Pasta und Salat zu Gemüte geführt, so als wäre es sein letztes Mahl für sehr lange Zeit.

»Alles klar«, hatte Nina gesagt und war vom Tisch aufgesprungen. »So ist das also.«

Er hatte etwas hilflos mit den Schultern gezuckt und »Was tust du?« gefragt.

»Meine Konsequenzen ziehen«, hatte ihre Antwort gelautet.

Sie sei fast dreißig und wolle Kinder. Möglichst mehrere, hatte sie erklärt. Da könne sie ihre Zeit nicht mit so einem wie ihm verschwenden, der nicht wisse, was er wolle, und sich immer alles offenhalte.

»Na ja, was heißt offenhalten«, hatte er ein wenig kleinlaut erwidert, obwohl er ja wusste, dass sie recht hatte.

Wenig später hatte sie seine Wohnung verlassen, weinend

und wütend, und er hatte sie zum Abschied noch einmal umarmt, weil er wusste, dass das ihr letzter gemeinsamer Abend gewesen war. Dann waren auch ihm die Tränen gekommen. Er vermisste sie, aber vermutlich war es besser so. Er war einfach nicht gut darin, ein Mann fürs Leben zu sein. Und Nina hatte einen Mann fürs Leben verdient.

Tja, nun war es also wieder so weit. Beziehungsstatus: Single. Frei wie ein Vogel. Was vielleicht irgendwie auch nicht die schlechtesten Aussichten waren, wenn man es genau betrachtete. Apropos Vogel. Und apropos Aussicht. Seine Gedanken wanderten zu dem großen Stunt, den er nächste Woche vor laufenden Kameras absolvieren würde. Sein Herz schlug vor Aufregung plötzlich ein wenig höher. Das Ding würde spektakulär werden und vielleicht sogar sein internationaler Durchbruch. Wenn alles gut ging jedenfalls. Aber was sollte schon groß schiefgehen? Er hatte es drauf, den Sprung, die Fahrt, den ganzen Ablauf. Das letzte Training war eine Art Generalprobe gewesen, und es hatte alles geklappt wie am Schnürchen. Trotzdem wurde ihm jedes Mal etwas mulmig zumute, wenn er daran dachte. Er hatte Lampenfieber. Mehr als sonst. Aber hey! Wenn man bei den Großen mitspielen wollte, musste man eben aus seiner Komfortzone raus und gewisse Risiken eingehen. Das war Teil seiner Stellenbeschreibung. *No risk, no fun.*

»So sehe ich das auch«, hörte er Pauline sagen. »Wir müssen es riskieren. Oder, Ferdinand?«

»Äh, was?«, fragte er verwirrt. Er hatte keine Ahnung, wovon seine Schwester sprach. »Ähm, sorry, kannst du das noch mal kurz wiederholen?«

Pauline seufzte und deutete auf die PowerPoint-Folie an der Wand. »Hast du jetzt gar nicht zugehört, oder was?«

»Doch, natürlich.« Erneut unterdrückte er ein Gähnen und zwang sich, die Stichpunkte zu lesen und zu verstehen. Die Firma CO_2-neutral machen, stand da. Soziales Engagement. Bessere Bedingungen für die Arbeitnehmer schaffen.

»Ja, super«, beeilte er sich zu sagen. »Finde ich toll.«

»Das ist alles andere als toll«, warf Onkel Wolfgang ein. »Weil das alles nämlich Geld kostet. Viel Geld. Das wir, ich erinnere euch nur ungern, leider nicht haben.«

»Was schlägst du denn vor?«, konterte Pauline.

»Stellenabbau. Einsparungen. Günstiger einkaufen.« Er warf Ferdinand einen verschwörerischen Blick zu. »Siehst du auch so, oder?«

Seine Schwester seufzte. Ferdinand hasste diese Gesellschafterversammlungen. Es war immer das Gleiche. Pauline und ihr Onkel waren so gut wie nie einer Meinung, und er selbst saß zwischen den Stühlen.

»Wir brauchen jetzt einfach mal ein paar gute Nachrichten«, beschwor Pauline ihren Onkel. »Und es ist deine Aufgabe, die Presse mit diesen guten Nachrichten zu beliefern.«

»Welche guten Nachrichten denn? Dass *Feinkost Greiffenberg* viel Geld ausgibt für CO_2-Neutralität und so geradewegs auf den Abgrund zusteuert? Das ist das Gegenteil von einer guten Nachricht, und dazu ist es noch langweilig. Vergiss es, Mädel. Für so einen Quatsch verfasse ich keine Pressemitteilungen.«

»Es ist aber dein Job, Onkel Wolfgang. Du bist für die Pressearbeit verantwortlich.«

»Eben! Und deshalb lanciere ich so einen unausgereiften Quatsch nicht.«

»Dann … bist du vielleicht nicht der Richtige für die Position!«

Wow, dachte Ferdinand und riss unwillkürlich die Augen auf. Hatte seine Schwester das wirklich gerade gesagt? Die hatte ja Eier. Nur … wenn es mal kein Fehler war.

Onkel Wolfgang lachte laut auf, und in diesem Moment wusste er: Es WAR ein Fehler.

»Die Frage ist wohl eher, ob DU die Richtige für deinen Job bist, Mädel. Kurze Erinnerung: Wir sitzen hier, weil einer von uns dreien einen kapitalen unternehmerischen Fehler begangen hat, und dieser eine bin, mit Verlaub, nicht ich. An deiner Stelle würde ich lieber ganz kleine Brötchen backen. Um es mal nett auszudrücken.«

Ferdinand sah, dass seine Schwester rot angelaufen war. Aus Scham. Aus Wut. Warum auch immer. Vermutlich war es eine Mischung aus beidem. Er überlegte, ob und wie er die Wogen glätten könnte. Irgendwas sagen vielleicht. ›Lässt sich nicht ändern.‹ ›Lass uns nach vorne blicken.‹ So was in der Art. Aber sein Gehirn war heute irgendwie träge. Während er noch überlegte, klappte seine Schwester wütend ihren Laptop zu. »Ich bin müde«, sagte sie. »Müde, mit euch zusammenzuarbeiten. Wir leiten ein mittelständisches, seriöses Unternehmen. Das hier ist doch kein Kindergarten!«, schimpfte sie aufgebracht. »Die Sitzung ist beendet.« Mit diesen Worten sprang sie auf, riss ihren Laptop vom Tisch und rannte hinaus.

»Musste das sein?«, fragte Ferdinand, als er sie außer Hörweite wähnte.

Onkel Wolfgang zuckte mit den Schultern. »Auch das muss sie lernen, wenn sie hier ganz oben stehen möchte: Kritik einstecken. Kann sie offenbar nicht. Rennt raus wie eine beleidigte Leberwurst. DAS ist Kindergarten.«

»Na ja, aber was du gesagt hast, war ja jetzt auch nicht

gerade fair. Musst du ihr das immer wieder unter die Nase reiben?«

»Als Geschäftsführer brauchst du ein dickes Fell. Ist einfach so. Musst du mitbringen für so einen Posten. Tut sie aber nicht. Wie so vieles andere leider auch nicht. Vielleicht muss man sich langsam wirklich mal fragen …« Er zögerte.

»Was?«, fragte Ferdinand misstrauisch.

»Ob sie als Geschäftsführerin nicht eine Fehlbesetzung ist. Aber die Familie hält ja an ihr fest, als hätte man sie mit Pattex auf den Chefsessel geklebt. Ich meine, Herrschaftszeiten! Was muss denn bitte noch alles passieren, bis mal jemand merkt, dass sie es nicht kann?«

3. *Wild Dog*

Ferdinand hatte fast vergessen, was das immer für ein riesiges Getöse war, wenn ein Helikopter landete. Der Lärm war beinahe ohrenbetäubend, und die laufenden Rotorblätter wirbelten den Pulverschnee auf.

»Toi, toi, toi«, rief der Pilot. Ferdinand formte Zeige- und Mittelfinger zum Victoryzeichen, rückte seine verspiegelte Sonnenbrille zurecht und sprang mit einem eleganten Schwung aus der Kabine in den Tiefschnee. Mike folgte ihm auf dem Fuße. In gebückter Haltung entfernten sie sich vom Helikopter, während der bereits langsam wieder abhob. Der Himmel war heute stahlblau, es sah beinahe so aus, als hätte jemand den Filter ›strahlend kalt‹ darübergelegt.

Ferdinand stapfte durch den Schnee und hob dabei einen Arm über den Kopf, um sich vor dem Luftwirbel zu schützen, den der Helikopter verursachte. Was für ein großartiger Moment. Der Hubschrauber. Der Lärm. Der aufgewirbelte Schnee. Es war wie in einem gottverdammten James-Bond-Film, und zwar einem, in dem er den Agenten 007 spielte. Oder ihn zumindest doubelte. Er drehte sich zu Mike um und reckte einen Daumen in die Luft. »Geil, oder?«

Mike nickte und hob ebenfalls einen Daumen.

Sie mussten noch etwa fünfzig Meter bergab zurücklegen, doch die hatten es in sich. Stellenweise versanken sie bis zur Hüfte im Tiefschnee. Für Ferdinand war das kein Problem. Mike hingegen hatte seine liebe Mühe, vorwärtszukommen. »Halleluja!«, rief er aus, als sie das Filmset endlich erreichten. Die Crew war bereits in den Morgenstunden hierher geflogen worden, samt Equipment und Verpflegung. Auf diesen über dreitausend Meter hohen Gletscher kam normalerweise niemand, abgesehen vielleicht von ein paar Schneehasen oder Murmeltieren. Und die würden sich ziemlich wundern, dass hier heute so viele Menschen geschäftig herumwuselten. Selbst Ferdinand war überrascht, wie viele Leute und wie viel Material es brauchte, um den *Wild-Dog*-Werbeclip zu drehen. Die Techniker hatten schon ganze Arbeit geleistet. Scheinwerfer waren aufgebaut worden, Kameraschienen verlegt. Große schwarze Kisten mit Kabeln, Stativen und Minibildschirmen standen herum. Ferdinand betrachtete eingehend die Szenerie. Was für ein Aufwand. Ein Lächeln glitt über sein halb eingefrorenes Gesicht. Und das alles nur für ihn. Nur um gleich seinen Stunt zu drehen. Wahnsinn. Kurz dachte er daran, wie er sich noch vor einigen Jahren über jede kleine Rolle gefreut hatte. Das Double eines unbedeutenden Nebendarstellers zu sein, hatte ihn froh und stolz gemacht. Hauptsache, er hatte einen Auftrag. Hauptsache, er konnte an irgendeinem Filmset mitmischen. Inzwischen war viel passiert. Er hatte abgeliefert, immer wieder, und sich in der Film- und Stuntbranche nach und nach einen Namen gemacht. Tja, und jetzt? Jetzt wurde er für die ganz großen Dinger angefragt. Und das hier, das war ein ganz großes Ding. Das größte seiner bisherigen Karriere. Heute würde er nämlich nicht nur ein Double sein. Der Stuntman war die Hauptbesetzung, seinen Namen würde man sich merken in der Branche. Hauptrolle: Ferdinand von Greiffenberg. Klang doch gut. Konnten sie mal sehen, die anderen Greiffenbergs. Er war gewissermaßen das schwarze Schaf der Familie. In Prien und darüber hinaus hatte er sich einen Ruf als Womanizer, Kindskopf und Partybiest erworben. Ihm hatte man die Geschäftsführung der Firma nicht allein zugetraut, obwohl er dafür ja eigentlich einmal gedacht gewesen war. Immerhin war er der älteste Spross der Familie und somit gewissermaßen der Prinz William der Greiffenbergs. Doch dann hatte Oma Elsa, ohne mit der Wimper zu zucken, kurzerhand einen Harry aus ihm gemacht, indem sie seine Schwester Pauline an die Spitze gesetzt hatte. Na ja. Im Prinzip war er ja auch fein damit. Prinz William fand er eh kacke. Ein glatzköpfiger Streber im Goldknopfjackett, gefangen in seiner Rolle als zukünftiger König. Harry hingegen war frei und hatte ganz offensichtlich deutlich mehr Spaß im Leben. Der machte sein Ding, und genau das tat er ja auch. Sein Ding machen. Und wie es aussah, machte er das besser als der Rest der Familie ihr jeweiliges Ding machte. Sollten sie sich die verdammte Firma doch sonst wohin stecken.

»Hey, Ferdi!« Rainer Poppe hatte ihn gerade entdeckt und winkte ihm mit ausladenden Armbewegungen zu. Ferdinand hatte schon einige Male mit dem Regisseur gearbeitet und war froh, dass er es war, der hier heute die Fäden in der Hand hielt, obwohl er eigentlich nur Spielfilme drehte und keine Werbeclips. Für Mike hatte er eine Ausnahme gemacht.

Ein freudiges Kribbeln erfasste Ferdinands Körper. Er war gleichzeitig stolz und aufgeregt. Langsam stieg das Lampenfieber. Er musste abliefern heute, und er würde abliefern. Nicht nur, weil er auf diese Art einen Teil seiner Schulden loswürde, sondern auch, weil er es seiner Familie zeigen wollte. Und sich selbst natürlich.

»Rainer, du alter Schneehase!«, rief er und stapfte zu dem Regisseur hinüber. »Und? Alles im Griff?«

»Alles bestens! Die Sonne scheint wie bestellt. Und jetzt ist ja auch die Hauptperson da.« Grinsend klopfte er ihm auf die Schulter. »Du kannst dich da drüben umziehen.« Er deutete auf ein weißes Zelt, das wie eine Festung mitten im Schnee stand. »Die Damen vom Kostüm warten schon auf dich. Und Verpflegung gibt's auch da drin.«

»Klingt gut«, sagte Ferdinand. »Und die Hunde?«

»Können kaum erwarten, dass es losgeht. Sie sind hinter dem Zelt.«

»Cool. Dann sag ich den Jungs gleich mal Hallo.«

Ferdinand betrachtete sich zufrieden im Spiegel. Der einteilige Skianzug, in den ihn Ella gerade gesteckt hatte, stand ihm ausgesprochen gut. Er war eng anliegend, von Bogner und in den *Wild-Dog*-Farben weiß und rot gehalten.

Die junge Kostümbildnerin stand hinter ihm und zupfte an seinem Rücken herum. »So, jetzt sitzt er wie eine Eins. Fühlst du dich wohl?«, fragte sie.

Er ging in die Knie, nahm eine Skifahrerposition ein und simulierte eine Fahrt um eine scharfe Kurve. Dann richtete er sich wieder auf und wedelte mit den Armen. »Absolut. Ist sehr elastisch, das gute Stück, und macht jede Bewegung mit, ohne dass es irgendwo klemmt.« Er schenkte Ella ein Lächeln über den Spiegel und sah, dass sie rote Wangen bekam. Funktioniert eigentlich immer, dachte er und dankte Gott dafür, dass er ihm dieses Lächeln geschenkt hatte, und die strahlend blauen Augen dazu. Beides zusammen hatte ihm bereits viele Türen geöffnet. In jeder Hinsicht.

Er stieg in seine Skischuhe und schloss die Schnallen über dem Schaft.

»Toi, toi, toi!« Ella hielt ihm zwei gedrückte Daumen entgegen. »Ich bin so gespannt.«

»Frag mich mal«, sagte er und zwinkerte ihr zu. »Danke für das coole Outfit. Wir sehen uns später. Ciao, Bella.« Er grinste. »Entschuldige. Ella!«

Ihr Gesicht wurde noch eine Nuance röter. »Ciao, Ferdi.«

Er nahm die Sonnenbrille aus dem Haar, setzte sie sich auf die Nase und warf noch einen letzten Blick in den Spiegel. Dann ging er hinaus in die Kälte und beschloss, nun endlich auch die vier Nebendarsteller zu begrüßen. Er hörte sie schon hecheln und herumwuseln. Offenbar waren sie genauso nervös wie er.

»Hey, Jungs!«

Wie auf Kommando begannen die Schlittenhunde Aki, Togo, Finn und Wotan freudig zu bellen, als er um die Ecke bog. Sie sprangen um ihn herum, als wäre er ihr lang vermisstes Herrchen. Ferdinand lachte, ging in die Hocke und kraulte ihnen die hellen Köpfe. Die Hunde mochten ihn. Und er mochte sie. Er hatte kürzlich seinen Hundeschlitten-Führerschein gemacht und sich währenddessen mit ihnen angefreundet. Das war auch nötig, denn die Tiere mussten ihm vertrauen. Das Schwierigste an dem Stunt, den er gleich absolvieren würde, war nicht der spektakuläre Skisprung über die Gletscherspalte, sondern die Landung auf der anderen Seite. Er musste exakt dort aufkommen, wo Aki, Togo,

Finn und Wotan im Geschirr auf ihn warteten. Anschließend würde er blitzschnell die Zügel ergreifen, um dann übergangslos und in atemberaubendem Tempo mit den Tieren durch ein steiles Waldstück zu rasen. Dabei würde er höllisch aufpassen müssen, dass er oder die Hunde nicht mit einem der dicht stehenden Bäume kollidierten. Es war eine sportliche Höchstleistung, die er da zu vollbringen hatte, und sie erforderte absolute Konzentration. Es würde nicht leicht werden und auch nicht ungefährlich, aber noch mal: *No risk, no fun*. Rainer Poppe und seine Leute würden dafür sorgen, dass spektakuläre Bilder entstanden. Am Ende, so wollte es das Drehbuch, würde er sich neben Aki knien, den Arm um dessen süßen Kopf legen und »Stay wild, wild Dog« in die Kamera sagen.

»Dann ist alles drin«, hatte Mike im Vorfeld gemeint. »Schnee, Action, ein hotter Darsteller und ein süßes Tier. Der Erfolg ist vorprogrammiert.« Ein Werbespot, der von sich reden machen würde – vielleicht sogar weltweit.

Ferdinand kraulte Aki noch einmal das dicke Fell, und plötzlich fühlte er sich nicht mehr wie James Bond, sondern eher wie Robert Falcon Scott und Roald Amundsen auf ihrem Weg zum Südpol. Zwar würde er heute kein Wettrennen absolvieren, aber dafür geradewegs Kurs auf den Stunt-Olymp nehmen, und das war ja auch schon etwas, fand er.

»Und, seid ihr ready für das ganz große Ding, Jungs?«, fragte er die Schlittenhunde.

»Sind sie, aber so was von!« Mike haute ihm kräftig auf die Schulter.

Ferdinand hatte ihn gar nicht kommen hören.

»Packen wir's, Ferdi?«, fragte sein Kumpel und reichte ihm den Skihelm.

Ferdinand atmete tief ein und aus und richtete sich zu seiner vollen Größe auf. »Packen wir's!«, sagte er und beschloss, dieses komische Gefühl zu ignorieren, das sich auf einmal in seiner Magengegend breitmachte.

Gedankenverloren drückte Therese auf den silbernen Knopf der Espressomaschine. Kurz darauf floss eine braune, wohlduftende Flüssigkeit in die weiße, dickwandige Porzellantasse. Es war schon ihr dritter Kaffee, trotzdem hatte sie das Gefühl, auch diesen bitter nötig zu haben. Sie hatte sich die halbe Nacht hin und her gewälzt, wie so oft, seit Ludwig nicht mehr neben ihr lag und sein ruhiger Atem sie sanft in den Schlaf gleiten ließ. Immerhin hatte sie heute Morgen einen gesunden Appetit gehabt. Sie hatte ausgiebig gefrühstückt, gemeinsam mit Elsa, Ada und Max. Ihre Tochter Pauline war nicht mit von der Partie gewesen. Sie war früh aufgestanden und ins Büro gefahren, und das, obwohl Samstag war. In dieser Hinsicht kam sie ganz nach ihrem Vater: Sie arbeitete viel zu viel und rieb sich für die Firma auf. Sicher, es war auch bitter nötig, denn die Geschäfte liefen schlecht. Ihre Tochter tat ihr leid. Sie hatte ein verdammt schweres Erbe angetreten.

»Oma, kommst du? Wir haben schon aufgebaut«, hörte sie ihren Enkel Max aus dem Esszimmer rufen.

»Komme!« Therese gab einen Schuss aufgeschäumte Hafermilch in ihren dampfenden Espresso. Kuhmilch vertrug sie seit Neuestem nicht mehr. Laktoseintoleranz. Es sei wohl das Alter, hatte ihr Arzt gemeint. Sie rührte einmal kurz mit dem Löffel in der Tasse, dann ging sie ins Esszimmer. Ihre Schwiegermutter und sie hatten sich breitschlagen lassen, mit den Zwillingen eine Runde *Mensch ärgere dich nicht* zu spielen. Sie war kein Fan von Gesellschaftsspielen, aber ihren Enkelkindern zuliebe versuchte sie, sich das nicht anmerken zu lassen.

»Du hast Rot«, informierte Ada sie, als sie sich an den großen Esstisch setzte, auf dem eben noch das üppige Frühstück gestanden hatte. Ihre Haushälterin Margit hatte inzwischen abgeräumt.

»Wunderbar. Rot ist meine Glücksfarbe«, sagte sie.

»Die Älteste fängt an«, bestimmte Max nun und überreichte Elsa einen ledernen Knobelbecher samt Würfel.

»Na dann.« Elsa würfelte und schaffte gleich zweimal hintereinander eine Sechs.

»Du bist so ein Glückspilz, Oma Elsa.« Ada beäugte neidisch den Würfel.

»Abwarten.« Elsa strubbelte ihrer Urenkelin durch die Haare und ließ dann eines ihrer gelben Männchen über das Brett hüpfen. »Abgerechnet wird am Schluss.«

›Abgerechnet wird am Schluss.‹ Das hat Ludwig auch immer gesagt, dachte Therese. Nur, dass sein eigener Schluss so früh kommen würde, damit hatte er nicht rechnen können.

»Oma, du bist dran.« Max pikste sie mit seinem kleinen Zeigefinger in den durchtrainierten Oberarm.

»Oh, ich?«, erwiderte sie fahrig.

»Na klar. Es geht im Uhrzeigersinn«, erklärte er mit wichtiger Miene.

Therese nickte, nahm den Knobelbecher und würfelte eine Vier. »Tja«, sagte sie schulterzuckend. »Ich bin nicht so ein Glückspilz wie eure Urgroßmutter.«

»Du darfst DREI Mal, Oma!« Ada rollte mit den Augen. »Du passt gar nicht richtig auf.«

»Oh, entschuldigt, Kinder. Ich war mit den Gedanken woanders.«

»Wo denn?«, erkundigte sich Max. »Denkst du an Opa?«

»Auch, ja«, gab sie zu. »Ich denke eigentlich immer an Opa.«

Ada seufzte. »Ich auch, Oma.«

»Ja?«

»Ja. Daran, wie ich ihm zugewunken hab. Bei Mamas Geburtstag am Strand.« Ihre Miene verfinsterte sich. »Und dass er nicht zurückgewunken hat. Er hat einfach weggeguckt. Und dann ist er schnell weggefahren mit seinem Boot.«

»Adalein, das haben wir doch schon so oft besprochen. Das war nicht Opa.« Therese tätschelte die kleine Hand ihrer Enkelin. »Du musst ihn verwechselt haben, weil …«

»Weil?« Ada sah sie erwartungsvoll an.

»Weil … Er kann es nicht gewesen sein.«

»Doch!«, beharrte die Kleine trotzig. »Er war es. Ich hab ihn ganz genau gesehen.«

Ferdinand war in die Skier gestiegen und fuhr nun zu der Linie, die Rainer Poppe mit einem Skistock in den Schnee gezeichnet hatte. Von hier aus würde er gleich starten, wenn alle so weit waren. Er war von Kameras umgeben. Eine würde den Start aufzeichnen. Fünf weitere Kameraleute hatten sich mit ihrem Equipment rechts und links der Strecke postiert. Zudem war soeben eine Drohne gestartet, die ebenfalls mit einer Kamera ausgestattet war. Sie würde den Stunt aus der Luft filmen. Zu guter Letzt hatten Techniker sogar seinen Helm mit einer erstklassigen Action-Cam ausgestattet, die die wilde Fahrt aus seiner Perspektive aufzeichnen würde. Am Ende würde alles in die sogenannte Postproduktion gehen, wo man die schönsten Bilder zusammenschneiden und mit Musik unterlegen würde. Ferdinand hatte nicht den geringsten Zweifel, dass am Ende ein Werbespot der Superlative entstehen würde, denn hier waren die Besten der Besten am Werk, und er war stolz, ein Teil von ihnen zu sein.

»Ich laufe«, hörte er den Kameramann Kalle hinter sich rufen. Ferdinand sprang noch einmal mit den Skiern auf und ab. Sein Herz pochte. Langsam wuchs seine Aufregung ins Unermessliche.

Rainer Poppe schien das irgendwie zu spüren. Er war ein großartiger Regisseur. Wahnsinnig erfahren und mit allen Wassern gewaschen. Er gab Kalle ein Zeichen und verließ seinen Platz am Rande des Sets, wo ein kleiner Bildschirm aufgebaut war, auf dem er gleich alles würde verfolgen können. Er kam über den inzwischen platt getretenen Schnee zu ihm herübergestapft und legte eine Hand auf seine Schulter. »Alles okay bei dir, Ferdi?«

Er hüpfte noch einmal, schloss kurz die Augen und öffnete sie wieder, um zum wiederholten Mal seine Skibrille zu richten. Er sah sich um. Was für eine Kulisse. Wo man hinblickte, schneebedeckte Bergmassive. Der Himmel blauer als Enzian. Und die Sonne schien auf sie herab. Niemand sagte etwas. Es war ganz ruhig. Alle konzentrierten sich auf die Aufgaben, die sie gleich zu erledigen hätten. Er sog die eiskalte Luft durch die Nase ein. Die Anspannung im Team war förmlich greifbar. Und seine sowieso.

Er nickte. »Alles okay. Ich bin ready!«

»Gut. Du packst das. Mach dir keine Sorgen. Wenn einer das schafft, dann du.«

Die aufmunternden Worte so kurz vor dem Start taten gut und motivierten ihn.

Rainer hob einen Daumen hoch, ging zurück zu seinem Platz und setzte sich breitbeinig auf seinen Klappstuhl. Dann gab er Kalle erneut ein Zeichen.

»Kamera läuft«, sagte der.

Rainer zog ein Funkgerät aus seiner Gürteltasche und sprach hinein. »Wir starten«, sagte er mit sonorer Stimme, um die anderen Crewmitglieder an der Wegstrecke zu informieren. Ferdinand sah, dass seine Assistentin Gina ihm ein Megaphon reichte.

»Uuuuund Action!«, rief Rainer hinein. Seine Stimme hallte Richtung Tal. Ferdinand registrierte einen Falken, der sich vor Schreck in die Lüfte schwang. ›Uuund Action‹, dachte er beklommen. Dann ging er in die Knie und stieß sich mit seinen Skistöcken ab. Im nächsten Moment raste er den Abhang hinunter. Er fuhr kaum Kurven. Er brauchte das Tempo für den bevorstehenden Sprung. Er spürte, wie der Fahrtwind den Skianzug an seinen Körper drückte. Nahm wahr, dass der Pulverschnee neben seinen Skiern aufstob und dass vor ihm die Schanze auftauchte, die eigens für ihn errichtet worden war. Läuft, dachte er, und die Schwere fiel endlich von ihm ab. Adrenalin jagte durch seinen Körper. Er liebte diese Geschwindigkeit. Wie lebendig er sich plötzlich fühlte. Den Sprung über die Gletscherspalte würde er locker schaffen. Es stimmte einfach alles. Die Bedingungen. Das Tempo. Sein Timing. Er beschrieb eine leichte Rechtskurve, fuhr auf die Schanze zu und raste sie hinunter, gefühlt in Lichtgeschwindigkeit. Dann sprang er ab. Er flog. Er flog hoch. Den Salto nicht vergessen vor lauter Glück, dachte er und absolvierte die hundertmal geprobte Vorwärtsrolle in der Luft. Es war eine seiner leichtesten Übungen, und es fühlte sich großartig an. Gleich würde er auf der anderen Seite der Spalte landen. Schnell streckte er Arme und Beine von sich und rief »Yippie-ya-yeah!« Es war nicht vorgesehen, dieses ›Yippie-ya-yeah‹, aber er konnte nicht anders. Es kam einfach aus ihm heraus. Falls sich jemand daran stören sollte, konnte man es in der Postproduktion wegmachen. Wenn es überhaupt zu hören ist, dachte er und setzte zur Landung an. Er konzentrierte sich. Jetzt nur nicht straucheln und verdammt noch mal bremsen. Seine Skier berührten den Schnee. Er strauchelte kein bisschen. Mann, war er gut heute. Dahinten warteten schon die Hunde. Er sah sie. Hörte ihr freudiges Gebell. Er stellte seine Skier quer, um das Tempo zu drosseln. Der Schnee stob auf, die Skier machten ein kratzendes Geräusch, und dann stand er. Er stand, und zwar genau da, wo er stehen sollte. »Hallo, Jungs. Da bin ich!«, keuchte er, und dann entfuhr ihm ein lauter Lacher. Er hatte es gerockt. Den ersten Teil hatte er einfach perfekt gerockt. Mann, war das cool! Er griff nach den Zügeln des Hundegeschirrs, sah aus den Augenwinkeln einen Kameramann und widerstand der Versuchung, in die Kamera zu zwinkern. »Los geht's!«, rief er den Hunden zu, und im nächsten Moment ging der wilde Ritt weiter. Die Hunde rannten los, gingen ab, als hätte man ihnen eine Rakete im Hintern gezündet. Sie bellten wie wild und steuerten im Slalom um die Baumstämme herum, die einfach überall waren. Ferdinand musste all seine Sinne zusammennehmen, um den Stämmen geschickt auszuweichen. Togo und Aki, die beiden Führungshunde, machten einen verdammt guten Job da vorne. »Schneller!«, rief er ihnen zu. Gleich hätten sie es geschafft. Das Ziel hatte er schon vor Augen. »Weiter, Jungs!«, rief er und raste um eine Tanne herum.

Dann spürte er plötzlich etwas Hartes unter seinem rechten Ski. Vielleicht ein großer Stein oder ein Findling. Letzte Woche hatte der jedenfalls noch nicht hier gelegen. Die Route war im Vorfeld festgelegt und mehrmals überprüft worden. Oder hatte er sich verfahren? Es war keine Zeit, darüber nachzudenken, denn nun riss sein rechtes Bein seitlich weg. Er geriet ins Trudeln. »Verdammt!«, hörte er sich fluchen. Er fand das Gleichgewicht nicht wieder, und dann sah er ihn, den dicken Baumstamm, der mit atemberaubendem Tempo auf ihn zuraste. »Heilige Scheiße«, murmelte er. Und dann war plötzlich alles schwarz.

»Oma, ich hab dich schon wieder rausgeworfen!«, rief Ada und kickte ihr Männchen triumphierend vom Brett.

Therese seufzte.

»Ist nicht schlimm«, versuchte Max sie zu trösten. »Du kommst bestimmt gleich wieder rein.«

Sie nickte, lächelte gequält und schloss kurz die Augen.

»Alles in Ordnung, Therese?« Elsa blickte sie besorgt an.

»Ja. Alles in Ordnung«, murmelte sie, obwohl ihr irgendetwas plötzlich die Kehle zuschnürte. Sie konnte sich nicht erklären, was auf einmal mit ihr los war, und versuchte, dieses merkwürdige Gefühl abzuschütteln. Es gelang nicht recht. Sie würfelte dreimal. Keine Sechs.

»Du Arme.« Max sah sie mitleidig an.

In diesem Moment klingelte ihr Handy. Sie nahm es vom Tisch und schaute aufs Display. Unbekannte Nummer. »Ich gehe da mal ran«, murmelte sie.

»Greiffenberg?«, sagte sie und hörte dem Mann am anderen Ende zu. Ihr Atem stockte. Sie spürte, dass sie fahl wurde. Schwindel ergriff sie. »Nein!«, stieß sie entsetzt hervor.

»Was hat Oma?«, fragte Ada.

»Das werden wir hoffentlich gleich erfahren«, erwiderte Elsa mit rauer Stimme.

4. Böses Erwachen

Langsam öffnete Ferdinand die Augen. Das Erste, was er wahrnahm, war dieses dumpfe Gefühl im Kopf und ein schrecklich gleißendes Licht, das ihn blendete. Er bewegte seine Zunge. Sein Mund war trocken wie Staub.

»Ferdinand?«, hörte er jemanden ganz dicht an seinem Ohr sagen. »Ferdinand, bist du wach?« Eine kühle Hand berührte seine Stirn.

Schnell schloss er die Augen wieder. »Wasser …«, murmelte er. »Durst …«

»Hier. Hier ist was zu trinken …« Jemand schob eine Hand unter seinen Kopf, hob ihn ein wenig an und flößte ihm eiskaltes Wasser ein. Es war das Beste, was ihm je die Kehle hinuntergeronnen war. Es kostete ihn Kraft, doch er öffnete erneut die Augen. Etwas verschwommen zunächst, dann immer klarer sah er, dass es seine Schwester Pauline war, die neben ihm saß und ihn mit Flüssigkeit versorgte. Sie blickte ihn an, mit ziemlich besorgter Miene, wie ihm schien. Wo zum Teufel war er? Ganz langsam lichteten sich die Nebelschwaden in seinem Kopf. Sein Gehirn schien sich entschlossen zu haben, allmählich auf Touren zu kommen, was unter anderem zur Folge hatte, dass er plötzlich seinen gesamten Körper spürte. Er hatte Schmerzen – gefühlt überall. Vorsichtig richtete er sich auf und stöhnte. Sein Rumpf, seine Arme, seine Beine – irgendwie tat ihm alles weh. Er war ein einziger großer, sehr schmerzhafter Muskelkater.

Seine Schwester strich ihm mit einer beinahe zärtlichen Geste übers Haar. Verdammt. Das war kein gutes Zeichen. Erschöpft ließ er sich zurück auf das viel zu dicke Kissen sinken. »Wo bin ich?« Seine Stimme klang krächzend.

»Im Krankenhaus.«

Krankenhaus. Sein Hirn arbeitete angestrengt, aber er fand keine Erklärung. »Warum … Krankenhaus?«

Nun trat plötzlich seine Mutter ans Bett und beugte sich über ihn. Er roch ihr schweres Parfüm. »Du hattest einen Unfall, mein Junge.« Sie nahm sein Gesicht in ihre eiskalten Hände. »Gott, ich bin so froh, dass du noch lebst!«

Verdammt, das klang auch nicht gut. »Wasser«, murmelte er erneut und kam sich vor wie ein Verdurstender in der Wüste. Gierig deutete er auf den Becher in Paulines Händen.

Während sie nachschenkte, versuchte er weiter, seine Gedanken zu sortieren. So wie sich seine Schwester und seine Mutter verhielten, musste etwas Schlimmeres passiert sein. Ein Unfall also. Er dachte angestrengt nach. Und tatsächlich. Da waren Flashbacks. Der Stunt. Sein Sprung. Die Hunde. Die Hunde, und dann … nichts. Die Hunde waren das Letzte, woran er sich erinnerte. Danach an nichts mehr, sosehr er seinen Kopf auch bemühte. Er hatte keine Ahnung, wie er hierhergekommen war. »Was ist passiert?«, fragte er. Seine Stimme klang jetzt schon etwas fester. Irgendwo piepte ein Gerät lang anhaltend, und er hoffte inständig, dass er nicht gerade gestorben war, ohne es zu merken. Er nahm Pauline den Becher aus der Hand, trank ihn in einem Zug leer und versuchte vorsichtig, seine Beine zu bewegen. »Ahhh!«, entfuhr es ihm. Ein stechender Schmerz war ihm ins rechte Knie gefahren wie ein Blitz. Das hatte sich verdammt noch mal nicht gut angefühlt. Aber immerhin lebendig. Vorsichtig hob er die Bettdecke an und riss entsetzt die Augen auf. Seine Beine steckten bis oben hin in Verbänden. Alle beide. »Was …«, fragte er leise. »Was ist das? Bin ich … schwer verletzt?«

»Nein. Ja. Wie man's nimmt.« Pauline lächelte ihm aufmunternd zu. »Die Ärztin wird gleich da sein. Sie kann dir Näheres dazu sagen.«

Er nickte, doch dann kam ihm plötzlich ein schrecklicher Gedanke. »Ich werde sie doch wieder benutzen können? Meine Beine, meine ich …« Er starrte abwechselnd in die besorgten Mienen seiner Mutter und seiner Schwester. Wieso sagten sie denn nichts?

In diesem Moment klopfte es einmal laut an der Zimmertür, und im nächsten Moment trat eine ältere Frau mit weißem Kittel ein, gefolgt von einer sehr viel jüngeren, die ein Klemmbrett in den Händen hielt.

»Guten Morgen, Herr von Greiffenberg«, begrüßte die Ältere ihn munter. »Wie schön, Sie sind ja wach.«

»Ja.« Er fragte sich unwillkürlich, ob die gute Laune, die sie da so offensichtlich vor sich hertrug, eher ein gutes oder ein schlechtes Zeichen war.

»Ich bin Doktor Hersel, die Chefärztin«, stellte sie sich vor und deutete neben sich. »Und das ist meine Kollegin. Frau Doktor Groß. Ich habe Sie operiert. Wie geht es Ihnen?«, fragte sie lächelnd, nahm ihrer Kollegin das Klemmbrett aus der Hand und warf einen Blick in die Unterlagen.

»Sagen Sie es mir.« Er hatte keine Lust, seine Zeit mit

Small Talk zu vergeuden. Wenn sie ihm eine schlechte Nachricht zu übermitteln hatte, dann sollte sie es gleich tun. »Was ist mit meinen Beinen los?«, fragte er also ohne Umschweife und versuchte, etwas aus ihrem viel zu freundlichen Gesicht abzulesen.

Sie warf einen Blick in Richtung Pauline und seiner Mutter. »Würden Sie uns wohl bitte kurz allein lassen?«

»Fuck«, murmelte Ferdinand, und kurz wurde ihm wieder schwarz vor Augen.

»Na los, raus!«, sagte er ungehalten.

»Ja, natürlich, mein Junge.« Seine Mutter drückte ihm die Hand, so als müsste sie ihm Mut machen. Dann verschwand sie mit Pauline aus dem Zimmer.

»Also«, sagte er, als er mit den Ärztinnen allein war. »Was ist los mit mir?«

»Nun ja, Sie sind mit Ihren Skiern verunglückt. Schwer verunglückt. Offenbar sind Sie mit atemberaubendem Tempo gegen einen Baum gekracht. Sie haben großes Glück gehabt. Ihr Kopf hat kaum etwas abbekommen, außer einer leichten Gehirnerschütterung. Der Helm hat Sie wohl vor Schlimmerem bewahrt. Aber Sie haben Rippenbrüche. Vier, um genau zu sein.«

»Deshalb die Schmerzen.«

»Genau. Rippenbrüche sind sehr schmerzhaft. Aber das wird wieder.«

»Und meine Beine?«

Die Chefärztin warf noch einmal einen Blick in die Unterlagen. »Links haben Sie einen Oberschenkelhalsbruch davongetragen. Und das Kreuzband ist in Mitleidenschaft gezogen. Gerissen, genauer gesagt. Und rechts … eine Oberschenkelfraktur. Offener Bruch. Wir mussten alles wieder richten und Schrauben verwenden, damit es gut verheilen kann.«

»Okay ... das klingt kompliziert.«

»Ja, das klingt nicht nur so. Es war eine recht komplexe OP. Sie lagen vier Stunden unter dem Messer. Aber keine Sorge. Wir haben Sie wieder gut hingekriegt.« Sie lächelte. »Alles ist wieder an Ort und Stelle. Jetzt muss es nur noch zusammenwachsen und verheilen. Was natürlich dauern wird. Sie werden Geduld brauchen. Es sind schwere Verletzungen.«

»Aber ich werde wieder ... laufen können?«

»Ja, keine Sorge. Das werden Sie. Ganz bestimmt.«

»Gott sei Dank!«, flüsterte er, und der halbe Himalaya fiel ihm vom Herzen, so erleichtert war er.

»Es wird dauern, das ist klar. Und ... vermutlich wird auch etwas zurückbleiben. Aber laufen ... ja, sicher. Das wird wieder gehen.«

»Und was nicht?«

»Was meinen Sie?«

»Na ja, was wird nicht gehen? Was ist zum Beispiel mit Sport? Skifahren? Schwimmen? Surfen?«

»Das lässt sich zu diesem Zeitpunkt noch nicht sagen. Es kommt darauf an, wie alles verheilt. Und wie die Reha läuft. Sicher ist, es wird ein langer Weg werden.«

»Verstehe.«

»Sie haben wirklich großes Glück gehabt, Herr von Greiffenberg. Es war ein sehr schwerer Unfall. Sie haben das Bewusstsein verloren und sind mit dem Hubschrauber hergebracht worden. Das hätte auch ganz anders ausgehen können.« Die Chefärztin lächelte. »Sie hatten wohl gleich mehrere Schutzengel. Keine inneren Verletzungen. All Ihre

Organe scheinen funktionstüchtig zu sein. So gesehen … seien Sie froh, dass Sie noch am Leben sind.«

»Ja, sicher«, murmelte er. »Das bin ich. Wie lange wird es denn dauern, bis ich überhaupt wieder … beweglich bin?«

»Auch das hängt vom Heilungsverlauf ab. Erst einmal werden wir Sie einige Zeit hierbehalten müssen, und danach folgt eine Reha, die sicher auch einige Wochen dauern wird.« Die Ärztin lächelte wieder. »Sie werden Durchhaltevermögen benötigen. Viel Kraft und einen eisernen Willen. Aber wie ich hörte, waren Sie mal Profisportler. Skirennfahrer, richtig?«

»Ja, das stimmt. Ist schon ein bisschen her.«

»Trotzdem wissen Sie aber sicher, wovon ich rede. Sie packen das schon, Herr von Greiffenberg. Sie sind jung und vermutlich ehrgeizig. Wenn Sie Fragen haben, kommen Sie jederzeit gerne auf mich zu.«

Die beiden Ärztinnen, deren Namen er sofort wieder vergessen hatte, waren zum nächsten Patienten weitergeeilt und Pauline und seine Mutter noch nicht zurück. Ihm war es recht so. Er hatte seinen Kopf nach links gedreht und blickte aus dem Fenster in eine blätterlose Baumkrone. Er HATTE Fragen. Jede Menge. Immer mehr tauchten jetzt in seinem Kopf auf, je länger er das eben geführte Gespräch Revue passieren ließ. Schrauben, Reha, Durchhaltevermögen. Das alles musste er erst einmal sacken lassen. Erneut schlug er die Bettdecke zurück und betrachtete seine verbundenen, schmerzenden Beine, die einmal sein Kapital gewesen waren. Hatte jemand der Frau Doktor Soundso eigentlich gesagt, was er aktuell beruflich machte? Dass er Stuntman war? Einer der besten im Lande übrigens, in aller Bescheidenheit.

Die Frage aller Fragen kristallisierte sich langsam in seinem Kopf heraus. Existenziell und weichenstellend war sie, und deshalb ärgerte er sich umso mehr, dass er die Ärztin gerade nicht nach ihrer Einschätzung gefragt hatte. Er würde es nachholen und bis dahin einfach vom Besten ausgehen. Nützt ja nichts, dachte er, schloss die Augen und fiel in einen unruhigen Schlaf.

5. *Reha*

Einige Wochen später fand Ferdinand sich in der noblen Rehaklinik *Medical Park Chiemsee* wieder. Ein Haus mit bestem Ruf. Zum einen, weil das medizinische Personal fachlich ausgesprochen gut war und schon so manchen verletzten Spitzenathleten komplett wiederhergestellt hatte. Zum anderen, weil die Klinik unmittelbar am Ufer des Chiemsees lag und luxuriöse Zimmer mit Seeblick sowie einen gut gepflegten Park bot, der direkt ans Wasser grenzte.

Ferdinand fuhr mit dem Rollstuhl ans Fenster seines großzügig geschnittenen Zimmers im zweiten Stock und blickte über den verschneiten Park. Es war inzwischen Mitte Dezember, und das ganze Chiemgau lag unter einer weißen Schneedecke. Weiter hinten glitzerte das Wasser in der blassen Wintersonne. »Geht schlimmer«, murmelte er. Wenn seine Rippenschmerzen nicht gewesen wären und seine Beine funktioniert hätten wie früher, hätte man meinen können, er verbrächte gerade seinen Urlaub in einem Luxushotel. Seine Großmutter hatte mit ihren Kontakten dafür gesorgt, dass er eines der besten Zimmer bekommen hatte, und selbstredend auch Chefarztbehandlung. Apropos. Er warf einen Blick auf seine Armbanduhr. Er hatte noch dreißig Minuten Zeit, bevor Doktor Wesseling an seine Tür klopfen würde. Er erwog, sie zu nutzen, um unten in der noblen Cafeteria noch einen Espresso zu trinken. Eine schnelle Koffeinzufuhr würde ihm helfen, sich aus seinem Fünfzehn-Uhr-Tief hinauszumanövrieren, und gleichzeitig die Langeweile vertreiben, die ihn jetzt schon überkam, obwohl er erst gestern hier eingeliefert worden war. Da unten war wenigstens was los, und wenn er Glück hatte, würde es richtig was zu gucken geben. Im *Medical Park* ließen sich nämlich nicht nur Spitzensportler und gut betuchte Rentner behandeln. Wie die nette Krankenschwester Annika ihm gesteckt hatte, zählten derzeit auch eine echte arabische Prinzessin samt zwanzigköpfiger Entourage und drei russische Oligarchenfamilien zu den Gästen, und die boten zweifellos Abwechslung zwischen all den joggingbehosten künstlichen Hüften und Kniegelenken der Republik. Er blickte auf seine Armbanduhr. Nein. Es war zu knapp. Er durfte nicht vergessen, wie lange er allein brauchte, um mit dem Rollstuhl zum Fahrstuhl zu gelangen. Und wenn er ohne ging und sich nur mit den Krücken behalf, würde es noch länger dauern. Also blieb er sitzen, wo er war, starrte noch ein wenig in Richtung See und ließ seinen Gedanken freien Lauf.

»Klopf, klopf!«

Ferdinand schreckte hoch.

»Guten Tag, Herr von Greiffenberg«, hörte er jemanden hinter sich sagen.

Er musste eingenickt sein. Der Espresso hatte eben doch gefehlt. Mit einer schnellen Bewegung drehte er den Rollstuhl um hundertachtzig Grad und unterdrückte ein Gähnen.

»Guten Tag, Doktor Wesseling.« Er fuhr auf den Chefarzt zu und reichte ihm die Hand.

Sein Besucher trug ein weißes Poloshirt von Lacoste, Jeans und weiße Sneakers, die ein wenig berufsjugendlich an ihm wirkten. Ferdinand schätzte ihn auf Ende fünfzig. Die tiefen Furchen in seinem Gesicht, die entstanden, wenn er wie jetzt so gewinnend lächelte, verrieten, dass er vermutlich älter war, als ihm lieb sein konnte.

Der Chefarzt zog sich einen der Stühle heran, setzte sich direkt vor ihn und legte das mitgebrachte Tablet auf seine Knie.

Ferdinand musterte ihn. Trotz der winterlichen Jahreszeit war sein Gesicht braun gebrannt. Er fragte sich, ob der Mann ein Solarium nutzte. Sicher gab es mehrere in diesem Haus, und es wäre eine Erklärung für die Furchen gewesen. Trotzdem bezweifelte er es. Doktor Wesseling war eher der Typ, der ab und zu mal für eine Woche auf die Seychellen flog, um den Kopf freizukriegen.

»Und? Wie geht es Ihnen heute?«, fragte er nun arztmäßig- geschäftig-freundlich.

Seit Ferdinand gestern hier eingetroffen war, hatte man allerlei Untersuchungen durchgeführt und darüber hinaus Röntgenbilder von seinen Beinen angefertigt, was eine schmerzhafte und überaus anstrengende Prozedur gewesen war. Inzwischen waren die Untersuchungsergebnisse hoffentlich ausgewertet, und Doktor Wesseling würde ihm gleich mitteilen, was er und seine Mitarbeiter zu tun gedachten, damit er alsbald wieder ans Laufen kam. Er hatte es so satt, nicht gehen zu können, und die andauernden Schmerzen gingen ihm erst recht auf die Nerven. Er hoffte inständig, dass dieser ganze Albtraum bald vorüber war, wenn er nur genug Ehrgeiz an den Tag legte und sich anstrengte. Es war schon merkwürdig. Seine Gesundheit hatte er immer für selbstverständlich gehalten. Er hatte sich mit so vielem herumgeschlagen, im Guten wie im Schlechten. Und jetzt war das alles egal, und es ging nur noch um eine Sache: darum, gesund zu werden. Das, was immer einfach so da gewesen war, wiederzubekommen.

»Herr von Greiffenberg?«

»Entschuldigen Sie. Wie es mir geht ... hmmm. Na ja. So wie gestern, würde ich sagen. Ich kann immer noch nicht laufen«, antwortete er.

Doktor Wesseling lachte. »Ein bisschen Geduld brauchen Sie schon. Gefällt es Ihnen denn bei uns?«

»Ja. Sicher. Schön hier. Seien Sie mir nicht böse, aber ich würde dieses Haus trotzdem gern möglichst schnell wieder verlassen. Auf zwei Beinen, wenn's geht.«

»Natürlich, Herr von Greiffenberg. Das ist nur allzu verständlich. Doch in der Zwischenzeit werden wir versuchen, Ihnen Ihren Aufenthalt so angenehm wie möglich zu machen.«

Jetzt klang er wie eine Stewardess.

»Und Ihnen die bestmögliche medizinische Versorgung zuteilwerden lassen.«

»Ja. Das ... das wäre mir das Wichtigste. Wie sieht es denn aus, Doktor? Wie lange wird es dauern, bis ich wieder der Alte bin?«

»Na ja, der Alte ... Wissen Sie, Herr von Greiffenberg, die Verletzungen, die Sie erlitten haben, sind schon ... schwerwiegend.« Er nahm das Tablet von seinen Knien und wischte ein wenig mit dem Finger darauf herum. »Hier!« Er hielt ihm das Gerät unter die Nase. »Das ist die Röntgenaufnahme Ihres rechten Oberschenkels.«

Ferdinand starrte auf das schwarz-weiße Bild mit seinem Knochen, der an mehreren Stellen mit Schrauben versehen war.

»Oh, das sieht verdammt … geflickt aus.«

»Ja. Man sieht allerdings auch, dass der Heilungsprozess im Gange ist. Was gut ist. Aber trotzdem ist dieser Knochen eben zusammengeschraubt worden, und es sind Sollbruchstellen entstanden, die vorher nicht da waren.«

»Aha. Ja. Okay.« Er wandte den Blick ab. Eigentlich wollte er das alles gar nicht sehen.

Doktor Wesseling wischte wieder auf dem Bildschirm herum. »Ich möchte Ihnen noch Ihr Kreuzband zeigen.«

Ferdinand hob die Hand. »Nein, bitte tun Sie das nicht. Mich interessiert eigentlich nur eins: Werde ich wieder normal … laufen können? Skifahren? Klettern? Und vor allem: Werde ich je wieder als Stuntman arbeiten?«

»Nun ja«, wiegelte Doktor Wesseling ab. »Laufen auf jeden Fall. Irgendwann. Skifahren – möglicherweise. Als Stuntman arbeiten …« Er seufzte und verzog bedauernd den Mund. »Wir sind gut, Herr von Greiffenberg, aber ich will ehrlich zu Ihnen sein. Wunder vollbringen können wir trotzdem nicht. Es tut mir leid, Ihnen das sagen zu müssen, aber … das sehe ich im Moment eher nicht.«

Ferdinand sah ihn schweigend an. Dann nickte er langsam. »Verstehe«, murmelte er, bemüht, sich nicht anmerken zu lassen, dass sein Lebensplan gerade vor seinem inneren Auge in tausend Stücke zerbrach. Sein Beruf machte ihn aus. Er übte ihn mit Leib und Seele aus. ›Das sehe ich nicht.‹ Diese vier Worte waren wie ein Faustschlag ins Gesicht.

»Ich wünschte, ich hätte bessere Nachrichten«, sagte Doktor Wesseling jetzt und seufzte. »Wenn Sie reden möchten … wir bieten auch psychologische Beratung an.«

Ferdinand hob eine Hand und schüttelte den Kopf. Das hatte ihm gerade noch gefehlt. »Nein, nein. Das passt schon«, erklärte er. »Danke für die … Info. Und … ich komme schon klar.« Hoffentlich, fügte er in Gedanken hinzu.

Doktor Wesseling nickte, lächelte einmal mehr sein furchiges Lächeln und verabschiedete sich.

Ferdinand beschloss, seinen Nachmittagssnack auf seinem Zimmer einzunehmen. Er hatte keine Lust zu reden, erst recht nicht mit Menschen, die er nicht kannte.

Am nächsten Morgen musste er trotzdem in den sauren Apfel beißen. Die Beingruppe und die Handgruppe trafen sich im Park, direkt am Seeufer. Das hatte er dem Therapieplan entnommen, den man ihm gestern Nachmittag noch ausgehändigt hatte. Entspannungsübungen standen auf dem Programm. Ferdinand hatte keine Ahnung, was ihn erwartete, aber ein wenig angeleitete Entspannung konnte er heute durchaus vertragen. Er beschloss, den Rollstuhl im Zimmer zu lassen und es zu Fuß zu versuchen. Er wollte das Gehen üben – so schnell und so oft wie möglich. Er nahm seine Krücken, die an der Wand lehnten, und machte sich auf den Weg nach unten. Es kostete ihn viel Kraft und eine gefühlte Ewigkeit, die Strecke bis zum See zurückzulegen. Nicht zum ersten Mal verfluchte er sich selbst dafür, dass ihm dieser verdammte Unfall passiert war. Noch immer wusste er nicht, wie es dazu hatte kommen können. Er hatte die Abfahrt mit den Hunden so oft geübt. Er hatte sie im Schlaf draufgehabt. Trotzdem hatte er offenbar einen Fehler gemacht. Irgendwann würde er sich vielleicht die Filmaufnahmen ansehen, um herauszufinden, welchen. Andererseits: Es war ja sowieso müßig. Seine Beine würden dadurch auch nicht wieder die alten werden. Natürlich hatte er wenige Tage nach seiner OP Mike angerufen, um herauszufinden, was genau passiert war, doch der hatte es ihm auch nicht wirklich sagen können. Zudem hatte er es bis heute nicht für nötig befunden, ihm einen Besuch abzustatten. Stattdessen hatte er eine Magnumflasche Champagner geschickt. Ins Krankenhaus. Dass sich seine Champagnerlaune dort in Grenzen gehalten hatte, hätte Mike sich vielleicht auch denken können. Manchmal war er echt ein Idiot. Ferdinand hatte den edlen Tropfen noch am selben Tag an seine Mutter weiterverschenkt. Sie hatte immer Verwendung für Präsente flüssiger Art. Das nächste Miez-und-Mauz-Frühstück stand sicher schon unmittelbar bevor.

Als er sein Ziel endlich erreicht hatte, war er außer Atem, und seine Oberarme brannten wie Feuer. Er hatte sich wirklich beeilt, trotzdem hatte er viel länger gebraucht als erwartet. Die Mitglieder der Beingruppe und der Handgruppe waren, genau wie er, alle dick eingepackt. Sie hatten sich in einem Stuhlkreis auf dem verschneiten Rasen platziert und sahen ihn erwartungsvoll an.

»Servus«, grüßte er und ließ seinen Blick über die fahlen Gesichter dieser illustren Truppe schweifen. Sie bestand aus zehn Menschen, davon neun locker jenseits der sechzig. Die zehnte Kandidatin war vermutlich etwa in seinem Alter und noch dazu sehr hübsch. Sie hatte einen braunen Lockenkopf, kohlrabenschwarze Augen und ein süßes Lächeln, das sie gerade in seine Richtung schickte. Unter normalen Umständen hätte er jetzt umgehend in den Flirtmodus geschaltet und es als gutes Omen angesehen, dass der Platz neben ihr noch frei war. Doch die Umstände waren nicht normal, und er hatte gerade keinen Kopf für schöne Frauen. So deutete er nur mürrisch auf den freien Stuhl, brummte »Darf ich?« und nahm Platz, ohne eine Antwort abzuwarten.

»Schön, dass Sie auch da sind.« Eine Frau um die vierzig begrüßte ihn lächelnd. Sie trug einen weißen Kasack, was darauf schließen ließ, dass sie hier arbeitete und vermutlich die Leitung des heutigen Entspannungskurses innehatte.

»Ja«, murmelte er und legte seine Krücken neben sich in den Schnee.

»Mein Name ist Ulla Bernhard«, informierte sie ihn. »Ich leite heute die Entspannung.«

Er hatte also richtiggelegen.

»Wir sind gerade mit der Vorstellungsrunde durch«, fuhr sie fort. »Vielleicht sagen Sie auch noch schnell, wer Sie sind? Nur der Name, und vielleicht kurz, warum Sie hier sind. Das reicht schon.«

»Sicher«, brummte er. »Von Greiffenberg. Ferdinand.«

Sie nickte. »Und was fehlt Ihnen?«

»Rippen gebrochen.« Er deutete nach unten. »Und Beine Schrott.«

»Was heißt ›Schrott‹?«, hakte Ulla nach.

»Schrott heißt zerdeppert«, erwiderte er ungehalten. Er hatte Schmerzen. Im Grunde überall, und nicht die geringste Lust, diese Rentnertruppe hier mit dem Inhalt seiner locker fünfzig Seiten umfassenden Krankenakte zu unterhalten. »Was steht denn heute an?«, fragte er also, statt weitere Erklärungen abzugeben, und blickte in die Runde. »Flaschendrehen?«

Die Frau mit den braunen Locken neben ihm kicherte leise.

»Das hätten Sie wohl gerne«, sagte Ulla und lachte. »Aber ist ja kein Kindergeburtstag. Wir beschäftigen uns heute mit Atemübungen. Gerade bei Patienten mit Schmerzen kann die richtige Atmung Wunder bewirken.«

»Goit des a mit a Raucherlunge?«, erkundigte sich einer der Rentner und hustete zu Demonstrationszwecken.

»Aber sicher. Das geht mit jeder Lunge«, erklärte Ulla resolut.

In der nächsten halben Stunde lernte Ferdinand viel über Brust-, Bauch- und Vollatmung, und am Ende musste er zugeben, dass er sich, vollgesogen mit Sauerstoff, tatsächlich ein klein wenig entspannter fühlte.

»Ich bin übrigens Christina.« Die Frau mit den Locken hatte sich ihm angeschlossen, als er sich humpelnd auf den Rückweg gemacht hatte.

»Ferdinand«, sagte er. »Aber das weißt du ja schon.«

»Ja, hab ich mir gemerkt«, erwiderte sie im Plauderton. »Und? Wie hat's dich erwischt? Nein, sag nichts. Skiunfall, stimmt's? Beinbruch? Oder Kreuzbandriss?«

»Beides«, brummte er. »Und noch einiges mehr.«

»Oh, klingt übel. Bist du Lehrer? Ich meine, Skilehrer? Du siehst irgendwie so aus. Ich kann mir dich total gut vorstellen in einem roten Skianzug und mit verspiegelter Gletscherbrille.«

»Ach ja?« Er rammte seine Krücken in den Boden und richtete seinen Oberkörper auf.

»Ja, total. Oder Surflehrer. Aber ist ja jetzt nicht die Zeit zum Surfen. Außer in Südafrika. Aber da warst du nicht, oder?«

»Sag mal, äh … Christiane …«

»Christina!«

»Christina. Hast du irgendwo einen Knopf zum Abstellen?« Er stoppte, denn er brauchte eine Pause. Vom Laufen mit Krücken. Und von diesem Redeschwall, der sonst vielleicht nie geendet hätte. Er sah sie halb ärgerlich, halb amüsiert an. »Mir rauschen die Ohren.«

Sie hob beide Hände in die Luft. »Sorry, ich red immer so viel.«

»Ach ...«

»Ich wollte nur nett sein und ...«

»Passt schon. Mir ... ist nur gerade nicht so nach Quatschen.«

»Oh. Alles klar. Natürlich. Dann ... dann lass ich dich jetzt mal in Ruhe. Man sieht sich, denke ich. Ich bin in der Handgruppe, und die macht hier ja öfter mal was zusammen mit der Beingruppe. Da steht in den nächsten Tagen so einiges an, glaube ich.«

Er nickte. »Ja. Sieht ganz so aus.«

»Nicht zu fassen«, brummte er, als Christina weg war. Wie konnte ein einziger Mensch allein so viel reden? Er humpelte weiter, und kurz darauf betrat er endlich das Klinikgebäude. Er wandte sich nach rechts, doch dann stutzte er. Plötzlich kam es ihm so vor, als wäre er noch nie hier gewesen. Andererseits – er konnte sich täuschen. Die Gänge in den verschiedenen Gebäuden sahen ja alle irgendwie gleich aus. Aber diese selbst gepinselten Bilder rechts und links an den Wänden – er war sich ziemlich sicher, dass er die noch nicht gesehen hatte.

»Verdammt«, murmelte er. Jeder Meter zu weit kostete ihn unnötig Kraft. Er versuchte, sich zu orientieren, und entdeckte weiter hinten an einer Trenntür aus Glas ein Schild. ›Abteilung für Psychotherapie‹, stand da. Mist. Offenbar hatte er den falschen Eingang genommen. Fluchend machte er kehrt, um den Rückweg anzutreten. Schritt für Schritt. Meter um Meter. Die Langsamkeit des Seins, dachte er, während sein Blick über die Wände glitt. Dann stoppte er. Eines der gerahmten Bilder stach ihm ins Auge. Es war mit Wasserfarben gemalt und nicht gerade ein Meisterwerk. Aber das Motiv ließ ihn aufmerken. Er trat näher heran und betrachtete das Gemälde eingehend. Merkwürdig. Dieser Blick auf den Chiemsee kam ihm sehr bekannt vor. Das Rosenbeet, dahinter der Strand und der alte Steg. Die Bergformation im Hintergrund – es war genau die Aussicht, mit der er aufgewachsen war. Das ganze Gemälde zeigte exakt das, was man sah, wenn man auf der Greiffenbergschen Terrasse saß und geradeaus guckte. Kein Zweifel. Das Bild musste jemand gemalt haben, dem dieser Blick geläufig war. Entweder jemand, der oft in der Villa zu Besuch war. Oder der dort wohnte. Aber wer? Er ging noch näher heran, in der Hoffnung, so etwas wie eine Signatur zu finden. Initialen oder einen Namen. Doch da war nichts. Seltsam. Er wollte gerade weitergehen, als sich zu seiner Rechten eine Tür öffnete und eine junge Frau heraustrat. Sie trug den gleichen Kasack wie Ulla. Vielleicht war sie eine Therapeutin oder eine Pflegekraft. Sie nickte ihm kurz zu und ging geschäftig Richtung Ausgang. Ihre weißen Crocs quietschten ein wenig auf dem grauen Linoleumboden.

»Entschuldigen Sie!«, rief Ferdinand hinter ihr her.

Sie blieb stehen und drehte sich um.

»Entschuldigung, eine Frage.« Sie kam auf ihn zu, und er deutete auf die Bilder an der Wand. »Wissen Sie, wer die gemalt hat?«

»Oh, unterschiedlich. Das sind Bilder von Leuten, die hier mal Patienten waren – oder es noch sind. Malen ist eine von vielen Therapien bei uns.«

»Ah!« Ferdinand nickte. »Und das hier?« Er deutete auf das Chiemsee-Motiv. »Von wem ist das?«

Sie lachte. »Keine Ahnung. Da bin ich wirklich überfragt. Es hängt schon länger hier, glaube ich.«

»Wie lange?«

Sie zuckte mit den Schultern. »Zwei, drei Jahre vielleicht?«

»Und Sie haben wirklich keine Idee, wer …«

»Selbst wenn ich es wüsste, ich könnte es Ihnen nicht sagen. Ärztliche Schweigepflicht, Sie verstehen …«

»Logisch. Hätte ich mir denken können. Trotzdem: Vielen Dank.«

»Gern«, sagte sie, strahlte ihn an und marschierte mit quietschenden Schritten davon.

Neidisch schaute er ihr hinterher. Sie war so verdammt schnell!

Als sie außer Sichtweite war, fiel sein Blick noch einmal auf das Gemälde. Patienten also. Wer aus dem Hause Greiffenberg mochte hier in Behandlung gewesen sein, ohne dass er etwas davon mitbekommen hatte? Jemand vom Personal? Oder etwa seine Mutter? Antonia? Onkel Wolfgang? Er hatte nicht die geringste Ahnung, aber er beschloss, es bei Gelegenheit herauszufinden. Kurzentschlossen zog er sein Handy aus der Tasche, hielt es vor das Bild und machte ein paar Fotos.

6. *Das Foto*

»Wohin damit?« Elsa hielt eine dunkelblaue Hose in die Höhe.

Therese warf einen prüfenden Blick darauf. »Altkleidersammlung!«

Elsa legte das Kleidungsstück in einen schon halb gefüllten Umzugskarton. Ihre Schwiegertochter hatte sich in den Kopf gesetzt, heute Ludwigs Schränke im Ankleidezimmer leer zu räumen.

»Bist du sicher?«, hatte sie sie zweifelnd gefragt.

»Ja«, hatte Therese geantwortet. »Ich will abschließen, verstehst du?«

»Sicher, aber … Margit könnte das für uns übernehmen, oder Pauline und Ferdinand.«

»Nein.« Therese hatte vehement den Kopf geschüttelt. »Ich muss das selbst machen. Irgendwie ist das … wichtig für mich.«

»Na gut«, hatte Elsa geseufzt. »Aber dann erlaube wenigstens, dass ich dir helfe.«

Nun waren sie schon den halben Nachmittag damit beschäftigt, Ludwigs Kleidung auszuräumen, zu sortieren und zu verpacken, und Therese hatte noch keine einzige Träne vergossen. Selbst sie, die eigentlich nicht allzu nah am Wasser gebaut hatte, hatte bei dem einen oder anderen Teil, das in die Mülltüte gewandert war, schlucken müssen. Ludwigs grauer Strickpullover, den er so geliebt und immer an Weihnachten getragen hatte. Seine Krachlederne, die seit Jahrzehnten bei allen möglichen Dorffesten und beim Oktoberfest zum Einsatz gekommen war. Sein Hochzeitsanzug. Die Seidenkrawatten. Eine beeindruckende Anzahl von Oberhemden – Therese stopfte das alles ohne mit der Wimper zu zucken in Kleidersäcke und Kartons.

»Und das hier?« Elsa nahm ein dunkelblaues Jackett aus dem Schrank.

»Altkleider.«

»Es ist noch nichts dran. Hoffentlich kommt es in gute Hände.« Wie schon bei den anderen Kleidungsstücken begann sie, sämtliche Taschen zu durchforsten. Vielleicht hatte sich ja noch irgendwo ein Geldschein versteckt oder etwas anderes, das irgendeinen Wert besaß. Sie griff in die beiden Taschen außen, dann in die Innentasche.

»Oh«, entfuhr es ihr, denn dort war wirklich etwas. Es fühlte sich an wie ein kleines, dünnes Stück Pappe. Vorsichtig zog sie es heraus und betrachtete es. Ein Foto!

»Ich denke, das war es an Pullovern und Hosen«, sagte Therese gerade und warf einen letzten Blick in das leere Schrankfach. Dann machte sie sich daran, zwei der prall gefüllten Kleidersäcke zu schultern, um sie in den Flur zu tragen.

Elsa sah sich derweil nach ihrer Brille um und entdeckte sie auf der Fensterbank. Sie setzte sie auf und nahm das gefundene Foto näher in Augenschein.

»Du liebes bisschen«, murmelte sie, denn Ludwig war darauf zu sehen, zusammen mit einer dunkelhaarigen, ziemlich attraktiven Frau, die so um die fünfzig sein mochte. Was hatte das zu bedeuten? Hatte es überhaupt etwas zu bedeuten? Vermutlich, dachte sie. Sehr vermutlich sogar, denn die beiden sahen innig miteinander aus, wie sie, die Köpfe dicht aneinander, glücklich in die Kamera strahlten. Elsa drehte das Foto um und sah, dass jemand etwas auf die Rückseite geschrieben hatte. Es war schwer lesbar, weshalb sie das Bild ein Stück entfernt hielt. Die Schrift war verschnörkelt, die Buchstaben klein, doch schließlich gelang es ihr, zu entziffern, was da stand.

»Du Heiliger!«, murmelte sie und blickte zur Tür. Therese rumorte inzwischen nebenan im Schlafzimmer herum. Fassungslos ließ Elsa sich auf einen der gepackten Umzugskartons sinken und starrte auf die drei verschnörkelten Worte: *In Liebe, Senta.* Das hatte wirklich etwas zu bedeuten. Daran gab es nun keinen Zweifel mehr. Ihr Sohn hatte eine Affäre mit einer anderen Frau gehabt. Es sprach alles dafür. Sie hatte ihm wirklich viel zugetraut, aber DAS nicht. Noch einmal betrachtete sie das Foto von allen Seiten. Vielleicht liegt sie ja schon länger zurück, diese … Liaison, dachte sie, doch andererseits: Das Jackett, in dem sie es gefunden hatte, war relativ neu, und Ludwig sah auf dem Bild so aus wie zuletzt. Sie konnte es nicht fassen. Er hatte doch immer so glücklich gewirkt mit seiner schönen Therese. Hatte sie sich dermaßen getäuscht? Wer weiß, sann sie weiter. Vielleicht war er es ja auch gewesen, glücklich. Und war nur irgendwie trotzdem in die Sache mit dieser Senta hineingeraten. Hatte sich vielleicht aus Versehen fremdverliebt, nach über dreißig Ehejahren, und dann nicht mehr zurückgekonnt. So was kam ja vor. In den besten Familien sogar. Ständig. Überall auf der

Welt. Verliebt sein war eine Naturgewalt, gegen die man nur schwer ankam. Sie wusste das. Nur zu gut. Sie blickte wieder zur Tür. Himmel! Therese würde aus allen Wolken fallen, und Elsa fragte sich, ob sie ihrer Schwiegertochter überhaupt davon erzählen sollte. Ob es nötig war, ihr noch mehr Schmerz zuzufügen. Die Arme hatte in den letzten Monaten genug ertragen müssen. In diesem Moment hörte sie plötzlich ein lautes Schluchzen von nebenan. Nun hatte es sie also doch übermannt. Schnell ließ Elsa das Foto in ihrer Hosentasche verschwinden und ging nach ihrer Schwiegertochter sehen.

Sie saß auf der Bettkante, das Gesicht in den Händen verborgen, und weinte bitterlich.

Elsa seufzte, ließ sich neben sie sinken und legte ihr eine Hand auf den Rücken.

»Es tut so weh«, schluchzte Therese. »Dass er nicht mehr wiederkommt. Ich weiß nicht, wie ich das aushalten soll.«

Elsa schwieg einen Augenblick. »Ich weiß es auch nicht«, flüsterte sie dann. »Es ist beinahe unvorstellbar.« Sie erhob sich, nahm ein Paket Papiertaschentücher von der Kommode und reichte Therese eines davon. Dann setzte sie sich wieder neben sie. »Wir werden trotzdem ohne ihn auskommen müssen«, erklärte sie leise. »Es bleibt uns einfach nichts anderes übrig.«

Therese schnäuzte sich und nickte. »Er war meine große Liebe, weißt du?«

»Ich weiß, Resilein. Das war er. Und du warst seine große Liebe«, fügte sie mit überzeugter Stimme hinzu und beschloss, das Foto fürs Erste gut unter Verschluss zu halten. Mindestens so lange, bis sie Näheres in Erfahrung gebracht hatte. Bis sie wusste, wer diese Senta war und was um alles in der Welt sie mit ihrem Ludwig zu schaffen gehabt hatte. Das nämlich, so beschloss Elsa in diesem Moment, wollte sie herausfinden. Vielleicht hatte diese Frau ja sogar etwas mit dem ominösen Verschwinden ihres Sohnes zu tun. Wer liebte, war zu allem fähig. Auch das wusste sie nur zu gut aus eigener Erfahrung.

7. Krankenbesuche

Ferdinand nahm ein Buch vom Tisch, humpelte unter Zuhilfenahme seiner Krücken zum Sofa und ließ sich umständlich darauf nieder. Seine Beine schmerzten, als er sie ausstreckte. »Benedict Wells«, las er halblaut und betrachtete das Cover. Es gefiel ihm irgendwie. *Becks letzter Sommer*. Er wusste nicht, wann er zuletzt ein Buch gelesen hatte – und welches. Vielleicht war es mal wieder an der Zeit. Sein Aufenthalt hier im *Medical Park* war eine größere Herausforderung, als er erwartet hatte. Wegen der anstrengenden Therapien, vor allem aber wegen der vielen Zeit, die es trotzdem noch totzuschlagen galt. Er erinnerte sich nicht daran, wer ihm dieses Buch geschenkt hatte, und es war ihm eigentlich auch egal. Dem Klappentext zufolge ging es um einen Lehrer, der eigentlich gern Musiker geworden wäre. Ein tragikomischer Roman über verpasste Chancen und alte Träume. Passt, dachte er mit einer Bitterkeit, die er selbst nicht an sich kannte. Er schlug das Buch auf und begann zu lesen. Weit kam er jedoch nicht. Er hatte noch nicht einmal das erste Kapitel beendet, als jemand anklopfte.

»Ja?!«, brummte er.

Die Tür öffnete sich, und Mike trat ein.

»Das wurde aber auch mal Zeit!« Ferdinand legte den Wells beiseite und richtete sich ächzend auf. »The Chief himself. Mikey, was verschafft mir die Ehre?« Er wusste, dass Mike es hasste, so genannt zu werden, aber heute ließ er es ihm durchgehen.

»Na ja, wollte mal nach dem Rechten sehen.« Mike zog sich einen Stuhl heran und setzte sich rittlings darauf. »Und? Wie geht's, Alter?«

Er zuckte mit den Schultern. »Wie es einem so geht, wenn man sich beim Skifahren einmal um einen Baum gewickelt hat.«

Mike nickte seufzend. »Tut mir echt leid, was passiert ist, Mann.« Es klang ehrlich. »Ich …« Er deutete auf Ferdinands Beine. »Sie kriegen dich doch wieder hin, oder?«

»Keine Ahnung. Vermutlich. Halbwegs.«

»Verstehe. Gott sei Dank. Und … was heißt das? Halbwegs?«

»Dass ich vermutlich irgendwann wieder laufen kann, ohne humpeln und alles, wenn's gut läuft.«

»Aber?«

»Aber meinen Job werde ich wohl an den Nagel hängen müssen«, platzte es aus ihm heraus.

Mike sah ihm prüfend ins Gesicht. »Ernsthaft jetzt, Alter?«

»Yo! Sieht ganz so aus.«

»Verdammt. Das sind ja echt … beschissene Nachrichten.« Sein Kumpel starrte leicht betreten auf das helle Eichenparkett und schwieg. »Ach!«, sagte er dann und griff in die Innentasche seiner Lammfelllederjacke, die ihm etwas zu groß war. »Hier. Schöne Grüße von den anderen. Die Jungs und Mädels vom Set. Und die Hunde lassen dich natürlich auch grüßen. Sie vermissen dich.«

»Hmmm.« Er grinste gequält. »Dachte ich mir.«

Mike reichte ihm einen Umschlag.

»Was ist das?«

»Schau rein. Ein Wellnessgutschein. Haben alle unterschrieben. Bis auf die Hunde natürlich.«

»Ah, danke!« Ferdinand legte den Umschlag ungeöffnet beiseite. Wellness hatte er hier zur Genüge, weshalb seine Mutter wohl auch von diesem Geschenk profitieren würde. »Sag mal, was wird jetzt eigentlich aus deinem Spot?« Diese Frage lag ihm schon länger auf der Seele. Insbesondere, weil er wissen musste, wie Mike mit seinen Schulden verfahren würde. Er hatte schließlich nur einen Teil seiner Abmachung erfüllt. Der Spot konnte nicht fertig gedreht werden, weil er auf halber Strecke gegen einen Baum gefahren war, und er hätte nur zu gern gewusst, was das finanziell für ihn bedeutete.

Mike zuckte mit den Schultern. »Gute Frage. I don't know. Ich leg's erst mal auf Eis, denke ich.«

»Verstehe. Und wie machen wir es jetzt mit der … Kohle? Ich meine, die, die ich dir schulde?«

Mike setzte eine gönnerhafte Miene auf. »Mach dir darum keinen Kopf, Ferdi. Letztlich ist es nur Geld, und … na ja. Wie du weißt, hab ich genug davon.«

»Verstehe. Das ist … gut. Danke, Mann.«

»Ist doch selbstverständlich. Du hast alles gegeben. Mehr als das.«

Plötzlich wirkte sein Kumpel ungewohnt zerknirscht, und fast hatte Ferdinand den Eindruck, als fühlte er sich mitschuldig an dem Unfall. Vielleicht befürchtete er auch, dass man ihn irgendwie drankriegte – wegen mangelnder Sicherheitsvorkehrungen am Set oder so was in der Art. Auf jeden Fall würde das Ganze wohl auch ihm auf die Füße fallen. Der Stunt war seine Idee gewesen, und dass es bei den Dreharbeiten zu einem so schweren Unfall gekommen war, war vielleicht einfach nur Pech gewesen, aber es warf trotzdem kein gutes Licht auf ihn und seine Firma.

»Wenn ich sonst noch was für dich tun kann, lass es mich wissen.« Mike erhob sich von seinem Stuhl.

Er schüttelte den Kopf. »Passt schon. Ich bin hier gut aufgehoben.«

Mike schaute sich um und nickte. »Sieht ganz danach aus.« Sein Blick wanderte noch einmal zu Ferdinands kaputten Beinen. Dann sah er ihm irgendwie unbeholfen ins Gesicht. Seine Faust fuhr aus, und er boxte ihn leicht gegen den Solarplexus. »Mann, ich steh in deiner Schuld, Ferdi. Also, lass es mich wirklich wissen, wenn ich was tun kann, ja?«

»Okay, Mike. Mach ich.«

Nachdem sein Besuch sich verabschiedet hatte, machte er es sich wieder auf dem Sofa bequem – so gut es eben ging mit seinen steifen Beinen. Er nahm das Buch von eben zur Hand, doch auch diesmal kam er nicht weit. Es klopfte schon wieder an der Tür. Noch ehe er etwas sagen konnte, trat Pauline ein. Als er im Krankenhaus gelegen hatte, war seine Schwester beinahe jeden Tag vorbeigekommen, obwohl ihr Verhältnis nicht unbedingt das innigste war. Das rechnete er ihr hoch an.

Sie zog ihren Mantel aus, hängte ihn an einen Garderobenhaken und überreichte ihm eine Tüte Gummibärchen und eine Schachtel Greiffenberg-Pralinen. »Hier, Bruderherz.« Sie lächelte ihn an. »Ich weiß doch, was dir fehlt.«

Er legte die Pralinen beiseite und inspizierte die Gummibärchentüte. »He, die ist ja schon offen!«, rief er empört.

»Ja, ich konnte nicht widerstehen auf der Fahrt hierher.« Sie lachte. »Aber ich hab kein einziges Rotes gegessen, ehrlich!« Sie hob die Hand zum Schwur und sah ihn mit Unschuldsmiene an.

Er warf einen Blick in die Tüte und nahm sich ein rotes Bärchen heraus. »Na gut. Dann will ich dir mal glauben«, sagte er und warf es sich in den Mund. Von allen Menschen war Pauline diejenige, die ihn am besten kannte. Immerhin hatten sie ihre gesamte Kindheit und Jugend zusammen verbracht, sich bis aufs Blut gestritten und immer wieder vertragen. Sich ab und zu gegenseitig bei den Eltern verpetzt und dann wieder Allianzen gegen sie geschmiedet. Das prägte, und noch immer wussten sie genau voneinander, wie sie tickten.

Pauline schnappte sich den Stuhl, auf dem Mike eben noch rittlings gesessen hatte, drehte ihn um und nahm Platz. Sie sah blass und übernächtigt aus. »Wie geht's dir?«, fragte sie.

»Willst du's wirklich wissen?«

Sie runzelte die Stirn. »Ja?!?«

»Ich hatte mein Gespräch mit dem Chefarzt.«

»Oh. Und wie war es?«

»Niederschmetternd.«

Ihre Miene wurde plötzlich noch sorgenvoller. »Das hört sich nicht gut an. Was hat er denn gesagt?«

»Dass ich meinen Beruf nicht mehr ausüben kann. Dass ich in Zukunft wieder als Stuntman arbeiten kann, das sieht er nicht, meinte er.«

Sie seufzte. »Das tut mir echt leid, Ferdinand. Das ist echt … scheiße.«

»Tja. Da sagst du was.«

Sie nickte betreten.

»Es ist nun mal das Einzige, was ich richtig gut kann. Stuntman sein. Und deshalb, um zu deiner Ausgangsfrage zurückzukommen: Es geht mir beschissen. So sieht's aus.«

»Oh Mann. Und das ist jetzt schon sicher? Ich meine, du bist supersportlich und ehrgeizig. Also, wenn du etwas willst jedenfalls. Deshalb …«

»Er war sich sicher.«

»Verstehe. Aber das wird sich irgendwie finden, Ferdinand.«

»Wie denn?«

»Werd erst mal richtig gesund und lern wieder laufen. Und dann …«

»Und dann was? Was mach ich dann?« Sein Blick fiel auf das Buch mit dem unglücklichen Lehrer. »Vermutlich ein zynischer alter Mann werden. Onkel Wolfgang zwei Punkt null.«

»Nein. Das bitte nicht. Einer von der Sorte reicht mir. Er macht mir das Leben gerade so dermaßen zur Hölle, das kannst du dir nicht vorstellen. Als wenn es nicht ohnehin schon schlimm genug wäre. Manchmal würde ich am liebsten alles hinschmeißen. Dieser ganze Greiffenberg-Saftladen – ich kann bald nicht mehr, Ferdinand.«

»Ernsthaft? So schlimm? Was ist denn passiert?«

»Ich hatte doch dieses Konzept ausgearbeitet, damit wir irgendwie aus diesem PR-Desaster wieder rauskommen. Du warst ja dabei, als ich es vorgestellt habe. Also, zumindest physisch …«

»Ja, haha.«

»Sorry, war doch so. Aber ist ja jetzt auch egal. Jedenfalls, das Konzept …«

»Das mit der Klimaneutralität?« Er grinste. »Ich erinnere mich …«

»Immerhin. Ja, genau das. Und jetzt rate mal, was Onkel Wolfgang macht?«

»Pfff … keine Ahnung. Sich querstellen?«

»Das sowieso. Aber jetzt bringt er mich auch noch bei der gesamten Belegschaft in Misskredit. Erzählt überall rum, ich würde das Geld zum Fenster rausschmeißen.« Sie seufzte. »Ich weiß wirklich nicht mehr, was ich noch machen soll. Ich bin am Ende mit meinem Latein.«

»Ach komm.«

»Kannst du nicht mal mit ihm reden? Ich meine, dich mag er. Jedenfalls lieber als mich. Vielleicht lässt er sich von dir zur Vernunft bringen.«

»Unwahrscheinlich. Aber klar. Kann ich versuchen, wenn sich eine Gelegenheit bietet.«

»Danke. Das wäre mir echt eine große Hilfe.«

Er nickte. »Du hättest damals einfach auf ihn und mich hören und verkaufen sollen. Wir hätten gutes Geld für die Firma bekommen, es hätte so vieles einfacher gemacht. Und außerdem …« Er stockte.

»Außerdem was?«

»Außerdem läge ich dann nicht hier. Meine Beine würden noch funktionieren, und ich wäre immer noch ein gefragter Stuntman.«

»Ähm … muss ich das jetzt verstehen? Was hat das denn damit zu tun?«

Er biss sich auf die Lippe und winkte ab. »Vergiss es. Lange Geschichte.«

»Willst du sie mir erzählen?«

Er schüttelte den Kopf. Hatte gerade noch gefehlt, dass

sie von seinen Schulden erfuhr. Und von dem unglückseligen Unfall mit Mikes Auto.

»Okay. Dann nicht.« Ihr Blick fiel auf das Buch. »Huch! Du liest?«

»Nein. Ich komm nicht dazu. Kommt ja ständig Besuch.«

Sie grinste. »Tu nicht so. Ohne mich bist du doch aufgeschmissen.«

»Ja, vielleicht«, gab er mit ernster Miene zurück.

»Sag mal, apropos aufgeschmissen: Wir haben noch gar nicht über Weihnachten gesprochen.«

»Was gibt's da zu besprechen? Ich kann über die Feiertage nach Hause, falls du das meinst.«

»Das ist super. Hab ich mir gedacht. Aber … alle wollen die Feiertage wieder oben in der Hütte verbringen. Wie immer halt.«

»Wie immer halt. Super Idee.« Er deutete auf seine Beine. »Soll ich da hochfliegen, oder was?«

»Nein, aber bestimmt gibt es irgendeine Möglichkeit, wie wir dich …«

»Wie soll das gehen?« Er winkte ab. »Aber lasst euch bloß nicht aufhalten. Ich komm schon irgendwie klar hier unten.«

»Ach, hör doch auf!«

»Wir können ja facetimen.«

»Echt jetzt, Ferdinand!«

»Was?« Er war wirklich beleidigt und hatte alle Mühe, es zu verbergen. Weihnachten mit der Familie war ihm immer wichtig gewesen. Ihnen allen. Dass sie tatsächlich in Betracht zogen, ihn unten zurückzulassen wie einen Sterbenden in der Wüste, in seiner Situation, das war schon allerhand.

Pauline riss die Augen auf. »Ist da etwa jemand eingeschnappt?«

»Ach, leck mich!«

»Wir kriegen dich da schon irgendwie rauf. Die Zwillinge würden sowieso nicht ohne dich Weihnachten feiern. Und ich auch nicht. Keiner von uns, das weißt du. Alles wird gut.«

»Mhmmmm«, brummte er.

»Hey!« Sie lächelte, hob eine Hand und formte Zeigefinger und Daumen zu einem Kreis.

Da musste er auch lächeln. Es war ihr Zeichen gewesen, als sie noch Kinder waren, und es war immer dann zum Einsatz gekommen, wenn der eine den anderen aufmuntern wollte. Wenn er mal wieder sonntags wie ein geprügelter Hund aus der Bibliothek gekommen war, weil sein Vater ihn stundenlang mit Firmenkram gequält hatte. Wenn sie sich mit ihrer besten Freundin gestritten oder Hugo aus der Vierten sie plötzlich nicht mehr beachtet hatte. Der Kreis bedeutete, wir sind verbunden, was auch immer passiert, und das hatte er, obwohl er damals schon so cool gewesen war, immer als sehr tröstlich empfunden. Er rappelte sich vom Sofa hoch, setzte eine verschwörerische Miene auf und machte das Zeichen hinter seinem Rücken, als wäre jemand im Raum, der es nicht sehen durfte.

Seine Schwester grinste. »Idiot!«

»Selber«, sagte er und warf ihr eine Kusshand zu.

8. *Weihnachten*

»Fahr lieber nicht so schnell«, sagte Ferdinand, doch Mike schien ihn gar nicht zu hören. Er betätigte den Daumengashebel, der Motor des Schneemobils heulte auf, und kurz darauf bretterten sie mit locker hundert Sachen über den weißen Pulverschnee. Der Fahrtwind nahm ihm den Atem. Es war fast wie fliegen.

»Gibst du etwa Vollgas?«, brüllte er Mike ins Ohr.

Der nickte.

Vor seinem Unfall hätte ihm das gefallen. Er hatte die Geschwindigkeit und das Agieren am Limit geliebt. Doch jetzt krallte er sich an den Hüften seines Kumpels fest wie ein verängstigtes Kind. Er erkannte sich selbst nicht wieder.

Irgendwann bremste Mike kurz ab und wandte sich zu ihm um. »Endspurt. Festhalten!« Im nächsten Moment drehte er den Motor noch einmal voll auf und fuhr eine lang gezogene Kurve. Für einen Augenblick schien es Ferdinand so, als lägen sie beinahe quer in der Luft. Und dann kam die Greiffenbergsche Skihütte in Sicht. Mike hielt darauf zu, legte eine Vollbremsung hin und blieb schließlich davor stehen.

»Taxifahrt beendet. Macht zweiunddreißig fünfzig.«

»Witzig.« Ferdinand nahm den Helm vom Kopf und strich sich mit der Hand durch die blonden langen Haare. Als Mike abgestiegen war, hob er vorsichtig sein linkes Bein über den Sitz. Mike reichte ihm einen Arm und half ihm, aufzustehen. Es war ein mühseliges Unterfangen. Dass er immer noch für beinahe jeden Schritt auf Hilfe angewiesen war, machte ihm wahnsinnig schlechte Laune.

Mike deutete auf die Krücken, die an der hölzernen Hauswand lehnten. Pauline hatte sie also wie versprochen mitgebracht. »Nicht umfallen! Ich hol dir mal die Dinger da.«

»Keine Sorge. Stehen kann ich noch allein«, murmelte er sarkastisch.

Mike reichte ihm die Gehhilfen, doch als er versuchte, sich auf ihnen abzustützen, versanken sie im Schnee. Er geriet ins Straucheln. Mike schaffte es gerade noch rechtzeitig, ihn festzuhalten.

»Verdammt!«, zischte er. Er fühlte sich so wahnsinnig hilflos. Mit Mikes Unterstützung schaffte er es schließlich, die zwei Meter bis zur Haustür zu überwinden. Inzwischen bereute er fast, überhaupt hergekommen zu sein. Unten, mit festem Boden unter den Füßen, war alles schon schwierig genug.

Heute war Heiligabend, und die Familie würde Weihnachten tatsächlich wie jedes Jahr oben in ihrer Hütte auf der Winklmoosalm verbringen – ungeachtet der Tatsache, dass er praktisch Vollinvalide war und nicht würde Ski fahren können. Und auch sonst nichts Nennenswertes tun, das ihm die Feiertage versüßen könnte. Doch seine Großmutter hatte keine Widerrede geduldet und darauf bestanden, es so wie jedes Jahr zu machen.

Heute war Anreisetag, und wenn er richtig informiert war, musste der Rest der Familie bereits vor Ort sein. Waren ja auch alle gut zu Fuß, was nötig war, um hierherzugelangen. Mit dem Auto konnte man nicht auf die Alm fahren – jedenfalls nicht bis ganz hoch, und das letzte Stück bedeutete einen nicht zu verachtenden Fußmarsch. Es war gar nicht daran zu denken gewesen, dass seine kaputten Beine die Strecke hätten bewältigen können.

»Wenn Onkel Ferdi nicht mitkommt, bleiben wir auch hier!«, hatte Ada trotzig ausgerufen, als er seiner Familie eröffnet hatte, dass er dann eben über Weihnachten in der Klinik bliebe. Im nächsten Augenblick hatte nebenan bei den Grindlers ein Motor aufgeheult, und da war ausgerechnet Oma Elsa auf die Idee gekommen, Mike um Hilfe zu bitten. Sie hasste ihn, nicht zuletzt wegen der zahlreichen lärmenden Gerätschaften, die er sich im Laufe der Zeit zugelegt hatte und in regelmäßigen Abständen auf Hochtouren laufen ließ. Seine neueste Errungenschaft war ein Motorschlitten.

»Herr im Himmel, ist das sein Ernst?«, hatte Oma Elsa geschimpft, als sie davon erfahren hatte. »Was kommt als Nächstes? Ein Raumschiff?«

Doch dann war ihr eingefallen, dass Motorschlitten durchaus auch ihr Gutes hatten. Man konnte damit verletzte Skifahrer von der Piste holen. Oder eben hinaufbringen. Wenig später war der Deal eingetütet.

Heute Mittag war sein Gepäck in Leopolds Bulli verfrachtet worden und er selbst in Mikes Defender. Den Schlitten hatte sein Kumpel auf einen eigens dafür angeschafften Anhänger verfrachtet, den sie hinter sich hergezogen hatten. Die Fahrt hatte eine knappe Stunde gedauert, und nun waren sie hier. Sein erstes Weihnachten als Invalide konnte kommen.

Er hämmerte gegen die Tür, die im nächsten Moment geöffnet wurde.

»Onkel Ferdiiiiiiii!«, rief Max und strahlte ihn an.

Ada trat hinter ihren Bruder und sah mindestens genauso erfreut aus wie er.

»Hey, Leute!«, begrüßte er die Zwillinge. Vor ihnen würde er sich nichts anmerken lassen, das hatte er sich vorgenommen. »Ratet mal, wen ich vorhin auf der Autobahn getroffen habe?«

»Onkel Wolfgang?«, riet Ada.

»Nee, das Christkind!« Er zwinkerte den beiden verschwörerisch zu.

»Mit dem Schlitten? Auf der Autobahn?« Ada starrte ihn ungläubig an.

»Ja, klar. Auf der Überholspur.« Er humpelte hinein.

Mike folgte ihm in die gute Stube. Er würde natürlich nicht mit ihnen Weihnachten feiern, doch an eine schnelle Rückreise schien er trotzdem nicht zu denken.

»Bruderherz. Wie schön!« Pauline kam in dicken Wollsocken und Norwegerpulli die Treppe heruntergejoggt. »Du hast es auch geschafft. Wie war die Schlittenfahrt?«

»Onkel Ferdi hat das Christkind auf der Autobahn getroffen«, informierte Max seine Mutter.

»Auf der Autobahn?« Auch seine Schwester blickte ihn nun stirnrunzelnd an.

»Ja, auf der Überholspur. Mit dem Schlitten! Meinst du, der ist kaputt und kann jetzt nicht mehr fliegen?«

Pauline seufzte. »Keine Ahnung. Frag deinen Onkel.«

Max sah ihn an. »Was glaubst du, Onkel Ferdi?«

»Schätze, der Luftraum war dicht. Zu viele Flugzeuge. Die Leute fliegen ja Weihnachten überall hin.«

»Ah.« Max nickte.

Offenbar hatte er eine zufriedenstellende Antwort gefunden, worauf er ziemlich stolz war.

»Schön habt ihr's hier«, schaltete sich nun Mike ein. Er sah sich um. »Nicht gerade Kitzbühel. Aber … na ja. Hat was.«

Mike hatte recht. Luxus war das hier nicht. Die Hütte verfügte unten über eine Küche und eine große Stube mit einem Holztisch in der Mitte, an dem alle Greiffenbergs Platz fanden. Ein Feuer loderte bereits in dem alten Kachelofen und spendete wohlige Wärme. Eine knarrende Holztreppe führte hinauf ins Dachgeschoss, wo sich fünf kleine Schlafräume und ein Bad befanden. Es war alles nicht auf dem neuesten Stand. Kein helles Holz, keine Panoramafenster, keine grauen Schaffelle. Kitzbühel war anders, aber sie liebten es trotzdem so, wie es war. Und sie liebten es, Weihnachten hier oben im Schnee zu verbringen.

»Sag mal, kriegt man bei euch einen guten Kaffee?«, fragte Mike, nachdem ihm niemand weiter Beachtung geschenkt hatte.

»Definiere gut«, erwiderte Pauline. »Eine Espressomaschine gibt's hier nicht, wenn du das meinst. Aber ich mache einen hervorragenden Filterkaffee.«

»Oh. Äh … nein, lass mal.«

In diesem Moment betrat seine Großmutter die gute Stube.

»Oma!« Ferdinand begrüßte sie mit einer Umarmung, bei der er fast wieder das Gleichgewicht verlor.

»Junge. Schön, dass du es hierhergeschafft hast.« Ihr

Blick fiel auf Mike. »Und, danke, Herr, äh … Grindler.« Sie lächelte kühl. »Da haben Sie endlich mal etwas Sinnvolles getan mit einer Ihrer lärmenden Gerätschaften.«

Mike lachte. »Oh, ich mache viele sinnvolle Dinge damit, glauben Sie mir, Frau von Greiffenberg.«

»Tatsächlich? Nun … können wir denn noch etwas für Sie tun?«

Mike schüttelte den Kopf. »Nein, nein. Ich mache mich gleich wieder auf den Weg. Ist ja Weihnachten.« Offenbar hatte er den Wink verstanden. Es wäre aber auch schwer gewesen, ihn nicht zu verstehen.

»Noch einmal danke, dass Sie uns unseren Ferdinand gebracht haben. Kommen Sie gut nach Hause. Und frohe Weihnachten.«

»Ja. Danke. Dito. Und, äh, Ferdi …« Mike schlug ihm auf die Schulter. »Sag Bescheid, wenn du wieder runter musst.«

»Macht er«, antwortete Oma Elsa an seiner Stelle, ging zur Tür und öffnete sie. Ein kühler Windstoß kam herein, und Mike stapfte in den Schnee hinaus.

»So, dann sind wir vollzählig«, erklärte seine Großmutter frohgemut. »Um acht gibt's Essen!«

»Tschüss, Onkel Ferdi!« Ada winkte ihm zu. Pauline hatte sie und ihren Bruder in Skianzüge gesteckt und auf kleine Skier gestellt. Die Sonne strahlte vom Himmel, wie es sich für einen ersten Weihnachtstag gehörte. Nach dem gemeinsamen Frühstück hatten sich alle in den kleinen Verschlag nebenan begeben und ihre Skibretter hervorgeholt. Heute war ein idealer Tag, um die verschneiten Pisten hinunterzurasen und sich später, zur Mittagszeit, eine Vesper plus ein oder zwei Getränke in einer der urigen Skihütten zu genehmigen.

Ferdinand war allein in der Stube zurückgeblieben. Er hatte das Fenster geöffnet, stützte sich auf seine Gehhilfen und beobachtete das Treiben vor der Hütte. Onkel Wolfgang kam nicht in seine Skischuhe und fluchte leise vor sich hin. Seine Mutter hatte Probleme mit der Bindung und brauchte Hilfe von Antonia. Ada half Max, den Helm zu schließen, und er ihr, den eingeklemmten Reißverschluss ihrer Skijacke hochzuziehen. So war das jedes Jahr. Es dauerte ewig, bis endlich alle fertig waren.

Mit einem Ruck schloss er das Fenster. Es machte ihn schier verrückt, dass er nicht mit auf die Piste konnte. Wie gerne wäre er mit Pauline die Hänge hinuntergebrettert, wie sie es schon als Kinder getan hatten. Damals hatte er sie jedes Mal abgehängt, und sie hatte sich furchtbar aufgeregt, dass er nie auf sie wartete. Am liebsten hätte er auch wieder den Skilehrer für die Zwillinge gegeben und ihnen im Funpark ein paar Kunststücke beigebracht. Slalomfahren und kleine Sprünge. Die beiden fuhren richtig gut für ihr Alter. Genau wie er hatten sie schon auf Skiern gestanden, kaum dass sie laufen konnten. Und sie hatten sein Talent geerbt – alle beide.

Trübsinnig überlegte er, was er mit dem langen Tag anfangen sollte. Er hatte das Buch dabei, vielleicht würde er gleich ein wenig lesen. Er sah noch eine Weile durch das geschlossene Fenster auf die hügelige Schneelandschaft. Der gestrige Abend kam ihm in den Sinn. Es hatte Raclette gegeben – auch eine alte Greiffenbergsche Tradition an Heiligabend. Danach die Bescherung. Das Christkind hatte sich nicht lumpen lassen und einige Pakete unter dem Weihnachtsbaum abgelegt, den seine Mutter hatte aufstellen lassen. Wie jedes Jahr hatte sie ihn ausnehmend schön geschmückt, mit antiken Christbaumkugeln und Strohsternen.

»War nicht schlimm, dass der Luftraum überfüllt war«, hatte Max am Ende erleichtert festgestellt. »Ich hab alles gekriegt, was ich mir gewünscht hab.«

»Siehst du«, hatte er geantwortet und Pauline einen halb verschwörerischen, halb triumphierenden Blick zugeworfen.

Auch der Rest des Abends war gut verlaufen, abgesehen davon, dass er die meiste Zeit an seinen Stuhl gefesselt war und noch nicht mal mit den Kindern auf dem Boden herumtoben konnte. Aber zumindest hatte es keine Zwistigkeiten und Streitereien gegeben, und das war nicht unbedingt selbstverständlich in ihrer Familie. Sie alle hatten versucht, vor den Zwillingen zu überspielen, dass sie traurig waren. Es war das erste Weihnachten nach dem Tod seines Vaters. Dessen angestammter Platz am Kopfende des Tisches war leer geblieben, und er hatte seiner Mutter angesehen, wie sehr sie das mitnahm.

»Ferdi, da bist du ja!«, hörte er plötzlich hinter sich die Stimme seiner Großmutter. Erschrocken wandte er sich um.

»Oma!« Er hatte ganz vergessen, dass sie auch hiergeblieben war. Sie war immer eine gute Skifahrerin gewesen, doch vor einiger Zeit hatte sie es drangegeben. »Zu gefährlich mit meinen alten Knochen«, hatte sie eines Tages erklärt. »Da ist der Oberschenkelhalsbruch vorprogrammiert, und dann kann ich nicht mehr wandern gehen. Das will ich nicht riskieren.«

»Kommst du mit in die Sonne?«, fragte sie. Sie trug ihren hellbraunen Pelzmantel und eine dazu passende Fellmütze. Beides besaß sie, seit er denken konnte. Er hatte keine Ahnung, welche armen Tiere dafür ihr Leben hatten lassen müssen. Vielleicht Nerze oder Zobel, er kannte sich da nicht so aus. Auf jeden Fall trug sie dieses Outfit nur noch hier oben. Wohlweislich. Woanders wäre sie dafür vermutlich gelyncht oder zumindest mit Farbbomben beworfen worden. Zu Recht wahrscheinlich.

Jetzt schob sie sich eine riesige schwarze Sonnenbrille auf die Nase, mit der sie aussah wie eine Filmdiva aus Hollywood.

Er folgte ihr hinters Haus, wo bereits zwei klappbare Liegestühle aus Holz und Leinen auf sie warteten. Vermutlich hatte seine Oma Onkel Wolfgang heute Morgen damit beauftragt, sie aus dem Verschlag zu holen und aufzustellen – und drumherum den Schnee zu räumen, damit Ferdinand sich dort sicher bewegen konnte. Er legte seine Krücken auf den Boden und ließ sich vorsichtig neben seiner Oma nieder.

»Hoffentlich kommen wir aus den Dingern wieder raus«, sagte sie naserümpfend. »Wie oft habe ich Ludwig gesagt, er soll bequeme Liegen hier heraufbringen lassen, aber die Hütte war ja nie so wichtig. Gott im Himmel!« Sie lehnte sich zurück und schloss die Augen. Jedenfalls vermutete er, dass sie das tat. Die Sonnenbrille hatte sehr dunkle Gläser. Er jedenfalls machte die Augen kurz zu und atmete tief ein und aus. Die Luft war herrlich frisch und kühl. Die Sonne wärmte sein Gesicht, und die Strahlen kitzelten ihn in der Nase. »Hatschi«, machte er und schniefte ein wenig.

»Gesundheit, Junge«, murmelte seine Großmutter.

Er öffnete die Augen wieder und betrachtete die riesigen Eiszapfen, die an der Dachrinne hingen und in der Sonne vor sich hin tropften.

»Und?«

»Und was?«, fragte er leicht irritiert.

»Wie geht es dir? Kommst du klar mit den Beinen?«

»Noch nicht, aber es wird wieder«, hörte er sich sagen. Er

klang zuversichtlicher, als er sich fühlte. Das musste seine toughe Großmutter aber nicht unbedingt wissen.

»Ich hab gehört, du musst deinen Beruf an den Nagel hängen.«

»Ja«, brummte er. Immer schön rein in die Wunde. Ob nun Weihnachten war oder nicht. Das war Oma Elsa. Sie sprach die Dinge gern offen an.

»Und was willst du nun tun, mein Junge?«

War klar, dass das jetzt kommen musste, dachte er. »Wird man sehen«, murmelte er ausweichend.

»Du solltest dir langsam Gedanken machen.«

»Mach ich, Oma.«

»Wie wäre es, wenn du richtig in die Firma mit einsteigst? Ins operative Geschäft?«

Er seufzte. »Jetzt auf einmal? Als was denn?«

»Das müssen wir überlegen. Aber wir finden schon was Passendes für dich. In unserer Familie wird niemand fallen gelassen. Das war schon immer so. Also überleg mal, was dir Spaß machen könnte.«

»Du meinst, eine Art Arbeitsbeschaffungsmaßnahme? Damit ich beschäftigt bin?«

»Nein.«

»Oma, ganz ehrlich«, erklärte er. »Lieb, dass du an mich denkst, aber dazu hab ich echt keine Lust. Dass ich auf einen Posten gesetzt werde, den es eigentlich gar nicht gibt, nur damit ich unterkomme. Ich will auch nicht der Laufbursche meiner Schwester und meines Onkels sein. Wenn ich es mir recht überlege, will ich in der Firma eigentlich gar nichts sein. Außer Anteilseigner. Wie gehabt.«

»Was willst du dann tun?«

»Keine Ahnung. Weiß ich noch nicht. Aber nicht das!«

»Denk drüber nach, Ferdinand. Wir brauchen dich.«

Er schnaubte. »Seit wann?«

»Seit sich deine Schwester und dein Onkel die Köpfe einhauen. Es wird immer schlimmer. Du könntest so etwas sein wie … ein ausgleichendes Element.«

»Wow. Toll!«

»Sei nicht so zynisch.« Sie seufzte. »Diese verrückte Familie. Ihr bringt mich noch alle ins Grab.«

Jetzt musste er doch lachen. »Und du sei nicht so theatralisch.«

»Pfff …«, machte Oma Elsa.

Plötzlich fiel ihm etwas ein. Er zog sein Handy aus der Jackentasche, öffnete die Fotos und fand das Gemälde, das er in der Klinik abfotografiert hatte. »Sag mal, kann es sein, dass ich nicht der erste Greiffenberg bin, der Patient im *Medical Park* ist?«

»Wie kommst du denn darauf?«

Er hielt ihr das Display unter die Nase. »Hier, das Gemälde hängt an einer Wand vor der Abteilung für Psychotherapie.«

Oma Elsa nahm das Telefon und betrachtete das Bild. »Du liebes bisschen! Das ist ja … genau unsere Aussicht.«

»Es wurde von einem Patienten gemalt. Komisch, oder?«

»Allerdings.«

»Hast du irgendeine Ahnung, von wem es stammen könnte?«

Sie schüttelte den Kopf. »Nein. Wobei …«

»Wobei?«

»Schon gut.«

Er überlegte. »Bei uns gehen die Leute ein und aus. Vielleicht stammt es einfach von jemandem, der mal bei uns zu

Gast war und von unserer Terrasse aus ein Foto gemacht hat.« Er grinste. »Oder ein fotografisches Gedächtnis besitzt.«

»Möglich«, murmelte seine Großmutter. Sie gab ihm das Handy zurück und blickte auf die verschneiten Berge. »Sagt dir der Name Senta etwas?«, fragte sie plötzlich unvermittelt.

»Senta? Nein. Müsste er?«

Sie seufzte. »Tja … ehrlich gesagt … ich weiß es nicht, Junge.«

Der Tag ging dann doch schneller herum, als er erwartet hatte. Nach dem Gespräch mit seiner Großmutter hatte er sich hingelegt, weil seine Beine schmerzten. Die Anreise war anstrengend gewesen, und die Medikamente machten ihn zusätzlich müde. Er war direkt eingeschlafen und erst zwei Stunden später wieder aufgewacht. Gegen vier am Nachmittag trudelte die Familie wieder ein – glückselig, rotwangig und mit müden Beinen. Während die anderen duschten und sich für den Abend zurechtmachten, begann er, das Käsefondue zuzubereiten. Das war von jeher seine Aufgabe. Der Job ließ sich auch mit zwei kaputten Beinen erledigen, denn im Prinzip musste man nichts weiter tun, als in einem riesigen Topf mit Käse und Weißwein herumzurühren. Pauline kam als Erste wieder herunter. Wohlduftend und gut gelaunt. Während Leopold noch unter der Dusche stand und sich ihre Mutter um die Zwillinge kümmerte, begann sie, den Tisch zu decken.

»Wie war's denn heute?«, erkundigte sich Ferdinand, obwohl er es sich denken konnte – wahrscheinlich fantastisch. Wollte er das wirklich genauer wissen?

Seine Schwester nahm gerade einen Stapel Teller aus einem der Küchenschränke. »Oh, prima. Onkel Wolfgang ist aus dem Schlepplift gefallen. Es war zum Schießen!«

»Seit wann bist du so schadenfroh?«, fragte er, konnte sich aber selbst ein Grinsen nicht verkneifen. Die Vorstellung, wie ihr Onkel sich unter den Augen sämtlicher Schleppliftfahrer fluchend wieder aufrappelte, war einfach zu köstlich.

Pauline stellte den Tellerstapel auf die Anrichte und zog die Besteckschublade auf. »Ich weiß. Ist echt gemein. Aber er hat vorher dermaßen über eine junge Frau abgelästert, der das Gleiche passiert war. Du weißt schon: ›Boah … Frauen und Skifahren. Wie doof kann man denn sein …‹«

»Ich kann's mir ungefähr vorstellen.«

»Tja, und dann ist er selbst rausgefallen, als er mit mir hochgefahren ist. Ich sag nur: *Karma is a bitch.*«

»War da wirklich Karma die Bitch? Oder du?« Er sah sie amüsiert an. »Sei ehrlich!«

»Was meinst du?«

»Ich meine, ob da jemand eventuell … ein klein wenig nachgeholfen hat.«

»Also, bitte! Was denkst du denn? Dass ich ihn rausschubse?«

Er zuckte mit den Schultern. »Vielleicht nicht direkt rausschubsen. Aber so ein bisschen … abdrängen? Mit den Skiern? An einer steilen Stelle? Ich kenne dich doch.«

Sie sah ihn empört an. »Nein?!?«

Er lachte. »Also, an deiner Stelle … ich hätt's gemacht.«

»Ja, das glaube ich dir gern, Bruderherz. Aber ich bin nicht du, weißt du?«

»Täte dir aber vielleicht ganz gut.«

»Was?«

»Wenn du mehr wie ich wärst.«

»Nee. Lass mal. Muss nicht sein.«

»Okay. Dann eben nicht«, erwiderte er leicht angesäuert. Wie die Zeiten sich ändern, dachte er. Früher als Kind hatte sie immer so sein wollen wie er.

Er wusste genau, wie viele Zigaretten er in seinem Leben bisher geraucht hatte. Zehn. Nicht mehr und nicht weniger. Keine davon hatte ihm wirklich geschmeckt, und nur selten hatte es Augenblicke gegeben, in denen er sich gewünscht hatte, Raucher zu sein. Doch jetzt war so ein Augenblick. Er hatte seine Skijacke übergezogen und sich auf die kleine Bank vor der Hütte gesetzt. Der Rest der Familie hockte noch am Tisch. Das Fondue war gegessen, der Nachtisch auch, und inzwischen war man dazu übergegangen, die guten alten Zeiten aufleben zu lassen. Als er und seine Schwestern noch Babys waren. Kinder. Teenager. Jedes Jahr an Weihnachten wurden die gleichen Geschichten hervorgekramt. Es war immer nur eine Frage der Zeit. Nachdem seine Mutter die Anekdote mit dem frisierten Mofa zum Besten gegeben hatte, mit dem er als Vierzehnjähriger einen Abgang am Hang gemacht hatte, war das dringende Bedürfnis nach frischer Luft und Alleinsein über ihn gekommen. Nun saß er also hier, zündete sich im Geiste die elfte Zigarette seines Lebens an und sog die eiskalte Luft ein. Die Weinseligkeit da drinnen wollte nicht auf ihn überspringen, und das lag nicht an mangelndem Weinkonsum. Er hatte bereits drei Gläser Riesling intus. Eventuell sogar vier – trotz vorheriger Einnahme von Thomapyrin und Voltaren. Woran es ihm mangelte, war die Seligkeit, aber woher sollte er die auch nehmen, ohne funktionierende Beine und ohne einen Lebensplan B? Er hatte Menschen, die in Selbstmitleid ertranken, immer für Loser gehalten, und nun war er selbst so jemand. Ein verdammter Loser. Er hob den Blick. Der Himmel war so klar, wie er es nur in den Bergen sein konnte. Die Sterne leuchteten hell, und es waren so unfassbar viele. Er erkannte den großen Wagen und daneben den kleinen. Sicher hätte er noch Hunderte weiterer Sternbilder erspähen können, doch leider kannte er nur die beiden.

Plötzlich schob sich eine Gestalt im Canada-Goose-Parka in sein Blickfeld. »Junge! Rutsch mal ein Stück!«, sagte Onkel Wolfgang und setzte sich zu dicht neben ihn.

Fuck, dachte Ferdinand und drückte im Geiste seufzend seine Zigarette aus, während sein Onkel sich eine Marlboro Light anzündete.

»Das nenn ich mal Panorama, was?« Onkel Wolfgang deutete vage mit dem Kinn irgendwohin. »Und? Wie ist die Lage?«

»Top«, erwiderte Ferdinand lahm und überlegte, ob es sehr unhöflich wäre, einfach aufzustehen, sich seine Krücken zu schnappen und wegzuhumpeln.

Onkel Wolfgang zog genüsslich an seiner Kippe. Sie glimmte auf und knisterte leicht.

»Du hast heute einen Abgang aus dem Schlepper gemacht?« Er konnte es sich nicht verkneifen.

»Ah. Ja. Hat sich also schon rumgesprochen«, erwiderte sein Onkel maulig. »Deine Schwester ist schuld. Sie hat dermaßen bescheuert rumgehampelt in dem Lift und mich dann regelrecht abgedrängt. Es ist wirklich eine verdammte Zumutung, mit ihr Lift zu fahren.«

»Ach?«, sagte er und musste grinsen.

»Das Mädel fährt wirklich ziemlich scheiße Ski, dafür,

dass sie es nun wirklich können müsste. Hat ihr das mal einer gesagt?«

»Nein, aber es wäre mir auch neu.«

»Mhmmm …«, brummte Onkel Wolfgang und stieß Zigarettenrauch in die klare Luft. »Ist übrigens gut, dass ich dich hier allein antreffe«, nuschelte er. »Wollte sowieso mit dir reden.«

»Worüber?«

»Über … deine Schwester. Wir müssen sie stoppen. Schnellstens.«

»Wie meinst du das? Wobei stoppen?«

»Der Kurs, den sie da in der Firma fährt, der wird uns alle ruinieren. CO_2-neutral werden! Weißt du eigentlich, was das kostet? Wir sollten lieber jetzt das Geld klug investieren, statt es für eine billige PR-Masche aus dem Fenster zu werfen.«

»Tut sie das denn?«, fragte er halbherzig. »Das Geld aus dem Fenster werfen?« Er verspürte nicht die geringste Lust, schon wieder über die Firma zu reden, aber jetzt fiel ihm ein, dass Pauline ihn gebeten hatte, mit Onkel Wolfgang zu sprechen, um ihn von diesem CO_2-Gedöns zu überzeugen. »Sie hat mir erzählt, was sie vorhat, und für mich klingt es, als hätte es Hand und Fuß«, sagte er also, obwohl ihm klar war, dass er wohl kaum in der Lage wäre, seinen Onkel von Paulines Plan zu überzeugen. Es haperte ja schon daran, dass er kaum Fachwissen besaß.

»Nein. Es hat nicht Hand und Fuß. Überhaupt nicht. Im Gegenteil, es ist eine Schnapsidee. Großes Invest. Null Wirkung. Glaub's mir. Ich bin schon lange im Geschäft.«

»Hast du mal in Ruhe mit ihr darüber gesprochen?«

Onkel Wolfgang lachte auf. »Ich hab mit Engelszungen

auf sie eingeredet, aber ich bin ja nur ein alter weißer Mann, der die Zeichen der Zeit nicht erkennt. Dass ich eine Menge Erfahrung habe und weiß, wie der Markt funktioniert, das zählt natürlich nicht. Das Problem ist nur, wenn sie so weitermacht, wird sie den Laden endgültig an die Wand fahren. Das ist Fakt. Und dann hängen wir alle mit drin.«

Okay, ich hab's versucht, dachte Ferdinand. Mission gescheitert. Was sollte er tun? »Und was willst du jetzt dagegen unternehmen?«, fragte er.

»Tja, darüber habe ich auch lange nachgedacht.« Sein Onkel zog noch einmal an seiner Zigarette und stieß bedächtig den Rauch aus. »Es gibt eigentlich nur eine Möglichkeit.«

»Und die wäre?«

»Na ja. So eine Art … Misstrauensvotum. Gegen sie als Geschäftsführerin.«

Er starrte in die Luft. Es dauerte ein wenig, bis er begriff, was sein Onkel da gerade vorgeschlagen hatte. »Wie … äh … WAS?«

»Na ja, wir sagen, dass wir ihr als Geschäftsführerin nicht mehr vertrauen. Dass wir befürchten, sie könnte unser Unternehmen ruinieren. Und dann stimmen wir ab. Gegen sie. Wenn du mitziehst, ist sie überstimmt.«

»Aha. Okay. Und wer übernimmt dann die Geschäftsführung? Jetzt sag bitte nicht, du!«

»Na ja, warum nicht ich? Ich und du. Wir beide zusammen.« Sein Onkel deutete auf Ferdinands Beine. »Schätze, du brauchst sowieso eine neue Aufgabe. Sehe ich das richtig?«

»Jaa, sicher, aber … nein!« Er war völlig perplex. Dieser Vorschlag war wirklich ungeheuerlich. »Ich kann doch meine Schwester nicht vom Thron stoßen, damit wir …«

»Es ist im Interesse der Firma, Ferdinand! Und der Familie. Noch mal: Sie verprasst unser ganzes Geld. Am Ende wird nichts mehr da sein, und dann ist das Familienunternehmen endgültig Geschichte. Deine Großmutter hat das noch nicht verstanden. Sie ist taub auf dem Ohr. Glaub mir, Ferdi. Ich tu das nicht gerne. Weiß Gott nicht. Aber es ist fünf vor zwölf. Wir müssen etwas machen. Wir beide stehen jetzt in der Pflicht.«

»Aber … ich als Geschäftsführer … ich bin kein Büromensch, wie du weißt, und vermutlich nicht sonderlich … gut in solchen Sachen.«

»Lass dir das nicht einreden, Ferdi. Du hast Stärken. Du könntest eine Art Außenminister werden. Ganz offiziell. Repräsentieren. Kontakte knüpfen. Auf Partys sein. Du weißt schon. Als Geschäftsführer. Du bist ein hervorragender Netzwerker. Ich verspreche dir: wenig Bürokram. Den mach ich oder irgendjemand anders. Ich sorg dafür, dass du ein ordentliches Gehalt bekommst. Und zusammen sorgen wir dafür, dass wir endlich wieder Geld verdienen. Mit den richtigen Entscheidungen. Es ist höchste Zeit.«

Ferdinand seufzte. Oma Elsa hatte recht. Alles driftete auseinander.

»Was sagst du?«

»Ich sage nein. Andererseits …« Ihm fiel sein Gespräch mit Pauline wieder ein. »Sie hat letztens selbst gesagt, dass sie am liebsten alles hinschmeißen würde.«

»Aha. Klar, das Mädel ist ja auch völlig überfordert. Kein Wunder. Es ist deine Chance, Ferdinand.« Sein Onkel schwieg einen Moment und blickte in den Himmel. »Greif nach den Sternen, Junge«, sagte er so leise wie eindringlich. »Jetzt. Sonst tut es jemand anders.«

9. Scheunenfest

»Hier, bittschön!« Der Barkeeper reichte ihr ein Helles und knipste ihre Verzehrkarte ab.

Antonia reckte einen Daumen hoch. Es war Silvester und das Scheunenfest in Rimsting in vollem Gange. »*Er hat 'nen Puff und seine Puffmama heißt Layla …*«, dröhnte es aus den Lautsprechern und gleichzeitig aus den Kehlen Hunderter junger Partybesucher. Endlich war mal was los im Chiemgau. Die Teenager aus dem ganzen Umland hatten sich in sexy Outfits geworfen und waren angereist, um es richtig krachen zu lassen. Antonia trank ihr Bier auf ex. Sie würde reichlich Alkohol benötigen, um hier heute Spaß zu bekommen. Viel lieber hätte sie den Abend zu Hause verbracht oder noch lieber in Nataschas Stall, zusammen mit Hendrik, auch wenn es da um diese Jahreszeit ziemlich kalt und ungemütlich war. Sie war immer gern auf Partys gegangen, aber das hatte sich schlagartig geändert, als im April ihr Vater verschwunden war und mit ihm ihre ganze Lebensfreude. Sie vermisste ihn immer noch so sehr, dass es ihr körperliche Schmerzen bereitete. Sie vermisste seine Anrufe, die gemeinsamen Spaziergänge ins Dorf, dass sie ihm immer alles anvertrauen konnte, und einfach, dass er da war. Aber das

Schlimmste war, dass ihr die Sache mit dem Rettungsring passiert war, dass sie womöglich schuld war an seinem Tod. Der Gedanke verfolgte sie, immer und überallhin, sogar in ihre Träume. In ihr war es grau geworden. Wie sollte man da noch Lust auf Feiern haben? Hendrik aber hatte unbedingt herkommen wollen. »Come on, Babe. Ist doch witzig«, hatte er gesagt. »Lass uns ein bisschen Pardy machen und ins neue Jahr reintanzen. Später machen wir es uns dann zu zweit gemütlich.«

»Okay«, hatte sie eingewilligt. Sie wollte keine Spielverderberin sein, und vielleicht würde es ja sogar wirklich ganz witzig werden. Sie orderte ein weiteres Bier und reckte sich, um einen Blick auf den Eingang zu erhaschen. Hendrik hatte längst hier sein wollen. Wo blieb er nur?

»Hey, Toni, da bist du ja!« Ihre Klassenkameradin Emma stand plötzlich vor ihr. »Kommst du mit auf die Tanzfläche? Wir sind alle da drüben.«

Sie schüttelte den Kopf. »Vielleicht später. Ist nicht so meine Musik.«

»Sicher?«

»Sicher.«

»Alles klar. Dann bis gleich.« Emma wandte sich zum Gehen und wurde Sekunden später von der wippenden Menge verschluckt.

An der Bar waren gerade zwei Hocker frei geworden. Antonia beschloss, die Gelegenheit zu nutzen, und setzte sich. Sie nahm ihr zweites Bier entgegen, trank einen Schluck.

»He, ist hier noch frei?« Ein Typ setzte sich neben sie und grinste sie an. Auf den zweiten Blick stellte sie fest, dass sie ihn kannte. Er war in ihrer Jahrgangsstufe.

»Klar«, sagte sie notgedrungen, lächelte aber nicht zurück. Sie hatte definitiv keine Lust auf ein Thekengespräch mit ihm. Es war viel zu laut und er irgendwie nicht ihr Typ. Sie stand nicht auf aufgepumpte Oberarme und erst recht nicht auf Schnurrbärte. Doch am meisten störte sie die Art, wie er sie ansah. So unverhohlen, als wöge er für sich ab, ob sie eine gute Trophäe wäre für den heutigen Silvesterabend.

»Du bist Antonia, stimmt's?«

»Yo«, erwiderte sie desinteressiert.

»Ich bin der Christoph. Wir kennen uns. Physik bei Lehmann. Letztes Schuljahr. Vorletzte Reihe. Hab genauso wenig geschnallt wie du.« Er grinste.

»Ah, okay«, sagte sie knapp.

»Du redest nicht gern, was?«

Sie wandte sich ihm zu und bedachte ihn mit einem sehr arroganten Blick. Den beherrschte sie wie kaum jemand sonst.

Er hob beide Hände. »Okay. Schon gut. Verstanden. Ich sag nichts mehr.«

Sie sah noch einmal zum Eingang hinüber. Wo blieb Hendrik, verdammt? Sie trank ihr Bier und stellte das leere Glas auf der Theke ab.

Christoph stellte seins daneben. »Willst du noch was?« Er zwinkerte ihr zu. Anbiedernd irgendwie.

Sie schüttelte den Kopf. »Nee.«

»Zwei Bier!«, rief er dem Barkeeper zu. Wenig später knallte er ihr ein neues Glas vor die Nase.

»Ähm … welchen Teil von ›Nee‹ hast du jetzt nicht verstanden?«

»Komm schon. Geb ich dir aus.« Er rückte mit seinem Hocker näher an sie heran und kam mit seinem Gesicht ganz dicht an ihres.

»Was soll das?«, zischte sie.

Er deutete auf das Bier vor ihr auf der Theke. »Trink mal. Dann wirst du auch ein bisschen lockerer.«

»Hä? Was willst du von mir, Alter?«

Er legte seine Hand auf ihren Arm. »Ich find dich nett. Hast du eigentlich noch deinen Freund?«

»Ich wüsste nicht, was dich das angeht. Und … äh … kannst du das lassen? Danke!«

»Was?«

»Mich anzugrabschen!« Resolut schob sie seine Hand von ihrem Arm.

»Komm schon. Heute ist Silvester.«

Sie starrte ihn an. »Sag mal, kurze Frage: Bist du ein Idiot?«

Seine Miene verdüsterte sich schlagartig. »Du fühlst dich toll, was?«, sagte er selbstgefällig. »Klar, bist ja auch was Besseres. Eine von Greiffenberg. Rich kid. Die gibt sich natürlich nicht mit jedem ab. Ich frag mich nur, wie Hendrik dich rumgekriegt hat. Was hat der, was ich nicht hab?«

»Zum Beispiel ein Gehirn, um nur mal eine Sache zu nennen.« Sie überlegte, ihren Platz zu verlassen, aber sie saß gut hier. Sollte er doch verschwinden. Sie war schließlich zuerst da gewesen.

»Du bist echt voll arrogant!«

»Tja. Stimmt. Also, mach einfach 'nen Abflug. Hier wird dich keiner vermissen.«

Er sah sie von oben herab an. »Hättste wohl gerne.«

»Ja. Hau ab, Mann. Du nervst!«

Er sah sie unverwandt an. Dann legte er seine Hand erneut auf ihren Arm.

»Lass das!«, zischte sie.

»Erst, wenn du dich entschuldigst.«

»Wofür?«

»Dafür, dass du mich Idiot genannt hast. Niemand nennt mich so.«

Wieder kam er mit seinem Gesicht ganz nah an ihres. Er roch nach Bier und Zigaretten.

»LASS MICH LOS!«

Sein Griff wurde fester. Mit der linken Hand angelte sie nach ihrem Bier. Sie fand es, nahm den vollen Krug und schüttete es ihm über den Kopf.

Erschrocken fuhr er zurück. »Scheiße, spinnst du?«, brüllte er.

»Fick dich, du Wichser!« Sie wandte sich an den Barkeeper. »Noch ein Helles, bitte!«

Als sie sich wieder umdrehte, war Christoph aufgesprungen und bereits auf dem Weg zur Toilette.

»Hey, Babe!«, hörte sie Hendriks Stimme. »Sorry. Ich wurde aufgehalten. Mein Opa … Alles okay bei dir?«

Er setzte sich auf den Hocker, auf dem Christoph eben noch gesessen hatte.

»Alles bestens«, murmelte sie.

»Warum ist es hier so nass?« Er legte einen Arm um sie.

»Es gab einen kleinen Zwischenfall mit einer … Bierdusche.«

»Okay?! Und … warst du darin verwickelt?«

»Erzähl ich dir später. Küss mich erst mal. Ich hab einen verdammt schlechten Geschmack im Mund.«

10. Geplatzte Träume

»Das ist keine Physio, das ist Folter!«, beschwerte er sich und fasste mit schmerzverzerrtem Gesicht an sein Knie. Diese Einheit gerade hatte ihm wirklich alles abverlangt.

»Sie machen das prima, Herr von Greiffenberg«, lobte der junge Therapeut Benjamin ihn und half ihm, sich vom Sitz des Trainingsgeräts hochzuhieven, mit dessen Hilfe sie beide versucht hatten, sein eines Knie so weit wie möglich zu beugen.

»Bitte hör endlich auf, mich zu siezen«, sagte er zum wiederholten Mal. »Ich komme mir sonst wirklich alt vor. Ferdinand. Einfach Ferdinand, okay?«

»Na gut. Wird immer besser, Ferdinand. Wenn Sie … du weiter so ehrgeizig trainierst, sind wir in zwei Wochen bei achtzig Prozent.«

»Streber!« Christina saß grinsend auf der Fensterbank des hellen Trainingsraums und knetete mit ihrer linken Hand auf einer gummiartigen Masse herum, während sie ihrerseits auf ihre Therapeutin wartete.

»Wir sehen uns dann morgen früh im Schwimmbad.« Benjamin nickte ihnen beiden zu.

Ferdinand stöhnte. »Ich kann's kaum erwarten.«

»Keine Sorge, das wird entspannt. Bis dahin. Ich muss los.« Benjamin hob die Hand zum Abschied und eilte hinaus.

»Du machst Fortschritte?« Christina biss in einen Apfel, den sie vom Obstbüfett mitgenommen hatte.

»Tja, sieht ganz so aus.« Er nickte. »Im Rahmen meiner Möglichkeiten.«

»Du bist ehrgeizig, oder?«

»Ich hab ein Ziel vor Augen. Ich will … einfach wieder laufen können.«

Sie nickte. »Logisch. Verstehe ich.«

Die Tür wurde geöffnet, und eine Frau um die fünfzig kam herein. Sie hatte dunkle Augen und eine graumelierte Kurzhaarfrisur. Sie grüßte in ihre Richtung, dann entledigte sie sich der Jacke ihres rosafarbenen Jogginganzugs und ging zu dem großen künstlichen Kletterfelsen in der Mitte des Raumes. Ohne ihn und Christina eines weiteren Blickes zu würdigen, begann sie, sich anzuseilen. Sie schlüpfte in einen der Hüftgurte und band sich sorgfältig ein. Ferdinand beobachtete mit Argusaugen, ob sie alles richtig machte. Mit Klettern kannte er sich aus. Sie aber offenbar auch. Routiniert knüpfte sie einen Bulinknoten und checkte noch einmal akribisch, ob alles richtig saß. Dann startete sie mit dem Aufstieg. Sie war gut. Neidisch beobachtete er sie und fragte sich, ob er je wieder würde klettern können. Natürlich nicht an so einem albernen Affenfelsen, sondern im echten Gebirge, in freier Natur. Wie damals, als er den Stunt für *Des Wilden Kaisers König* vergeigt hatte. Das hatte ihn zwar nachhaltig geärgert, aber seiner Leidenschaft fürs Kraxeln hatte es keinen Abbruch getan.

»Ich weiß, was du denkst.« Christina baumelte mit den Beinen.

»Tja, ist wohl nicht schwer zu erraten.«

»Nee. Du bist der Bruder von Pauline, oder? Ist mir gestern erst klar geworden …«

Er sah sie an. »Woher kennst du meine Schwester?«

»Ich bin die Cousine von ihrem Freund.«

»Von Leopold?«

»Genau. Ich hab sie letzten Sommer oben auf der Alm kennengelernt.«

»Ach, du bist das! Ich hab von der dramatischen Rettungsaktion mit dem Kälbchen gehört.«

Sie lächelte. »Wenn Pauline nicht so mutig gewesen wäre, dann gäbe es die kleine Lilly jetzt nicht mehr. Echt witzig, dass du ihr Bruder bist. Und dass wir uns hier über den Weg gelaufen sind.«

»Tja, die Welt ist klein.«

»Und das Chiemgau erst.« Christina biss noch einmal geräuschvoll von ihrem Apfel ab und kaute, während sie mit einer Hand weiterknetete.

»Was ist eigentlich mit deiner Hand passiert?«, fragte er. »Das Kälbchen hatte hoffentlich nichts damit zu tun.«

»Nein. Ich hatte einen Autounfall.«

»Ach so, ja.« Er erinnerte sich dunkel, dass Pauline es mal ihm gegenüber erwähnt hatte.

Christina legte den angebissenen Apfel neben sich, hob ihre linke Hand und wackelte mit den Fingern. »Alle fünf gebrochen. Den Zeigefinger hat es besonders schlimm erwischt. Gelenk zertrümmert. Echt übel. Ein Handchirurg in Rosenheim hat jetzt noch mal alles gegeben. Es war schon die dritte OP. Aber … na ja …« Sie hielt nun nur noch den Zeigefinger hoch. »Er wird trotzdem nie wieder so beweglich sein wie früher. Auch wenn ich hier noch so viel trainiere.«

»Shit. Tut mir echt leid. Aber vielleicht ist es ein kleiner Trost: Wenigstens kannst du noch laufen.«

»Das stimmt. Laufen kann ich. Aber Bassistin kann ich nicht mehr sein.«

»Oh … du bist Musikerin?«

»Ja. Ich studiere sogar Musik. In München. Beziehungsweise … hab Musik studiert. Geht jetzt nicht mehr. Mit einem steifen Finger kann man nicht Kontrabass spielen. Jedenfalls nicht auf hohem Niveau. Und Bassgitarre natürlich auch nicht. Meine Band hat inzwischen einen neuen Bassisten, und ich … ich muss schauen, was ich mache.«

»Oh Mann, klingt … scheiße.«

»Klingt nicht nur so. Ist es auch. Richtig scheiße. Weil … na ja, das mit der Musik, das habe ich wirklich gern gemacht. Es war mein Lebenstraum. Ich wollte immer Musikerin werden. Schon als Kind. Und nun … wie sagt man so schön: Lebenstraum geplatzt. Bähm! Von einer Sekunde auf die nächste.«

Er nickte. Sie tat ihm leid. Lebenstraum geplatzt. Er wusste neuerdings, was das bedeutete.

Sie sprang von der Fensterbank, schlenderte zu ihm herüber und stützte sich mit den Ellbogen auf das Kniebeugenfoltergerät, neben dem er immer noch stand. »Das Universum hat es anscheinend so gewollt. Kannste nix machen.«

»Vermutlich nicht.«

Sie richtete sich auf, legte die Hände um den Mund und brüllte in Richtung Kletterfelsen: »FUCK YOU, Universum!«

Die Frau im rosa Jogger zuckte vor Schreck zusammen und starrte sie genauso verwirrt an wie er selbst. »Sag mal, kann es sein, dass du … total durchgeknallt bist?«

»Ja. Kann sein«, antwortete sie leichthin. »Sorry!«, rief sie in Richtung Kletterfrau. Dann lachte sie und wandte sich wieder an ihn. »'tschuldigung. Das musste mal raus.«

»Kein Problem. I feel you«, erwiderte er cool und ließ sich nicht anmerken, dass er sie gerade endgültig für verrückt erklärt hatte.

»Hab schon gehört, dass du Stuntman bist«, führte sie das Gespräch im Plauderton fort. »Also … warst.«

»Das hast du richtig gehört.«

»Hast du das gern gemacht? Ich meine … Stuntman sein?«

»Ja.«

»War auch dein Leben? So wie bei mir die Musik?«

»Tja, schätze schon.«

»Dann sitzen wir quasi in einem Boot.«

»Wenn du es so nennen willst.«

»Ich überlege die ganze Zeit, was ich jetzt mit meinem Leben anfangen soll. Aber ich hab echt keine Idee, außer …«

»Außer?«

»Kennst du das *Café Windbeutel* in Übersee?«, fragte sie und beobachtete dabei die Kletterfrau, die inzwischen kurz davor war, den Gipfel des Affenfelsens zu erklimmen.

»Jepp. Da gibt's nur Windbeutel, oder?«

Sie sah jetzt wieder zu ihm. »Windbeutel und Kaffee. Es gehört meiner Mutter, und, na ja … ich könnte da arbeiten und den Laden mittelfristig übernehmen. Aber ganz ehrlich … Windbeutel?! Ich konnte die Dinger schon als Kind nicht mehr sehen. So ein Café … ich meine, das bin ich einfach nicht.« Sie verdrehte die Augen. »Es wäre allerhöchstens … eine Notlösung. Und sein Leben mit einer Notlösung verbringen … das will doch keiner.«

»Nein. Das will keiner.« Er schluckte, ließ sich aber nichts anmerken.

»Ich muss rausfinden, wer ich bin, wenn ich nicht Bassistin sein kann.« Sie zuckte mit den Schultern. »Was gar nicht so einfach ist.« Sie schwieg einen Augenblick. »Und du? Weißt du schon, was du tun wirst? Ich meine … Stuntman wird nicht mehr gehen, schätze ich. Steigst du in eure Firma ein?«

»Ich … nein. Ja. Vielleicht«, brummte er. Langsam wurde ihm Christinas Fragerei lästig – und zu privat. Er kannte sie ja kaum. Was ging sie das eigentlich an?

»Ich meine ja nur. Weil das Leben kurz ist und Notlösungen irgendwie … scheiße.«

»Aber vielleicht besser als gar keine Lösung, oder?«, hörte er sich sagen.

»Tja. Das ist die Frage …«, murmelte sie nachdenklich. Dann deutete sie unauffällig mit dem Kinn auf die Kletterfrau. Sie hatte es gerade tatsächlich geschafft. »Die da hat's gut.«

»Weil sie den Gipfel erklommen hat?«

»Nee, weil sie eine Prinzessin ist. Eine echte arabische Prinzessin.«

»Ach? Wirklich? Die ist das? Sieht gar nicht so aus.«

»Weil sie zum Klettern kein langes Kleid und keine goldenen High Heels trägt?«

»Nein. Aber …« Er kräuselte die Stirn. »Einen rosafarbenen Jogginganzug?!«

»Die Prinzessinnen dieser Welt sind eben auch nur Menschen. Allerdings müssen sie sich über berufliche Notlösungen keine Gedanken machen. Sie können für immer Prinzessin sein. Egal, was passiert«, erklärte Christina und rümpfte die Nase. »Irgendwie macht mich das schon ein bisschen neidisch.«

»Ernsthaft? Findest du es nicht langweilig, wenn das Leben so vorprogrammiert ist?«

Die Prinzessin ließ sich jetzt langsam an ihrem Seil hinab.

Christina beobachtete sie mit Argusaugen. Dann nickte sie. »Du hast recht. Das wäre echt nichts für mich.« Sie grinste. »Diese gewisse Ungewissheit, die hat ja auch was. Und außerdem mag ich keine langen Kleider, und goldene High Heels schon gar nicht. Ich bin eher so Team gelbe Gummistiefel.«

Er sah sie ungläubig an. »Ernsthaft?«

»Ja. Wieso?«

»Och, nur so. Dann kannst du jedenfalls froh sein, dass du nicht blaublütig bist, sondern in eine waschechte Windbeutel-Familie hineingeboren wurdest.«

»Absolut«, sagte sie mit todernster Miene. »Manchmal hat man eben auch einfach nur Glück.«

11. Schlechte Presse

»Geht's euch gut da hinten?« Pauline drehte sich kurz um, als sie an der roten Ampel stand.

»Können wir uns bei Ahmed eine süße Tüte kaufen? Bitte, Mama«, quengelte Max.

Sie schüttelte entschlossen den Kopf. »Auf gar keinen Fall!«

»Aber Ben hat auch immer eine dabei.«

»Ja, und Emily auch«, stimmte Ada mit ein.

Es war Montagmorgen, und sie waren auf dem Weg in die Schule. Die Zwillinge saßen auf der Rückbank ihres Minis und blickten sie mit großen Augen an. Wenn sich die beiden etwas in den Kopf gesetzt hatten, ließen sie einfach nicht locker.

»Wenn Emily vier Seiten im Fuchsheft gemacht hat, darf sie eine süße Tüte. Als Belohnung«, teilte Ada mit gewichtiger Miene mit.

»Aha. Na ja. Vier Seiten. Das ist ja auch eine ganze Menge. Ihr habt gestern aber nur zwei gemacht, wenn ich das richtig in Erinnerung habe.«

Die Ampel sprang auf Grün, und Pauline fuhr langsam an.

Max protestierte. »Ja, aber jeder zwei.«

»Macht vier«, erklärte Ada triumphierend und hielt vier Finger in die Luft.

Sie musste lachen. »Okay. Rechnen könnt ihr jedenfalls.«

»Also, kriegen wir jetzt eine Tüte, oder nicht?«

Sie wandte den Blick nach rechts. Der Kiosk auf dem Marktplatz hatte bereits geöffnet. Der junge Ahmed, der ihn seit einiger Zeit betrieb, stand draußen und sortierte Zeitungen in einen Ständer. Ganz in der Nähe sah sie einen freien Parkplatz.

»Mama? Wir haben es uns verdient!«, erklärte Max im Brustton der Überzeugung.

»Ist das so?« Sie blickte in den Rückspiegel und sah zwei grimmige Gesichter, die unisono und ziemlich vehement nickten.

Sie seufzte. Manchmal kam sie einfach nicht gegen die beiden an. »Also gut. Ausnahmsweise.« Sie setzte den Blinker und parkte rückwärts ein. »Na dann, raus mit euch. Ihr kriegt die Tüte. Jeder für fünfzig Cent. Nicht mehr. Aber es ist wirklich eine riesengroße Ausnahme, verstanden?«

»Yes!« Max reckte triumphierend eine Faust in die Luft.

»Verstanden?«

»Klaro. Verstanden.« Ada zeigte einen Daumen hoch.

Grinsend kletterten die beiden aus dem Auto, und als sie dachten, Pauline sähe sie nicht, gaben sie sich feixend einen High five.

»Na, super«, murmelte sie kopfschüttelnd und stieg ebenfalls aus. Ihre Kinder tanzten ihr langsam auf der Nase herum.

Die beiden rannten zum Kiosk und begrüßten Ahmed, der inzwischen hineingegangen war und nun am offenen Verkaufsfenster stand. Pauline folgte ihnen.

Die Zwillinge stellten sich auf die Zehenspitzen und betrachteten mit verzückten Gesichtern die Gläser mit den unterschiedlichen Süßigkeiten.

»Was darf es denn sein, die Herrschaften?«, fragte Ahmed.

»Aaaaalsooooo … eine süße Tüte für fünfzig Cent«, begann Ada und dachte angestrengt nach. Sie wollte wohl keinen Fehler machen, was den Inhalt anging.

»Beeil dich bitte, Ada«, mahnte Pauline. »Ihr kommt noch zu spät.«

»Okay, also ich nehm ein …« Sie legte einen Zeigefinger an die Lippen. »Ein Schlumpfgesicht.« Ahmed nahm eine Zange und verfrachtete das Gewünschte in eine kleine Papiertüte. »Einen grünen Schnuller und drei Lakritzbrezeln. Max, und du?«

Pauline ging zum Zeitungsständer hinüber und überflog die Schlagzeilen der Tageszeitungen. ›Schneechaos auf der A8‹ titelte die *Bild*. ›Stefan Mross knutscht fremd‹ die *tz*. Sie drehte den Ständer. Plötzlich stutzte sie. »Du meine Güte!«, entfuhr es ihr. Sie nahm ein Exemplar der *Priener Nachrichten* heraus und las den Titel. ›Zoff bei den Greiffenbergs‹, stand da in fetten Lettern. »Was zum Henker …« Mit angehaltenem Atem überflog sie den Artikel. »Das glaub ich jetzt nicht«, murmelte sie und las den Text ein zweites Mal, nur diesmal etwas genauer.

Grüner wird's nicht, stand da. Und: *In der Chefetage des Priener Feinkostunternehmens herrscht dicke Luft. Es geht um die zukünftige Ausrichtung des Unternehmens. Die junge Geschäftsführerin und Gesellschafterin Pauline von Greiffenberg plant, voll auf Nachhaltigkeit und CO_2-Neutralität zu setzen. Wie bekannt wurde, sieht ihr Onkel Wolfgang von Greiffenberg, Marketingchef der Familienfirma, das kritisch. Er fürch-*

tet zu hohe Kosten. »Nachhaltigkeit, schön und gut, doch wir müssen die Kirche im Dorf lassen«, wird er aus zuverlässiger Quelle zitiert. »Ein Unternehmen, das nachhaltig ist, aber zahlungsunfähig, hilft niemandem. Grün hin, Ökologie her – die Finanzierbarkeit muss gewährleistet sein, sonst hat niemand etwas davon.«

»Ich fass es nicht«, schnaubte sie. Onkel Wolfgang scheute wirklich vor gar nichts zurück.

»Fertig!«, rief Max in diesem Moment.

»Der hat viel mehr als ich«, maulte Ada. »Für sechzig Cent.«

»Nur ein Schlumpfgesicht mehr. Bezahle ich von meinem eigenen Geld«, verteidigte ihr Sohn sich.

»Das teilt ihr euch«, erklärte Pauline bestimmt und zahlte Süßigkeiten und Zeitung. »Und jetzt los, Kinder. Sonst kommen wir wirklich noch zu spät.«

»Hast du jetzt schlechte Laune, Mama?«, erkundigte sich Max.

»Allerdings!« Sie nickte grimmig.

»Wegen dem Schlumpfgesicht?«

»Ja, aber nicht wegen dem in deiner Tüte«, fauchte sie. »Und jetzt rein ins Auto und Abfahrt!«

Nachdem sie die Kinder an der Schule rausgelassen hatte, fuhr sie auf schnellstem Weg ins Büro. Die *Priener Nachrichten* hatte sie auf den Beifahrersitz gelegt. Sie fragte sich, wie diese Firmeninterna an die Öffentlichkeit gelangt sein konnten. Besser gesagt: Eigentlich fragte sie sich das nicht, denn im Grunde gab es nur eine Erklärung. Onkel Wolfgang hatte dafür gesorgt, um seine Position im Unternehmen zu stärken. Und ihre zu schwächen. Dass er in dem Artikel sogar zitiert wurde, untermauerte diese Theorie. Pauline war sauer. Richtig sauer. Wenn es wirklich so war, wie sie dachte, dann wäre das ungeheuerlich. Ein Affront gegen sie als Geschäftsführerin und gegen die ganze Familie Greiffenberg.

Sie machte sich gar nicht erst die Mühe, auf ein »Herein« zu warten, nachdem sie an die Bürotür ihres Onkels geklopft hatte, sondern trat einfach ein.

»Morgen«, begrüßte sie ihn lakonisch und legte ihm die aufgeschlagene Zeitung auf den Schreibtisch – direkt vor die Nase.

Onkel Wolfgang hatte sich offenbar gerade einen Kaffee geholt. Er pustete ungerührt in die dampfende Flüssigkeit. »Morgen«, nuschelte er, biss in ein Käsebrot, das er sich von zu Hause mitgebracht haben musste, und sah dann stirnrunzelnd zu ihr auf. »Ist was passiert?«

Sie deutete auf die Schlagzeile. »Wo kommt das her?«

Gemächlich nahm ihr Onkel die Zeitung zur Hand und las. »Ah, das hab ich mir gedacht.«

»Was?«

»Dass das ein gefundenes Fressen ist für die Presse. Auf so was stürzen die sich ja gerne.« Er schüttelte den Kopf. »Als wenn es sonst nichts zu berichten gäbe …« Noch einmal biss er in sein Käsebrot und führte sich dann kauend den gesamten Artikel zu Gemüte. Es dauerte eine gefühlte Ewigkeit.

»Oh, oh …« Er lachte kurz auf.

»Was, ›oh, oh‹?« Ärgerlich blickte sie ihn an.

»Du kommst nicht gerade gut weg, Mädel.«

»Stimmt. Ganz und gar nicht. Ich frage mich nur, wie diese internen Informationen an die Öffentlichkeit gelangt sind.«

Ihr Onkel schaute sie mit unschuldiger Miene an. Dann zuckte er mit den Schultern. »Woher soll ich das wissen?«

»Irgendjemand muss doch mit denen geredet haben. Warst du das? Ich meine … du wirst da doch sogar zitiert.«

»Was weiß ich, wie die an das Zitat gekommen sind. Diese Presseheinis sind ja überall. Oder sie kommen über verschlungene Wege an ihre Informationen. Der eine erzählt's dem anderen, und der wiederum … na ja, du weißt, was ich meine.« Er hob beide Hände. »Also, von mir haben sie es jedenfalls nicht.«

»Als hätten wir in letzter Zeit nicht schon genug schlechte Presse gehabt. Das ist das Gegenteil von dem, was wir brauchen, Onkel Wolfgang.«

»Tja, wem sagst du das.«

»Wie stehen wir denn jetzt da? Wie ein inkompetenter, zerstrittener Haufen.«

»Na ja. Im Grunde … sind wir das ja auch.«

Sie blitzte ihn wütend an. »Genau. Da gebe ich dir recht. Nur, das sind eben Dinge, die gehören nicht an die Öffentlichkeit.«

»Wie gesagt, von mir stammt das nicht. Es kann irgendein Mitarbeiter gewesen sein, der von der Sache Wind bekommen hat und sich wichtigmachen wollte.«

Sie glaubte ihm nicht. Jede Wette, dass er im Golfklub oder sonst wo über sie hergezogen hatte, wohlwissend, dass ein Journalist anwesend war. Onkel Wolfgang traute sie inzwischen einfach alles zu.

Sie atmete tief ein und aus, und langsam beruhigte sie sich wieder. Man konnte es jetzt eh nicht mehr ändern. »Und, wie gehen wir damit um?«

»Womit?« Er aß den Rest seines Käsebrots und spülte ihn mit Kaffee herunter.

Sie deutete entnervt auf die Zeitung. »Damit natürlich. Wir brauchen eine Gegendarstellung. So können wir das doch nicht stehen lassen. Du bist unser PR-Chef. Also, denk dir was aus.«

Er lachte. »Gegendarstellung? Wie soll die denn bitte aussehen? Du hast echt Ideen, Mädel. Stimmt doch alles, was da steht. Da gibt's leider nichts gegendarzustellen. Ich schlage vor, wir warten einfach, bis Gras über die Sache gewachsen ist. Das geht meist schneller, als man denkt. So spannend ist die Nachricht ja nun auch wieder nicht. Übermorgen weiß schon kein Mensch mehr, was genau in der Zeitung gestanden hat und um wen es eigentlich ging.«

Sie seufzte. Das war typisch Onkel Wolfgang. Seine Hauptaufgabe bestand seiner Meinung nach offenbar darin, abzuwarten, statt etwas zu unternehmen. War ja auch deutlich einfacher, und man konnte, während man abwartete, auf dem Golfplatz sein Handicap verbessern. Kein Wunder, dass sie da standen, wo sie jetzt standen.

Aber es hatte wohl keinen Sinn, weiter mit ihm zu diskutieren. »Wenn du meinst«, sagte sie also und nahm die Zeitung wieder an sich. »Dann hole ich eben selbst die Kastanien aus dem Feuer. Wieder einmal. Danke, Onkel Wolfgang. Danke für nichts!«

12. *Die Akte*

»Frau von Greiffenberg! Bitte, nehmen Sie Platz!« Doktor Elsmann deutete freundlich lächelnd auf einen von zwei Stühlen vor seinem Schreibtisch.

Sie setzte sich, stellte ihre Handtasche neben sich auf den Boden und blickte sich um. Es war ein großer, freundlicher Raum. Hell, mit bodentiefem Fenster. An der Wand hinter dem Arzt hing ein abstraktes Ölgemälde. Viel Gelb und Rot. Auf dem Schreibtisch gerahmte Fotos von Frau und Kindern.

Elsa hatte sich heute Morgen auf den Weg in den *Medical Park* gemacht, um ihren Enkel zu besuchen, und beschlossen, bei der Gelegenheit gleich der Sache mit dem Chiemsee-Gemälde auf den Grund zu gehen. Doktor Elsmann war der Chefarzt der psychotherapeutischen Abteilung hier im Hause. Sie kannte ihn seit Jahren. Er segelte in Prien und war zudem passionierter Hobbykoch und langjähriger Kunde bei *Feinkost Greiffenberg*. Nachdem sie sich von Ferdinand verabschiedet hatte, hatte sie sich zu seiner Abteilung durchgefragt und dann, als sie den richtigen Korridor gefunden hatte, das Chiemsee-Bild an der Wand eingehend betrachtet. Schließlich hatte sie beschlossen, auf gut Glück an der Tür des Chefarztes zu klopfen, was sich als gute Idee erwiesen hatte, denn Doktor Elsmann war tatsächlich am Platz und hatte sie ohne zu zögern hereingebeten.

»Was verschafft mir die Ehre?«

Sie registrierte, dass er einen unauffälligen Blick auf seine goldene Armbanduhr warf. Sicher hatte er es eilig. Umso besser, dachte sie. Vielleicht rückte er schnell mit der Sprache heraus, damit er seine Anschlusstermine schaffte.

»Nun«, begann sie ohne Umschweife. »Ich habe eine Frage zu einem der Bilder da draußen.«

Er sah sie verständnislos an.

»Die Bilder auf dem Korridor.«

»Ah, ich verstehe. Die wurden von Patienten gemalt. Es ist eine …«

»Therapieform, ich weiß«, unterbrach Elsa ihn. »Was mich interessiert: Wer hat das Bild gemalt, das den Blick auf den Chiemsee zeigt? Das dritte von rechts, mit den Rosen im Vordergrund?«

»Das … ähm … darf ich Ihnen leider nicht sagen, Frau von Greiffenberg. Ich bedaure. Ärztliche Schweigepflicht. Sie verstehen.«

»Sicher. Die Sache ist nur die: Die Rosen da auf dem Bild, das sind meine. Eindeutig. Genau genommen ist die ganze Aussicht meine. Auf dem Gemälde ist exakt das Panorama zu sehen, das man von unserer Villa aus vor Augen hat. Das Wasser, die Berge, die Blumen. Ist doch seltsam, oder?«

Doktor Elsmann zuckte mit den Achseln. »Wie man's nimmt.«

»Richtig. Wie man's nimmt. Wenn es jemand gemalt hat, der in unserer Villa wohnt, dann ist es natürlich keineswegs seltsam. Nur, meines Wissens war nie jemand aus unserer Familie Patient in Ihrer Klinik. Und aus … gegebenem Anlass interessiert mich, ob ich mich da eventuell täusche.« Sie sah ihn unverwandt an.

Doktor Elsmann nickte bedächtig. »Ich verstehe.«

»Wissen Sie denn, wer das Bild gemalt hat?«, bohrte sie weiter.

»Ja. Ja, ich weiß es. Nur, wie gesagt. Ich kann es nicht offenlegen. Selbst wenn ich es wollte.«

»Doktor Elsmann, wir kennen uns nun schon so lange. Und es wäre mir ein großes Anliegen. Ich ... ich muss es einfach wissen. Mein Sohn. Dass er verschwunden ist ... ich frage mich seit einiger Zeit, ob es vielleicht doch kein Unfall war, verstehen Sie?«

»Natürlich«, sagte er leise und blickte schweigend aus dem Fenster. Elsa wartete geduldig. »Einen Augenblick, bitte.« Er stand auf, ging durch eine Verbindungstür ins Nebenzimmer und kam etwa drei Minuten später zurück. In den Händen hielt er eine dünne Krankenakte. Er setzte sich wieder an seinen Schreibtisch und legte sie vor sich. »Ich denke, ich tue nichts Falsches, wenn ich Ihnen sage, dass das Bild da draußen schon ziemlich lange da hängt. Drei Jahre mindestens. Wir wollten die Riege immer mal gegen aktuellere Werke austauschen, aber wie das so ist. Die Zeit fehlt. Es kommt immer etwas dazwischen.«

Sie nickte.

Etwas fahrig schaute er erst auf sein Handy, dann auf seine Uhr. »Mehr kann ich leider nicht dazu sagen, aber ... vielleicht hilft es Ihnen ja.« Er erhob sich wieder und schob die Akte ein wenig in ihre Richtung. »Ich muss los. Ein Termin. Sie finden allein hinaus?«

»Aber sicher.«

»Wunderbar. Dann wünsche ich Ihnen noch einen guten Tag und …«, er warf einen letzten Blick auf die Mappe, »… viel Erfolg bei Ihren Recherchen.« Mit diesen Worten eilte er hinaus und schloss die Tür hinter sich.

Elsa lächelte in sich hinein. Als sie die Akte zu sich heranzog, fühlte sie sich ein bisschen wie Miss Marple.

»Du liebes bisschen«, murmelte sie. Hatte sie es doch gewusst: *von Greiffenberg, Ludwig* stand da in sauberer Handschrift. Nicht zu fassen. Ihr Sohn war also tatsächlich hier behandelt worden – ohne dass irgendjemand etwas davon mitbekommen hatte. Sie nahm Handy und Brille aus der Handtasche und schlug die Akte auf. Der Inhalt war überschaubar. Es befanden sich nur wenige Blätter darin. Schnell fotografierte sie sie einzeln ab. Dann schloss sie die Mappe wieder und schob sie genau dorthin, wo sie vorher gelegen hatte. Anschließend erhob sie sich und verließ eilig das Büro.

Sie war zu neugierig, um erst nach Hause zu fahren. Also lief sie schnellen Schrittes durch die Parkanlage der Klinik und setzte sich auf eine Bank mit Blick auf den See. Den hätte sie allerdings nicht zwingend gebraucht, denn das Einzige, was sie im Moment interessierte, waren die Fotos, die sie soeben geschossen hatte. Erneut kramte sie Handy und Brille aus der Tasche, öffnete die Foto-App und inspizierte die Bilder. Viel verstand sie nicht von Medizin. Es war ihr immer ein Graus gewesen, sich mit Krankheiten zu beschäftigen, wenn es nicht unbedingt notwendig war, und der Fachjargon, der in diesen Krankenakten gemeinhin verwendet wurde, kam ihr deshalb beinahe wie Chinesisch vor. Doch zum Glück gab es ja Google und zudem freies WLAN.

Sie brauchte etwa fünfzehn Minuten, bis sie das Rätsel hinter dem Bild an der Wand weitestgehend gelöst hatte.

Ihr Sohn Ludwig war tatsächlich einmal Patient hier gewesen, wenn auch nur für kurze Zeit. Laut Akte war das im Januar 2020. Man hatte ihn nicht stationär aufgenommen, sondern ambulant behandelt. Trotzdem. Sie schüttelte den Kopf. Unglaublich, dass das niemand von ihnen mitbekommen hatte. Seine Diagnose lautete ›Burnout-Syndrom‹, und auch das hatte wohl niemand auch nur im Entferntesten geahnt. Ludwig war immer ein Macher gewesen. Jemand, der in kurzer Zeit unheimlich viel geschafft hatte. Ein starker, zupackender Mensch, der es gewohnt war, Dinge anzustoßen und zu entscheiden. Er hatte überall seine Finger dringehabt und nie den Überblick verloren. Ein Fels in der Brandung. Zuverlässig und führungsstark. Ein Burnout-Syndrom war wirklich das Letzte, was sie erwartet hätte. Anscheinend war ihm alles über den Kopf gewachsen. Die Rechnungen, die roten Zahlen und vielleicht auch das mit Senta. Was auch immer es gewesen war. Er hatte niemandem von seinen Problemen erzählt. Sie seufzte. Als sie ihren Sohn damals zum Chef von *Feinkost Greiffenberg* gemacht hatte, waren die Erwartungen hoch gewesen. Die der Familie, und ihre ganz besonders. Jetzt machte sie sich plötzlich Vorwürfe. Sie hatte immer nur an die Firma gedacht. Dass es gut lief. Dass sie Gewinn abwarf. Dass der Name Greiffenberg immer weiter an Ansehen gewann. Und es war ja auch jahrzehntelang gut gegangen. Ludwig hatte funktioniert wie eine Maschine und ihren Erwartungen und denen der Familie mehr als entsprochen. Dass auch er nur ein Mensch war, mit Herz, Seele und verborgenen Schwächen, hatten sie alle vielleicht irgendwann aus den Augen verloren. Sie nahm sich da nicht aus.

Seufzend schaltete sie ihr Handy aus, verfrachtete es

zusammen mit der Brille zurück in die Handtasche und marschierte Richtung Parkplatz. Ob wenigstens Therese Bescheid gewusst hatte? Sie beschloss, es herauszufinden. Noch heute. Das Foto von Senta und Ludwigs Krankenakte warfen schließlich ein ganz neues Licht auf sein Verschwinden. Sie fragte sich, ob er wirklich Opfer eines Segelunfalls geworden war. Vielleicht steckte ja etwas ganz anderes dahinter.

»Gehen wir eine Runde?«, hatte Elsa ihre Schwiegertochter nach dem Mittagessen gefragt. »Ich muss etwas mit dir besprechen.«

Therese hatte eingewilligt. Nun gingen sie am Strand entlang, eingehüllt in dicke Daunenjacken. Der Wind war schneidend kalt und blies ihnen unbarmherzig ins Gesicht. Das Schilf am Ufer bog sich, das Wasser schlug hohe Wellen. Es war stürmisch heute. Der noch junge Januar zeigte sich von seiner ungemütlichsten Seite.

Sie hatte lange darüber nachgedacht, was sie Therese erzählen sollte – und was besser nicht. Zwar hatte ihre Schwiegertochter langsam ins Leben zurückgefunden, doch ihre Psyche war noch immer labil. Das Foto von dieser Senta, sollte sie es ihr zeigen? Hatte Therese vielleicht sogar ein Recht darauf zu erfahren, dass es existierte? Sie war sich nicht sicher.

Schweigend gingen sie nebeneinander her und kämpften gegen den Wind.

»Ich hoffe, du hast einen guten Grund, mich in dieses Unwetter zu locken.« Therese zog ihren dicken roten Kaschmirschal ein wenig fester um den Hals. »Worüber auch immer du mit mir sprechen möchtest, hättest du das nicht drinnen tun können?«

Hätte ich natürlich, dachte sie. Aber man wusste nie, ob die Wände in der Villa Ohren hatten, und sie wollte, dass das hier fürs Erste absolut vertraulich blieb. »Die Bewegung an der frischen Luft wird uns guttun«, sagte sie also und lächelte. »Außerdem ist es gut für den Teint.«

»Auch wieder wahr«, entgegnete ihre Schwiegertochter. »Also, worum geht es?«

»Ich war heute mal wieder bei Ferdinand in der Klinik«, begann sie.

»Schön. Wie geht's ihm denn?«

»Auf mich hat er einen besseren Eindruck gemacht als an den letzten Tagen.«

»Gut. Ich werde ihn morgen besuchen.«

»Ferdinand ist aber nicht der Grund, weshalb ich mit dir sprechen möchte.« Sie zog ihr Handy aus der Manteltasche und lud ein Foto aufs Display. »Hier«, sagte sie und hielt es ihrer Schwiegertochter unter die Nase.

Die betrachtete es im Gehen. »Was … ist das?«

»Das ist ein Bild. Ein Gemälde. Es hängt an der Wand eines Korridors im *Medical Park*.«

»Die Aussicht kommt mir bekannt vor. Es ist …« Therese runzelte die Stirn. »Es ist unsere!«

»Eben.« Elsa nickte.

»Und wieso hängt sie dann in der Klinik?«

»Weil dein Mann das Bild gemalt hat.«

Therese blieb abrupt stehen, und Elsa stoppte ebenfalls.

Ihre Schwiegertochter starrte sie ungläubig an. »Ludwig? Er hat das gemalt?«

»Ja, im Rahmen seiner Therapie. Wusstest du, dass er vor drei Jahren Patient im *Medical Park* war?«

Therese schüttelte verwirrt den Kopf. »Ähm … nein. Davon habe ich noch nie was gehört. Warum war er dort?«

»Er war ambulant da. In der psychotherapeutischen Abteilung.«

»In der psycho…«

»Genau. Burnout. Es hatte ihn anscheinend voll erwischt.«

Therese wandte den Blick ab. »Das glaube ich nicht«, murmelte sie und starrte auf das unruhige graue Wasser. »Woher weißt du das?«

»Ich weiß es einfach. Aus sicherer Quelle. Die ich nicht offenlegen kann.«

»Verstehe.«

»Du hast es also nicht mitbekommen?«

Therese schüttelte wieder den Kopf. Sie war jetzt noch blasser als zuvor schon. »Nein. Ich habe es … noch nicht mal geahnt«, erklärte sie leise. Elsa legte ihr eine Hand auf den Rücken, doch das tröstete sie offenbar nicht. »Er hatte psychische Probleme«, sagte sie mit erstickter Stimme. »Einen Burnout. Und ich habe es nicht mal bemerkt? Mein Gott!«

»Mach dir keine Vorwürfe. Niemand hat es bemerkt. Er war offenbar ziemlich gut darin, es zu verbergen.«

»Aber ich bin seine Frau!« Therese starrte immer noch nahezu regungslos aufs Wasser. »Ich hätte es sehen müssen, Elsa. Dass es ihm schlecht ging. So schlecht, dass er es offenbar für nötig befunden hat, eine Klinik aufzusuchen.«

»Er hätte es dir erzählen müssen«, erwiderte sie. »Sieh es mal so.«

»Es war immer alles so perfekt. Er war perfekt. Ich … kann es einfach nicht glauben.«

»Vielleicht hat er es als seine Aufgabe angesehen, perfekt zu sein. Vielleicht wollte er vor dir einfach keine Schwäche zeigen. Vor uns allen nicht. Dabei wäre es vielleicht viel perfekter gewesen, wenn er es getan hätte. Aber … so wurde er nicht erzogen. So war das früher. Und trotzdem: Diesen Schuh muss ich mir auch anziehen.«

Therese nickte.

Sie gingen langsam weiter, und Elsa beschloss, das Foto mit Senta erst mal unerwähnt zu lassen. Zumindest für heute. Das würde Therese jetzt nicht auch noch verkraften.

13. Geschwisterliebe

»Hi, Ferdinand!« Pauline tippte ihrem Bruder sanft auf die Schulter. Er saß auf einer Bank an der Spitze des klinikeigenen Holzstegs, der meterweit ins Wasser ragte. Seine Augen folgten einem schwarzen Flugobjekt, während er an den Knöpfen einer ebenfalls schwarzen Box herumdrehte.

»Hey, Schwesterherz«, murmelte er, ohne den Blick vom Himmel abzuwenden.

»Was ist das?« Sie deutete nach oben.

»Eine Drohne. Heute angekommen. Und ja, ich habe einen Drohnenführerschein, falls das deine Frage war.«

»War es nicht. Ich wusste nicht mal, dass man für so ein Ding überhaupt einen Führerschein braucht. Ist da eine Kamera drin?«

»Klar!« Er wandte sich zu ihr um, drehte an einem Schalter, und wenig später kreiste die Drohne genau vor ihrem Gesicht. Er grinste. »Und sie filmt dich gerade.«

»Ist das überhaupt erlaubt? Hier einfach eine Drohne steigen zu lassen?«

»Nein, man braucht eine Genehmigung dafür. Die ich nicht habe. Aber …« Er grinste. »Wo kein Kläger, da kein Richter.«

Die Drohne flog noch immer vor ihrer Nase herum. Pauline rollte entnervt mit den Augen. »Kannst du ihr sagen, sie soll das lassen, bitte? Ich will nicht gefilmt werden. Warum hast du so was überhaupt?«

»Was glaubst du?« Er ließ das Gerät wieder höher steigen.

»Ich hab nicht die geringste Ahnung.«

»Weil mir saulangweilig ist, stell dir vor.« Das Flugobjekt stieg immer weiter in den Himmel, und ihr Bruder blickte dem Ding fasziniert hinterher. »Geil, oder?«

»Joa. Schon. Aber … ich dachte, du musst laufen üben.« Sie boxte ihm freundschaftlich in die Seite.

»Autsch. Das waren meine gebrochenen Rippen.«

»Oh, sorry!«, erwiderte sie betroffen.

»Ja, ich muss laufen lernen. Das tu ich auch. Aber wenn ich damit fertig bin, ist mir langweilig, verstehst du? SEHR langweilig.«

»Alles klar. Kapiert. Hol das Ding mal rein, ja? Ich muss mit dir reden.«

»Oha.« Er starrte sie gespielt entgeistert an. »Ist es was Ernstes?«

»Ja, kann man so sagen.«

Er steuerte die Drohne zu sich herüber, fischte sie aus der Luft und verstaute sie samt Fernbedienung in einem Rucksack. »Lass mich raten. Die Firma?«

Sie seufzte. »Was sonst?«

Ferdinand stemmte sich hoch, schulterte den Drohnenrucksack und schnappte sich seine Krücken.

»Soll ich den Rucksack nehmen?«, fragte sie und streckte die Hand aus.

»Danke. Passt schon«, brummte er und humpelte Richtung Ufer. »Also. Was gibt's denn so Wichtiges, dass du mitten am Tag deinen Arbeitsplatz verlässt?«

»Hast du den Artikel gelesen?«

»In den *Priener Nachrichten*? Sicher. Jeder hat ihn gelesen.« Er grinste. »Du kamst nicht gerade gut weg, Schwesterherz.«

»Eben!«, schnaubte sie. »Und jetzt frag dich mal, warum.«

»Warum?«

»Ich glaube, Onkel Wolfgang hat ihn selbst lanciert.«

Ferdinand blieb stehen und sah sie ungläubig an. »Quatsch. Wie kommst du denn darauf?«

»Oma hat mit Peters gesprochen.«

»Wer ist Peters?«

»Der Chefredakteur der *Priener Nachrichten*.«

»Ach, der. Und?«

Ferdinand stützte sich beim Gehen auf seine Krücken, doch er kam schon viel besser vorwärts als noch letzte Woche. So langsam schienen seine Beine wieder ihren Dienst zu tun.

»Du machst Fortschritte«, lobte sie ihn.

»Danke, ich gebe alles. Was ist jetzt mit diesem Peters?«

»Er gibt seine Quelle nicht preis, aber die betreffende Person hat herausgehört, dass es in unserer Firma ein Leck gibt. Offenbar ein Abteilungsleiter.«

»Ein Leck? Klingt ja wie in einem Wirtschaftskrimi.«

»Ja, absolut. Ehrlich gesagt fühle ich mich manchmal auch wie in einem.«

»Ich finde, du übertreibst. Du siehst Gespenster. Als wenn Onkel Wolfgang dem eigenen Unternehmen absichtlich schaden würde.«

»Ich traue es ihm zu hundert Prozent zu. Er macht so was, um selbst besser dazustehen.«

»Das mit dem Artikel, das kann jeder gewesen sein. Irgendein Mitarbeiter, der was mitgekriegt hat und sich wichtigmachen will. Gibt es immer wieder.«

»Es hieß aber: Geschäftsleitung. So viele kommen da nicht infrage.«

Ferdinand deutete auf eine Bank. »Lass uns mal da hinsetzen.«

Sie schlenderten zu einem Sitzplatz mit Blick auf den See und ließen sich nieder. Ihr Bruder legte die Krücken weg und streckte seine langen Beine aus, die immer noch in Orthesen steckten.

Sie sah ihn misstrauisch an. Wieso verteidigte er ihren Onkel auf einmal? »Bist du neuerdings auf seiner Seite?«, fragte sie.

»Nein. Natürlich nicht!«, protestierte er.

»Weißt du etwas, das ich nicht weiß?«

»Was meinst du?«

»Du hast Weihnachten lange mit ihm gesprochen. Draußen. Das habe ich mitbekommen. Hat er etwas vor?« Irgendwas war da faul, das spürte sie. Ihr Bruder starrte plötzlich auch so merkwürdig vor sich hin. Ihm war unbehaglich zumute, es war nicht zu übersehen.

»Keine Ahnung, ob er was vorhat. Woher soll ich das wissen?« Irgendwie klang er zerknirscht. »Was … was soll er schon … vorhaben?«

Sie zuckte mit den Schultern. »Na ja. Mich irgendwie … rausdrängen?«

»Quatsch! Nein! Da hätte ich ja auch noch ein Wörtchen mitzureden. Und Oma. Und der ganze Rest der Familie.«

»Aber du hältst für möglich, dass er es plant?«

Ihr Bruder blickte zu Boden. »Nein! Selbstverständlich nicht.«

Sie nickte.

»Oma hat mich übrigens gefragt, ob ich richtig in die Firma einsteigen will«, sagte er auf einmal.

Sie hob überrascht den Blick.

»Und Onkel Wolfgang auch.«

»Ach. ER hat dich auch gefragt?«

»Ja. Liegt ja nahe. *Feinkost Greiffenberg* ist schließlich ein FAMILIENunternehmen.«

»Ja, klar, das stimmt.« Sie fühlte sich schlagartig schlecht, weil sie ihn nicht selbst darauf angesprochen hatte. »Also … so richtig dort arbeiten?«, fragte sie und biss sich im selben Moment auf die Zunge.

»Ja, genau. So richtig dort arbeiten«, entgegnete er sarkastisch.

»Und? Willst du?«

»Na ja, ich brauche einen Job. Deshalb … why not?«

»Okay … klar. Why not.«

Er sah sie stirnrunzelnd an. »Deine Begeisterung hält sich in Grenzen, kann das sein?«

Er hatte recht. Begeistert war sie nicht. Aber das konnte sie schlecht zugeben. Schließlich befand sich ihr Bruder wirklich in einer Notsituation. »Na ja, nein. Ich … ich fänd's gut«, sagte sie schnell. »Ich überlege nur gerade … na ja … was du bei uns machen könntest. Also, welche Position …«

»Okay. Verstehe. Ist natürlich schwierig, da etwas zu finden für den großen Bruder, der nichts auf die Reihe kriegt.«

»He! Seit wann bist du so empfindlich?«

»Ich bin nicht empfindlich. Nur … irgendwie gibst du mir gerade das Gefühl, dass ich zu nichts zu gebrauchen bin.«

»Quatsch! Das hab ich doch überhaupt nicht gesagt.«

»Nein. Gesagt nicht.« Er hievte sich ächzend hoch.

»Du sagst doch selbst immer, dass du kein Bürohengst bist. Deshalb überlege ich gerade nur.«

Er nahm die Krücken und seinen Rucksack und wandte sich zum Gehen.

»He, Bruderherz! Warte! Wo willst du denn hin?«

»Ich muss los. Gibt gleich Abendessen.«

Sie sprang auf und lief ihm hinterher. »Sei nicht sauer. Du hast es in den falschen Hals gekriegt.«

»Ja, schon klar.«

»Ach, komm!«

»Vergiss es einfach«, murmelte er und humpelte davon.

»Ferdi!«, rief sie.

Er blieb stehen und drehte sich noch einmal um.

Sie legte Daumen und Zeigefinger aneinander und hielt ihm das Zeichen entgegen.

Er zuckte ungerührt mit den Schultern und ging einfach weiter.

14. Geistesblitz

»Grüß Gott!« Elsa betrat den Flagship-Store und sah sich nach Hanne um. Die junge Filialleiterin stand am Kaffeeregal und sortierte Pakete mit frischen Bohnen ein.

»Guten Morgen, Frau von Greiffenberg!« Hanne strich sich eine blonde Strähne aus dem Gesicht. »Gerade ist frische Ware gekommen. Von den *Kaffeeprinzessinnen.*«

Elsa ging zu dem alten Regal aus dunklem Holz hinüber und griff nach einem der neuen Pakete. Mattschwarz war es, mit gelber Beschriftung. Arabicabohnen aus Malawi. Trommelgeröstet. Fair getradet. Sie hielt sich das Päckchen unter die Nase und sog den Duft ein. Köstlich.

»Möchten Sie eine Tasse?«, fragte Hanne. »Ich habe gerade ein Paket geöffnet.«

Sie nickte. »Sehr gern.«

Mit geschickten Handgriffen bereitete Hanne in der Maschine einen Espresso zu und reichte ihn ihr.

Elsa setzte sich an die Theke. Sie nahm den ersten Schluck, schloss kurz die Augen und spürte dem Geschmack nach.

»Und?«, fragte Hanne.

»Wunderbar. Ich schmecke Marzipan. Und Nelke.« Sie schluckte. »Und im Abgang Milchschokolade.«

»Was Sie alles schmecken.« Hanne lachte.

»Wir sollten mehr Kaffee bei dieser Rösterei bestellen.«

»Die Firma ist klein, deshalb ist das nicht so einfach. Ich glaube, wir haben das Limit schon erreicht.«

»*Kaffeeprinzessinnen* – der Name gefällt mir. Weißt du, wie lange wir schon mit ihnen zusammenarbeiten?«, fragte sie.

»Oh, schon einige Jahre. Die Rösterei wurde von zwei Münchnerinnen gegründet. Eine von ihnen war mal hier. Senta Hübner. Tolle Frau.«

Elsa nickte und ließ sich den letzten Schluck Kaffee die Kehle hinunterrinnen. Dann durchzuckte sie plötzlich ein Gedanke. »Sag mal … was hast du da eben gesagt?«

»Ähm … tolle Frau.«

»Nein. Das davor. Den Namen.«

»Senta Hübner.«

»Senta Hübner …«, murmelte Elsa und starrte wie elektrisiert in ihre Espressotasse. »Das ist interessant.«

»Ja? Wieso? Was ist mit ihr?«

Sie antwortete nicht. Ihr Gehirn arbeitete jetzt auf Hochtouren.

»Frau von Greiffenberg? Alles okay?«

»Ja, ja. Alles in Ordnung. Ich frage mich nur … diese Senta Hübner … wie alt ist sie wohl?«

»Etwa fünfzig, würde ich sagen. Kennen Sie sie?«

»Ja, vielleicht. Gut möglich, dass ich sie schon einmal gesehen habe«, flüsterte sie und fühlte sich auf einmal wie gelähmt.

Nachdem sie die übrigen Regale im Laden inspiziert hatte, war sie auf schnellstem Wege in die Villa zurückgekehrt. Senta Hübner, die Kaffeeprinzessin. Konnte es Zufall sein, dass sie denselben Vornamen hatte wie die Frau auf dem Foto aus Ludwigs Jacke? Die Frage ließ Elsa nicht los. Sie lief hinauf in ihr Zimmer, zog die Nachttischschublade auf und nahm das Bild heraus. Nachdenklich betrachtete sie es. Diese Senta war wirklich eine Schönheit. Schwarze Haare, lässig hochgesteckt. Grüne Augen, großer Mund. Ein bisschen wie Sophia Loren früher. Elsa rückte ihre Brille zurecht, nahm ihr Handy und öffnete Google. ›Senta Hübner‹ tippte sie in das Suchfeld. Es gab mehrere Treffer. Sie klickte auf den Link zur Homepage der *Kaffeeprinzessinnen*. Gleich auf der Startseite waren zwei lächelnde Frauen um die fünfzig zu sehen. Die eine war blond, die andere sah aus wie Sophia Loren. »Heilige Maria«, murmelte Elsa und hielt das Foto aus der Schublade neben das Display. »Sie ist es wirklich.« Es gab nicht den geringsten Zweifel. Die Frau auf dem Foto war Senta Hübner. Noch einmal schaute sie auf die Rückseite. *In Liebe, Senta*. Langsam schüttelte sie den Kopf. »Was hast du uns noch alles verschwiegen, mein Junge?«, sagte sie leise und schloss die Augen.

15. Kindergeburtstag

»Da sind wir.« Ferdinand machte eine ausladende Handbewegung. »Tadaaaa! Die Partylocation!«

»Wie schön«, rief Christina, als sie gemeinsam die alte Scheune auf Leopolds Hof betraten. Sie balancierte ein Tablett mit Windbeuteln vor sich her, die sie eben noch in Übersee bei ihrer Mutter abgeholt hatten.

Ferdinand sah sich um. Pauline und Leopold hatten wirklich ganze Arbeit geleistet. Alle Stroh- und Heuballen waren zur Seite geräumt, und in der Mitte stand nun eine lange Bierzeltgarnitur, eingedeckt mit bunten Tellern und Servietten. Girlanden waren quer durch den Raum gespannt, und überall flogen bunte Luftballons herum. Max und Ada wurden heute sieben Jahre alt, das musste natürlich gebührend gefeiert werden. Zehn Kinder hatten sie eingeladen, einige mitsamt ihren Eltern, und natürlich Oma Elsa, Therese und Antonia. Und ihn und Christina. Sie hatten den Atemkurs geschwänzt, sich aus der Klinik geschlichen und waren einfach mit dem Taxi hergekommen. »Atmen können wir dort auch«, hatte Christina lachend gemeint. »Sogar frische Landluft! Das wird uns guttun. Und der Geburtstagskuchen natürlich.«

Am Abend würden noch andere Freunde, Bekannte und

Nachbarn dazustoßen. Es sollte ein richtig schönes Scheunenfest werden.

»Onkel Ferdi!« Max hatte ihn gerade entdeckt und kam auf ihn zugerannt. »Ich dachte, du kommst nicht, weil du im Krankenhaus bist.«

»Hab's mir anders überlegt, Kumpel.« Er wuschelte dem Kleinen mit der Hand durch die Locken. »Ich bin einfach ausgerissen.« Er deutete mit dem Kinn auf seine Begleiterin. »Sie hat mich angestiftet.«

Christina grinste. »Allein hat er sich nicht getraut.«

»Stimmt, sie hat mir geholfen. Sister in crime.«

»Aber nicht verraten«, bat Christina lachend.

»Nee, mach ich nicht. Ich schwör.« Max hielt drei Finger hoch und sah sie mit seinen großen blauen Kinderaugen an. Dann wanderte sein Blick zu Ferdinands Händen, und er kräuselte die Stirn. »Hast du gar kein Geschenk dabei, Onkel Ferdinand?«, fragte er.

»Doch. Klar. Das gibt's später.« Unauffällig griff er in seine Jackentasche und atmete auf, als er den Umschlag spürte, in dem sich die Tickets für den Freizeitpark Ruhpolding befanden, die er eben noch schnell online gekauft und ausgedruckt hatte. »Aber jetzt brauche ich erst mal ganz dringend ein Stück Kuchen. Was habt ihr denn im Angebot?«

»Erdbeer. Schoko. Blaubeermuffins.«

»Von allem etwas, bitte.«

Max nickte. »Na gut. Und dann zeigen wir dir unsere Patenponys.«

»Oh ja. Mollys Fohlen, stimmt's? Leo hat mir davon erzählt. Wie heißen die beiden noch gleich?« Christina schaute fragend zwischen Max und ihm hin und her.

»Adalbert und Maxima.«

»Tolle Namen. Die beiden will ich gleich aber unbedingt mal sehen.«

»Oh ja. Ich auch«, pflichtete Ferdinand ihr bei. »Aber erst Kuchen!«

Wenig später marschierte Christina mit der ganzen kleinen Geburtstagsschar quer über den Hof. An der einen Hand hielt sie Ada, an der anderen Max.

»Kommst du, Onkel Ferdi?« Ada drehte sich fragend zu ihm um.

»Ihr seid mir zu schnell.«

»Langsamer, Leute«, rief Ada. »Mein Onkel hat kaputte Beine.«

»Skiunfall«, erklärte Max seinen Gästen mit wichtiger Miene. »Der ist nämlich Stuntman.«

WAR Stuntman, schoss es ihm durch den Kopf. Christina und die Kinder warteten, bis er aufgeschlossen hatte. Seine Krücken brauchte er neuerdings nicht mehr. Das mit dem Laufen ging immer besser, aber der Schnellste war er natürlich noch nicht. »Es braucht seine Zeit«, erklärten ihm seine Ärzte und Therapeuten immer wieder. »Haben Sie Geduld.« Doch das war leichter gesagt als getan.

Sie marschierten langsam weiter Richtung Pferdestall. »Ich hatte auch mal ein Pony, als ich klein war«, plauderte Christina munter mit den Kindern.

»Wie hieß das?«, wollte ein Mädchen wissen.

»Samba.«

»Genau wie Leopolds Bulli!«, rief Max.

Christina lachte. »Stimmt. Aber es war nicht ganz so alt. Dafür allerdings ziemlich frech. Und total süß. So klein.« Mit der Hand deutete sie in Hüfthöhe.

»Maxima und Adalbert sind noch kleiner«, erklärte Ada. »Zwergponys. Sie sind ja auch noch Babys.« Vor Aufregung hüpfte sie auf und ab.

»Uaaahh, wie süß«, rief Christina. »Jetzt bin ich wirklich gespannt.«

»Wollen wir rennen?«, fragte eines der anderen Kinder.

»Wir können nicht rennen.« Christina deutete auf Ferdinand. »Wegen der Beine.«

»Rennt ruhig vor«, sagte er. »Ich komme nach.«

»Nein, das wär voll gemein!«, rief Max empört.

»Ja, voll!«, stimmte seine Schwester zu.

Christina drehte sich lächelnd zu ihm um. Dann wandte sie sich wieder an die Kinder. »Kommt, wir rennen, aber so langsam, wie's geht«, schlug sie vor. Und dann begann sie, beinahe auf der Stelle zu laufen. Die Kinder taten es ihr nach und lachten sich dabei kaputt.

Er musste auch lachen. Sie war wirklich ein verrücktes Huhn.

»Danke!« Pauline empfing Christina mit einem breiten Lächeln, als sie eine halbe Stunde später mit der Kinderschar in die Scheune zurückkamen.

»Und was ist mit ›Danke, Ferdinand‹?«, fragte er halb im Spaß, halb im Ernst. Wenn er ehrlich war, war er immer noch sauer auf seine Schwester. Den Streit am See letztens hatte er nicht vergessen.

»Entschuldige.« Seine Schwester strich ihm lächelnd über den Oberarm. »Dir natürlich auch vielen Dank, Bruderherz. Super, dass ihr beide die Horde in Schach gehalten habt.«

»Können wir mal mit unserer Schulklasse herkommen?«

Ada blickte mit großen Augen zu Leopold, der neben Pauline stand, und begann schon wieder zu hüpfen.

»Klar, jederzeit. Fragt eure Lehrerin«, erwiderte er. »Ich weiß nur nicht, ob ich genau dann Zeit habe, euch alles zu zeigen. Tagsüber bin ich ja oft auf einem Feld oder der Alm. Die Tiere und Pflanzen warten nicht. Wir müssten das also vorher gut planen.«

»Dann kann Christina uns doch alles zeigen«, schlug Max vor und hüpfte nun auch.

Leopold vergrub die Hände in den Hosentaschen und sah seine Cousine fragend an. »Wenn sie Zeit und Lust hat?!«

Christina lächelte den Zwillingen zu und zog ihre sommersprossige Nase kraus. »Klar! Sobald ich aus der Klinik raus bin. Dann hab ich sogar viel Zeit. Und Lust sowieso.«

»Gummistiefel hat sie auch. Gelbe«, warf Ferdinand ein.

»Cool!«, rief Ada. »Die kann man hier gut gebrauchen. Machst du gleich mit beim Eierlaufen?«

Christina strich ihr übers Haar. »Ja, klar. Warum nicht?«

»Kann es sein, dass du hier heute die gefragteste Frau bist?« Er sah seine Mitpatientin amüsiert an. »Irgendwie habe ich das Gefühl, ich bin abgeschrieben, seit du die Mary Poppins gibst.«

Sie zuckte mit den Schultern. »Tja, Kinder mögen mich halt. Ich weiß auch nicht, warum.«

»Muss wohl an deinem einnehmenden Wesen liegen.« Er lächelte. »Oder weil du einfach supercali…dings bist.«

»Du meinst supercalifragilistischexpialigetisch?«

»Genau.«

»Ja. Das wird's sein«, sagte sie und kräuselte wieder die Nase.

Während sie mit den Kindern im Pferdestall gewesen waren, hatten Pauline und Leopold alles für den Abend vorbereitet. Es sollte ein großes Essen geben. Nach und nach trudelten die neuen Gäste ein. Onkel Wolfgang war der Erste. Nachdem er den Zwillingen gratuliert hatte, nahm er zwei Flaschen Bier aus einer Kiste und steuerte auf Ferdinand zu.

»Junge, du stehst ja wieder auf zwei Beinen«, sagte er und haute ihm auf die Schulter. »Trinkst du eins mit?«

Er nickte. »Why not.«

Onkel Wolfgang schnappte sich einen Öffner von einem der Tische, befreite die Flaschen von den Kronkorken und reichte ihm eine. Sie stießen an. »Hast du's dir überlegt?«, fragte er dann verschwörerisch.

»Was meinst du?« Natürlich wusste Ferdinand, worum es ging, aber er wollte Zeit gewinnen.

»Na, was wohl!?«

»Noch nicht.« Er sah zu seiner Schwester hinüber, die gerade mit Oma Elsa sprach. Was die beiden wohl wieder ausheckten? Jetzt schauten sie in seine Richtung. Sicher sprachen sie über ihn und seine berufliche Zukunft bei *Feinkost Greiffenberg*. Ohne ihn mit einzubeziehen! Er kam sich plötzlich vor wie ein Bittsteller.

»He, Ferdinand!« Christina kam strahlend auf ihn zu. »Hilfst du mir mal mit der Lichterkette da drüben? Ich brauche einen großen, starken Mann.«

»Und da fragst du ausgerechnet mich?«

Sie grinste. »Da frag ich ausgerechnet dich.«

Irgendwann waren endlich alle da, und der zweite Teil der Feier konnte losgehen. Die Kinder seiner Schwester und ihre kleinen Freunde aßen Würstchen und Pommes, die Erwachsenen Greiffenbergsche Feinkost. Das Bier schmeckte allen, und der Obstler, den Gustav mitgebracht hatte, fand ebenfalls reißenden Absatz. Kein Wunder. Der Schnaps, den der gehörlose alte Mann oben auf der Alm in seiner kleinen Destillerie brannte, war der beste weit und breit.

Die Stimmung war ausgelassen und fröhlich. Leopold hatte eine Bluetooth-Box herbeigeschafft und spielte eine Playlist mit den Lieblingsliedern der Zwillinge. Gerade lief *Nossa, nossa*, und alle Kinder tanzten übermütig dazu. Danach hatte jemand von ihnen die Idee, den Schweinestall aufzusuchen, um den Tieren beim Schlafen zuzusehen. Ada bekniete Leopold, der es schließlich erlaubte. »Aber ihr müsst ganz leise sein, damit die Schweine nicht aufwachen«, ermahnte er sie.

»Sind wir«, versprach Ada. Dann nickte sie dem Rest der Geburtstagsbande zu, woraufhin sie alle johlend die Scheune verließen. Ob das mit dem Leisesein klappen würde, wagte Ferdinand zu bezweifeln.

Die Kinder waren schon eine Weile weg, da ging plötzlich die Tür auf.

»'n Abend!«, hörte er jemanden rufen. Er drehte sich um und sah, wer gekommen war. Sebastian, der Ex seiner Schwester, stand mitten in der Scheune. Er hielt zwei Stoffbären im Arm und sah sich hektisch um. Mutig, dachte Ferdinand. Der traut sich in die Höhle des Löwen. Er verspürte großen Widerwillen, seinen Quasi-Ex-Schwager zu begrüßen, doch dann beschloss er, es trotzdem zu tun, bevor der Neuankömmling noch die Party crashte. Er humpelte zu ihm hinüber und nickte ihm zu: »Sebastian! Was verschafft uns die Ehre?«

»Was ist das hier für ein Gelage?«, fragte Sebastian, ohne ihm zu antworten.

Okay. Er war anscheinend schlecht gelaunt. »Möchtest du ein Bier?«

»Ich will meinen Kindern gratulieren und diese Scheißbären loswerden!« Sebastian schwankte ein wenig, und nun registrierte Ferdinand auch seine Alkoholfahne. Er hatte offensichtlich schon getrunken.

Ferdinand fing einen vielsagenden Blick von Antonia auf. Sie rollte mit den Augen, dann stellte sie ihre Bierflasche ab und kam zu ihnen herübergeschlendert. »Zeig mal.« Sie nahm Sebastian eins der riesigen Plüschtiere aus der Hand und begutachtete es.

»Der guckt ein bisschen blöd aus der Wäsche, findet ihr nicht?«, versuchte Ferdinand einen Scherz.

»Ach, leck mich!«, blaffte Sebastian.

Okay, dachte er. Mit Humor war seinem Ex-Schwager offenbar nicht beizukommen. Er schaute zu Pauline, doch die hatte Sebastian anscheinend noch nicht bemerkt. Soweit Ferdinand wusste, war auch nicht vereinbart gewesen, dass er heute Abend hier aufschlug. Er hatte eigentlich am Morgen kurz in die Villa kommen wollen, um zu gratulieren, war dann aber nicht aufgetaucht. Und jetzt stand er hier auf einmal rum, mit seinen blöden Bären und in explosiver Stimmung. Vermutlich, weil man ihn nicht eingeladen hatte. Eine Situation, die definitiv Potenzial hatte, aus dem Ruder zu laufen.

»Ada! Max!«, brüllte er auf einmal.

Okay, es war so weit. Sebastians Stimme war durchdringend gewesen und hatte sich fast überschlagen. Von einer Sekunde auf die andere stellten alle ihre Gespräche ein und sahen zu ihnen herüber.

Pauline war rot angelaufen, und man konnte förmlich dabei zusehen, wie ihre Halsschlagader anschwoll. Ferdinand überlegte fieberhaft, welche Möglichkeiten es noch gab, das Schlimmste zu verhindern. Beziehungsweise, ob es überhaupt eine gab. Es sah verdammt noch mal nicht gut aus.

»Wo sind meine Kinder?«, schrie Sebastian in Paulines Richtung.

Da trat plötzlich Christina vor und lächelte ihn an. »Draußen bei den Schweinen. Das sind aber hübsche Bären.«

Lügnerin, dachte Ferdinand.

Sie strahlte Sebastian an. »Können Sie hierhin legen, neben den Geschenketisch. Ada und Max werden sich freuen.«

»Wer sind Sie?«, fragte Sebastian perplex. Offenbar war er überrumpelt von ihrem Redeschwall und ihrer Freundlichkeit.

Eins musste man Christina lassen: Wo immer sie war, versprühte sie gute Laune, und sie verstand es, jeden um den Finger zu wickeln. Völlig unvoreingenommen. Das mochte Ferdinand an ihr.

»Haben Sie Hunger? Kommen Sie, wir haben jede Menge zu essen da. Mögen Sie Salat? Alles frisch zubereitet. Oder Kuchen? Windbeutel sind, glaube ich, auch noch da. Auch mit herzhafter Füllung.« Kurzerhand nahm sie ihm die Bären ab, die fast größer waren als sie selbst, und verfrachtete sie auf zwei Heuballen. Dann führte sie Sebastian zum Büfett. Ferdinand fragte sich, ob sie wusste, wer er war und was er Pauline letzten Sommer angetan hatte. Dass er es gewesen war, der die Firma beinahe in den Ruin getrieben hätte. Und dass er am Ende sogar versucht hatte, seiner Schwester die Kinder wegzunehmen. Vermutlich ja, aber anmerken ließ sie es sich nicht. Resolut ging sie voraus und redete dabei un-

unterbrochen. Offenbar lullte ihn das irgendwie ein. Jedenfalls folgte er ihr wie ein hypnotisiertes Lamm, nahm einen Teller und lud ihn sich voll. Was sicher gut war, so unterzuckert, wie er bis eben gewirkt hatte. Die Kuh war jedenfalls erst mal vom Eis. Die Gäste wandten sich wieder ihren Gesprächen zu. Irgendwann kamen die Kinder rein, Sebastian übergab seine Geschenke ohne weitere Vorkommnisse und fuhr dann wieder. Pauline fiel ganz offensichtlich ein riesiger Felsbrocken vom Herzen.

»Wie machst du das eigentlich?«, fragte Ferdinand Christina später.

»Was?«

»Na, dass dir immer alle zu Füßen liegen. Die Kinder, die Eltern und sogar Choleriker wie Sebastian.«

»Keine Ahnung. Ich bin einfach ich.«

Er nickte und dachte insgeheim, dass er manchmal gerne auch so wäre wie sie.

Es war etwa dreiundzwanzig Uhr, als sie wieder vor dem Hauptgebäude der Rehaklinik standen. Es war dunkel. Auch drinnen leuchteten nur ein paar Notlichter. Er drückte gegen die gläserne Eingangstür, doch sie ließ sich nicht öffnen.

»Verdammt«, murmelte er und rüttelte daran.

»Abgeschlossen?«, fragte Christina.

»Jepp. Sieht ganz so aus.«

»Oh, no!« Sie versuchte jetzt auch ihr Glück, doch der Eingang blieb verschlossen.

Er sah sie fassungslos an. »Das gibt's doch nicht. Die schließen uns nachts hier ein.«

»Beziehungsweise aus. Jetzt, wo wir drüber sprechen, fällt mir ein, dass ich's irgendwo gelesen hab. Dass sie abschließen, wegen der Nachtruhe und der Genesungsprozesse oder so ähnlich.«

»Ist ja geil.« Er legte seine Hände im Halbkreis an die Scheibe und blickte hindurch. »An der Rezeption sitzt auch niemand.«

»Shit!«

»Dürfen die das überhaupt? Uns einfach ausschließen? Ich meine, das hier ist doch kein Kinderheim.«

Sie zuckte mit den Schultern. »Keine Ahnung. Wir kommen jedenfalls nicht rein.«

»Und was machen wir jetzt? Wenn wir draußen schlafen, erfrieren wir.«

»Ich erfrier jetzt schon.« Sie schlug die Arme um ihren Körper und erschauerte.

»Deine Jacke ist ja auch viel zu dünn.« Er zog seinen Parka aus und hängte ihn ihr über die Schultern. »Hier, zieh den noch über.«

Sie schüttelte den Kopf. »Dann erfrierst du ja.«

Er lachte. »Nein, passt schon. Ich bin hart im Nehmen. Weißt du doch.«

Sie kuschelte sich in seinen Parka und versank beinahe darin.

Er dachte nach. Viele Möglichkeiten hatten sie nicht. »Komm mit«, sagte er kurzentschlossen. »Ich weiß, wo wir hinkönnen.«

»Nämlich?«

»Das siehst du gleich.«

»Herzlich willkommen!« Ferdinand machte eine einladende Handbewegung, betrat das großzügige Zimmer und schaltete das Licht ein. Er war ein wenig außer Atem. Die Treppen hochzukommen war eine echte Herausforderung gewesen. Er ging zum Fenster hinüber und sah gerade noch die Rücklichter des wegfahrenden Taxis, das sie hergebracht hatte, bevor er aus alter Gewohnheit die Vorhänge schloss.

Christina blickte sich neugierig um, während er mit dem Fuß noch schnell ein Paar vergilbte Adiletten unter das Regal schob.

»Dein altes Kinderzimmer?«, fragte sie und grinste.

»Ja. Hier hab ich gehaust, bis ich achtzehn war.«

»Und wenn du in Prien zu Besuch bist, schläfst du immer noch hier?«

»Meistens nicht. Ich hab weiter hinten auf dem Gang inzwischen ein Zimmer mit eigenem Bad. Aber manchmal, wenn mir danach ist und Margit das Bett frisch bezogen hat, schlaf ich doch noch hier. Aus nostalgischen Gründen.«

»Wer ist Margit?«

»Unsere Haushälterin.«

»Ach so.«

Er versuchte, das Zimmer mit ihren Augen zu sehen. Es hatte sich kaum etwas verändert, seit er ausgezogen war. Die Poster von Skirennläuferlegende Ingemar Stenmark waren noch etwas gelblicher geworden, und die alten Schwarz-Weiß-Fotos an der Wand, die ihn als Kind und Teenager zeigten, hatten sich leicht zusammengerollt. Das schmale Bett aus Eichenholz war noch dasselbe, und der dazu passende Kleiderschrank ebenfalls. Ihm waren die Möbel zuletzt zu rustikal und bayrisch gewesen. Inzwischen mochte er sie wieder.

»Witzig. Mein altes Kinderzimmer sah ganz anders aus.« Christina fuhr mit der Hand über die edle weiße Leinenbettwäsche. »Viel kleiner. Und bunter. Ich hatte Bettwäsche mit

Pferden drauf. Als Kind jedenfalls. Später dann nicht mehr.« Sie deutete auf Ingemar Stenmark. »Poster hatte ich aber auch. Allerdings von Justin Bieber und Robert Pattinson.«

Er grinste. »Das war so klar!«

Ihr Blick fiel auf die Wand hinter dem Bett. »Und so was hatte ich auch nie.«

»Das sind meine ersten Skier. Mein Vater hat sie mir geschenkt, als ich zwei Jahre alt war.«

»Süß. Wie winzig die sind.«

»Klar. Ich war ja auch süß und winzig. Ich hatte quasi gerade erst laufen gelernt.«

»Und du warst von Anfang an ein Naturtalent auf Skiern?«

Er zuckte mit den Schultern. »Ich denke schon. Ich war quasi mit den Dingern verwachsen und bin die Hügel runtergesaust, als wäre es nichts. So erzählt man es sich jedenfalls, und es gibt auch noch Videos davon.« Er setzte sich aufs Bett und streckte die Beine aus. Sie schmerzten. Es war ein langer, anstrengender Tag gewesen für einen Invaliden wie ihn.

Christina ließ sich neben ihm nieder, und zum ersten Mal an diesem Abend sagte sie eine kleine Weile gar nichts.

Er massierte mit den Fingern sein rechtes Knie. Es tat ihm gerade besonders weh.

»Schmerzen?«, fragte sie.

»Ein bisschen«, gab er zu. Vor ihr musste er nicht den harten Ferdinand geben. Verletzungen und Schmerzen waren ihr gemeinsamer Nenner.

Sie deutete hinter sich auf die kleinen Skier. »Irgendwann wirst du wieder fahren können, jede Wette.«

»Davon bin ich noch verdammt weit entfernt.«

»Bei deinem Ehrgeiz nicht mehr lange.«

»Wer weiß«, murmelte er.

Dann schwiegen sie wieder, und er dachte, wie angenehm es sich anfühlte. Es war keine leere Stille, sondern es schien ganz selbstverständlich, dass in diesem Moment jeder seinen Gedanken nachhing. Mit jemandem schweigen zu können, ohne dass es unangenehm wurde, war nicht einfach. Mit ihr konnte er es. Das stellte er gerade fest.

»Ich werde bald entlassen«, sagte sie schließlich.

»Wann?«

»Nächste Woche. Dienstag wahrscheinlich.« Sie hob die linke Hand und wackelte mit dem Zeigefinger. »Er ist austherapiert.« Sie versuchte, ihn ganz abzuknicken, doch es gelang ihr nicht. »Mehr geht nicht. Tja, damit muss er jetzt klarkommen. Und ich auch.«

Ferdinand nickte. »Das tut mir echt leid.«

Sie seufzte.

»Und … weißt du inzwischen, was du machen willst? Also, beruflich?«

Sie schüttelte den Kopf. »Nein, noch nicht. Aber der Tag heute bei Leopold hat mir vielleicht eine Richtung gewiesen.«

»Ja? Welche denn?«

»Ich würde gern etwas mit Kindern machen. Oder mit Tieren.« Sie lachte. »Oder beides. Vielleicht wäre das etwas, das sich nicht wie eine Notlösung anfühlen würde.«

Er schmunzelte. »Ja. Kinder passen auch viel besser zu dir als Windbeutel. Sie liegen dir zu Füßen. Überhaupt alle liegen dir zu Füßen. Ich kann immer noch nicht fassen, dass du sogar Sebastian in den Griff gekriegt hast.«

»Na ja, ein bisschen ist der ja auch wie ein Kind.«

»Aber nur ein bisschen. Man muss sich vor ihm in Acht nehmen. Der schreckt vor nichts zurück. Das haben wir letztes Jahr am eigenen Leib erfahren.«

Christina nickte. »Ich hab davon gehört. Und du? Weißt du inzwischen, wie es für dich weitergeht?«

»Ich habe … na ja … ein Angebot.«

»Wo?«

»In unserer Firma. Aber ich weiß nicht, ob ich es annehmen soll.«

»Notlösung?«

»Ja. Nein. Vielleicht. Jedenfalls müsste ich dafür eventuell jemanden … verraten. Jemanden, der mir sehr nahesteht.«

»Verraten?« Sie blickte ihn entgeistert an. »Das klingt aber schlimm.«

Er zuckte mit den Schultern. »Ja. Sicher.«

»Dann … ist es wohl keine Option, oder?«

»Nein. Nein, vermutlich nicht. Andererseits … ich muss auch sehen, wo ich bleibe, weißt du? Und dieser Jemand … war nicht gerade nett zu mir in letzter Zeit.«

»Mhmmmm …«

»Ich halt dich auf dem Laufenden«, sagte er schnell. »Und jetzt zeige ich dir das Gästezimmer, in dem du übernachten kannst.« Er deutete grinsend hinter sich auf die schmale Matratze. »Hier würde es ein bisschen eng werden für uns beide, schätze ich.«

16. *Die Kaffeeprinzessinnen*

Elsa fand einen Parkplatz in der Hohenzollernstraße, was ein großes Glück war, denn Parkplätze waren hier in Schwabing rar. Zu Hause hatte sie nicht erwähnt, wohin sie wollte. »Maximilianstraße. Mal raus. Ein wenig bummeln«, hatte sie gebrummt und war in ihre A-Klasse gestiegen, bevor irgendjemand dagegen protestieren konnte, dass sie allein nach München fuhr. Für Bedenken gab es auch gar keinen Grund, denn trotz ihrer achtzig Jahre war sie eine sichere Autofahrerin. Immer noch unfallfrei, seit über sechzig Jahren. Auch heute hatte sie die knapp hundert Kilometer von Prien nach Schwabing ohne Probleme zurückgelegt, obwohl es voll gewesen war auf der Autobahn und sie oft in Gedanken. Sie hatte das Foto von Senta Hübner in ihrer Handtasche verstaut, obwohl sie es vermutlich nicht brauchen würde, aber man wusste ja nie. Sie stieg aus und schlug die Wagentür zu. Ein Stückchen würde sie gehen müssen, aber das war gut so, denn so konnte sie noch einmal im Kopf durchspielen, was sie sagen würde, wenn sie gleich vor Senta Hübner stand, der mutmaßlichen Geliebten ihres verstorbenen Sohnes Ludwig.

Sie brauchte etwas länger als sieben Minuten, dann hatte sie die Kaiserstraße erreicht. Eine hübsche Allee mit alten

Häusern aus der Jahrhundertwende. Sie bog ein, orientierte sich und stand wenig später vor der Hausnummer sieben. Hier befand sich im Erdgeschoss die Rösterei *Die Kaffeeprinzessinnen*. Der Name stand in einem hübschen Schriftzug auf der Glastür. Elsa sammelte sich einen Moment und betrat schließlich das kleine Geschäft. Das Erste, was sie wahrnahm, war der köstliche Kaffeeduft, der hier noch intensiver war als in ihrem eigenen Laden. Sie sog die Luft tief ein und sah sich um. Es war ein hübscher Raum mit einer kleinen Verkaufstheke aus hellem Holz, hinter der niemand stand. Zu ihrer Rechten ein Regal mit abgefüllten Kaffeepaketen – die meisten schwarz mit gelber Beschriftung. Es waren die gleichen, die sie auch bei *Feinkost Greiffenberg* verkauften. In der Mitte des Raumes befand sich das Herzstück des Ladenlokals: eine große schwarze Trommel mit einem Trichter aus Edelstahl. Daran ein paar Knöpfe und eine digitale Leuchtanzeige. Elsa wusste, dass es sich um einen sogenannten Trommelröster handelte. Ein Gerät, in das helle Kaffeebohnen gegeben wurden, die am Ende dunkel und geröstet wieder herauskamen. Vor Jahren hatten sie überlegt, ebenfalls einen solchen Apparat anzuschaffen, um selbst Kaffee rösten zu können. Es fehlte jedoch an Platz und Know-how, weshalb Ludwig sich am Ende dagegen entschieden hatte.

Elsa trat an die Ladentheke und suchte nach einem Glöckchen, mit dem sie sich bemerkbar machen konnte. Vergebens. Ihr blieb nichts anderes übrig, als sich laut zu räuspern und zu warten. Auf der Theke lagen unter einer Glasglocke einige Gebäckstücke und Croissants, die ihren Appetit anregten. Sie wandte sich um. An den Fenstern standen vier kleine Holztische mit alten Stühlen. Offenbar konnte man den frisch gerösteten Kaffee direkt verkosten.

Sie nahm sich vor, genau das gleich zu tun, auch wenn sie längst wusste, wie köstlich er schmeckte.

»Hallo?!«, sagte sie und stellte sich auf die Zehenspitzen, um einen Blick in den kleinen Nebenraum zu werfen, in dem sie jemanden vom Personal oder eine der Geschäftsinhaberinnen vermutete. Es war niemand zu sehen. »Hallo? Jemand da?«, rief sie nun etwas lauter. Niemand antwortete. Langsam wurde sie ungeduldig. Sie hatte keine Lust, hier herumzustehen wie bestellt und nicht abgeholt. Aber unverrichteter Dinge zu gehen war auch keine Option. Dazu war die Angelegenheit viel zu wichtig und der Weg vom Chiemsee nach München zu weit gewesen. Sie beschloss, sich in Geduld zu üben und sich unterdessen an einen der Tische zu setzen und aus dem Fenster zu schauen. Beim Blick auf ihre Armbanduhr stellte sie fest, dass es gerade mal zehn Uhr war. Vermutlich hatten die *Kaffeeprinzessinnen* eben erst aufgeschlossen und rechneten noch nicht mit Kundschaft.

Sie nahm an dem vordersten Tisch Platz und blickte auf die hübsche Straße. Ein älterer Herr führte seinen Dackel spazieren, und ein junger Vater hatte sein Kleinkind in eine Art Holzkiste gesetzt, die vorne an seinem Fahrrad angebracht war. Was es nicht alles gab heutzutage.

»Grüß Gott, die Dame!«, hörte sie plötzlich jemanden hinter sich sagen.

Sie fuhr leicht zusammen und drehte sich um. »Grüß Gott!«

Die Frau, die da auf einmal an ihrem Tisch stand, war noch jung. Fünfundzwanzig vielleicht. Ihr langes rotes Haar trug sie zu einem Dutt aufgetürmt. Senta Hübner war das definitiv nicht. »Was kann ich für Sie tun?«, fragte sie freundlich.

»Einen Espresso Dolce Vita, bitte. Dazu ein Croissant.«

»Gute Wahl. Der ist ganz frisch geröstet. Kommt sofort.«

»Wunderbar. Und, junge Frau, ich habe noch eine Frage.«

»Ja?«

»Ist Frau Hübner da? Senta Hübner?«

»Oh, Sie kennen sie?«

»Ja. Gewissermaßen.«

»Senta ist … nicht mehr bei uns. Seit fast einem Jahr schon nicht mehr.«

»Ach?« Elsa horchte auf. »Das … wusste ich gar nicht. Auf der Internetseite …«

»Ja, die ist noch nicht aktualisiert.« Die Frau lachte. »Es kommt immer etwas dazwischen.«

»Warum ist sie nicht mehr hier?«, fragte Elsa und versuchte, es möglichst beiläufig klingen zu lassen.

»Weil … sie hat beschlossen, sich beruflich zu verändern. Ich bin sozusagen ihre Nachfolgerin.«

Elsa überlegte einen Augenblick. Sollte sie sich zu erkennen geben? Warum eigentlich nicht, dachte sie. Vielleicht würde sie dann Näheres erfahren. »Sie kennen vielleicht meine Enkelin«, sagte sie also kurz entschlossen. »Pauline von Greiffenberg aus Prien am Chiemsee.«

»Ach. Ja. Natürlich. Pauline von *Feinkost Greiffenberg*. Das ist Ihre Enkelin?«

Sie nickte.

»Das heißt, dann sind Sie …«

»Elsa von Greiffenberg.«

»Elsa von Greiffenberg.« Die junge Frau wiederholte ihren Namen beinahe ehrfürchtig. »Ich habe schon viel von Ihnen gehört. Wie schön, dass wir uns einmal persönlich kennenlernen. Mein Name ist Tanja Stein. Wie gesagt, Sentas Nachfolgerin.«

»Die Freude ist ganz meinerseits. Können Sie mir denn sagen, wo ich Senta Hübner finde? Ich habe eine ... Frage, die ich ihr gern persönlich stellen würde.«

»Das wird schwierig.«

»Wieso?«

»Senta lebt nicht mehr in München. Sie ist viel unterwegs, reist oft nach Afrika. Nach Malawi, genauer gesagt. Eines der Länder, aus dem wir unseren Kaffee beziehen. Und soweit ich weiß, ist sie oft in ihrer Berghütte im Zillertal.«

Jetzt wurde Elsa so richtig hellhörig. »Im Zillertal? Wissen Sie, wo genau sich die Hütte befindet?«

Tanja Stein schüttelte den Kopf. »Keine Ahnung. Ich könnte meine Kollegin fragen, aber ich denke, die kann Ihnen auch nicht weiterhelfen. Leider haben wir beide keinen Kontakt mehr zu Senta.«

»Oh. Hat das einen ... besonderen Grund?«

Tanja Stein schüttelte langsam den Kopf. »Nein. Sie hat sich nur einfach irgendwann nicht mehr gemeldet.«

»Oh. Wie seltsam.«

Die junge Frau zuckte mit den Schultern. »Tja, irgendwie schon.«

17. Der Verdacht

»So, jetzt brennt's!« Zufrieden hängte Therese den Schürhaken an seinen Platz und setzte sich aufs Sofa. Elsa schenkte ihr Rotwein ein und nahm in dem Sessel ihr gegenüber Platz. Das Feuer prasselte laut vernehmbar vor sich hin und verbreitete eine wohlige Wärme im ganzen Raum.

»Wie war es heute in München?«, fragte sie ihre Schwiegermutter. »Du warst lange weg.«

»Es war … interessant.« Elsa hob ihr Glas. »Zum Wohl.«

Therese nahm ihres vom Tisch und prostete ihr zu. »Interessant? Wieso? Hast du jemanden getroffen?« Sie nahm einen kräftigen Schluck und spürte, wie ihr der Wein die Kehle hinunterrann. Es war ein warmes, angenehmes Gefühl. In ihrem Inneren machte sich nun auch eine wohlige Wärme breit.

»Nein, nein. Niemanden«, erwiderte Elsa ausweichend.

»Was hast du dann getan?«

»Ich … war in einigen Geschäften.«

»Und? Hast du etwas Hübsches gefunden?«

Ihre Schwiegermutter schüttelte den Kopf und sah mit leerem Blick ins Kaminfeuer. Sie war ungewöhnlich still heute Abend. Fast hatte Therese den Eindruck, dass ihr etwas auf der Seele lag.

»Elsa?«

Ihre Schwiegermutter blickte auf.

»Was ist los, Elsa? Ist etwas passiert?«

»Nein. Nein, nichts. Wieso fragst du?«

»Du wirkst so ruhig und in dich gekehrt, seit du aus München zurück bist.« Therese trank noch einen Schluck Wein. »Du verschweigst mir etwas, oder?«

Elsa richtete den Blick erneut ins Feuer und schwieg. Dann wandte sie sich ihr plötzlich zu. »Ja«, erklärte sie leise. »Es ist etwas passiert. Ich weiß nur nicht, ob ich es dir sagen soll.«

»Warum nicht?«

»Weil es … weil es etwas mit Ludwig zu tun hat.«

»Dann musst du es mir sagen, Elsa.« Ihr Herz begann, schneller zu klopfen. »Hast du Neuigkeiten? Hat man seine … Leiche gefunden?« Sie biss sich auf die Unterlippe.

Ihre Schwiegermutter schüttelte langsam den Kopf. Dann erhob sie sich. »Bin gleich wieder da«, murmelte sie und ging hinaus. Therese hörte sie die Treppe hinaufstapfen und wenig später wieder herunterkommen. Als Elsa ins Wohnzimmer trat, hielt sie ein Foto in der Hand. Sie setzte sich nicht zurück in den Sessel, sondern nahm dicht neben ihr auf dem Sofa Platz. Sie schluckte beklommen und eine böse Ahnung überkam sie.

»Es tut mir so leid, Therese.« Mit diesen Worten reichte Elsa ihr das Foto.

Sie starrte es an. Ludwig war darauf zu sehen, gemeinsam mit einer dunkelhaarigen, attraktiven Frau. Therese hatte sie noch nie zuvor gesehen. Die beiden sahen vertraut miteinander aus. So, als würden sie sich schon ewig kennen. Was um alles in der Welt hatte das zu bedeuten? Natürlich ahnte sie es bereits, und schlagartig wurde ihr schwindlig.

Sie trank noch einen großen Schluck Wein. Dann wandte sie ihrer Schwiegermutter das Gesicht zu. »Wo hast du das her? Und … wer ist das?« Sie merkte selbst, dass sich ihre Stimme rau anhörte.

Elsa nahm ihr das Bild aus der Hand und drehte es um.

Ein kleiner Satz in krakeliger Schrift. Sie hatte ihre Kontaktlinsen nicht drin. Unmöglich also, die Worte zu entziffern. »Was steht da, Elsa?« Inzwischen fragte sie sich, ob sie das wirklich wissen wollte.

»Da steht *In Liebe …*«

»In Liebe?«

»*In Liebe, Senta.*«

Ihr Magen fühlte sich plötzlich hohl an und ihr Herz so, als hätte jemand einen Eispickel hineingerammt. Nur ihr Kopf, der war klar wie eine Sternennacht auf der Alm. Sie musste nicht lange nachdenken und auch nicht eins und eins zusammenzählen. Es gab nichts zu zählen. Die Situation war eindeutig: Ludwig hatte eine Affäre gehabt. Mit dieser Frau dort auf dem Foto, die sehr schön war und Senta hieß. Ihr wurde schlecht, und sie hielt sich den Bauch.

»Alles in Ordnung? Brauchst du etwas?«, hörte sie Elsa fragen. Es klang wie von ganz weit weg. Ihre Schwiegermutter schenkte neuen Wein in ihr Glas und reichte es ihr. »Hier. Trink erst mal.«

Sie gehorchte. Dann lehnte sie sich zurück und schloss die Augen. Ihr Inneres war auf einmal ein einziger Schmerz. Ludwig hatte ihr soeben das Herz gebrochen. Postum sozusagen. Sie spürte, dass Elsa ihre Hand nahm und darüberstrich. Eine Geste, die ihr guttat. Sie richtete sich auf. »Woher hast du das Bild?«, fragte sie erneut.

Elsa starrte auf den Perserteppich. »Ich habe es in seiner

Anzugjacke gefunden. In der dunkelblauen, die noch neu war.«

»Wann?« Es spielte eigentlich keine Rolle, aber sie wollte es trotzdem wissen.

»Als wir Ludwigs Schrank ausgeräumt haben. Ich habe die ganze Zeit nichts gesagt, weil … ich wollte erst herausfinden, wer diese Frau ist. Diese Senta. Und was Ludwig mit ihr zu schaffen hatte.«

»Na, was wohl?!«, entgegnete sie sarkastisch. Sie versuchte, ruhig zu atmen, aber es gelang ihr nicht. Sie hörte ihren eigenen Herzschlag in den Ohren. »Und? Hast du etwas herausgefunden?«

»Ja und nein. Das ist jedenfalls der wahre Grund, warum ich heute in München war. Und ein bisschen habe ich tatsächlich in Erfahrung gebracht.«

»Was?«

»Bist du sicher, dass du das alles wissen willst?«

Sie dachte einen Moment nach. Wollte sie? Dann nickte sie. »Ja, ich bin sicher.«

»In Ordnung. Also, die Frau auf dem Foto heißt Senta Hübner. Sie war Miteigentümerin einer Münchener Rösterei. *Die Kaffeeprinzessinnen*. Sie sitzen in Schwabing, und wir beziehen einen Teil unseres Kaffees von ihnen. Schon seit Jahren. Heute habe ich dem Geschäft einen Besuch abgestattet.«

Sie hielt die Luft an. »Das heißt, du hast diese Senta Hübner gesehen?«

Ihre Schwiegermutter schüttelte den Kopf. »Nein. Sie ist nicht mehr da. Vor fast einem Jahr ist sie ausgestiegen. Und sie hat den Kontakt zu ihren ehemaligen Kolleginnen komplett abgebrochen.« Elsa runzelte die Stirn. »Merkwürdig, nicht wahr?«

Sie nickte. »Wer hat dir das erzählt?«

»Ihre Nachfolgerin. Eine junge Frau namens Tanja Stein.«

»Verstehe.« Sie nahm ihr Glas und trank den restlichen Wein aus. In ihrem Kopf drehte sich alles. »Mein Gott!«, stieß sie hervor. Wie hatte Ludwig ihr das nur antun können? Sie hatte ihn geliebt. Über alles. Und sie hatten eine gute Ehe geführt. All die Jahre waren sie glücklich miteinander gewesen. Meistens jedenfalls. Aber offenbar hatte nur sie das so empfunden. War sie denn so blind gewesen? Sie schlug beide Hände vors Gesicht und schüttelte den Kopf. Aber sie weinte nicht. Im Moment war sie einfach nur wütend. Wütend auf einen toten Mann. Sie spürte Elsas warme Hand auf ihrem Rücken. Es fühlte sich gut an, doch beruhigen konnte sie sich trotzdem nicht.

»Erst das Bild in der Klinik«, hörte sie ihre Schwiegermutter sagen. »Dann das Foto mit dieser anderen Frau. Ich weiß nicht, was das alles zu bedeuten hat, aber …«

Therese nahm die Hände vom Gesicht und starrte sie an.

»Hältst du es für möglich, dass Ludwig … noch lebt?«, fragte Elsa.

Sie schnappte nach Luft. »WAS?«

»Hältst du es für möglich, dass er vielleicht gar nicht ertrunken ist, sondern … absichtlich verschwunden? Weil ihm das alles über den Kopf gewachsen ist? Die Firma? Die Schulden? Und …« Sie deutete mit dem Kinn auf das Foto. »… diese Frau?«

Was redete Elsa da? Ludwig noch am Leben? Sie brauchte einen Augenblick, bis ihr die Tragweite dieser kühnen Theorie klar wurde. »Meinst du denn, das wäre möglich?«, hauchte sie fassungslos. »Dass er noch lebt?«

»Ich weiß nicht, was ich glauben soll, Therese. Aber … es könnte doch sein, oder nicht?«

Sie nickte langsam. Sicher, möglich wäre es. »Aber … aber wo ist er dann jetzt?«

Elsa zuckte mit den Schultern. »Im Grunde könnte er überall sein. Auf den Malediven. In Malawi. Oder … im Zillertal. Beziehungsweise in den Bergen drumherum.«

Therese sah sie verwirrt an. »Malawi? Wo ist das?«

»In Afrika. Senta Hübner fährt da oft hin. Sie hat Freunde in dem Land und gute Kontakte, weil die *Kaffeeprinzessinnen* seit Jahren Teile ihres Kaffees von dort beziehen. Und im Zillertal besitzt sie eine Skihütte. Irgendwo oben in den Bergen. Das immerhin habe ich auch herausgefunden. Was besser zu Ludwig passen würde als Afrika, wenn du mich fragst.«

»Du meinst, dass er dort sein könnte? In den Bergen rund ums Zillertal? Mit … ihr?«

»Ich weiß es nicht. Aber … inzwischen halte ich alles für möglich.«

»Ich auch«, sagte Therese leise. Noch immer fragte sie sich, wie es sein konnte, dass sie nichts gemerkt hatte. Hatte er wirklich eine Art Doppelleben geführt? Sie dachte nach. Er hatte oft auswärts übernachtet. Schon immer. Seine zahlreichen Geschäftsreisen hatten das so mit sich gebracht. Er war in aller Herren Länder unterwegs gewesen, um Lieferanten zu besuchen oder neue zu gewinnen. Und er hatte Messen besucht. Kongresse. Geschäftspartner. Gelegenheiten hatte er also viele gehabt. Oft hatte sie gar nicht genau gewusst, wo er gerade steckte. Sie hatte meistens auch nicht so genau nachgefragt. »Ich bin nächstes Wochenende in Apulien, Schatz.«

»Apulien?«

»Bei Luigi. Olivenöl. Du weißt schon.«

»Alles klar, grüß ihn von mir«, hatte sie dann gesagt. Sie hatte ihm immer zu hundert Prozent vertraut. Nicht im Traum hätte sie sich vorstellen können, dass er sie betrog. Einmal mehr wurde ihr bewusst, wie wenig sie ihren Mann gekannt hatte. Ihr Blick fiel auf das Foto. Wie hatte sie so blind sein können? Jetzt traten ihr doch Tränen in die Augen. Wie sehr hatte sie gelitten und getrauert, als er im letzten Jahr plötzlich verschwunden war! Noch immer hatte sie mit diesem Verlust schwer zu kämpfen. Jetzt fragte sie sich, wie sie Ludwig begegnen würde, wenn er wirklich noch am Leben wäre. Eigentlich unvorstellbar, aber eins war sicher: Wenn er seinen Tod nur vorgespielt hatte, um mit dieser Frau ein neues Leben zu beginnen, dann würde sie ihm das nicht verzeihen können. Niemals. Sie spürte, wie die Tränen langsam ihre Wangen hinunterrannen. Elsa griff wieder nach ihrer Hand. »Ludwig, warum?«, murmelte sie. »Warum hast du mir das angetan?«

18. Eisbaden

Es war noch dunkel. Die Glocke des Kirchturms hatte gerade sieben geschlagen. Antonia warf einen Blick auf ihr Handy: Acht Grad war die Luft kalt, vier das Wasser. Sie legte das Smartphone auf eine der Strandliegen und schlüpfte aus ihrem Bademantel.

»Du bist echt völlig verrückt, Toni, dass du das ständig machst«, hatte Hendrik gestern noch zu ihr gesagt. Und vielleicht war sie das. Verrückt. Nicht ganz dicht. Es war schwer zu erklären, warum sie jeden Morgen in das eiskalte Wasser des Chiemsees stieg, bei Wind und Wetter, Regen und Eis. Es war schließlich nicht so, dass es ihr nichts ausmachte. Im Gegenteil – ihr blieb immer beinahe die Luft weg, wenn ihr Körper mit dem eiskalten Wasser in Berührung kam. Es waren Schmerzen wie tausend Nadelstiche, so stark, dass sie am liebsten aufgeschrien hätte. Doch den Schrei schluckte sie jedes Mal tapfer hinunter, und wenn sie einmal im Wasser war, fühlte sie sich plötzlich lebendig. Es war, als würde diese graue, wabernde Hülle, die sie seit dem Tod ihres Vaters umgab, neutralisiert, und dann, endlich, spürte sie sich wieder. Sie zitterte jetzt ein wenig und beschloss, die Wollpudelmütze auf dem Kopf zu lassen. Den würde sie sowieso nicht unter Wasser stecken. Sie rückte die Träger ihres schwarzen Badeanzugs zurecht und lief zum Ufer. Das Wasser hier war seicht und wurde nur langsam tiefer. Sie setzte einen Fuß hinein. Den Kopf hoch erhoben, ging sie einfach vorwärts, ohne ein einziges Mal zu zögern, obwohl die Haut, die das Wasser berührte, schmerzte. Als sie bis zu den Oberschenkeln drin war, atmete sie einmal tief ein und aus. Dann tauchte sie mit dem Oberkörper unter. Sie keuchte und wandte sich nach rechts. Bis zum nächsten Steg wollte sie es schaffen. Einschließlich Rückweg wäre sie dann knapp fünf Minuten im See, was ihr persönlicher Rekord wäre. Sie begann, mit ihren muskulösen Armen das Wasser zu teilen, und kam schnell voran. Sie war gut im Training. Und es funktionierte wie immer. Sie fühlte sich zunehmend besser. Der graue Umhang war fast verschwunden, auf einmal konnte sie tief einatmen. Der Steg war nur noch wenige Meter entfernt. Aus den Augenwinkeln sah sie, dass jemand darauf saß. Ganz am Ende, mit baumelnden Beinen, eingehüllt in eine dicke schwarze Daunenjacke. Sie fragte sich, wer das wohl war. Um diese Uhrzeit hatte sie bisher noch nie jemanden hier gesehen. Sie schwamm etwas schneller, und als sie näher kam, erkannte sie, dass es ein Mädchen war, vielleicht in ihrem Alter. Sie war auffallend blass im Gesicht. Ihre schwarzen langen Haare hatte sie zu einem Zopf gebunden. Antonia kannte sie nicht. Jetzt nahm die andere ihr Handy hoch, hielt es in ihre Richtung und schien ein Foto zu machen. »Das glaub ich nicht!«, keuchte Antonia.

»Sag mal, fotografierst du mich?«, zischte sie, als sie den Steg erreicht hatte. Sie hielt sich am vordersten Brett fest, sah zu dem Mädchen hoch und registrierte, dass sie seitlich einen Nasenring trug und ihr linkes Ohr eine beträchtliche

Anzahl an Ohrpiercings aufwies. Antonias Körper begann zu zittern, gleich würden auch noch ihre Zähne klappern. Sie kannte das schon.

Das Mädchen sah sie fassungslos an. »Wieso machst du das?«

»Wieso machst DU das?«, fragte sie wütend. »Lösch sofort das Bild!«

»Ich … hab kein Foto von dir gemacht. Es war ein Selfie.«

»Und das soll ich dir glauben?«

»Ich schwör's! Ich hab dich nicht fotografiert.«

»Das hoffe ich für dich«, stieß Antonia hervor. Dann ließ sie den Steg los, und ihre Schultern glitten wieder ins Wasser. Sie musste dringend zurück, um nicht völlig auszukühlen. Ohne ein weiteres Wort machte sie kehrt.

»Ich bin Cara!«, rief das Mädchen ihr hinterher. »Ich find deine Mütze schön!«

Antonia reagierte nicht. Sie schwamm einfach weiter. ›Ich find deine Mütze schön.‹ Meinte die das etwa ernst? Oder verarschte sie sie? Und wenn schon. Es konnte ihr so was von egal sein. Sie schwamm schneller und ärgerte sich, dass sie sich vorhin nicht für die andere Richtung entschieden hatte. Hoffentlich machte es sich diese Cara nicht zur Gewohnheit, sich hier morgens hinzupflanzen und sie von der Seite anzuquatschen. Sie wollte so früh morgens mit niemandem reden. Schon gar nicht, wenn sie im Wasser war. Wenn sie schwamm, wollte sie schwimmen und nicht quatschen. Ganz für sich sein, den Umhang loswerden, ihren Gedanken nachhängen. Und dabei dem leisen Plätschern der Wellen lauschen.

Knapp eine Stunde später betrat sie den Schulhof des Ludwig-Thoma-Gymnasiums. In diesem Jahr würde sie Abitur machen, so Gott und ihr Mathelehrer wollten, und sie konnte gar nicht sagen, wie sehr sie sich darauf freute, endlich nicht mehr zur Schule gehen zu müssen. Sie lernte nicht gern, und die vielen Mitschüler, die sie hier den ganzen Tag um sich hatte, nervten sie oft. Aber Ende Juni war es endlich so weit: Zeugnisübergabe, Abiturfeier und dann … auf in die weite Welt. Sie hatte noch keine Ahnung, was sie machen würde. Vielleicht ein Kunststudium aufnehmen oder erst mal irgendwo im Ausland arbeiten. Paris würde ihr gefallen oder Rom. Vielleicht würde es ihr besser gehen, wenn sie wegginge aus Prien. In einer anderen Umgebung, wo sie nicht alles an ihn erinnerte, würde es ihr bestimmt leichter fallen, die ganze Geschichte mit ihrem Vater zu verarbeiten. Hendrik würde auch nicht bleiben. Mittelamerika schwebte ihm vor. Costa Rica oder Panama, zusammen mit einem Freund aus Chieming. Im November oder Dezember wollten sie sich auf den Weg machen – mindestens für ein Jahr. Er redete von nichts anderem mehr. Was sollte sie dann also hier? Aber bis es so weit war, galt es, noch viele Schulstunden zu überstehen und Klausuren zu schreiben. Jetzt zum Beispiel musste sie dringend zu ihrem Deutschkurs. Sich mit Nathan dem Weisen herumquälen. Seit Wochen schon. Das Buch hatte sie gar nicht erst gelesen, nur eine Zusammenfassung im Internet. Man musste Prioritäten setzen.

Sie drängelte sich durch einen Pulk von Schülern, die alle Richtung Eingangsportal strebten. Einige redeten miteinander, andere starrten einfach nur müde geradeaus. Die meisten von ihnen kannte sie zumindest vom Sehen. Weiter vorne entdeckte sie einige ihrer Freundinnen. Wenn man sie denn so nennen wollte. Sie war nicht der Typ für Mädchenfreundschaften. Kichernd Insta-Profile von hotten Boys auschecken oder deren WhatsApp-Nachrichten lesen, das mochte für manche spannend sein, aber nicht für sie. Sie verbrachte ihre Zeit lieber allein. Oder mit Hendrik. Wo steckt der eigentlich, fragte sie sich jetzt, und im selben Moment sah sie ihn. Er quatschte mit zwei anderen Jungs aus ihrer Stufe. Sie winkte ihm zu, doch er bemerkte sie nicht.

Sie drängte sich mit den anderen durch den Eingang und warf einen Blick auf die große Uhr an der Wand. Sie musste sich beeilen, zumal sie Deutsch in der dritten Etage hatte. Raum RO2. Sie gähnte. Der Adrenalinkick, den das Eisschwimmen ihr heute Morgen beschert hatte, ließ langsam nach, und sie beschloss, die aufkommende Müdigkeit vor dem Unterricht noch schnell mit Koffein zu bekämpfen. Im Gehen zog sie ihren gut gefüllten Thermokaffeebecher aus ihrer Jutetasche, schraubte ihn auf und nahm einen kräftigen Schluck. Auf einmal spürte sie etwas an ihrem Schienbein. Sie geriet ins Straucheln, konnte sich nicht mehr auffangen. Der Kaffeebecher flog ihr aus der Hand, und sie landete auf dem harten Steinboden.

»Verdammt«, fluchte sie und hielt sich den schmerzenden Ellenbogen.

»Ooops«, sagte da jemand.

Sie sah auf und blickte in das grinsende Gesicht dieses widerlichen Typen vom Scheunenfest.

»Sorry, hatte dein Bein nicht gesehen«, erklärte er mit Unschuldsmiene.

»Arschloch!«

»Geht's?«, hörte sie da eine besorgt klingende Stimme

fragen, und jemand kniete sich neben sie. Das blasse Gesicht kam ihr irgendwie bekannt vor. »Komm, ich helf dir.«

»Bist du …«

»Ja, genau. Cara. Die vom Steg.«

Ausgerechnet, dachte sie und rappelte sich auf.

Cara half ihr und schaute ihr prüfend ins Gesicht. »Alles okay bei dir?«

Sie nickte. »Ich denke schon.«

»Was war das für ein Wichser, der dir da eben ein Bein gestellt hat?«

»Christoph. Hab ihm letztens ein Glas Bier über den Kopf geschüttet.«

»Warum?«

»Weil er es verdient hatte.«

»Verstehe«, sagte Cara mit ernster Miene. »Ich bin übrigens neu hier an der Schule. Umzug. Kurz vorm Abi. Eine von vielen coolen Ideen meines Vaters. Ich komme aus Regensburg. Hab jetzt Deutsch bei Frau Weber. Weißt du, wo ich hinmuss?«

»RO2. Dritter Stock.« Kurz überlegte sie. »Ich bin im selben Kurs«, erklärte sie dann. »Komm einfach mit.«

19. Glückskinder

Christina räkelte sich und zog ihre Wolldecke bis unters Kinn. Fast ein bisschen schade, dass sich meine Zeit hier dem Ende zuneigt, dachte sie. Die Sonne schien vom wolkenlosen Himmel, doch die Luft war trotzdem noch eiskalt. Ferdinand hatte seine Liege dicht an ihre herangerückt, die Rückenlehne hochgestellt und es sich ebenfalls bequem gemacht.

»Und was soll ich jetzt die ganze Zeit ohne dich anstellen?«, fragte er.

»Mhmmmm …«, sagte sie. »Das wird wahrscheinlich hart.«

»Wird es.«

Einen Moment lang blickten sie schweigend auf das spiegelglatte Wasser des Chiemsees und beobachteten ein Schwanenpaar, das ruhig und erhaben an ihnen vorbeischwamm, nebeneinander, in schönster Eintracht.

»Hans und Hilde«, erklärte sie.

»Was?«

»So habe ich die beiden genannt.«

»Du hast ihnen Namen gegeben?«

»Ja. Fand ich persönlicher.«

»Oh Mann!«

Sie grinste. »Wusstest du, dass Schwäne ein Leben lang zusammenbleiben?«

»Nein, wusste ich nicht. Echt?«

»Ja. Irgendwie eine schöne Vorstellung, oder?«

Er zuckte mit den Schultern. »Wie man's nimmt. Was, wenn sie eines Tages feststellen, dass sie sich nicht mehr leiden können?«

»Keine Ahnung. Glaubst du, sie streiten sich manchmal?«

Er sah sie amüsiert an. »Du meinst so einen richtig handfesten Ehekrach?«

»Ja, genau. Mit Anschreien, Beleidigtsein und sich später wieder vertragen.«

Er nickte mit ernstem Gesicht. »Ja, ich glaub schon. Die haben bestimmt auch mal Krach. Hat doch jeder mal. Alles andere wäre ja … unmenschlich.«

»Na ja, im Grunde sind sie unmenschlich, weil sie … verdammte Schwäne sind.« Sie prustete los.

»Jetzt, wo du's sagst …«, erwiderte er, ohne eine Miene zu verziehen. »In Hamburg hat sich ja mal eine Schwänin in ein Tretboot verliebt.«

»Quatsch!«

»Doch, kein Witz. Das Ding sah aus wie ein überdimensionierter Schwan, und die Schwanenfrau ist immer neben ihm hergeschwommen.«

»Oh mein Gott. Stell dir vor, du bist dein Leben lang mit einem Tretboot zusammen.«

»Stell dir vor, du streitest dich mit einem Tretboot!«

Sie lachte.

Ferdinand sah sie nachdenklich an. Dann lächelte er.

»Wir beide haben uns noch nie gestritten. Also, nicht so richtig, meine ich.«

»Na ja. Wir sind ja auch kein Ehepaar«, erwiderte sie grinsend, und ganz kurz überlegte sie, wie es wohl wäre, wenn sie es doch wären: ein Ehepaar. Verrückter Gedanke, aber irgendwie gar nicht so unangenehm.

»Stimmt auch wieder.« Er räusperte sich und sagte eine Weile nichts. »Was war deine längste Beziehung?«, hörte sie ihn auf einmal fragen.

»Die mit dem Schlagzeuger aus meiner ehemaligen Band«, erwiderte sie. »Er heißt Paul. Wir waren drei Jahre zusammen.«

»Und dann?«

»Zu viel gestritten. Mit Anschreien, Beleidigtsein und sich später wieder vertragen. Aber dann wurde es zu viel. Irgendwann haben wir uns nur noch angeschrien und nicht mehr vertragen. Und dann wollte ich nicht mehr.«

»Du hast Schluss gemacht?«

»Ja. Am Ende war es besser so.«

»Herzensbrecherin!«

»Sagt ja genau der Richtige!«

»He, was soll das denn heißen?«

»Ach, nichts«, sagte sie schnell. »War nur ein Scherz.«

»Du hast meine Frage noch nicht beantwortet.«

»Welche?«

»Was ich hier ohne dich anstellen soll.«

»Na ja, laufen lernen, würde ich sagen. Sechs Anwendungen am Tag – da kommt sicher keine Langeweile auf.« Sie lächelte. »Und den Rest des Tages legst du dich genau hierher und schaust den Schwänen beim Schwimmen zu.«

»Oder beim Streiten.«

»Genau. Und dann erzählst du mir, wie das ist.«

»Was?«

»Wenn Schwäne sich streiten. Ob sie sich nur anschreien oder sich gegenseitig die Augen aushacken.«

»Alles klar. Ich check das aus.«

»Gut!«

»Ich kann nicht glauben, dass ich das sage, aber ich werde dein Geplapper vermissen.« Ferdinand wandte ihr das Gesicht zu.

Sie lächelte und dachte, dass er ihr auch fehlen würde. »Natürlich wirst du das«, sagte sie. »Aber du bist ja auch nicht mehr allzu lange hier.«

Er bewegte seine Beine. »Ich hoffe. So langsam werden sie wieder, die Jungs.«

»Langsam? Du machst unglaubliche Fortschritte. Sagt auch der Arzt.«

»Ich gebe alles. Ich will schließlich irgendwann mal hier raus.«

»Verstehe ich.«

»Was machen eigentlich deine Pläne? Die mit den Kindern und den Tieren?«

»Es gibt eine grobe Idee.«

»Klingt gut. Welche?«

»Es ist noch nicht sicher, aber Leo hat mir erzählt, dass der Maier-Hof zum Verkauf steht. Die Besitzer haben irgendwo neu gebaut, mit riesigen Schweineställen, alles vollautomatisch und so. Und da hat mein Cousin mal die Fühler ausgestreckt. Der alte Hof wäre günstig zu haben.«

»Äh, Moment mal … du willst einen Hof kaufen? Heißt das, statt Musikerin wirst du jetzt … Landwirtin?«

»Nicht direkt. Ich würde gerne einen Schulbauernhof

daraus machen. Ein Biobetrieb mit ein paar Kühen und Schweinen. Obstanbau. Gemüse. Und mit angegliedertem Hostel, dazu vielleicht noch ein kleines Café.«

»Okay?! Ähm … und warum?«

»Ich möchte Kindern und Jugendlichen die Natur nahebringen. Den ökologischen Anbau. Was Nachhaltigkeit bedeutet. Und Tierwohl. Ich möchte Interesse und Sensibilität für den Umweltschutz wecken, schon bei den Kleinsten. Es ist so wichtig.«

Er nickte. »Die Idee klingt gut. Und ehrlich gesagt …« Seine Augen blitzten. »… irgendwie nach Leopold und meiner Schwester.«

»Okay, ich geb's zu. Die beiden haben mich drauf gebracht. Aber ich kann mir wirklich gut vorstellen, dass es was für mich ist. Vielleicht könnte ich darin aufgehen, so wie in der Musik, auch wenn es sicher viel Arbeit ist. Der letzte Sommer auf der Alm, mit Leopolds Kühen, der war auch superviel Arbeit, aber eben schöne Arbeit. Es hat mir riesigen Spaß gemacht.«

Ferdinand starrte vor sich aufs Wasser und wirkte auf einmal wieder ganz ernst. »Bewundernswert«, murmelte er.

»Was?«

»Wie du nach vorne blickst. Haderst du denn gar nicht?«

»Hadern?«

»Mit deinem Schicksal. Denkst du nicht manchmal, warum ich? Was hab ich verbrochen, dass es mich erwischt hat?«

Sie dachte einen Augenblick nach. »Doch«, sagte sie dann. »Ich hab oft Gedanken in diese Richtung. Immer noch. Ich male mir aus, wie mein Leben ausgesehen hätte, wenn es mich nicht erwischt hätte. Aber dann denke ich: Hat es aber nun mal. Was nützt es? Das Schicksal hat mir diesen verdammten steifen Finger beschert, und nun muss ich schauen, was ich damit anfange. Außerdem gibt's Schlimmeres. Viel Schlimmeres. Ich versuche, dankbar zu sein, weißt du. Dankbar, dass es nur der Finger ist.«

Er nickte und schaute auf seine Beine.

»Du hast auch Glück gehabt, Ferdinand. Es hätte anders ausgehen können.«

»Ich weiß. Ich wünschte nur, ich hätte auch schon einen konkreten Plan B. So wie du.«

»Na ja, ›Plan‹ ist so ein großes Wort. Im Moment ist es noch eher eine grobe Idee B. Ich bin nicht sicher, ob das Ganze überhaupt funktioniert und ob es rentabel wäre. Wie ich das Geld für die Investitionen zusammenkratzen soll. Ein bisschen was habe ich gespart, aber …«

»Du bekommst bestimmt einen Kredit. Und den Rest … vielleicht über Spenden«, schlug Ferdinand vor. »Immerhin ist es ja so was wie ein soziales Projekt. Du müsstest ordentlich die Werbetrommel rühren. Ein paar presseträchtige Veranstaltungen ins Leben rufen. Vielleicht macht das Fernsehen etwas, wenn du es geschickt anstellst. Eine Reportage oder eine Doku.«

»Na ja, das ist ja eher dein Metier. Falls du eine gute Idee hast, was eine presseträchtige Veranstaltung sein könnte, sag Bescheid.«

»Ich denk drüber nach«, versprach er. »Und wenn mir was einfällt, schreibe ich dir. Oder ich ruf dich an. Auch wegen der Schwäne natürlich. Also, falls es da etwas Neues gibt.«

»Super.«

»Hey, da fällt mir ein, ich hab noch nicht mal deine Handynummer. Gibst du sie mir?«

Sie zog ihr Telefon aus der Jackentasche. »Nur wenn ich deine bekomme.«

»Deal!«, sagte er und nannte ihr seine Nummer.

Sie tippte sie ein und rief ihn an.

Ferdinand nahm grinsend sein Handy ans Ohr. »Greiffenberg?«

Sie lachte. »Du mich auch. Jedenfalls hast du jetzt meine Nummer.«

»Danke.«

»Schreib mir jederzeit, wenn dir langweilig ist, okay? Auch wenn die Schwäne nicht streiten.«

»Mach ich.«

»Und sieh zu, dass du hier bald rauskommst.«

»Keine Sorge. Ich arbeite dran. So langsam kriege ich wirklich einen Lagerkoller. Und das wird bestimmt nicht besser, wenn … du nicht mehr da bist.«

»Komm, du hast doch noch die arabische Prinzessin mit dem rosafarbenen Jogginganzug.«

»Die mit den Gummistiefeln wäre mir aber lieber.« Er setzte sich auf, kramte in seinem Rucksack und holte eine Drohne heraus.

»Was tust du?«, fragte sie stirnrunzelnd.

Er nahm die Fernbedienung zur Hand und ließ das Fluggerät starten. Es kreiste direkt vor ihnen herum. »Ein Abschiedsfoto machen. Von uns beiden«, erklärte er. »Ein Bild von zwei Gestrauchelten sozusagen.«

»Jetzt wirst du aber pathetisch. Es kommt immer auf die Perspektive an.« Sie setzte sich nun auch auf, legte einen Arm um seine Schultern und hielt ihr Gesicht direkt neben seins. »Ein Bild von zwei Glückskindern. Cheeese!«

20. *Filmfuzzis*

Ferdinand hatte soeben die angeblich härteste Tür Deutschlands passiert. Das P1 ließ bei Weitem nicht jeden rein. Man musste schon reich, attraktiv, prominent oder zumindest Stammgast sein, um Einlass in den berühmten Münchener Club zu erhalten. Für ihn war das allerdings ein Kinderspiel, denn er erfüllte gleich mehrere dieser Kriterien und galt zudem als einer der begehrtesten Junggesellen der Stadt. Somit war er seit jeher ein gern gesehener Gast. Er war länger nicht mehr hier gewesen. Wie auch, mit kaputten Beinen. Aber jetzt funktionierten sie endlich wieder. Einigermaßen wenigstens. Die Krücken hatte er endgültig an den Nagel gehängt. Er brauchte sie nicht mehr, genau wie die Orthesen. Nur ab und zu nahm er noch Voltaren gegen die Schmerzen, die an schlechten Tagen manchmal aufflammten. Die Ärzte und Physiotherapeuten im *Medical Park* hatten wirklich ganze Arbeit geleistet. Und er selbst natürlich auch. Zwei Wochen, nachdem Christina entlassen worden war, hatte er endlich seine Sachen packen und nach Hause gehen können. Kurz dachte er an ihre Worte: dass es hätte schlimmer kommen können. Er versuchte, sich das so oft wie möglich zu sagen, um sich selbst vom Trübsalblasen abzuhalten. Noch immer fiel es ihm verdammt schwer zu akzeptieren, dass er seinen Beruf nicht mehr ausüben konnte. Heute Abend würde er zum ersten Mal wieder auf Kollegen treffen. Irgendwie freute er sich darauf. Einerseits. Andererseits hatte er keine Lust auf mitleidige Blicke oder gar Bekundungen in diese Richtung. In den einschlägigen Kreisen war er zuletzt jemand gewesen, zu dem man aufgeschaut hatte. Viele hatten ihn bewundert, teils sogar verehrt. Und bewundert und verehrt zu werden, das war genau sein Ding. Aber nun war er plötzlich jemand, den man bedauerte, und das war mal so gar nicht sein Ding. Tja, so schnell kam man zu Fall – buchstäblich, und auch sonst.

Wie immer am Wochenende war es brechend voll im Club. Er drängelte sich durch die Menge, die zum großen Teil aus jungen, schönen Menschen bestand, und gelangte schließlich an die Bar. Er bestellte ein Glas Champagner. Mike hatte ihm gestern geschrieben. »Magst morgen mitkommen ins Einser? Sind alle da!« Einser, so nannten die Insider das P1. Na ja, warum eigentlich nicht, hatte er gedacht. Sicher würde es eine lange Nacht werden und somit eine Bewährungsprobe für seine frisch zusammengewachsenen Beine, doch andererseits: Irgendwann musste er ja mal wieder unter Leute. Die Barfrau reichte ihm das bestellte Getränk. Er nahm es, blickte sich um und entdeckte Mike. Er stand ganz in der Nähe der Tanzfläche, zusammen mit einigen Kollegen, die Ferdinand von Constantin und anderen Produktionsfirmen kannte. Sogar der Regisseur war da. Rainer Poppe himself. Und … war das nicht Selma? Er sah noch einmal genau hin. Tatsächlich: Selma Hagen. Das überraschte ihn, denn die attraktive Kamerafrau war vor einiger Zeit in die USA übergesiedelt. Los

Angeles, um genau zu sein. Sie hatte vor zwei Jahren tatsächlich den berühmten Anruf aus Hollywood erhalten, von dem so ziemlich jeder aus der Branche träumte. Sony Pictures war irgendwie auf sie aufmerksam geworden und hatte sie abgeworben. Selma war cool und ziemlich tough. Er hatte kurz etwas mit ihr gehabt, und es hätte sicher mehr daraus werden können, aber dann war eben Hollywood dazwischengekommen. Er war damals ziemlich neidisch auf sie gewesen. Hollywood – dieses Wort hatte schon immer wie eine Verheißung für ihn geklungen. Na ja, jetzt war es sowieso Geschichte. Für ihn jedenfalls. Die Frage lautete, ob es auch für sie schon vorbei war mit der ganz großen Karriere. Dass sie plötzlich wieder hier aufkreuzte, sprach dafür. Aber vielleicht hatte sie ja einfach nur Urlaub. Er beschloss, es herauszufinden, und orderte ein zweites Glas Champagner. So gewappnet, machte er sich auf den Weg Richtung Tanzfläche.

Mike begrüßte ihn überschwänglich. »Alter, da bist du ja!« Er schlug ihm kräftig auf die Schulter. »Seht, wer hier ist!«, rief er den anderen zu. »Der beste Stuntman der Welt!«

Es versetzte ihm einen Stich, dass Mike das sagte. Nicht, weil er nicht der beste Stuntman der Welt hätte sein wollen, sondern vielmehr, weil er wusste, dass er es nun nie mehr werden würde. Sei's drum. Er ließ sich nichts anmerken und grinste sein charmantes Ferdinandgrinsen. »Ja, Leute«, sagte er so laut, dass man ihn trotz der Hip-Hop-Musik, die aus den Boxen drang, hoffentlich verstand. »Ihr habt richtig gesehen. Ferdinand is back in the house!«

»Geil, dass du wieder am Start bist«, sagte Ben, der Aufnahmeleiter. »Freut mich echt, Mann!«

»Mich auch. Cool, dich zu sehen.« Die süße Kostümbildnerin vom *Wild-Dog*-Dreh, die ihn in den Bogner-Skianzug gesteckt hatte, lächelte ihn an.

Er überlegte kurz, wie noch mal ihr Name war. Emma, Ella … irgendwas in der Richtung. »Freut mich auch, dich zu sehen, Emma«, sagte er auf gut Glück.

»Ella«, korrigierte sie, kein bisschen pikiert.

»Ella, natürlich!«

»Ist der Champagner für mich?«, erkundigte sich Mike.

»Vergiss es!« Ferdinand deutete mit dem Kinn Richtung Selma. Sie stand mit dem Rücken zu ihnen, wippte im Takt der Musik und hatte ihn noch nicht bemerkt. »Für sie. Zur Begrüßung.«

Mike grinste. »Alles klar. Die alte Liebe aufleben lassen, jetzt wo Nina Geschichte ist?«

»Schau'n wir mal«, sagte er grinsend, obwohl ihm der Kopf überhaupt nicht danach stand, eine alte Liebe aufleben zu lassen. Und auch nicht danach, eine neue zu suchen. Aber das ließ er sich ebenfalls nicht anmerken.

»Warum ist sie eigentlich hier?«, fragte er.

Mike zuckte mit den Schultern. »Keine Ahnung. Sie macht ein großes Geheimnis draus. Irgendein neues Projekt.«

»Really?« Jetzt war er wirklich neugierig und beschloss, zu ihr hinüberzugehen, zumal der Champagner auch langsam warm wurde.

Er tippte ihr sanft von hinten auf die Schulter. Selma fuhr herum.

»Sorry, wollte dich nicht erschrecken!« Er grinste. »Lust, mit mir anzustoßen?« Er musste ziemlich laut sprechen. »Darauf, dass du wieder da bist?« Er reichte ihr das Glas.

»Oh, Ferdinand. Du! Hi! Ähm … danke, gern.« Sie nahm den Champagner entgegen und stieß mit ihm an. »Das ist echt nett. Danke dir.«

»Tja, dann … auf deine Rückkehr. Cheers.« Sie tranken jeder einen großen Schluck.

»So richtig zurück bin ich eigentlich gar nicht«, erklärte Selma.

»Okay. Und … was machst du dann hier in München?«

»Wie bitte?« Sie hielt sich eine Hand hinters Ohr.

»Wollen wir irgendwo hingehen, wo es leiser ist?«, schlug er mit lauter Stimme vor.

Sie nickte, und dann kämpften sie sich zur Bar durch.

»Also, was tust du hier?«, fragte er noch einmal, nachdem sie Platz an der Theke gefunden hatten.

»Ich kann noch nicht drüber sprechen, aber es ist im Prinzip Recherche«, erklärte sie geheimnisvoll.

»Okay?!?«

»Für einen Film, der zum Teil hier in Deutschland gedreht wird. Am Starnberger See vermutlich. Ist aber noch nicht sicher. Und der Filmtitel und worum es geht …«

»… ist auch noch topsecret?«

»Genau. Ich schau mir hier gerade Motive an, mache Probeaufnahmen und so. Die schicke ich dann an den Regisseur.«

»Dessen Namen du nicht preisgeben darfst?«

»Korrekt.«

»Ist es jemand Bekanntes?«

»Sag ich nicht.«

»Na gut. War ein Versuch.«

Sie lachte. »Ein ziemlich kläglicher. Na ja, ich bin jedenfalls quasi die Vorhut. Sie haben mich geschickt, gemeinsam mit einem Location Scout, weil ich mich hier auskenne und deutsch spreche.«

»Klingt interessant. Falls ihr einen Stuntman braucht – ich kann's nicht machen.«

Sie sah ihn bedauernd an. »Hab schon gehört, Ferdi. Dein Unfall …«

»Tja, war ziemlich schlimm. Beine Schrott und so.«

»Shit! Man sieht's dir wirklich nicht an. Du wirkst, als wärst du ganz der Alte.«

»Das täuscht. Ich kann zwar wieder laufen, ohne Krücken und fast ohne zu humpeln, aber na ja … ich musste meinen Job an den Nagel hängen. Der *Wild-Dog*-Stunt war der letzte meines Lebens. Schade, dass ich das vorher nicht gewusst habe. Sonst hätte ich ihn mehr gefeiert.«

»Sonst hättest du ihn gar nicht erst gemacht, du Idiot.«

»Auch wieder wahr.«

»Falls es dich tröstet: Für unseren neuen Film brauchen wir keine Stuntleute. Jedenfalls nicht, dass ich wüsste. Es wird kein Actionfilm oder so was, eher …«

»Ja?«

Sie schien kurz zu überlegen.

»Ich glaube, so viel kann ich verraten. Kennst du *Downton Abbey*? Die Serie? Lief früher auf Netflix.«

»Ich kenne jede Netflix-Serie. Aber *Downton Abbey* ist nicht so mein Genre, wie du dir vielleicht denken kannst.«

»Klar.«

»Aber ja. Ich weiß, worum es geht.«

»Okay. Jedenfalls: So etwas in der Art wird es. *Downton Abbey* in Bayern. Als Kinofilm.«

»Nice. Klingt cool. Könnte ein Erfolg werden.«

Selma trank ihren Champagner aus und stellte das leere

Glas auf den Tresen. »Ja, ich hoffe. Ist auf jeden Fall ein großes Budget. Der Plan ist: Blockbuster.«

»Wow! Möchtest du noch einen?«

Sie schüttelte den Kopf. »Erst mal nicht.«

»Hast ja ganz schön Karriere gemacht, Selma. Respekt.« Er war immer noch neidisch, das musste er zugeben.

Sie zuckte mit den Schultern. »Ja. Schon. Hab eben Glück gehabt.«

»Du kannst auch was an der Kamera. Es war sicher nicht nur Glück.«

»Aber auch«, erwiderte sie bescheiden.

Er schwieg einen Augenblick. Die anderen kamen langsam in Stimmung. Emma oder Ella war bereits auf der Tanzfläche, wenn er es von hier aus richtig sah. Zusammen mit Ben. Mike kehrte gerade von irgendwoher zurück. Er grinste ihm zu und strich mit dem Zeigefinger unter seiner Nase entlang. Alles klar. Er hatte sich eine Line gezogen. Sein Kumpel konnte es einfach nicht lassen, und irgendwie nervte ihn das plötzlich. Dabei konnte es ihm egal sein. Es war ja Mikes Leben. Doch es war wohl auch das ganze Drumherum hier. Er konnte nicht sagen, warum, aber er fühlte sich auf einmal fehl am Platze. Irgendetwas hatte sich verändert, seit er das letzte Mal hier gewesen war. Niemand ließ sich was anmerken, alle waren nett zu ihm, aber er spürte trotzdem, dass er nicht mehr richtig dazugehörte. Er war eben jetzt nicht mehr einer von ihnen. Kein Filmfuzzi mehr, sondern ein Typ, der mal ein Filmfuzzi gewesen war und es dann so richtig verkackt hatte.

»He, alles klar?«, fragte Selma und stieß ihm freundschaftlich in die Rippen.

»Ja, alles klar«, sagte er und seufzte. »Hollywood. Das war auch mein Traum.«

»Ich weiß«, erwiderte sie. »Du hättest auch gut dahingepasst.«

Er nickte, denn er wusste, dass sie recht hatte.

»Und du hättest es eines Tages geschafft. Da bin ich mir sicher.«

»Hätte. Ja«, sagte er. Plötzlich fing sein rechtes Knie an zu schmerzen. Völlig unvermittelt. Er trank sein Glas in einem Zug leer. »Wie lange bist du noch in München?«

»Ein paar Wochen. Bis wir hier alles klar haben mit dem Dreh.«

»Ich ruf dich mal an. Dann kannst du mir ein paar Geschichten aus Hollywood erzählen«, sagte er, obwohl er nicht sicher war, dass er überhaupt welche hören wollte.

Sie nickte. »Gern. Lass uns mal einen Kaffee trinken. Oder einen Aperol Spritz.«

»Deal!« Er hob die Hand, und sie schlug ihre dagegen. »See you.«

Er stand auf und schob sich zum Ausgang durch. Er hatte beschlossen, den Club zu verlassen, ohne sich von den anderen zu verabschieden. Ihm war gerade einfach nicht danach.

Zu Hause angekommen, schenkte er sich ein Glas Rotwein ein und setzte sich damit aufs Sofa. Er trank einen großen Schluck, stellte das Glas auf einem Beistelltisch ab und zog sein Handy aus der Hosentasche. Dann öffnete er WhatsApp und scrollte durch seine Nachrichten. Es waren einige neu eingegangen. Eine war von Mike. ›Wo steckst du, Alter?‹, schrieb er aus dem Einser. Seine Abwesenheit war also inzwischen bemerkt worden. ›Schon @home‹, textete er zurück.

Pauline fragte, wann er das nächste Mal nach Prien

komme. Er hatte keine Ahnung, musste sich erst mal wieder in München einleben, weshalb er beschloss, frühestens morgen darauf zu antworten. Und dann war da noch eine Nachricht von Christina. ›Hatten die Schwäne schon Streit?‹, fragte sie. ›Und wie ist das Abschiedsfoto geworden?‹ Als er das las, musste er lächeln. Er wechselte in die Foto-App, suchte das Bild heraus, das seine Drohne an ihrem letzten gemeinsamen Tag in der Rehaklinik gemacht hatte, und betrachtete es. Es war wirklich schön geworden. Besonders Christina war gut getroffen. Das Lächeln, die Sommersprossen, die rabenschwarzen Augen, die immer so glänzten, wenn sie gut aufgelegt war. Und das war sie meistens gewesen – gut aufgelegt. Trotz allem. Sie war so anders als seine Kolleginnen und Kollegen aus der Filmbranche. So anders als er. Und doch fehlte sie ihm. Er vermisste ihre Gabe, Wärme zu verbreiten, wo immer sie auftauchte, und irgendwie ihre ganze Art. Er schickte ihr das Bild und schrieb darunter: ›Bin wieder zu Hause. Heile Welt bei Hans und Hilde. Lege mich jetzt fest: Schwäne streiten nicht!‹ ›Mir ist langweilig‹, schickte er noch hinterher. Dann trank er sein Glas Wein leer und ging ins Bett. Als er am nächsten Morgen aufwachte, hatte sie geantwortet: ›Mir auch. Wollen wir uns sehen?‹

21. *Das Märchenschloss*

Er schlenderte gemeinsam mit Christina durch den riesigen Park. Vor ihnen lag das Schloss Herrenchiemsee, ein im Stil des klassizistischen Barocks errichtetes, imposantes Gebäude mit hohen Bogenfenstern und einer umlaufenden, schmuckvollen Balustrade.

Es war Sonntag, und sie hatten am Morgen noch einige WhatsApp-Nachrichten hin- und hergeschickt, bevor sie schließlich verabredet hatten, sich am Nachmittag auf der Herreninsel zu treffen. Er war ewig nicht hier gewesen. Dabei mochte er die Insel mit dem Märchenschloss, dem ruhigen Laubwald und dem Uferweg, von dem aus man wunderbare Ausblicke auf den See und die Berge dahinter genießen konnte. Genau der richtige Spot für ein romantisches Date, dachte er. Wobei das Treffen heute mit Christina natürlich nicht in diese Kategorie fiel. Er hatte sie einfach nur wiedersehen wollen. Zugegebenermaßen blickte er ihretwegen inzwischen fast ein wenig wehmütig auf die Wochen im *Medical Park* zurück. Als er sie heute am Fähranleger in Gstad getroffen hatte, um gemeinsam mit ihr überzusetzen, da hatte sie strahlend schön ausgesehen und war voller Energie gewesen. Seine schlechte Stimmung von gestern Abend hatte sich mit einem Schlag in Luft aufgelöst. Natürlich hatte sie die ganze Schiffsfahrt über geplappert, ihm von ihrer ausgelaufenen Waschmaschine erzählt, von einem Folkkonzert, auf dem sie gewesen war, und von irgendeiner dummen Sache, die ihr im Windbeutel-Café passiert war. Sie war wie ein Radio, das man nicht abschalten konnte, aber ihm gefiel der Sender. Er machte ihm einfach gute Laune.

Gerade spazierten sie gemächlich an den um diese Jahreszeit noch weitgehend leeren Beeten vorbei. Der hohe Buchs, der die Rondelle säumte, war akkurat geschnitten.

»Weißt du, an welches Wort ich gerade denken muss?«, fragte Christina.

Er zuckte mit den Schultern. »Keine Ahnung. Buchsbaumzünsler?« Er kannte den Ausdruck von seiner Großmutter, die dem Ungeziefer den Kampf angesagt hatte.

Christina lachte. »Nee. Lustwandeln. Ist genau das, was wir hier gerade machen, findest du nicht?«

»Das ist im Grunde nur ein anderes Wort für ›rumlatschen‹, oder? Also ja. Genau das machen wir gerade.«

Sie lachte und stieß ihm mit dem Ellenbogen in die Rippen. Dann deutete sie auf die Beete. »Wenn hier erst Blumen blühen, und die Wasserspiele da vorne in den Becken und Brunnen wieder sprudeln …«

»Dann können wir unsere Füße reinhalten.«

»Genau. Und König Ludwig hätte seine wahre Freude. Also, wenn er noch leben würde.«

»Wobei er das alles ja nur im Dunkeln sehen würde. Der war ja immer nur nachts wach«, warf er ein.

»Ziemlich dumm von ihm. Was dem alles entgangen ist.«

»Tja, er war echt speziell. Mochte keine Menschen. Und Tageslicht auch nicht.«

Christina schob sich die Sonnenbrille ins Haar, hielt ihr Gesicht in die Sonne und schloss genießerisch die Augen. »Total verrückt.«

»Kannst du wohl sagen. Er hat sich später ja auch umgebracht. Im Starnberger See ertränkt. Vermutlich jedenfalls.«

»Ich weiß. Ist ihm bestimmt alles zu viel geworden«, sinnierte Christina. »Das Königsein. Und all die Schulden, die er gemacht hatte, um etwas zu bauen, das er nur im Dunkeln sehen konnte.«

»Ja. Er hat ganz schön viel gebaut. Und ganz schön kitschig. Na ja, so hat er uns wenigstens ein paar außergewöhnliche Immobilien hinterlassen. Neuschwanstein. Und …« Er machte eine ausladende Geste in Richtung Schloss. »Diese kleine, bescheidene Hütte.«

»Eigentlich echt nett von ihm, das muss man mal sagen. Wir wären ja sonst wahrscheinlich heute nicht hier.«

»Tja, da ist was dran.«

Christina blieb abrupt stehen, zog ihr Handy aus der Manteltasche und machte ein paar Fotos von dem lang gezogenen Gebäude. »Er hat sich echt was einfallen lassen.« Sie legte den Kopf in den Nacken. »Danke, Ludwig. Echt cool von dir!«, rief sie gen Himmel.

»Verrücktes Huhn.« Amüsiert schüttelte Ferdinand den Kopf. Aber sie hatte natürlich recht. Wobei – einfallen lassen hatte sich das Schloss eher Ludwig der Vierzehnte aus Frankreich. Schloss Herrenchiemsee war nach dem Vorbild von Versailles errichtet worden und hatte es sogar noch übertreffen sollen. Der Märchenkönig war wohl des Sonnenkönigs größter Fan gewesen. Allerdings war es ihm im

Gegensatz zu seinem französischen Kollegen nicht gelungen, genügend Geld aufzutreiben, um Herrenchiemsee vollständig zu errichten. Ein Großteil des Gebäudes war nicht über den Rohbau hinausgekommen, und zwei geplante Seitenflügel existierten überhaupt nur auf den Bauplänen. Immerhin waren aber ein Esszimmer, Ludwigs luxuriöses Schlafgemach und einige andere prunkvolle Räume fertiggestellt worden.

Inzwischen hatten sie die Stufen erreicht, die zum Schloss hinaufführten.

»Gehen wir rein?«, fragte er.

»Klar gehen wir rein. Hab ich Jahre nicht mehr gemacht.«

Sie lösten Tickets und schlossen sich einer Gruppe an, die sich im imposanten Eingangsbereich ebenfalls für eine Schlossführung entschieden hatte. Ferdinand begutachtete den edlen Marmorboden in Schachbrettoptik, die gewölbte Decke und die Pilaster rechts und links. Dann tauchte eine freundliche Dame in dunkelblauem Kostüm auf. Sie stellte sich als Mareike vor und erklärte, sie sei Schlossführerin und für ihre Gruppe zuständig. Die Führung begann. Nach ein paar kurzen Hinweisen nahm sie sie mit in die Beletage. In jedem Raum, den sie besichtigten, hingen riesige Lüster von der Decke, vergoldet oder aus Meissener Porzellan. Es gab Malereien an Decken und Wänden, und überall waren Unmengen an Blattgold verarbeitet worden. Der Märchenkönig hatte wirklich einen verdammt teuren Geschmack gehabt. Besonders beeindruckend fand Ferdinand das Schlafzimmer. Allein die Textilien, die Bildhauerarbeiten und die Vergoldungen an dem prachtvollen Himmelbett hatten, wie sie von Mareike erfuhren, umgerechnet etwa drei Millionen

Euro gekostet. Und dann hatte Ludwig nur fünf Mal darin geschlafen!

»Nicht zu fassen«, murmelte Christina empört. »Was für eine Verschwendung.«

Er musste lächeln. Es war echt süß, wie sie sich über den König aufregte.

»Das Herzstück des Schlosses ist der große Spiegelsaal, der dem im Schloss von Versailles nachempfunden ist und ihn sogar um zwei Meter Länge übertrifft«, erklärte die Schlossführerin nun und führte sie hinunter in den glanzvollen Ballsaal.

»Ich glaub, hier bin ich zuletzt als Kind gewesen«, sagte Ferdinand.

»Ich glaub, ich auch.« Christina schaute sich sichtlich beeindruckt um.

Siebzehn große Wandspiegel und unzählige Deckenlüster verliehen dem riesigen Raum ein märchenhaftes Ambiente. Goldverzierte Stuckarbeiten und beachtliche Deckengemälde taten ein Übriges.

»Wahnsinn.« Christina schaute nach oben. »So viel Gold und Glanz.« Sie schmunzelte. »Soll ich dir was sagen?«

»Was?«

»Als Kind habe ich davon geträumt, hier zu einem Ball eingeladen zu sein und in einem nachtblauen Kleid mit meinem Traumprinzen zu tanzen.«

Er grinste. »Ernsthaft? Du? Und dazu dann Gummistiefel, oder wie?«

»Nein!«, rief sie empört. »Goldene Schuhe, wie Aschenbrödel.«

»Und der Traumprinz, wie sah der aus?«, fragte er und ertappte sich dabei, wie er dachte, hoffentlich sagt sie: ›Wie du!‹

Christina zuckte mit den Schultern. »Weiß ich nicht mehr. Aber er war wahnsinnig nett.«

»Wahnsinnig nett. Das ist gut.«

Die anderen aus der Gruppe verließen nach und nach den Saal. Dabei hatten sie längst noch nicht alles gesehen.

»Komm, wir bleiben noch ein bisschen.« Er zog Christina hinter einen riesigen Kerzenleuchter.

»Dürfen wir das denn?«, fragte sie leise.

»Vermutlich nicht. Aber sie wird's nicht merken«, flüsterte er und deutete mit dem Kinn Richtung Mareike. Sie verließ gerade ebenfalls den Saal und blickte sich nicht einmal mehr um. Er grinste. »Sag ich doch.«

»Und was hast du jetzt vor?« Christina sah ihn mit gerunzelter Stirn an.

»Mich noch ein bisschen umschauen.« Er stellte sich vor einen der goldenen Spiegel, und sie trat neben ihn.

»Und?«

»Und was?«

»Wäre ich ein würdiger Traumprinz für dich?«

Sie blinzelte ihm im Spiegel zu. »Na ja. Das Aussehen hättest du natürlich, keine Frage. Aber … bist du auch nett?«

»Entschuldige mal … natürlich bin ich nett«, sagte er empört. »Meganett!«

Sie lächelte, und ihre kleine Nase mit den Sommersprossen kräuselte sich leicht. Sie nahm seine Hand und drückte sie ein wenig. »Ja, das bist du.«

In diesem Moment ging sein Herz auf. Sagte man das so? Jedenfalls breitete sich in seiner Brustgegend, da, wo sich gestern noch alles kalt und hoffnungslos angefühlt hatte, plötzlich eine große Wärme aus, und er widerstand nur mit

Mühe dem übermächtigen Wunsch, Christina einfach in den Arm zu nehmen und fest an sich zu drücken, weil er sie in diesem Moment so wahnsinnig gernhatte.

Sie schlenderten zu einem der bodentiefen, gewölbten Fenster und schauten hinaus in den Park.

»Schöne Aussicht«, stellte sie fest.

»Apropos Aussicht. Gibt's bei dir was Neues in Sachen Maier-Hof?«

»Ja, gibt's. Ich könnte ihn haben. Allerdings haben Leo und ich mal gerechnet. Es wird teuer, das alles so umzubauen, wie es nötig wäre, um ein Hostel draus zu machen. Und ich hab keine Ahnung, wo ich das Geld herkriegen soll.«

»Nimm einen von diesen Kerzenleuchtern hier mit«, empfahl er. »Das sollte reichen.«

»Nee, dann komme ich in den Knast.«

»Tja, auch wieder wahr.«

»Ich bräuchte so was wie einen Investor.« Sie sah ihn herausfordernd an. »Vielleicht eine Chiemgauer Firma, die einsteigen möchte …«

»Wenn du da die Firma Greiffenberg im Sinn hast – ich kann gerne mal für dich fragen. Hab ganz gute Kontakte. Aber ich fürchte, die Chancen gehen gegen null. Sie stehen kurz vor dem Ruin.«

Christina schwieg einen Moment betreten. »Ist es wirklich so schlimm?«, fragte sie dann.

Voller Unbehagen dachte er an Onkel Wolfgangs Vorschlag und den Streit mit Pauline. »Ich fürchte schon. Der Ruf ist ruiniert, die Familie zerstritten, und es gibt ständig nur schlechte Presse.«

»Shit!«

»Ja.«

»Und … gibt es dafür eine Lösung? Ich meine … könnten sie noch irgendwie die Kurve kriegen?«

Er zuckte mit den Achseln und sah sich nachdenklich im Spiegelsaal um. König Ludwig hatte stets groß gedacht, das musste man ihm lassen. Und vielleicht sollte er auch langsam wieder damit anfangen. Das war doch eigentlich ganz sein Ding. »Ich hoffe.« Er nahm ihre Hand und zog sie zu sich heran.

»He, was hast du vor?«, fragte sie lachend.

»Groß denken«, erwiderte er und machte ein paar Walzerschritte mit ihr. »Und endlich wieder tanzen.«

22. *Ein faustischer Pakt*

»Ich nehm vorweg Carpaccio. Dann den Seeteufel und dazu einen Weißburgunder.« Ferdinand klappte die Speisekarte zu. »Und du?«

»Hmmmm«, brummte Onkel Wolfgang. »Du weißt ja, Fleisch ist mein Gemüse. Vorspeise: auch Carpaccio. Und dann das Rinderfilet mit Kartoffelstampf. Dazu einen leckeren Roten. Mal schauen, was sie hier empfehlen.«

Er nickte. Onkel Wolfgang hatte ihn in das noble Restaurant *Seehaus* im Priener Yachthafen eingeladen. Sicher nicht ohne Hintergedanken, deshalb hatte er auch nur zögerlich zugesagt. Aber nun war er hier und wartete ab, was sein Onkel zu sagen hatte.

Der winkte jetzt den Kellner heran und bestellte. »Welchen Rotwein empfehlen Sie zum Rinderfilet?«, fragte er zum Schluss.

Ferdinand stöhnte innerlich. Bitte kein ellenlanges Fachgespräch über Wein! Er hasste das.

»Der ideale Wein zu Rinderfilet sollte etwas milder und dezenter sein. Dieses Fleisch ist sehr zart und verlangt nach einem fein ausbalancierten Rotwein mit weniger Gerbstoffen«, erklärte der Kellner denn auch umständlich.

Ferdinand seufzte. »Nämlich?«, fragte er entnervt.

»Beispielsweise einen aus den Rebsorten Merlot und Pinot Noir.«

»Hätte ich auch spontan gesagt.« Onkel Wolfgang hatte seine Kennermiene aufgesetzt.

»Absolut. Ich auch«, erklärte Ferdinand sarkastisch und atmete tief ein und aus. Er hatte Hunger und zudem keine Lust, Stunden hier mit seinem Onkel zu verbringen.

»Was haben Sie an offenem Merlot da?« Onkel Wolfgang warf einen Blick in die Weinkarte.

»Zum Beispiel einen Château de Rochemorin Rouge aus dem Jahr zweitausendsiebzehn.«

»Der ist wunderbar«, sagte Ferdinand schnell. »Nimm den!«

»Hast du ihn schon mal getrunken?«

»Oh ja, mein Lieblingswein. Ich trinke ihn ständig«, behauptete er.

»Na gut, ich nehm davon ein Glas.«

Gott sei Dank, dachte Ferdinand und sagte: »Gute Entscheidung.«

Als der Kellner alles notiert hatte und Richtung Tresen marschierte, beschloss Onkel Wolfgang anscheinend, den Small Talk, der normalerweise nun gefolgt wäre, wegzulassen und stattdessen sofort mit der Tür ins Haus zu fallen. »Ich wollte mit dir endlich mal in aller Ruhe über die Firma reden«, begann er. »Beziehungsweise darüber, dass wir deine Schwester loswerden müssen. Ich habe noch mal nachgedacht. Das Beste wäre wirklich ein Misstrauensvotum. Und ich brauche dafür deine Stimme.«

Ferdinand schwieg, während der Kellner kam und den Château de Rochemorin Rouge und den Weißburgunder einschenkte. Als er wieder gegangen war, hatte Ferdinand sich eine Antwort zurechtgelegt. »Noch mal, Onkel Wolfgang«, erklärte er. »Sie ist meine Schwester. Wenn ich gegen sie stimmen würde, bei so einem … Misstrauensvotum, dann wäre das so was wie … Hochverrat.«

»Klar. Sicher. Kann man natürlich so sehen.« Sein Onkel nahm einen Schluck aus seinem Glas, machte merkwürdige Bewegungen mit dem Mund und schluckte den Wein dann hinunter. »Ahhh! Ein herrlicher Tropfen.«

»Man muss es sogar so sehen«, beharrte Ferdinand.

»Mag sein. Aber Fakt ist, dass es für alle das Beste wäre. Sogar für sie selbst.«

»Ich fürchte, das sieht Pauline ein wenig anders.«

»Sie wird's verstehen. Irgendwann.«

Er seufzte. Allein der Gedanke, seine eigene Schwester abzusägen, erschien ihm ungeheuerlich.

»Ich hatte es dir ja schon angeboten, Ferdinand. Wenn du mitziehst, dann nehmen wir zwei bei *Feinkost Greiffenberg* die Zügel in die Hand. Du bekommst eine Führungsposition. Auf jeden Fall. Eine, die dir zusagt. Wir entscheiden gemeinsam, was deine Aufgaben sein werden. Und natürlich bekommst du ein entsprechendes Gehalt.«

»Worüber reden wir da?«

»Über …«

In diesem Moment kam der Kellner an den Tisch, um das Carpaccio zu servieren, und Onkel Wolfgang verstummte.

»Danke Ihnen.« Ferdinand wartete, bis der Ober außer Hörweite war. »Also, worüber sprechen wir?«

»Hmmm.« Sein Onkel hatte sich bereits etwas von der Vorspeise in den Mund geschoben und war nun vollauf damit beschäftigt, ein genießerisches Gesicht zu machen.

»Mein Gehalt«, half Ferdinand ihm auf die Sprünge.

»Ah, ähm …« Er kaute. Er schluckte. »Hundertachtzigtausend im Jahr. Round about. Ist noch Luft nach oben.«

»Hundertachtzig?« Er starrte seinen Onkel an. Das klang allerdings verlockend. »Und … woher willst du das Geld nehmen?«

Sein Gegenüber winkte ab. »Lass mich nur machen. Man muss kreativ werden, wenn man Erfolg haben will. Und ich bin es. Also, kreativ.«

»Verstehe.«

»Und noch mal, Ferdinand: Wir tun es nicht für uns. Wir tun es für die Familie.«

Ferdinand nahm nun auch einen Schluck Wein und begann, seine Vorspeise zu verzehren.

»Gut, oder?«, fragte sein Onkel kauend.

»Ja, super.« Er hasste ihn dafür, dass er ihn in eine solche Lage brachte. Hundertachtzigtausend im Jahr waren natürlich ein schlagkräftiges Argument. Aber war es das wert? Und was würde seine Großmutter dazu sagen? Und Christina? Merkwürdig, dass er jetzt ausgerechnet an sie dachte – und es für ihn Gewicht hatte, dass sie es nicht gutheißen würde. Andererseits: Vielleicht war es Pauline ja insgeheim sogar ganz recht. Am Ende täte er ihr vielleicht sogar einen Gefallen, wenn er mit seinem Onkel jetzt mal das Ruder übernähme. Sie hatte doch letztens selbst angedeutet, dass ihr alles über den Kopf wuchs. Dass sie mit den Nerven am Ende war und nicht mehr konnte. Sicher, der neue Job wäre eine Umstellung für ihn. Als einer von zwei Geschäftsführern müsste er sich an regelmäßige Arbeitszeiten gewöhnen, und natürlich würde er sich umfassend einarbeiten müssen. Aber man wuchs ja, wie es so schön hieß, mit seinen Aufgaben. Warum sollte das nicht auch für ihn gelten? »Wann …« Er trank noch einen Schluck Wein. »Wann soll es denn über die Bühne gehen?«, fragte er und versuchte, das schlechte Gefühl in seinem Bauch irgendwie runterzupegeln.

»Nächste Woche. Da haben wir ja wieder Gesellschafterversammlung.«

Er nickte und verleibte sich den Rest Carpaccio ein. Dann schaute er aus dem Fenster. In der Dunkelheit konnte man den See nur erahnen.

»Ferdinand!?«

Er wandte seinem Onkel das Gesicht zu.

»Was ist? Kann ich auf dich zählen?«

Ferdinand antwortete nicht. Konnte er auf ihn zählen?

»Wenn du Zweifel hast, dann schau MICH an. Wie es mir bisher in meinem Leben ergangen ist«, erklärte Onkel Wolfgang nun eindringlich. »Ich hab viel zu lange den Mund gehalten und meinem jüngeren Bruder das Heft überlassen. Mach nicht den gleichen Fehler wie ich damals, Ferdinand. Das hast du nicht nötig. Bei Gott nicht. Jetzt hast du es in der Hand. Nächste Woche ist deine Chance gekommen. Ergreife sie. Ich kann dir nur dazu raten. Sonst wirst du immer die zweite Geige spielen. Hinter deiner jüngeren Schwester. Ich meine, ganz ehrlich, das ist doch scheiße!«

»Mhmmm«, brummte er unentschlossen. Bisher hatte er seinen Part als Gesellschafter bei *Feinkost Greiffenberg* eigentlich gar nicht so scheiße gefunden. Er hing mit drin, hatte bei größeren Entscheidungen eine Stimme, aber die Verantwortung trug letztlich seine Schwester. Den ganzen Aronia-Skandal hatte Pauline auf ihre Kappe nehmen müssen, und sie war es auch, die die Kastanien wieder aus dem Feuer holen musste. Wenn er jetzt statt ihr in das operative

Geschäft einstieg, müsste er in Zukunft seinen Kopf hinhalten, und dass die Luft im Greiffenbergschen Geschäftsführerbüro verdammt dünn war, das hatte sich in den letzten Monaten deutlich gezeigt. Tja, dünne Luft mochte er eigentlich nicht besonders, außer er befand sich hoch oben in den Bergen und hing in irgendeiner Kletterwand. Aber das war ja nun passé, wie ihm gerade wieder einfiel. Manchmal vergaß er einfach, dass er inzwischen ein Sportinvalide war. So gesehen hatte sich der Wind für ihn gedreht. Um hundertachtzig Grad. Womit er wieder bei dieser Zahl war. Hundertachtzig Riesen im Jahr – dafür konnte man vielleicht ein bisschen dünne Büroluft in Kauf nehmen.

»Komm schon, Ferdinand«, sagte Onkel Wolfgang und trank den letzten Schluck aus seinem Weinglas. »Sieh deinen Unfall als Zeichen, und gib dir einen Ruck. Es ist ein Dienst an der Familie – und an dir selbst. In vielerlei Hinsicht.«

Vielleicht lag es am Wein, aber plötzlich klang alles so plausibel, was sein Onkel da von sich gab. »Okay …«, hörte er sich sagen. »Okay, ich mach's.«

»Gute Entscheidung!« Onkel Wolfgang winkte dem Kellner und bedeutete ihm, noch mehr Wein zu bringen. »Darauf stoßen wir an. Auf die richtige Entscheidung und darauf, dass wir die Firma endlich wieder auf den richtigen Weg bringen werden.«

Ferdinand nickte und lächelte, trotz des Anflugs von Panik, der ihn in diesem Moment erfasste. Kurz fragte er sich, ob er eigentlich von allen guten Geistern verlassen war. Und ob er vielleicht gerade einen Pakt mit dem Teufel geschlossen hatte.

23. *Puzzleteile*

Christina stand bereits am Tor, als er den Maier-Hof erreichte. Er hatte in Erwägung gezogen, zu Fuß herzukommen, zu Trainingszwecken gewissermaßen, hatte sich dann jedoch dagegen entschieden. Es wäre ein langer Marsch gewesen. Zu lang für seine frisch operierten Beine. Also hatte er sich den Mini seiner Schwester geliehen, um gemeinsam mit Christina den Hof zu begutachten, auf dem sie vielleicht ihren Traum würde verwirklichen können. Sie öffnete das riesige schmiedeeiserne Tor. Er bremste, ließ die Scheibe runter und sagte: »Hey! Danke.«

Christina hatte ihre schwarzen Haare zu einem Dutt aufgetürmt, trug Jeans und ein kariertes Hemd. Und ihre gelben Gummistiefel natürlich. Er musste sich ein Grinsen verkneifen.

»Danke, dass du gekommen bist.« Sie machte eine ausladende Handbewegung. »Kannst dich da vorne hinstellen. Oder wo du willst.«

Er parkte ein paar Meter weiter und kletterte aus dem Wagen. Der Hof war groß. Ein altes weißes Haus im bayrischen Stil stand in der Mitte des Grundstücks. Es war ein wenig heruntergekommen, aber sehr hübsch mit einem umlaufenden Balkon. Die Brüstung bestand aus gedrechseltem Holz, und Ferdinand sah schon üppig blühende rote Geranien in Blumenkästen daran hängen.

Christina hatte die Hände tief in den Taschen ihrer Jeans vergraben und schlenderte zu ihm herüber. Sie strahlte. »Das ist er, der Maier-Hof! Und? Was sagst du?«

»Ganz schön groß. Und das Haus gefällt mir.«

»Ja, es ist hübsch. Wir können gleich mal reingehen.« Sie deutete auf das lang gezogene, flache Stallgebäude hinter ihnen. »Das hier war mal der Schweinestall. Komm, ich zeig ihn dir.«

Sie öffnete die alte Holztür an der Stirnseite und betrat den Stall. Er folgte ihr und rümpfte die Nase. »Riecht ziemlich nach Schwein hier drinnen.«

»Ja, ich hoffe, wir kriegen den Geruch raus. Das soll nämlich das Hostel werden. Wo die Verschläge sind, könnte man Trennwände einziehen, sodass fünfzehn Zimmer entstehen würden.«

Er betrachtete die engen Koben. »Schwein wollte ich hier nicht sein.«

»Nein, wirklich nicht. Artgerecht ist anders. Aus drei oder vier Koben könnte man jeweils ein Zimmer machen. Vielleicht unterschiedlich groß. Zwei-, Drei- und Vierbettzimmer.«

Er schritt den Gang entlang und blickte nach links und rechts. »Man braucht ein bisschen Fantasie, aber ich glaube, das könnte richtig gut werden. Also, vorausgesetzt, dieser Geruch …«

»Ja, ja, ich weiß. Man sollte mal lüften. So viel Arbeit ist es gar nicht. Ich habe mit Leopolds Schwager gesprochen. Der kennt sich ein bisschen aus. Der Innenausbau lässt sich zu einem Großteil in Trockenbauweise erledigen. Aber teuer wird es natürlich trotzdem. Muss ja alles neu gemacht werden. Leitungen, Heizungen und so weiter.« Sie deutete auf den Boden aus altem Beton. »Den könnte man vielleicht sogar so lassen. Das sähe bestimmt cool aus, oder?«

»Ja, bestimmt«, sagte er und dachte: Wie euphorisch sie ist! Ihre Aufbruchsstimmung, das Pläneschmieden, ein vielversprechender Neuanfang in Sicht – er war fast ein bisschen neidisch auf sie und ihren neuen Plan A. Wenn er in die Zukunft blickte, verspürte er keinerlei Euphorie, sondern nur ein mulmiges Gefühl. Er ging in den hinteren Teil des Gebäudes, wo offenbar einmal das Futter gelagert worden war. »Und hier die Rezeption?«

»Genau. Der Platz müsste reichen. Komm, jetzt zeig ich dir das Haus.«

Sie verließen den Stall und überquerten den Hof, der ohne menschliche und tierische Bewohner etwas geisterhaft wirkte. Sie betraten das Wohngebäude durch die hübsche grüne Eingangstür. Ferdinand schaute sich neugierig um. Das Haus war geräumig und gut geschnitten. In der großen, gemütlichen Bauernküche befand sich ein alter Kachelofen aus tannengrüner Keramik. Auf einmal sah er sich hier im Geiste mit Christina an einem langen Holztisch sitzen. Bei Wein, Kerzenschein und einem leckeren Essen. »Es ist toll«, sagte er schnell.

Neben der Küche lag das ebenfalls geräumige Wohnzimmer, und vom Flur gingen noch zwei kleinere Räume ab.

»Tja, hier würde ich dann wohnen. Oben sind fünf Schlafzimmer, also alles etwas überdimensioniert für eine Person allein, aber ich habe gerne Gäste, und wer weiß, was sonst noch so passiert.«

»Vielleicht gründest du mal eine Familie mit vier Kindern. Dann passt es wieder«, sagte er.

Sie lachte. »Ja, vielleicht.«

Kurz verspürte er so etwas wie Eifersucht auf den zukünftigen Vater ihrer Kinder. Wie absurd ist das denn, dachte er.

»Wie findest du es?«, fragte sie und sah ihn gespannt an.

»Super«, antwortete er aus voller Überzeugung. »Fast wie ein Gutshof.«

»Ja, aber auch ziemlich abgerockt.«

Er betrachtete den alten Fliesenboden mit den Ornamenten. »Schön abgerockt.«

Sie gingen wieder hinaus auf den Hof, und Christina deutete nach rechts, wo sich ein riesiges Feld erstreckte. »Das gehört auch noch dazu. Man könnte dort jede Menge Obst und Gemüse anbauen.«

»Und das andere Stallgebäude gegenüber vom Schweinestall?«

»Würde ich so lassen und ein paar Tiere dort einquartieren.«

»Aha. Und welche?«

»Ich weiß noch nicht. Vielleicht zwei, drei Kühe. Ein Pony. Katzen. Hühner. Und einen Esel.«

»Einen Esel?«

»Ja, auf jeden Fall. Ich hatte es vielleicht noch nicht erwähnt, aber ich bin großer Eselfan.«

Er sah sie stirnrunzelnd an. »Du weißt, dass die stur sind? Und nicht gerade die Hellsten?«

»Ach was. So dumm sind die gar nicht. Nur ein bisschen. Aber dafür supersüß mit ihren großen Ohren. Und hey, sie machen I-Aah. Ich meine, wer macht das schon?«

Er nickte mit gespieltem Ernst. »Die wenigsten.«

»Eben.«

»Oookayy. Dann also ein Esel«, sagte er und dachte einmal mehr: verrücktes Huhn.

»Machen wir noch einen kleinen Spaziergang?«, fragte er später. Die Sonne war gerade hinter den Wolken hervorgekommen, und er hatte große Lust, noch ein wenig Zeit mit Christina zu verbringen.

»Gute Idee!« Sie ging in den Flur ihres möglicherweise zukünftigen Zuhauses, streifte die Gummistiefel ab und schlüpfte in ihre Sneakers. »Aufi geht's!«

Sie verließen den Hof, bogen rechts ab und marschierten einen schmalen Pfad entlang, der zwischen zwei noch leeren Feldern entlangführte. Christina lief vorneweg und legte ein solches Tempo vor, dass er Mühe hatte, Schritt zu halten.

»He!«, rief er. »Du bist mit einem Invaliden unterwegs. Hast du das vergessen?«

»Jetzt übertreib mal nicht.« Sie blieb stehen und wartete auf ihn.

Der Pfad wurde jetzt etwas breiter, sodass sie nebeneinander hergehen konnten – in etwas gemächlicherem Tempo. Sie passierten einen Acker, auf dem schon etwas sprießte. Er hatte keine Ahnung, was da so zaghaft die Köpfe aus der Erde steckte, musste aber trotzdem unwillkürlich an den Aronade-GAU denken, und dann an Onkel Wolfgangs perfiden Plan, dem er vor zwei Wochen tatsächlich zugestimmt hatte. Was hatte ihn da nur geritten?

»Gehe ich wieder zu schnell?«, fragte Christina. »Du bist plötzlich so ruhig.«

»Nein, passt schon«, murmelte er. »Ich denke nur gerade an morgen.«

»An morgen?«

»Ja. Es steht ein wichtiger Termin an. In der Firma. Und ehrlich gesagt: Am liebsten würde ich da gar nicht erscheinen.«

»Okay? Und warum nicht?«

»Weil dort vermutlich eine Art … Erdbeben stattfinden wird. Ich darf nicht drüber reden, aber so viel kann ich sagen: Ich werde das Zünglein an der Waage sein.«

»Oh. Das klingt … nach einer schwierigen Aufgabe. Hat es etwas mit dem … Verrat zu tun, von dem du mir erzählt hast?«

»Na ja, ›Verrat‹ ist vielleicht doch ein … zu großes Wort. Aber, ja. Damit hängt's zusammen.«

Sie nickte. »Dann hoffe ich für dich, dass du das Richtige tust, Ferdinand.«

»Im Grunde ist es schon entschieden. Und, ja … das hoffe ich auch. Dass es das Richtige ist.«

Sie kamen an einer kleinen Wiese mit einer riesigen Buche und einem verfallenen Schuppen vorbei. Wie angewurzelt blieb er stehen. »Ich glaub, das hier kenne ich. Ich war nur ein oder zwei Mal hier, aber wenn mich nicht alles täuscht, ist der Bretterverschlag dahinten Nataschas Stall.«

»Äh … wer ist Natascha?«

»Die Stute von meiner kleinen Schwester Antonia. Sie ist vor Jahren mit ihr verunglückt. Dort drüben, im Wald. Seitdem hat sie nie wieder auf einem Pferd gesessen.«

»Oh, das klingt furchtbar. Ist denn etwas Schlimmes passiert?«

»Meine Schwester hat den Sturz unverletzt überstanden, aber Natascha – sie musste am Ende eingeschläfert werden.«

»Schlimm.« Christina schien ehrlich betroffen zu sein, was ihn irgendwie rührte.

»Ja, das war wirklich schlimm.« Er erinnerte sich, dass Antonia damals tagelang kein Wort gesprochen hatte. Es hatte ewig gedauert, bis sie über den Tod ihrer geliebten Stute hinweg war. »Komm, wir gehen weiter.« Er deutete vor sich. »Ich glaube, wenn wir den Weg dort nehmen, kommen wir an den Piratenstrand. Kennst du den?«

Sie schüttelte den Kopf.

»Eine kleine Sandbucht am See, versteckt hinter Bäumen, mit einem Baumstamm als Steg und einem alten Badehäuschen zum Umziehen oder zum ... Knutschen.«

»Ah ...«

»Als Schüler waren wir ziemlich oft hier. Zum Schwimmen.«

»Oder Knutschen ...«

Er grinste. »Ja. Beides. Das war eine Art geheimer Teenietreff. Und ich glaube, er ist es immer noch. Toni hat mal so was erzählt.« Er wandte den Blick zur Seite. »Ah, schau mal! Da ist das Wäldchen. Da müssen wir durch, und dann sind wir da.«

Jetzt stapfte er vorneweg, und bereits wenige Minuten später standen sie an dem kleinen Strand. Er sah sich um. Es hatte sich nichts verändert. Der lange Baumstamm ragte noch immer ins Wasser, und das Badehäuschen gab es auch noch. Alte Erinnerungen wurden in ihm wach. Wie unbeschwert die Zeit damals gewesen war. Endlos lange Sommertage und nichts zu tun außer baden, sonnen und in irgendein hübsches Mädchen verliebt sein.

»Manchmal würde ich gern noch mal so jung sein wie damals«, sagte er. »Du auch?«

Christina schüttelte den Kopf. »Nein.«

»Warum nicht?«

»Weil ich Pickel hatte und eine Zahnspange tragen musste. Und …« Sie stockte.

»Und?«

»Und weil meine Eltern sich damals getrennt haben.«

»Keine Schwäne.«

»Nein. Keine Schwäne. Mein Vater ist ausgezogen, und ich hab ihn schrecklich vermisst. Ich war immer ein Papakind gewesen, und … na ja, es war ein Schock für mich, dass er plötzlich nicht mehr am Frühstückstisch saß.«

Ferdinand dachte an seinen Vater, der nun seit fast einem Jahr auch nicht mehr am Frühstückstisch saß. »Ich verstehe genau, was du meinst«, sagte er leise.

Christina nickte nachdenklich. »Na ja, ist auch lange her. Und ich hab's überstanden. Obwohl ich mich seitdem dauernd mit meiner Mutter in die Haare kriege. Bis heute. Sie hat, glaube ich, nie verwunden, dass sie verlassen wurde, und ist eine richtige Kratzbürste geworden. Ich kann einfach nichts richtig machen.«

»Dafür bist du aber meistens ziemlich gut gelaunt.«

»Ich geb mir Mühe. Ich will schließlich nicht so werden wie sie.«

»Keine Sorge, so wie du sie beschreibst, bist du davon ziemlich weit entfernt.«

»Mhmmm …« Sie deutete auf das Badehäuschen. »Warst du eigentlich oft da drin?«

Er zuckte mit den Schultern. »Jedenfalls habe ich dort zum ersten Mal ein Mädchen geküsst. Rita aus der 8c. Ich war ziemlich verknallt in sie.«

»Ein schöner Ort für einen ersten Kuss«, sagte Christina lächelnd.

Er sah sie versonnen an, und plötzlich dachte er, dass

er sie auch gern mal küssen würde. Er stellte sich sogar vor, wie es wäre, wenn sie beide ein Paar wären. Ob es funktionieren könnte, obwohl sie so unterschiedlich waren? Christinas Vorstellung von ihrem zukünftigen Leben war jedenfalls ganz anders als seine. Sie liebte das Landleben. Und sie … sie war ein verdammter Eselfan in Gummistiefeln. Wenn auch ein entzückender, das musste er zugeben.

»Und wo sind jetzt die ganzen Teenies?«, unterbrach sie seine Gedanken.

»Die kommen immer erst im Sommer.«

»Dabei ist es jetzt auch schön hier.« Sie fuhr sich mit der Hand über die Stirn. Ihre Wangen waren leicht gerötet. Der Fußmarsch hatte sie offenbar ins Schwitzen gebracht.

»Komm, wir setzen uns.« Ferdinand deutete auf den Baumstammsteg.

Sie balancierten bis zum Ende, was für ihn eine Herausforderung war, aber er gelangte ohne unliebsame Zwischenfälle ans Ziel. Sie setzten sich nebeneinander und ließen die Beine baumeln.

»Als wären wir fünfzehn«, sagte sie.

»Ja.« Er grinste. »Genauso fühle ich mich gerade.«

»Cooler Ort.« Christina schaute auf die sich kräuselnde Wasseroberfläche. Es ging ein leichter Wind, und sanfte Wellen plätscherten ans Ufer.

»Ja. Ich war ewig nicht mehr hier.« Sein Blick fiel auf die Narbe an ihrer Hand. Er deutete darauf und fragte: »Wie geht's dem Finger?«

»Ganz okay. Seit der Reha kann ich wieder einigermaßen gut zupacken. Und Tabletts balancieren. Was wichtig ist, weil ich ja vorübergehend im Café meiner Mutter arbeite. So lange, bis ich Klarheit habe, ob es klappt mit dem Maier-Hof. Ob ich eine Finanzierung zusammenbekomme.«

Er nickte. »Dann sind jetzt also bei dir erst mal Windbeutel angesagt.«

»Ja.«

»Mhmmmm.«

»Meine Mutter findet es super. Manchmal habe ich das Gefühl, sie ist sogar ein bisschen froh, dass ich den Unfall hatte.«

»Echt jetzt?«

»Na ja, sie sagt manchmal so Sachen wie: ›Das Schicksal hat entschieden.‹«

»Wow. Okay …«

»Ja, hab ich auch gedacht.«

»Wie ist der Unfall eigentlich genau passiert? Du hast mir das nie richtig erzählt.«

»Ich red auch nicht so gern darüber. Na ja. Es war letzten Februar. Nachts, auf der B 305.«

»Auf der 305?«

»Ja, genau. Ich war mit meinem alten R4 unterwegs. Und dann wurde ich von so einem Spinner überholt, der viel zu schnell fuhr. Mit einem teuren Sportwagen. Jaguar oder so was.«

Ihm blieb kurz die Luft weg. Als sie wieder da war, schickte er heimlich ein Stoßgebet gen Himmel.

»Irgendwie kam der vor mir ins Schleudern und geriet von der Straße ab auf einen Acker. Ich bin voll in die Eisen und hab dann auch die Kontrolle über mein Auto verloren. Das Letzte, was ich weiß, ist, dass ich auch auf diesem Acker gelandet bin. Dabei muss ich mit dem Kopf aufs Lenkrad geschlagen sein, und irgendwie wurde wohl auch meine Hand in Mitleidenschaft gezogen. Ich weiß nicht, wie lange ich bewusstlos war. Als ich wieder aufgewacht bin, war schon Hilfe da. Notarzt, Rettungswagen. Das volle Programm. Irgendjemand hatte wohl mein Auto auf dem Feld gesehen und den Notruf gewählt. Na ja, den Rest kennst du ja.«

Ferdinand starrte stumm aufs Wasser, während sich Entsetzen in ihm breitmachte. Ein Puzzleteilchen passte plötzlich ans andere. Ihm war fast schlecht.

»He, was ist los?« Sie stupste ihn mit der Schulter an.

»Nichts. Alles … gut«, stammelte er. »Wann war das denn genau? Am wievielten Februar?«

»In der Nacht zum neunzehnten. Wieso?«

»Fuck!«

»Was?«

»Ich meine, dass dir das passiert ist. Das fuckt doch echt ab.«

Sie nickte. »Ja. Klar! Immer noch …«

»Und … der Jaguar?«

»Der war nicht mehr da, als ich aufgewacht bin. Wie vom Erdboden verschluckt. Zuerst dachte ich, ich hätte alles nur geträumt, aber es gab Spuren von einem zweiten Fahrzeug auf dem Acker. Der Typ muss einfach abgehauen sein. Ohne mir zu helfen. Fahrerflucht. Unterlassene Hilfeleistung … das muss man sich mal vorstellen.«

»Nicht zu fassen«, murmelte Ferdinand tonlos.

»Vermutlich hatte er getrunken und wollte nicht erwischt werden. Man hat ihn tatsächlich nie gekriegt. Bis heute nicht.«

»Krass.«

»Kannst du laut sagen!«

Wie in Trance beobachtete er eine Ente. Sie tauchte den

Kopf unter Wasser, und er hätte es ihr liebend gern gleichgetan. Am besten, ohne je wieder aufzutauchen. Neunzehnter Februar. B 305. Jaguar. Es gab absolut keinen Zweifel. Er war das besagte Arschloch. Derjenige, der den Unfall verursacht hatte. Und dann einfach abgehauen war. Er hatte ihren R4 nicht bemerkt. Der Wagen musste hinter ihm zum Stehen gekommen sein. Ein Stück von ihm entfernt. Es war stockdunkel gewesen, und er hatte sich auch nicht weiter umgesehen. Er hatte nur so schnell wie möglich weggewollt. In diesem Moment verfluchte er es, dass der Wagen damals erst noch fahrtüchtig gewesen war, mit aufgerissenem Unterboden, Motorschaden und weiß der Geier, was noch alles. Er hatte es damit noch ein paar Kilometer geschafft. Dann war er liegen geblieben und hatte Mike anrufen müssen. Verdammt! Sollte er es ihr sagen? Natürlich! Er musste! Auch wenn er Gefahr lief, dass sie nie wieder mit ihm sprechen würde. Aber so was konnte man ja nicht für sich behalten. Früher oder später würde es sowieso rauskommen. Und dann würde sie erst recht nie wieder mit ihm sprechen. Fieberhaft überlegte er, wie er es anfangen sollte. Wie gestand man jemandem, den man gernhatte, dass man seinen Lebenstraum zerstört hatte?

»Tja, was soll's«, sagte Christina gerade. »Im Grunde will ich es jetzt auch gar nicht mehr wissen. Ich hab abgeschlossen mit dem Thema. Ich schaue nach vorn.«

Er nickte und beschloss, sein Geständnis zu vertagen. Er wollte sich erst die passenden Worte zurechtlegen. Und den richtigen Zeitpunkt abwarten. Wobei es, da machte er sich nichts vor, beides womöglich gar nicht gab für ein solches Gespräch. Weder die richtigen Worte noch den richtigen Zeitpunkt. Er schloss kurz die Augen und atmete tief ein und aus.

»Alles okay?« Christina musterte prüfend sein Gesicht. »Du siehst blass aus.«

»Ja, ja, alles okay«, erwiderte er schnell. »Mein Knie schmerzt nur gerade ein bisschen. Aber nicht schlimm.« Er ließ seinen Blick über den See gleiten. »Schön hier, oder?«

»Ja. Sehr«, sagte sie und berührte ganz kurz seine Hand.

24. *Auf der Alm*

»Ich versteh einfach nicht, was Leute am Wandern gut finden«, stöhnte Therese, während sie sich den Berg hinaufkämpfte. »Hau ab, du Mistvieh!« Sie wedelte mit der Hand vor ihrem Gesicht herum und verscheuchte eine Bremse, die ihre erhitzte Stirn als Landeplatz auserwählt hatte. »Es ist einfach nur anstrengend. Warum macht man so was?«

»Wegen der Aussicht, der frischen Luft und … der strammen Waderln«, erwiderte Miezi nicht minder schlecht gelaunt.

»Alles Dinge, auf die ich im Zweifel verzichten kann.«

»Wem sagst du das?!«, keuchte ihre Freundin. »Autsch! Verdammt!«

»Alles klar?«

Miezi war mit einem Fuß abgerutscht, hatte sich aber wieder gefangen. Die letzte Etappe auf dem Weg zu Gustavs Hütte war besonders steil und unwegsam.

»Nein. Überhaupt nicht. Ich hätte mir fast die Haxen gebrochen!«

Therese reichte ihrer Freundin die Hand und half ihr über einen dicken Findling hinweg, der mitten im Weg lag.

»Kannst du mir bitte jetzt mal erläutern, warum wir unbedingt zu diesem schnapsbrennenden Tattergreis hinaufmüssen? Ich krieg gerade richtig schlechte Laune!«

Sie hatten den steilen Hang fast geschafft. Wenn sie oben waren, würden sie auf der anderen Seite ein kleines Stück wieder hinuntergehen und sich rechts halten müssen, wenn Therese sich recht erinnerte. Dann hätten sie Gustavs Almhütte erreicht. Sie hatte Miezi absichtlich über Sinn und Zweck der Wanderung im Unklaren gelassen, als sie sie gebeten hatte, sie zu begleiten. »Frag lieber nicht. Ich erzähl's dir später«, hatte sie erklärt. »Nur so viel: Es ist wichtig. Sehr wichtig sogar.«

»Mein Gott, Therese. Ich werde aus dir langsam nicht mehr schlau«, hatte ihre Freundin gestöhnt und war in eine Bomberjacke von Prada geschlüpft. »Aber wenn's wirklich so brennt, dann lass uns in Gottes Namen losgehen.«

»Danke, du bist ein Engel«, hatte sie erwidert und sich den vollgepackten Wanderrucksack aufgesetzt, den sie sich von Elsa geliehen hatte.

Miezi hatte sie mit angewidertem Gesichtsausdruck von oben bis unten gemustert. »Woher bitte hast du die?«, hatte sie gefragt und auf ihre khakifarbene Wanderhose gedeutet.

»Geliehen. Von Pauline.«

»Schick. Du siehst aus wie eine Realschullehrerin auf Klassenfahrt.«

»Na ja, jetzt übertreib mal nicht. Ist halt atmungsaktiv und … funktional.«

Miezi hatte gelacht. »Oh ja. Genauso sieht's auch aus. Atmungsaktiv und verdammt funktional.«

»Pauline hat sicher noch eine zweite. Also, wenn du sie dir leihen möchtest …«

»Ich denke, die hier tut's auch«, hatte Miezi erwidert und auf ihre dunkelblaue Victoria-Beckham-Jeans gedeutet.

Dann waren sie losgefahren, mit dem Auto so hoch es ging und danach zu Fuß weiter. Es nützte ja nichts.

»Lass uns eine kurze Verschnaufpause einlegen«, schlug Therese nun vor. Sie hatten die Kuppe des grünen Hügels erreicht, und ein großer, flacher Felsblock lud zum Sitzen ein. Sie nahm den Rucksack ab, schlüpfte aus ihrer Funktionsjacke und breitete sie auf dem Stein aus, damit Miezis Designerjeans keinen Schaden nahm. Sie setzten sich nebeneinander und schauten ins Tal. Weiter unten blühte ein Meer aus blauen Krokussen, und schon bald würden hier wieder Kühe mit großen Glocken um den Hals gemächlich grasen. Und wenn sie damit fertig waren, alles wiederkäuen. Therese atmete die frische Bergluft tief ein. Es war ganz still, nur Miezis Schnaufen war zu hören. »Schon schön, oder?«, sagte sie gedankenverloren.

Ihre Freundin sah sie misstrauisch an. »Du wirst mir doch jetzt nicht abtrünnig werden und unter die Wandervögel gehen?«

»Nein. Wo denkst du hin?! Es ist nur ... Ludwig war oft hier oben. Glaub ich wenigstens. Er mochte die Berge. Und ... das Wandern.«

»Glaubst du wenigstens?«

Therese nickte, und plötzlich hatte sie das Bedürfnis, es ihr jetzt zu erzählen. Alles noch mal wiederzukäuen. Gemeinsam mit Miezi. Sie war schon so lange ihre beste Freundin, und wenn es darauf ankam, war sie für sie da. Sie hätte es längst tun sollen.

»Ludwig hat mich betrogen«, platzte es aus ihr heraus, während sie auf schneebedeckte Berge am Horizont blickte. Sie hatte es ganz cool gesagt. Leise, aber cool.

Miezi starrte in die gleiche Richtung und sagte erst mal

nichts. Stattdessen knotete sie ihr Seidenkopftuch neu und rückte sich ihre Sonnenbrille zurecht. »Bist du sicher?«, fragte sie schließlich.

Therese nickte.

»Heilige Madonna! Mit wem?«

»Mit … Senta. Senta Hübner. Die war mal eine von den *Kaffeeprinzessinnen*. Die Rösterei in der Kaiserstraße. Kennst du die?«

»Die Rösterei … ich glaube, ja. Vom Namen. Senta wie?«

»Hübner. Dunkelhaarig. Unser Alter. Gut aussehend.«

»Mhmmm. Nein. Sagt mir nichts. Woher … woher weißt du, dass er was mit ihr hatte?«

»Elsa hat ein Foto gefunden. In seinem Jackett. Mit Widmung. War eindeutig …«

»Kein Zweifel möglich?«

»Nein.«

»Verdammt.« Miezi seufzte. »Meine Güte, Resilein. Dein Ludwig. Im Leben hätte ich das nicht gedacht. Ich kann's gar nicht glauben. Tja. Am Ende sind sie irgendwie doch alle gleich.«

»Ich kann's auch immer noch nicht richtig glauben.«

Miezi legte einen Arm um ihre Schultern und drückte sie an sich. »Es tut mir so leid, dass du das jetzt auch noch erfahren musstest. Oh Mann, wenn er noch leben würde … ich würde dem Mann dermaßen die Hölle heiß machen. Ich meine, wie kann er DICH betrügen?«

»Weißt du, Miezi, wir glauben, dass er …« Sie stockte.

»Was?«

»Dass er vielleicht noch … am Leben ist.«

Ihre Freundin sah sie ungläubig an. »Ach, komm!«

»Hab ich auch zuerst gesagt. Aber … es gibt Hinweise.

Und … der Gedanke, dass er mit ihr durchgebrannt ist und irgendwo neu angefangen hat, liegt ja irgendwie nahe. Zumal diese Senta anscheinend auch untergetaucht ist. Elsa hat das herausgefunden. Kein Mensch weiß, wo sie steckt.«

»Also, Resi, ganz ehrlich, ich kann mir beim besten Willen nicht vorstellen, dass Ludwig einfach so abgehauen ist.« Sie schob sich ihre Sonnenbrille ins Haar und machte ein nachdenkliches Gesicht. »Andererseits … wer weiß? Er wäre schließlich nicht der Erste. Was Liebe so macht mit Männern. Und mit Frauen.«

»Eben. Es ist eine Naturgewalt.«

»Und … ich nehme an, dass wir diesen Höllentrip hier gerade auf uns nehmen, hat irgendwas mit all dem zu tun? Liege ich da richtig?«

»Ja. Liegst du. Gustav brennt nämlich nicht nur guten Schnaps. Er ist auch so eine Art … Hacker.«

»Äh … was? Echt jetzt?«

»Ja, er kann sich in E-Mail-Accounts einhacken und … Dinge herausfinden.«

»Verstehe! Äh … um Himmels willen. Du willst ihn also bitten …«

»… mal bei den *Kaffeeprinzessinnen* zu stöbern. Ganz genau. Ich hab in den letzten Wochen selbst Recherchen angestellt, aber ich bin nicht richtig weitergekommen.«

»Resi, ich erkenne dich gar nicht wieder. E-Mail-Accounts hacken. Das ist doch nicht legal, oder?«

»Ah geh, Miezi. Auf der Alm, da gibt's koa Sünd, und der Zweck heiligt die Mittel. Ich möchte ja einfach nur wissen, ob mein Ehemann noch lebt!«

»Mhmmm. Okay. Das ist ein Argument. Und dieser Gustav, sieht der das auch so?«

»Wenn es um einen guten Zweck geht, dann ja. Und außerdem …« Sie deutete auf den prall gefüllten Wanderrucksack. »Eine Hand wäscht die andere.«

»Gott, Resi!« Miezi schüttelte erschrocken den Kopf. »Was um Himmels willen ist da drin? Eine Million in kleinen, nicht registrierten Scheinen?«

»Nein. Keine Sorge. Nur Feinkost. Aus dem Hause Greiffenberg. Damit kann er mehr anfangen.«

25. *Das Erdbeben*

Schritt für Schritt erklomm Ferdinand die Treppe. Es war immer noch ein wenig mühselig und dauerte seine Zeit. Dabei war er spät dran. Pauline hatte die Gesellschafterversammlung für zehn Uhr anberaumt. Jetzt war es bereits zehn nach zehn, und er brauchte vorher unbedingt noch einen Kaffee. In der Büroküche stand seit Neuestem eine nagelneue Siebträgermaschine aus Edelstahl. Seine Schwester war seinem Vorschlag gefolgt und hatte sie kürzlich angeschafft. Es war nicht ganz trivial, dieses Hightechgerät aus Italien zu bedienen, aber der Kaffee schmeckte, wenn man es einmal raushatte, großartig.

»Morgen!« Er betrat die Büroetage und grüßte in Richtung Empfangstresen, wo Frau Wendt gerade damit beschäftigt war, Kekse auf einem Teller anzurichten. Er vermutete, dass sie für ihren Termin gedacht waren. »Soll ich die mitnehmen?«, fragte er deshalb.

»Gern. Bissl Nervennahrung kann ja nicht schaden.« Frau Wendt lächelte.

Wenn sie wüsste, wie recht sie hat, dachte er. Im Moment benötigte er jede Menge Nervennahrung. Die Sache mit Christinas Unfall ließ ihn nicht mehr los, und was ihm gleich bevorstand, war auch nicht besser. Die ganze Nacht hatte er kaum geschlafen. Er nahm den Teller entgegen und marschierte damit in die kleine Küche. Er sah noch einmal auf die Uhr. Gleich schon fünfzehn nach. Na ja. War jetzt auch egal. Er bereitete sich schnell einen Espresso zu, wobei schnell relativ war. Die Maschine war noch nicht auf Betriebstemperatur, und der Kaffee musste noch gemahlen werden. Als die braune, wohlriechende Flüssigkeit endlich in die kleine, dickwandige Tasse floss, war das akademische Viertel deutlich überschritten.

»Ferdinand? Wo bleibst du denn, Mensch?«

Er wandte sich um. Seine Schwester stand im Türrahmen und deutete entnervt auf ihre Armbanduhr. »Wir hatten zehn gesagt!«

»Ich weiß. Sorry. Die Autobahn war so was von voll. Und …« Er machte ein schuldbewusstes Gesicht. »Und der Kaffee … sorry, aber der muss sein. Das weißt du. Möchtest du auch einen?«

»Nein, danke. Ist lieb«, erwiderte sie versöhnlich.

Er schnappte sich seine Tasse und den Teller mit den Keksen von Frau Wendt und sagte: »I'm ready.«

»Na, dann … los. Onkel Wolfgang wartet schon ungeduldig und hat sicher wieder jede Menge prima Ideen im Gepäck.« Sie zwinkerte ihm zu.

Er lächelte, obwohl ihm mehr als unbehaglich zumute war. Der Druck in seiner Magengegend wurde immer größer, und er dachte, so muss sich Judas gefühlt haben, als er an Karfreitag Jesus verraten hat.

Onkel Wolfgang tippte irgendwas in sein Handy, als er und seine Schwester den Konferenzsaal betraten.

»Na endlich, Junge«, begrüßte er ihn. »Ich dachte schon, du kneifst.« Er zwinkerte verschwörerisch in seine Richtung.

Würde ich gern, dachte Ferdinand, während er den Teller mit der Nervennahrung auf den Tisch stellte. Er setzte sich Onkel Wolfgang gegenüber und nippte an seinem heißen Espresso.

»Er stand im Stau«, sprang Pauline ihm zur Seite und setzte sich neben ihn. »Da macht man nichts.« Sie lächelte ihm freundlich zu, was sein Unbehagen noch um mehrere Grad steigerte – oder was auch immer die Maßeinheit für Unbehagen war.

»Gut!« Pauline nickte in die Runde. »Dann lasst uns mal schnell loslegen, damit wir hier heute noch fertig werden. Die Tagesordnung hatte ich euch per Mail geschickt. Ich beginne mit Tagesordnungspunkt eins, und zwar …«

Onkel Wolfgang hob seine rechte Hand. »Moment, Mädel!«

Pauline zog die Augenbrauen hoch und sah ihn fragend an.

»Ich habe noch einen wichtigen Punkt, der nicht auf der Tagesordnung steht.«

»Das besprechen wir bitte nachher unter ›Verschiedenes‹«, erklärte sie, ohne mit der Wimper zu zucken.

Sie ist tougher geworden, dachte Ferdinand. Viel tougher. So schnell ließ sie sich die Butter nicht mehr vom Brot nehmen, das musste man ihr lassen.

Onkel Wolfgang allerdings auch nicht. »Nein. Es macht Sinn, es an den Anfang zu stellen«, erwiderte er.

»Weil?«

»Weil sich danach vermutlich alles andere erübrigt.«

»Ähm … okay?!« Jetzt war sie anscheinend doch verunsichert. Fragend blickte sie zu ihm herüber.

Er zuckte hilflos mit den Schultern, weil ihm einfach nichts Besseres einfiel. Er fühlte sich schrecklich.

»Na gut. Was ist dein Punkt?«, fragte Pauline.

»Ich mach's kurz.«

»Bitte!«

»Dein Bruder und ich sind der Meinung, dass du hier als Geschäftsführerin nicht mehr tragbar bist, weshalb ich beantrage, dass wir offiziell über deine Abberufung abstimmen.«

»Äh … WIE BITTE?«

Konsterniert starrte Pauline ihn an. Sie öffnete den Mund, als wollte sie etwas sagen, doch es kam nichts heraus. DAS hatte ihr jetzt offenbar wirklich die Sprache verschlagen. Kein Wunder, bei dieser Ungeheuerlichkeit. Ihm selbst ging es ja genauso. Er nahm noch einen Schluck Espresso, obwohl ihm das Zeug plötzlich nicht mehr schmeckte.

»Was?«, sagte sie nun endlich mit bebender Stimme. »Ihr wollt mich … weghaben?«

Er blickte in seine Tasse, als könnte er dort die Antwort auf ihre Frage ablesen.

»Du auch, Ferdinand?«, erkundigte sie sich leise. Sie sah ihn an, mit einem Blick, aus dem Entsetzen, Enttäuschung und Verletztheit sprachen. Er schaffte es nicht, ihm standzuhalten. Fahrig stellte er die Tasse zurück auf den Tisch.

»Na ja, was heißt weghaben …«, stammelte er. »Also … ich denke nur, dass es … für alle besser wäre. Du hast doch selbst gesagt, dass du am liebsten alles hinschmeißen würdest, und vielleicht tust du dir auch keinen Gefallen damit.«

»Womit?«

»Na ja. Mit diesem Job.«

Sie sah ihn unverwandt an. Die Fassungslosigkeit stand

ihr ins Gesicht geschrieben. »Sag mal …« Sie schluckte. »Sag mal, SPINNST DU?« Ihre Stimme brach beinahe, und sie war kurz davor, in Tränen auszubrechen, das war nicht zu übersehen.

Hilfesuchend schaute er zu seinem Onkel hinüber, doch dem schien egal zu sein, wie getroffen Pauline war. Vermutlich bemerkte er es nicht einmal. »Also, jetzt noch mal fürs Protokoll«, sagte er denn auch völlig ungerührt. »Wer ist dafür, Pauline als Geschäftsführerin abzusetzen? Ich bitte um Handzeichen.« Er hob seine rechte Hand und sah ihn erwartungsvoll an.

Ferdinands Handflächen begannen zu schwitzen, und er vermied nun tunlichst jeglichen Blickkontakt mit seiner Schwester. »Ich … ich … enthalte mich«, hörte er sich sagen.

Onkel Wolfgang fuhr sich mit der gehobenen Hand durch das schüttere Haar. »Du … ähm … enthältst dich?«

Er nickte. Plötzlich kam es ihm wie ein geschickter Schachzug vor.

»Aber wir waren uns doch einig, Ferdinand!«

»Ihr … ihr wart euch einig?«, presste Pauline hervor. Nun konnte sie ihre Tränen nicht mehr zurückhalten.

Kurz verspürte er den Drang, etwas Tröstliches zu sagen oder zu tun. Ihr über den Rücken zu streichen oder so etwas in der Art. Aber er war wohl jetzt der Letzte, von dem sie Trost wollte.

»Was ist los mit dir, Ferdinand?«, blaffte Onkel Wolfgang ungehalten. »Wir hatten einen Deal!«

»Einen Deal«, echote Pauline tonlos.

»Na ja, Deal …«, versuchte er zu relativieren. »Ich hab noch mal drüber geschlafen, und … sie ist nun mal meine Schwester. Ich denke, wir sollten unsere Energie nicht für so was verschwenden. Sondern sie dafür einsetzen, die Firma wieder auf Kurs zu bringen. Irgendwie … gemeinsam.«

»Irgendwie gemeinsam?« Onkel Wolfgang bedachte ihn mit einem abschätzigen Blick. »Hätte ich mir denken können, dass du einknickst. Du warst schon immer ein Fähnchen im Wind. Hast immer nur deinen Vorteil im Blick, nie das große Ganze. Ich hätte es wissen müssen.«

Vielleicht hatte Onkel Wolfgang sogar recht. Vielleicht war er ein Fähnchen im Wind. Trotzdem hatte er in diesem Moment das Gefühl, dass er gerade zumindest halbwegs das Richtige getan hatte. Für Pauline. Für die Firma. Und für das große Ganze.

26. *BFF*

Antonia tauchte ihren Pinsel in die dunkelgrüne Acrylfarbe, die sie auf ihrer Palette angemischt hatte, und musterte dann prüfend das halb fertige Gemälde auf der Staffelei. Die Schlingpflanzen waren alles andere als perfekt, und sie fragte sich, woran das lag. Die Proportionen stimmten im Prinzip. Vielleicht war es die Farbe, die nicht mit dem dunklen Wasser korrespondierte.

Cara stellte sich neben sie. »Sieht gut aus!«

Antonia und ihre neue Mitschülerin verbrachten nun manchmal auch außerhalb des Unterrichts gemeinsam Zeit im Kunstraum, um an ihren Werken zu arbeiten. Herr Bigalke hatte seinem Kunst-Leistungskurs zwei Themen zur Auswahl gestellt, zu denen sie in den nächsten Wochen eine Arbeit anfertigen sollten. Sie waren nur zu neunt im Kurs, beziehungsweise zu zehnt, seit Cara dazugestoßen war. Acht von ihnen hatten sich für ›Wasser‹ entschieden. Antonia hatte für ›Feuer‹ gestimmt, sich dann aber der Mehrheit beugen müssen.

Sie schüttelte den Kopf. »Irgendwas stimmt nicht.«

Cara sah sich das Bild noch einmal genau an. »Ich glaube, es liegt an den Schatten.«

»Könnte sein«, erwiderte sie nachdenklich.

»Und was ist das?« Cara deutete auf einen länglichen, dunklen Umriss auf dem Grund des Wassers.

Sie schwieg.

»Sieht aus wie eine …« Cara runzelte die Stirn. »… Felsformation?«

»So was Ähnliches«, murmelte sie ausweichend. Ein wenig ärgerte es sie, dass sie sich dazu hatte hinreißen lassen, eine Wasserleiche anzudeuten. Sie war schließlich nicht scharf darauf, dass jeder mitbekam, wie sehr sie noch immer unter dem Tod ihres Vaters litt. Die mitleidvollen Blicke ihrer Mitschüler und Lehrer, das ewige ›Es tut mir so leid‹ – sie hatte genug davon, weshalb sie sich hier in der Schule tough gab, und auch sonst meist. Aber irgendwohin musste sie mit ihrem Schmerz und mit dem Gefühl der Schuld, das nach wie vor schwer auf ihren Schultern lastete. Die Kunst war, ähnlich wie das frühmorgendliche Schwimmen, eine Art Ventil für sie geworden. Ihre Fotos und nun auch dieses Gemälde halfen ihr, das alles zu verarbeiten. Und natürlich Hendrik. Er war wahnsinnig verständnisvoll und tat alles, damit sie sich wieder besser fühlte. Dafür liebte sie ihn. Cara musste das alles aber nicht wissen. Jedenfalls noch nicht. Sie kannten sich ja erst seit ein paar Wochen. Zwar hatte Antonia das Gefühl, dass es ein Match war. Dass Cara vielleicht sogar zu so etwas werden könnte wie ihrer besten Freundin, weil sie ihr so ähnlich war in dem, was sie dachte und tat. Aber es war noch zu früh, sich so weit zu öffnen.

»Gefällt mir jedenfalls, dein Bild.« Cara wandte sich wieder ihrer Collage zu, die sie mit Strandgut erstellte. »Hast du Lust auf eine Bootstour heute Nachmittag? Das Wetter ist schön, und mein Vater hat gestern ein Ruderboot für uns flott gemacht. Es liegt am Strand.«

»Mhmmmm …«, brummte sie. Eigentlich hatte sie nichts vor, außer auf dem Bett zu liegen und an die Decke zu starren. Oder TikTok-Videos zu gucken.

»Ich brauche noch Material für meine Collage. Und du könntest deine Unterwasserkamera mitnehmen und Selbstauslöserfotos machen. Als Vorlage. Oder Anregung.« Sie deutete mit dem Kinn in Richtung Staffelei. »Für dein Bild.«

Antonia dachte, okay, why not? Dann nickte sie und sagte: »Geht klar.«

»Um drei am Strand?«

»Passt.«

Cara hatte das Ruderboot schon zu Wasser gelassen, als sie an den Strand kam. »Wir haben es in einem alten Schuppen bei uns auf dem Grundstück gefunden«, erklärte sie. »Es hatte ein Leck, aber mein Vater hat es wieder repariert.«

»Cool. Dann lass uns losrudern.« Antonia deutete auf ihre Bauchtasche. »Ich hab wirklich meine Unterwasserkamera dabei.«

»Und ich einen großen Rucksack.«

Sie stiegen in das kleine Boot und legten die Schwimmwesten an.

»Ich fahre«, bot Antonia an und schnappte sich die beiden alten Holzruder. Geschickt lenkte sie das Boot so, dass sie auf den See hinausfahren konnten, und ruderte mit kräftigen Bewegungen los.

»Kann es sein, dass du das nicht zum ersten Mal machst?«, fragte Cara.

»Ich bin hier aufgewachsen. Quasi am Ufer. Also … nein,

ich mache es nicht zum ersten Mal. Ich kann das. Jeder hier kann das.«

Eine Weile schwiegen sie. In einiger Entfernung schipperte ein Fährschiff gemächlich Richtung Fraueninsel. Antonia dachte daran, wie sehr ihr Vater dieses kleine Eiland mit dem Kloster Frauenchiemsee geliebt hatte. Seinen Kraftort hatte er es immer genannt und war mit seinem Segelboot oft hinübergefahren.

»Du magst Wasser, oder?«, fragte Cara in ihre Gedanken hinein.

Sie zögerte und ruderte noch ein wenig schneller. »Ich mag es. Und ich mag es nicht.«

Cara sah sie fragend an. »Wie meinst du das?«

»Na ja …«, begann sie. »Wasser … ist toll. Zum Schwimmen. Zum Rudern. Und zum einfach Draufschauen. Aber … es kann einen auch verschlingen.«

»Verschlingen?«

»Kennst du die Sage von Mönch Berthold von Herrenwörth und der Nonne Mathilde?«

Cara schüttelte den Kopf.

Antonia hielt in der Bewegung inne. Sie waren inzwischen schon ein ganzes Stück rausgefahren. Ihre Arme schmerzten. Sie brauchte eine Pause.

»Soll ich dich ablösen?«, fragte Cara.

Sie schüttelte den Kopf. »Wir lassen uns treiben.« Das Wasser plätscherte leise am Bug, und ab und an hörte man einen Fischreiher rufen. Ansonsten war es ganz still hier draußen. »Willst du sie hören?«

»Was?«

»Die Sage.«

»Ja, will ich. Wie geht sie?«

»Also. Mönch Berthold lebte auf der Herreninsel. Vor tausend Jahren. Keine Ahnung. Jedenfalls verliebte er sich in die wunderschöne Nonne Mathilde, die im Kloster auf der Fraueninsel lebte. Was natürlich verboten war.«

»Okay!?«

»Na ja. Mönch. Nonne. Du weißt schon.«

»Ah ja. Klar.«

»Trotzdem stieg Berthold nachts immer heimlich in sein Ruderboot und setzte damit auf die Fraueninsel über, um Mathilde zu treffen.«

»Oh Mann. Das klingt echt romantisch.«

»Wart's ab. Eines Nachts fuhr er wieder los, trotz Sturm.«

»Ziemlich leichtsinnig von ihm.«

»Ja, genau. Absolut. Er hätte sich besser mal eine Nacht zusammengerissen, denn das Ende der Geschichte ist, dass er kenterte und ertrank.«

»Der Arme. Das ist ja total tragisch.«

»Ja, sehr. Vor allem für die schöne Mathilde. Die fand den armen Berthold nämlich leblos am Ufer – und starb dann vor lauter Kummer auch.«

»Oh mein Gott! Also kein Happy End.«

»Kein Happy End.« Antonia nickte. »Die Sage kennt hier jeder. Mein Vater hat sie uns immer erzählt, wenn wir auf der Fraueninsel an seinem Lieblingsplatz gepicknickt haben. Das ist genau neben dem Grab von Berthold und Mathilde. Verrückt irgendwie«, murmelte sie. »Ironie des Schicksals.«

»Wieso?«

Sie nahm die Ruder wieder auf und tauchte einen nach dem anderen ins Wasser. »Weil er … weil er selbst ertrunken ist. Auch bei einem Sturm.« Jetzt hatte sie es doch gesagt.

»Oh, das …«

»Ich weiß. Sag es nicht«, unterbrach sie Cara. »Es ist okay.«

»Ist es … schon lange her?«

»Nein. Letztes Jahr im April.«

»Shit.«

Antonia begann wieder zu rudern. Immer schneller. Mit kräftigen Zügen steuerte sie jetzt das Ostufer an und spürte förmlich, wie ihr Gesicht rot anlief vor Anstrengung. Sie keuchte.

»Meine Mutter ist auch tot«, sagte Cara auf einmal.

Antonia hielt inne und starrte die Freundin an. »Seit wann?«

»Seit sechs Jahren«, erwiderte Cara leise.

»Woran ist sie … gestorben?«

Cara starrte mit leerem Blick in die Ferne und antwortete nicht.

»Cara?«

»Durch mich. Im Grunde ist sie durch mich gestorben.«

»Echt?«

»Echt.«

Das tut mir leid, wollte Antonia gerade sagen, doch dann besann sie sich eines Besseren. »Scheiße. Ich weiß, wie sich das anfühlt.«

»Ach ja? Woher?«

»Weil … weil mein Vater … im Grunde genommen ist er auch durch mich gestorben.«

»Wieso?«

Sie antwortete nicht, sondern begann wieder zu rudern wie eine Wahnsinnige. »Dahinten!«, keuchte sie. »Da ist eine kleine Bucht, die ist nur vom Wasser aus zu erreichen. Ich wette, dass es dort jede Menge Strandgut gibt. Wollen wir dahin?«

Cara nickte. »Ja, lass uns hinfahren.«

Wenig später ließen sie das Boot auf den Sand auflaufen, stiegen aus und zogen es an Land.

»Wow«, sagte Cara und hob ein Stück verwaschene Baumrinde auf. »Hier gibt's ja wirklich jede Menge Zeug.«

»Sag ich doch.«

Cara sammelte alles auf, was sie für ihr Kunstprojekt gebrauchen konnte. Äste, Flaschen, besondere Federn und kleine Steinchen. Antonia half ihr dabei.

»Der dunkle Umriss auf deinem Bild«, sagte Cara plötzlich aus dem Nichts. »Das ist dein Vater, oder?«

»Hier sind Muscheln.«

»Danke.«

Antonia schluckte. »Er … er wurde nie gefunden, weißt du? Also, seine Leiche.«

»Oh!«

»Manchmal hab ich Angst, dass ICH ihn irgendwo finde. An einem Ufer, so wie hier.«

»Das wäre echt krass.«

»Ja, ziemlich. Und andererseits … hoffe ich manchmal auch, dass ich ihn entdecke. Oder irgendjemand anders. Weil, dann wüsste ich, dass er wirklich tot ist.«

Cara stopfte die Muscheln in ihren Rucksack. »Glaubst du, er … könnte noch am Leben sein?«

»Nein. Eigentlich nicht. Aber so lange ich ihn nicht tot gesehen habe, stelle ich es mir immer wieder vor. Obwohl es natürlich Schwachsinn ist. Ich male mir dann aus, wie er plötzlich bei uns vor der Tür steht.«

»Habt ihr euch gut verstanden? Du und dein Dad?«

»Er war mein bester Freund. Und deine Ma?«

»Sie war … depressiv. Und immer viel mit sich beschäftigt. Ich hatte ein gutes Verhältnis zu ihr. Wenn es ihr gut ging. Wenn nicht, dann … lag sie im Bett, und ich hab versucht, sie aufzuheitern. Aber sie hat trotzdem immer geweint.«

»Mhmmm.«

»Na ja. Und dann … dann hat sie sich … eines Tages einfach umgebracht. Mit Schlaftabletten. Ich war bei einer Freundin. Wir haben gechillt. Und als ich wiederkam, da … da lag sie tot im Bett. Ich … ich hätte einfach nicht weggehen dürfen.«

»Wie alt warst du da?«

»Zwölf!«

»Mein Gott, Cara, du warst ein Kind. Natürlich durftest du weggehen. Ich meine … so was kann man doch nicht ahnen.«

Cara sammelte ein paar kleine Äste ein und stopfte sie zu den Muscheln in ihren Rucksack. »Mein Dad sagt das auch immer. Und meine Therapeutin. Aber … na ja … im Grunde weiß ich auch, dass sie recht haben. Trotzdem, es lässt mich nicht los, verstehst du?«

Antonia nickte. »Mein Vater hatte keinen verdammten Rettungsring, als er in den Sturm geraten ist«, stieß sie hervor.

»Warum denn nicht?«

»Weil ich ihn hatte. Für ein Fotoprojekt. Tja, und jetzt … jetzt ist er tot.«

»Machst du auch eine Therapie?«

»Nein. Kein Bock auf so was.«

»Hatte ich auch nicht, aber … ein bisschen hilft es.«

»Ich geh lieber morgens im See schwimmen. Das ist meine Therapie.«

»Deshalb machst du das.«

»Deshalb mach ich das.«

»Vielleicht komm ich mal mit.«

»Dein Ernst?«

»Ja. Wenn du willst.«

Sie überlegte. Wollte sie? »Klar«, sagte sie dann.

»Cool.«

»In so einer Therapie, was macht man da eigentlich?«

Cara zuckte mit den Achseln. »Hauptsächlich reden. Über … seine Gefühle.«

»Klingt anstrengend.«

»Ja.«

»Und das hilft?«

»Schon. Einmal hat meine Therapeutin gesagt, ich soll alles auf einen Zettel schreiben. Meine ganzen Schuldgefühle und so. Und dann den Zettel verbrennen.«

Sie blickte Cara zweifelnd an. »Was für ein Scheiß. Hast du's gemacht?«

»Ja.«

»Als wenn das was bringen würde.«

»Irgendwie bringt's schon was. Ich hab mich erleichtert gefühlt. Auch wenn es nur symbolisch war.«

»Echt?«

»Ja. Echt.«

»Mhmmm …«

27. *Die zündende Idee*

Ferdinand schlug die Augen auf, eins nach dem anderen. Dann blinzelte er. Es war schon hell, und sein Handy hatte gebrummt. Mehrmals, das hatte er im Halbschlaf mitbekommen. Langsam richtete er sich im Bett auf und fasste sich an die Stirn. Der Kopf tat ihm höllisch weh, und er fragte sich, warum. Dann, ganz langsam, kam die Erinnerung zurück. Gestern Abend hatte er eine Flasche Rotwein geöffnet und leer getrunken. Ganz allein in seinem Wohnzimmer hatte er in seinen Geburtstag hineingefeiert, der, wie ihm gerade wieder einfiel, heute war. Was auch das ständige Gebrumme seines Handys erklärte. Zweiunddreißig. Theoretisch ein ziemlich gutes Alter. Weder Jungspund noch altes Eisen. Mit zweiunddreißig hatte man schon ein bisschen Leben hinter sich und die eine oder andere lehrreiche Erfahrung gemacht, aber wenn man Glück hatte, lag das Beste noch vor einem. Die große Liebe finden. Einen Job, der zu einem passte, und damit die Anerkennung, die man ja auch benötigte, um sich gut zu fühlen. Er jedenfalls. Nur hatte er leider kein Glück. Ob er überhaupt für die eine große Liebe geschaffen war, wagte er langsam zu bezweifeln, und das mit dem Job … lieber gar nicht mehr drüber nachdenken. Die Flasche Rotwein hatte also einen guten Grund gehabt gestern, und auch die Tatsache, dass er heute am liebsten im Bett liegen geblieben wäre. Mit dem Arm angelte er nach seinem Telefon, das inzwischen zwei weitere Male gebrummt hatte, und checkte seine WhatsApp-Nachrichten. Es waren viele. Die Glückwünsche rissen nicht ab. Freunde, Kollegen, Kumpels und eine ganze Reihe Frauen hatten ihm gratuliert. Nur Pauline nicht. Dabei war sie sonst immer die Erste gewesen, die ihm an seinem Geburtstag geschrieben hatte. Letztes Jahr hatte sie ihm eine verschlossene Tüte nur mit roten Gummibärchen geschickt. Er hatte keine Ahnung, wie sie die da reinbekommen hatte. Aber jetzt war sie sauer auf ihn. Wobei, sauer war gar kein Ausdruck. Seit der Gesellschafterversammlung hatte sie nicht mehr mit ihm gesprochen. Und natürlich, er konnte es ihr nicht verdenken.

»Glückwunsch, altes Haus«, schrieb Mike gerade. »Was geht heute Abend?«

Heute Abend ging gar nichts. Er hatte einen Kater und absolut keine Lust auf Party. Es brummte schon wieder, und er schaute aufs Display. Zum ersten Mal an diesem Morgen huschte ein Lächeln über sein Gesicht. Christina hatte ihm geschrieben.

»Hey, Traumprinz. Wünsche dir den besten Tag der Welt.«

Das wird schwierig, dachte er. Wenn sie hier wäre, dann wäre es was anderes. Er würde vielleicht mit ihr ausgehen, ins Glockenbachviertel, irgendwo was essen und dann auf ein Glas Champagner in eine Bar. Oder auf ein Bier. Er schätzte, dass sie Bier lieber mochte als Champagner. Kurz überlegte er, sie anzurufen, um ihr diesen Vorschlag zu unterbreiten. Er hatte ihr längst mal sein München zeigen wollen. Aber dann … würde er es ihr sagen müssen. Das mit dem Unfall.

Je länger er damit wartete, desto schlimmer würde es werden. Andererseits, ausgerechnet an seinem Geburtstag so ein Gespräch führen – noch dazu mit einem ausgewachsenen Kater? Er verwarf den Gedanken wieder, schlug die Decke zurück und hievte seine Beine aus dem Bett. Er streckte sie, so gut es ging. Morgens schmerzten sie oft immer noch.

Schließlich stand er auf, schlüpfte in Jogginghose und T-Shirt, machte sich einen Espresso und setzte sich auf den Balkon. Immerhin schien die Sonne.

Es war schon nach elf, und Pauline hatte noch immer nicht geschrieben, aber jetzt vibrierte es in seiner Hosentasche. Ein Anruf. Er zog das Telefon heraus. Oma Elsa.

»Oma!« Er beschloss, gute Laune vorzugaukeln. »Wie schön, deine Stimme zu hören.«

»Glückwunsch, mein Junge. Was machst du gerade?«

»Kaffeetrinken auf dem Balkon. Bin eben erst wach geworden.«

»Jetzt erst? Es ist nach elf!«

»Ja, na ja, ich hab gestern … gefeiert.«

»Tatsächlich? Wo? Und mit wem?«

»Oh, zu Hause, mit ein paar Freunden. Nichts Großes«, log er.

»Morgen kommst du her«, erklärte sie energisch. »Deine Mutter und ich wollen mit dir Kuchen essen.«

»Hmmm.« Das hatte ihm gerade noch gefehlt. Kuchen essen mit der Familie. Damit sie ihn grillen konnten, an der festlich gedeckten Geburtstagstafel. Er konnte sich denken, wie seine Großmutter zu der Aktion auf der Gesellschafterversammlung stand. »Ich weiß nicht, Oma. Ich bin eigentlich schon verabredet.«

»Das verschiebst du!«

»Aber …«

»Kein Aber. Morgen feiern wir.«

Er seufzte. Gegen Oma Elsa kam man einfach nicht an. Nicht mal er.

»Deine Schwester möchte dich sprechen«, erklärte sie jetzt.

»Welche? Antonia?«

»Pauline! Ich reich dich weiter.«

Ferdinand erhob sich, trat an die Balkonbrüstung und blickte in den Hof. Zwei Eichhörnchen jagten sich gerade gegenseitig den riesigen Kirschbaum hoch. »Pauline?«

»Happy birthday«, sagte sie kühl.

»Danke, Schwesterherz. Ich dachte schon, du meldest dich gar nicht mehr.«

»Ich hätte allen Grund dazu! Ehrlich gesagt: Ich wollte auch nicht.«

»Oma hat dich gezwungen?«

»Du kennst sie ja.«

»Allerdings.«

»Blüht die Kirsche schon?« Seine Schwester liebte es, wenn der Baum in voller Blüte stand.

»Und wie. Ein einziges rosa Blütenmeer. Pauline, ich … ich wollte dir nur noch mal sagen, dass … dass es mir leidtut. Es war ein Fehler. Onkel Wolfgang hat so lange auf mich eingeredet, dass ich irgendwann selbst geglaubt hab, dass es eine gute Idee wäre. Das mit dem Votum. Es war … dumm von mir.«

Sie lachte auf. »Ja. Das kann man so sagen. Dumm und gemein und … ach, ich weiß gar nicht, was ich dazu überhaupt sagen soll.«

»Glaubst du, du könntest …?« Er zögerte.

»Dir das verzeihen? NEIN!«

»Nein? Was muss ich denn tun, damit …«

»Keine Ahnung, Ferdinand, aber … das kann ich so schnell nicht vergessen. Weißt du überhaupt, was du da getan hast?«

»Na ja, im Grunde hab ich nichts getan. Ich hab mich am Ende enthalten.«

»Ja. Am Ende. Am Ende hättest du FÜR mich stimmen müssen. Am Ende hättest du gleich sagen müssen, dass das nicht mit dir läuft, was Onkel Wolfgang da vorhat. Du hast mich hintergangen, Ferdinand. Bist mir in den Rücken gefallen. Deiner eigenen Schwester!«

»Wie gesagt. Ich hab mich einfach … bequatschen lassen. Ich weiß nicht, was mit mir los war.«

»Nein? Da kann ich dir gerne auf die Sprünge helfen. Du denkst nur an dich und deinen Vorteil. Du setzt deine Interessen durch, ohne Rücksicht auf Verluste. Das war schon immer so, und ganz ehrlich: Das ist ein wirklich absolut beschissener Charakterzug von dir.«

»Das stimmt doch gar nicht«, verteidigte er sich matt.

»Ach, vergiss es einfach!«, schnaubte sie. »Was machst du heute? Lass mich raten. Eine fette Party? Du lässt dich feiern?«

»Nein.«

»Ernsthaft? Keine Party? Was wird's dann? Eine spontane Reise nach Paris mit einer deiner … Frauen?«

»Du nervst!«

»DU nervst!«

»Wenn du's wirklich wissen willst: Ich mache gar nichts. Außer vielleicht Netflix gucken. Allein. Mir geht's nämlich beschissen. Auch wegen der Sache mit dir.«

»Sei mir nicht böse, aber mein Mitleid hält sich in Grenzen.«

»Ach, leck mich! Morgen komme ich übrigens zu euch an den Chiemsee. Oma Elsa hat mich einbestellt. Da kommt man ja nicht raus. Sehen wir uns dann?«

»Weiß nicht. Vielleicht. Aber glaub ja nicht, dass ich dir ein Geschenk kaufe, du Arsch.«

»Alles klar. Kein Geschenk. Ich stell mich drauf ein.«

»Ich muss los, die Zwillinge abholen. Ciao … und viel Spaß mit Netflix. Und deiner Party mit dir selbst.«

»Ja, danke. Ich dich auch!«, sagte er und legte auf.

Er seufzte. Das war nicht gerade gut gelaufen. Trotzdem war er irgendwie froh, dass er sie hatte sprechen können, und er hoffte, dass sie ihm irgendwann nicht mehr böse sein würde.

Er goss sich ein Glas Wasser ein und trank einen Schluck, während er mit der anderen Hand auf der Fernbedienung herumzappte. Er hatte den restlichen Vormittag mit dem Beantworten von WhatsApp-Nachrichten und dem Scrollen durch seinen Instagram-Feed totgeschlagen. Christina hatte er als Erstes zurückgeschrieben. ›Danke, Prinzessin. Ich gebe mein Bestes‹, hatte er getextet und die Nachricht abgeschickt – mit einem mulmigen Gefühl und ohne sie um ein Treffen zu bitten. Seine Mutter und Antonia hatten sich vorhin auch noch gemeldet. Und Mike ein zweites Mal, um ihn zu überreden, heute Abend mit ihm feiern zu gehen. Ins Schumann's oder in einen Club. Es war nicht leicht gewesen, aber irgendwie hatte er es geschafft, ihn abzuwimmeln. Nun widmete er sich der Frage, was es Neues bei Netflix gab. Im selben Moment klingelte es an der Haustür. Er stemmte sich vom Sofa hoch. Kurz überlegte er, ob er überhaupt öffnen sollte. Womöglich war es doch wieder Mike, der sich vom Feiern nicht abhalten lassen wollte. Oder es war einfach nur die nette Nachbarin von gegenüber, der das Salz ausgegangen war oder die Zitronen. Er drückte den Türsummer, kurz darauf hörte er schnelle Schritte auf der Treppe. Wenige Sekunden später standen sie vor ihm: Pauline und Antonia.

»Ähhh …« Er war völlig baff. »Was macht ihr denn hier?«

»Feiern!«, erklärte Antonia.

»Okay. Ähm … musst du nicht fürs Abi lernen?«

»Ich kann schon alles.«

»Ist klar!«

»Mein Gehirn braucht mal 'ne Pause, und Pauline meinte, du wolltest Netflix gucken. An deinem Geburtstag!«

»Ja? Und?«

»Bist du zweiundsiebzig geworden, oder was?«

»Ich bin krank. Ich hab Schmerzen in den Beinen. Und im Kopf. Und keinen Bock auf Feiern. Was ist so schlimm daran?«

Antonia zeigte ihm einen Vogel. »Zieh mal diese beschissene Jogginghose aus und mach dich fertig. Wir gehen aus!« Sie drängelte sich an ihm vorbei in die Wohnung. Pauline folgte ihr.

»Ich dachte, du bist sauer?«, rief er ihr hinterher.

»Bin ich auch«, gab sie schnippisch zurück. »Toni hat mich gezwungen. Beeil dich. Wir haben nicht ewig Zeit.«

Er konnte sich ein Grinsen nicht verkneifen, so sehr freute er sich plötzlich über diesen Überraschungsbesuch. Es war vielleicht noch kein Friedensangebot seitens Pauline, aber immerhin ein erster Schritt in diese Richtung.

In Bayerns zweitgrößtem Biergarten herrschte buntes Treiben. Das Wetter war frühlingshaft, weshalb offenbar die halbe Stadt die gleiche Idee gehabt hatte wie seine Schwestern. Das Gartenlokal befand sich im südlichen Teil des Englischen Gartens beim Chinesischen Turm und verfügte über siebentausend Plätze unter lauschigen Kastanienbäumen. Wie es aussah, waren davon bereits sechstausendneunhundertneunzig belegt. Jedenfalls mussten sie eine ganze Weile suchen, bis sie einen Platz für drei Personen gefunden hatten.

»Das habt ihr euch fein ausgedacht«, sagte Ferdinand und schaute sich um.

»Ja, oder?« Antonia grinste ihn an.

Er musste zugeben, dass es eine gute Idee gewesen war, herzukommen. Das Wetter schrie nach Biergarten, und überhaupt war es höchste Zeit für eine Ablenkung von seinen trübsinnigen Gedanken. Er ging zum Ausschank und holte drei Helle und einen großen Korb mit frischen Brezeln. Nachdem er zurück war, stieß er mit seinen Schwestern auf seinen Geburtstag an. Das kühle Bier schmeckte köstlich und vertrieb seinen Kater.

»Danke, dass ihr gekommen seid.« Er sah Pauline betreten an.

»Ich musste auch mal raus«, erwiderte sie. »Onkel Wolfgang und ich zusammen in einem Büro – es wird langsam unerträglich. Seit der Gesellschafterversammlung reden wir kaum noch.«

Er nickte. »Und wie läuft es sonst?«

»Ziemlich schlecht.«

Antonia biss in eine Brezel. »Sind wir jetzt etwa wirklich pleite?«, fragte sie kauend.

Pauline zuckte mit den Schultern. »Noch nicht. Aber

wenn es so weitergeht, werden wir es bald sein. Ich weiß langsam nicht mehr, was ich machen soll.«

»Was sagen Oma Elsa und unsere Mutter dazu?«, erkundigte sich Ferdinand.

Pauline nahm einen großen Schluck aus ihrem Bierglas. »Ehrlich gesagt habe ich ihnen das Ausmaß bisher verschwiegen. Ich will noch warten …«

»Worauf denn?« Antonia runzelte die Stirn.

»Auf eine rettende Idee.«

»Hey, Ferdi!«, sagte da plötzlich jemand hinter ihm.

Er wandte sich um. »Selma!«, rief er erstaunt. »Was machst du denn hier?« Er erhob sich und begrüßte sie, indem er sie links und rechts auf die Wange küsste.

»Bier trinken und das schöne Wetter genießen.«

»Machen wir auch. Und meinen Geburtstag feiern.« Er grinste. »Sag nicht, den hast du vergessen!?«

»Ooops. Ist der heute?«

»Ja.«

»Na, dann: Glückwunsch! Alles Liebe!«

»Darf ich vorstellen? Das sind meine Schwestern. Pauline. Antonia.«

Pauline lächelte freundlich.

»Hi«, brummte Toni. Sie war gerade mit ihrem Handy beschäftigt und machte sich nicht mal die Mühe, richtig aufzusehen.

»Und das ist Selma, mein großes Vorbild.«

Jetzt blickte Antonia doch auf und musterte Selma unverhohlen. »Wieso das denn?«

»Weil sie in Hollywood arbeitet.«

»Wow!« Seine kleine Schwester schien beeindruckt zu sein. »So richtig in Hollywood? Beim Film?«

»Ja. So richtig in Hollywood.«

»Als was?«

Selma schmunzelte. »Jedenfalls nicht als Tellerwäscherin, falls du das denkst.«

»Dann bist du also die tolle Kamerafrau, von der mein Bruder immer so schwärmt«, stellte Pauline fest.

Selma sah überrascht in seine Richtung. »Du schwärmst von mir? Das wusste ich ja gar nicht.«

Er grinste. »Jetzt weißt du es. Willst du dich zu uns setzen?« Er deutete auf einen Stuhl am Nebentisch, der gerade frei geworden war.

Selma warf einen Blick auf ihr Handy. »Gern. Kurz«, sagte sie. »Ich bin verabredet, hätte aber noch ein bisschen Zeit.« Sie schnappte sich den Stuhl und setzte sich neben ihn.

»Und? Wie läuft es mit der Motivsuche?«, fragte er interessiert und erklärte dann, an seine Schwestern gewandt: »Sie sucht Drehorte für einen Hollywoodfilm.«

»Für welchen?«, wollte Antonia wissen.

»Ist noch topsecret«, antwortete er an Selmas Stelle.

»Stimmt.« Sie nickte. »Wobei, so viel kann ich schon verraten: Es wird ein historischer Film. Eine Art ... *Downton Abbey*, nur eben in Bayern. Und um auf deine Frage zurückzukommen: Es läuft nicht gut. Der Starnberger See ist im Prinzip gestorben. Wir kriegen keine Drehgenehmigungen für das, was wir vorhaben.«

»Und jetzt suchst du eine Alternative.«

»Ja. Aber das ist nicht einfach. Ganz ehrlich: Wir sind kurz vorm Verzweifeln.«

»Weil?«

»Weil, na ja ... ich brauche einen schönen See. Ein hübsches bayrisches Dorf. Ein, zwei alte Ladenlokale. Berge drumherum. Und ein Märchenschloss, in dem ein großer Ball stattfinden kann. Die eierlegende Wollmilchsau sozusagen. Und die muss man erst mal finden.«

Ferdinand wechselte einen Blick mit Pauline und Antonia. »Denkt ihr auch gerade, was ich denke?«

Selma schüttelte den Kopf. »Ich weiß, was du sagen willst, aber … nein, am Chiemsee geht's nicht«, erklärte sie. »Hab ich natürlich längst gecheckt.«

»Warum nicht?« Er biss in seine Brezel. »Es ist alles da, was du brauchst. Berge, ein See, ein Dorf wie zum Beispiel … Prien. Ein Ladenlokal hätten wir zufällig auch zu bieten. Ich hab gehört, das von *Feinkost Greiffenberg* soll sehr hübsch sein.«

Pauline lachte. »Stimmt. Hab ich auch gehört.«

»Und ein Schloss gibt es außerdem. Ein ziemlich schönes sogar. Mit Ballsaal à la Versailles.«

»Ich weiß«, sagte Selma. »Im Grunde wäre es perfekt, aber ich hab da schon mal vorgefühlt. Sie wollen keine Dreharbeiten am Chiemsee. Die Leute bei der Verwaltung dort sind stur wie die Esel.«

Pauline nickte. »Ich weiß, was du meinst. Hab mir selbst schon oft die Zähne an denen ausgebissen.«

»Das glaube ich dir gern«, knurrte Selma. »Es ist zum Verzweifeln.« Sie sah wieder auf ihr Handy und stand auf. »Ich muss los. Wenn euch noch was anderes einfällt … Ferdi, du hast ja meine Nummer. Ich bin für jeden Hinweis dankbar.«

»Klar, dann melde ich mich.«

»Okay, feiert noch schön.« Mit diesen Worten verabschiedete sie sich und verschwand in Richtung Ausschank.

»Ach, schade.« Pauline nippte an ihrem Bier. »Wäre mal eine schöne Abwechslung gewesen. Ein Hollywoodfilm in Prien.« Ihr Gesicht nahm einen schwärmerischen Ausdruck an. »*Downton Abbey*. Ich liebe die Serie!«

»Gott!«, stöhnte Antonia. »Schlimm!«

»Für unsere Firma hätte es jedenfalls eine Riesenchance sein können«, fuhr Pauline unbeeindruckt fort.

Ferdinand sah sie fragend an. »Du meinst … Product-Placement?«

»Ja. Vielleicht auch mehr. Selma hat doch was von Ladenlokalen gesagt. Wenn es wirklich so wird wie in *Downtown Abbey*, dann müsste es viel ums Kochen gehen. Um Lebensmittel, die eingekauft werden müssen. In Geschäften, die so aussehen wie zu Uromas Zeiten.«

Er überlegte einen Moment. Dann nickte er langsam. »Du hast recht. In unserem Laden könnte man so was super drehen. Und plötzlich wäre *Feinkost Greiffenberg* auf der ganzen Welt bekannt.«

»Jetzt übertreib mal nicht«, warf Antonia ein.

»Ist nicht übertrieben«, entgegnete er. »Kennst du den Film *Eat Pray Love*?«

»Den mit Julia Roberts?«, fragte Pauline.

»Ja, genau den.«

»Nie gehört«, murmelte Antonia.

»Hast nichts verpasst«, erklärte er.

»Doch!«, rief Pauline empört.

»Wie auch immer. Ich musste ihn mir im Kino ansehen, weil meine damalige Freundin da unbedingt reinwollte. In einer Szene, die in Neapel spielt, isst Julia Roberts in der *L'Antica Pizzeria da Michele* eine Pizza und beschließt, fortan nicht mehr auf ihre Figur zu achten.«

»Ja, und?«

»Der Film lief 2010. Das ist dreizehn Jahre her. Und noch immer stehen Menschen vor dem Laden Schlange, um ein verdammtes Stück Pizza zu ergattern. Michele dürfte mittlerweile Multimillionär sein.«

»Woher weißt du das?«, fragte Antonia.

»Das weiß jeder, der mal in Neapel war.«

»Aha … und du glaubst wirklich, unser Laden wäre geeignet für … Hollywood?« Pauline zupfte ihre Brezel auseinander.

Ferdinand fiel der Nachmittag mit Christina auf Herrenchiemsee ein, und das, was er sich dort vorgenommen hatte: Mal wieder groß denken, wie damals König Ludwig. Vielleicht war es jetzt an der Zeit, genau das zu tun. »Warum denn nicht?!«, sagte er also. »Es ist der schönste Laden in Prien und …« Plötzlich war er wie elektrisiert. »Und das Schloss, das sie für eine Ballszene brauchen – ich meine, Herrenchiemsee! Perfekter geht's doch nicht!«

»Klar. Ein Ball im Spiegelsaal – das wäre definitiv filmreif«, stimmte Pauline zu. »Aber was nützt es? Du hast gehört, was Selma gesagt hat. Sie hat schon angefragt. Sie bekommen keine Drehgenehmigung.«

»Wundert mich nicht.« Antonia trank ihr Glas leer und knallte es zurück auf den Tisch. »Wochenlange Dreharbeiten. Alles wird abgesperrt. Und dann Hunderte von diesen superwichtigen Filmfuzzis in der Stadt.« Sie stöhnte. »Grauenhafte Vorstellung.«

Pauline zuckte mit den Schultern. »Sie hat recht. Und wenn die Chiemgauer es nicht wollen, dann wollen sie es nicht. Da kann man sich auf den Kopf stellen.«

»Ach, komm, so schlimm sind unsere Priener gar nicht«,

beschwichtigte er. »Selma hat nur das Problem, dass sie dort keiner kennt. Wenn wir das in die Hand nehmen würden, wäre es etwas ganz anderes.«

Pauline sah ihn zweifelnd an. »Glaubst du wirklich?«

»Klar! Lass mich mal machen. Ich sag nur: ICC.«

»Was heißt das jetzt wieder? ICC?«, fragte Antonia.

»Inner Chiemsee Circle«, erklärte Pauline.

»Genau.« Er trank noch einen Schluck Bier. »Ich kenne jede Menge wichtiger Leute aus der Filmbranche. Und im Golfklub. Und bin mit allen Würden- und Schlipsträgern in Prien per Du, und auch mit einigen von Sony Pictures.«

»Ja. Got it!« Antonia verdrehte die Augen. »Du bist der King.«

Er grinste. »Ich weiß. Und Mike Grindler ist mein Freund. Was auch nicht schaden kann. Ich rede mit Selma. Und dann mit allen anderen, mit denen man reden muss, um in Prien einen Hollywoodfilm drehen zu dürfen. Das MÜSSEN wir irgendwie hinkriegen. Weil …«

»Weil?«

»Weil das die zündende Idee ist, auf die du bis eben gewartet hast, Pauline.«

»Mhmmmm …«, machte seine Schwester zweifelnd.

»Stell dir mal vor, *Feinkost Greiffenberg* würde berühmt werden. Weltbekannt. Das könnte doch unsere Rettung sein. Meinst du nicht?«

Sie sah ihn an. »Ganz ehrlich? Irgendwie klingt es zu einfach.«

»Es ist nur einfach, weil uns mit Selma gerade ein Goldstück vor die Füße gefallen ist. Wir müssen nichts weiter tun, als es aufzuheben.«

Pauline schwieg einen Moment. Dann grinste sie plötzlich. »Verdammt. Du könntest tatsächlich recht haben.«

»Klar hab ich recht!«

»Wenn wir das irgendwie zusammen hinkriegen, dann …«

»Bist du mir nicht mehr böse?«

»Mhmmm. Ob ich so weit gehen würde …«

»Ihr seid echt wie Kinder«, brummte Antonia und erhob sich. »Rauft euch mal zusammen. Wer will noch ein Bier?«

»Ich!« Pauline hob die Hand. »Ein alkoholfreies, bitte.«

»Ich nehm auch eins«, sagte er. »Mit Alkohol. Lass uns anstoßen. Auf Selma und …«

»… die hoffentlich zündende Idee«, vervollständigte Pauline seinen Satz.

28. *Koordinaten*

»Ich hab genug«, erklärte Therese, schlang das schneeweiße Frotteehandtuch enger um ihren Körper und kletterte von der Saunabank.

»Warte, ich komme mit.« Ihre Schwiegermutter fuhr sich mit dem Handrücken über die Stirn, atmete die heiße, nadelholzaromatisierte Luft noch einmal tief ein und erhob sich dann ebenfalls. Elsa war deutlich hartgesottener, was die Hitze anging, als sie. Mindestens dreimal in der Woche nutzte sie die eigens für sie errichtete Sauna im Keller der Greiffenberg-Villa. Vielleicht war das mit ein Grund für ihre immer noch unglaublich gute Konstitution und Gesundheit. Therese selbst war kein großer Saunafan, doch Elsa hatte darauf bestanden, den Spa-Bereich im *Tuxer Hof* ausgiebig zu nutzen. Sie waren heute Nachmittag hier eingetroffen. Ihre Schwiegermutter war Stammgast in diesem Fünf-Sterne-Haus und seit Jahren per Du mit Franz Scheeberg, dem Hotelier. Sie würden nur eine Nacht in Tux bleiben und morgen direkt weiterfahren in die Berge.

Gustav hatte etwas länger als eine Woche gebraucht, doch dann hatte er plötzlich vor ihrer Tür gestanden, mit leer gegessenem Rucksack und einem ziemlich zufriedenen Gesichtsausdruck. Therese hatte ihn in die Bibliothek gebeten und die Tür sorgsam hinter ihnen geschlossen. Sie wollte nicht, dass irgendjemand mitbekam, was er für sie getan hatte. Der alte Mann händigte ihr den leeren Rucksack aus, setzte sich aufs Sofa und sah sie erwartungsvoll an. Erst als Therese ihn mit einem Whiskey versorgt hatte, zog er ein etwas abgegriffenes Blatt Papier aus seiner Hemdtasche, entfaltete es und reichte es ihr. Ganz oben links stand eine Zahlen-Buchstaben-Kombination, so klein, dass sie ihre Lesebrille benötigte, um sie entziffern zu können. Ansonsten war das Blatt leer.

»Was ist das?«, fragte sie stirnrunzelnd.

Gustav nahm sein Handy und tippte etwas in die Notizen-App. Dann hielt er ihr das Telefon unter die Nase. *Berghütte* stand da. *Senta Hübner. GPS-Koordinaten.*

Da musste sie lächeln. »Du hast es also rausgekriegt. Wie hast du das gemacht?«

Er zuckte nur mit den Schultern. Natürlich. Er würde es ihr nicht verraten. Sie hatte auch nicht erwartet, dass er sich in die Karten gucken lassen würde. Offenbar hatte er es irgendwie geschafft, Sentas E-Mail-Account zu hacken, und über irgendeinen Mailverkehr herausgefunden, wo ihre Hütte lag. Wie auch immer. Nun wusste sie es. Jetzt hatte sie die Information, die sie benötigte, um weitere Nachforschungen anstellen zu können.

Gustav deutete stumm auf den leeren Rucksack, den sie neben sich auf den Teppich gestellt hatte, und rieb sich dann erwartungsvoll die Hände. Sie wusste, was das bedeutete. Eine Hand wusch die andere. Wie immer. Sie nahm also den Rucksack, ging damit in die Küche und füllte ihn mit Lebensmitteln, die sie noch vorrätig hatten. Gustav stand schon im Flur, als sie zurückkam. Sie reichte ihm den Rucksack und bedankte sich herzlich.

Als sie ihn verabschiedet hatte, zog sie sich in ihr Schlafzimmer zurück, Gustavs Zettel in der Hosentasche. Sie schloss die Vorhänge, obwohl es helllichter Tag war, legte sich aufs Bett und starrte an die Decke. Kurz wandte sie den Blick nach links zu Ludwigs leerer Seite. Sein Plumeau lag dort noch, fein säuberlich gefaltet. Sie hatte es immer noch nicht übers Herz gebracht, es wegzutun. Es kam ihr irgendwie falsch vor. Sie zog das Papier aus der Hosentasche und starrte auf die Koordinaten. Was werde ich vorfinden, wenn ich dort hinfahre, fragte sie sich. Wenn ich die Hütte wirklich finde und hineingehe? Sie hatte Angst vor der Antwort und spielte mit dem Gedanken, den Zettel einfach verschwinden zu lassen. Einfach so zu tun, als hätte es ihn nie gegeben. Als hätte es das Foto von Ludwig und Senta nie gegeben. Ertrunken im Chiemsee. Punkt. Wohlweislich hatten sie und Elsa noch niemandem in der Familie von ihrem Verdacht erzählt. Sie wollten keine falschen Hoffnungen wecken. Es gab sie also noch, die Möglichkeit, zurückzurudern. Zurückzurudern und einfach die Augen zu verschließen.

Wenig später kam Elsa die Treppe herauf und klopfte leise an ihre Tür. »Therese?«

Sie setzte sich auf die Bettkante, fuhr sich kurz mit den Händen durch die Haare und stand auf. Schnell faltete sie den Zettel zusammen und stopfte ihn zurück in die Hosentasche. Dann öffnete sie die Tür und trat in den Flur.

»Wieso ist der ganze Kühlschrank leer?«, fragte ihre Schwiegermutter.

»Gustav war hier«, erwiderte sie fahrig.

»Was wollte er?«

»Ach, nichts.«

»Nichts?«

»Nichts, außer …«

»Therese? Verheimlichst du mir etwas?«

Da griff sie kurzentschlossen in ihre Hosentasche und reichte Elsa den Zettel.

Die richtete ihre Brille und starrte ebenso verwirrt auf die Zahlen-Buchstaben-Kombination, wie sie selbst es zuvor getan hatte. »Was … soll das sein?«

»Das sind Koordinaten.«

»Koordinaten?«

»Ja«, sagte sie leise. »Und sie führen uns geradewegs zu Senta Hübners Berghütte.«

»Heilige Maria!« Elsa schlug eine Hand vor den Mund. »Woher hast du die?«

»Na ja. Von Gustav eben«, sagte sie. Und dann erklärte sie es ihr.

»Verstehe«, murmelte Elsa. »Gustav. Was der alles kann.« Nachdem sie die Nachricht halbwegs verdaut hatte, sah sie ihr prüfend ins Gesicht. »Möchtest du hin, Therese?«

Einen Augenblick überlegte sie, aber dann wusste sie plötzlich die Antwort. »Ja. Ja, ich möchte hin, Elsa.«

Und nun waren sie also hier im Zillertal, nur noch wenige Kilometer entfernt von dem Ort, an dem sie vielleicht die Wahrheit über Ludwigs Verschwinden herausfinden würden. Oder dieser Wahrheit zumindest näher kommen. Elsa hatte vehement darauf bestanden, mitzukommen. Auch sie wollte endlich wissen, was mit ihrem Sohn geschehen war.

Therese schlüpfte in ihren Saunabademantel und griff in die rechte Tasche. Sie ertastete das Fläschchen mit dem noblen Massageöl, das sie kurz zuvor eingesteckt hatte. Es war heute nicht ihr erster Diebstahl. Vorhin an der Rezeption hatte sie schon einen kleinen Kerzenleuchter mitgehen lassen und später am Büfett ein silbernes Messer. In ihrem Innern tobte regelrecht die Panik vor dem, was sie morgen finden würden. Sie musste sich irgendwie beruhigen. Und das konnte sie seit jeher am besten mit solchen kleinen Diebstählen.

»Trinken wir ein Glas Wasser und gehen dann in den Ruheraum«, schlug Elsa vor.

Sie nickte, obwohl ihr ein Glas Wein jetzt lieber gewesen wäre. Oder besser gleich zwei. Ihr fiel der Infinity-Pool oben auf dem Dach ein. Dort gab es eine kleine Bar. »Ich gehe hoch, noch ein wenig schwimmen«, sagte sie also. »Wir sehen uns dann beim Abendessen.«

»Wenn du meinst …« Elsa verzog leicht pikiert den Mund.

Therese stieg in den Fahrstuhl, fuhr ganz nach oben und trat auf die Dachterrasse. Von hier aus hatte man einen atemberaubenden Blick auf die umliegende Berglandschaft. Der Pool dampfte leicht. Die Luft war noch kühl, das Wasser hingegen dreißig Grad warm. Sie orderte bei dem jungen Mann an der Bar ein Glas Chardonnay und setzte sich damit an den Rand des Pools. Sie trank zwei große Schlucke und blickte in die Ferne. Einige Berge waren schneebedeckt. Ob Ludwig irgendwo da oben war? Und falls ja, was hatte er dort die ganze Zeit getrieben? Wenn ihre Befürchtung zutraf, die seit dem Auftauchen des Fotos so nahelag, dann würde sie das nicht überleben, dachte sie mit schwerem Herzen. »Und du auch nicht, Ludwig«, murmelte sie und trank ihr Weinglas in einem Zug leer.

29. *Hagebuttenmarmelade*

Sie keuchte ein wenig, während Elsa vorausstapfte, als wäre es nichts. Therese hielt ihr iPhone in den Händen. Das GPS lenkte sie immer weiter den Berg hinauf.

»Gott im Himmel!«, fluchte sie und wischte sich mit dem Handrücken den Schweiß von der Stirn. Sie hatte wirklich alle Mühe, mit ihrer Schwiegermutter mitzuhalten. Das Auto hatten sie unten auf einem Wanderparkplatz stehen lassen müssen. Sentas Hütte befand sich offenbar mitten im Nirgendwo, hoch oben auf einem Berg.

»Was hast du erwartet?«, hatte Elsa gefragt, als sie sich eben über den langen Fußmarsch beschwert hatte. »Berghütten befinden sich nun mal in der Regel auf einem Berg.«

Inzwischen hatte das Handy sie auf einen schmalen Pfad voller Geröll und Steinen geleitet, der noch steiler war, als der Weg zuvor. Sie musste höllisch aufpassen, dass sie nicht stolperte. Gut, dass sie Paulines Wanderschuhe trug. Kurz überlegte sie, ob sie sich Gedanken um Elsa machen sollte. Immerhin war die alte Dame inzwischen einundachtzig. Letzte Woche hatten sie ihren Geburtstag gefeiert. Ohne Ludwig, aber trotzdem mit Anschwimmen und allem, was dazugehörte. Therese hielt einen Moment inne und sah ihrer Schwiegermutter beim Aufstieg zu. Nein, um sie brauchte man sich hier wirklich nicht zu sorgen. Der steile Weg und das unwegsame Gelände, auf dem sie unterwegs waren, schienen ihr nicht das Geringste auszumachen.

Schnell stapfte sie weiter, damit sie den Anschluss nicht verlor. Eigentlich war es gut, dass die Wanderung so anstrengend war. Es hielt sie davon ab, unablässig darüber nachzugrübeln, weshalb sie hier waren und was sie gleich vorfinden könnten.

»Da ist sie!«, rief Elsa plötzlich und deutete nach oben. Sie war stehen geblieben und hatte sich zu ihr umgewandt.

Therese hielt sich eine Hand über die Augen, damit die Sonne sie nicht blendete. Jetzt sah sie die kleine Berghütte auch. Sie thronte mitten auf einer grünen Wiese. Gleich hätten sie es geschafft, und nun fing ihr Magen doch an zu flattern. Was, wenn er wirklich da drin war? Quicklebendig und womöglich gemeinsam mit dieser … Senta!?

Elsa klopfte an die alte Holztür. Niemand antwortete. Sie versuchte es ein zweites Mal, nur jetzt viel energischer.

»Und?«, fragte Therese leise.

Ihre Schwiegermutter schüttelte den Kopf. »Ich glaube, es ist niemand da.« Langsam drückte sie die verrostete Klinke herunter und stemmte sich gegen die Tür, doch sie ließ sich nicht öffnen.

Therese schaute sich suchend um. Auf dem Boden lag ein flacher Stein, in etwa so groß wie ein Suppenteller. Darauf befand sich ein kreisförmiger Umriss, der davon zeugte, dass einmal ein kleiner Blumentopf dort gestanden hatte. Sie bückte sich, um ihn anzuheben. »Wusste ich's doch«, murmelte sie und zog einen rostigen Schlüssel darunter hervor. »Hier«, sagte sie und reichte ihn Elsa. »Versuch's mal damit.«

Der Schlüssel ließ sich sofort umdrehen, obwohl das Schloss alt und ebenfalls rostig war. Noch einmal drückte ihre Schwiegermutter die Klinke herunter und öffnete dann die Tür.

Therese hielt den Atem an.

Sie traten in einen halbdunklen Raum. Es roch etwas modrig, und … sie schnupperte. Duftete es nicht ein klein wenig nach Ludwigs Parfüm? Sie schüttelte den Kopf und verwarf den Gedanken. Vermutlich spielte ihr Geruchssinn ihr einen Streich. Sie strich sich eine Haarsträhne aus dem Gesicht und rief: »Hallo? Ist hier jemand?«

Elsa machte sich daran, die Fensterläden zu öffnen. Sofort flutete helles Licht den kleinen Raum.

Therese blickte sich um. Gemütlich sah es aus. Alles aus Holz. Es gab eine offene Kochnische, und neben der Spüle standen ein abgespülter Teller und eine Kaffeetasse. Beinahe wirkte es so, als hätte hier eben erst jemand gefrühstückt. Vielleicht an dem runden Esstisch mit den zwei alten Holzstühlen. Oder auf dem kleinen Sofa aus rotem Samt.

Eine schmale Treppe führte nach oben. Sie stieg die steilen Stufen hinauf und stand wenig später im niedrigen Dachgeschoss der Hütte, in dem es ein kleines Schlafzimmer mit zwei schmalen Feldbetten gab. Daneben befand sich ein einfaches Bad.

»Hübsch gemacht«, sagte Elsa, die inzwischen auch heraufgekommen war und sich nun neben sie stellte und den kleinen Raum mit den Betten betrachtete.

»Sehr einfach«, meinte Therese.

»Berghütte eben«, erwiderte ihre Schwiegermutter.

»Glaubst du … glaubst du, dass er hier … wohnt? Oder gewohnt hat?«, fragte sie nun leise. Allein die Vorstellung, dass er mit seiner Senta in diesen Betten gelegen haben könnte, verursachte ihr Übelkeit. »In dieser einfachen Behausung? In dieser Einöde?«

»Schwer vorstellbar. Vielleicht zeitweise.« Ihre Schwiegermutter legte ihr eine Hand auf die Schulter. »Keine Spur von ihm. Komm, Resi, gehen wir wieder runter.«

Vorsichtig stiegen sie die steile Treppe hinab. Unten angekommen, sahen sie sich noch einmal genauer um. Nirgendwo lagen Kleidungsstücke herum, die darauf hingedeutet hätten, dass jemand hier wohnte. Der Kühlschrank war abgeschaltet, die Tür stand einen Spalt offen. Therese sah hinein. Leer. Und blitzsauber. Sie richtete sich wieder auf und begann, die Oberschränke in der Kochnische einen nach dem anderen zu öffnen. Darin befanden sich fein säuberlich gestapelt bunte Teller, Tassen und Gläser. Bis auf die Tasse und den Teller auf der Spüle war alles an Ort und Stelle. In dem Schrank über dem Herd entdeckte sie eine ungeöffnete Konservendose. Sie nahm sie heraus und betrachtete das Etikett. Ravioli in Tomatensauce. Ludwig würde eher sterben, als so was zu essen, dachte sie. Sie stellte die Büchse zurück und öffnete den Schrank daneben. Er war fast leer – bis auf ein paar wenige Vorräte. Pfeffer und Salz in kleinen Mühlen. Ein ungeöffnetes Glas Honig, zwei Pakete Kaffee, natürlich von den *Kaffeeprinzessinnen*. Das lag nahe. Und … Therese angelte nach einem Glas ganz hinten im Schrank und zog es heraus. Als sie erkannte, was es war, blieb ihr fast die Luft weg.

»Elsa!«, rief sie leise.

»Was?«

»Guck mal, was ich gefunden habe.« Sie hielt ihr das Glas entgegen. »Hagebuttenmarmelade«, sagte sie tonlos. »UNSERE Hagebuttenmarmelade.« Plötzlich wurde ihr schwindlig. Sie drückte ihrer Schwiegermutter das Glas in die Hand, ging zum Esstisch hinüber und ließ sich auf einen der beiden Stühle sinken. Sie spürte förmlich, wie ihr das Blut aus dem Gesicht wich. Sie starrte aus dem Fenster ins Grüne. Die Vögel zwitscherten. Irgendwo in der Ferne bellte ein Hund, doch sie registrierte das alles nur am Rande. Elsa setzte sich ihr gegenüber und stellte das Glas mit der Marmelade auf den Tisch.

»Es war seine Lieblingsmarmelade«, sagte Therese leise.

»Es kann Zufall sein«, erwiderte ihre Schwiegermutter und starrte auf das helle Holz des Tisches.

»Glaubst du das wirklich, Elsa?«

Ihre Schwiegermutter schüttelte den Kopf. »Nein.«

»Er war hier. In Sentas Hütte.«

»Vermutlich.«

»Ziemlich sicher sogar. Weißt du, was das bedeutet, Elsa?«

Elsa nickte. »Es bedeutet, dass er … dass er noch lebt.«

Ihr Magen zog sich zusammen. Sie schloss die Augen und legte die Finger an ihre Schläfen. Atmen, dachte sie. Atme, Therese! Sie atmete. Tief ein und aus. Versuchte, sich irgendwie zu beruhigen. Vergeblich. Wie sollte man sich beruhigen, wenn sich alles, woran man geglaubt hatte, plötzlich in Luft auflöste? Irgendwann öffnete sie die Augen wieder und starrte Elsa an. »Und es bedeutet, dass er … mich wirklich betrogen hat«, stieß sie hervor und bereute es im nächsten Moment. Nun, da sie es ausgesprochen hatte, fühlte es sich noch schlimmer an als vorher.

»Ja, Resi. Ich fürchte, so ist es.«

»Oder fällt dir irgendeine andere Erklärung ein?« Fast flehentlich blickte sie ihre Schwiegermutter an. Doch Elsa schüttelte nur den Kopf. Sie war niemand, der Dinge beschönigte. Sie nannte sie beim Namen und sah den Tatsachen ins Auge. Und genau das war es, was Therese jetzt auch tun musste: den Tatsachen ins Auge sehen. Doch es wollte ihr nicht gelingen. Er lebte, aber ein anderes Leben, und das tat so weh, dass sie den Gedanken kaum ertragen konnte. Es war doch bis zuletzt alles in Ordnung gewesen zwischen ihnen. Sie war sein Resilein gewesen und er ihr Fels in der Brandung. Nichts hatte zwischen ihnen gestanden. Jedenfalls aus ihrer Sicht. War sie so blind gewesen? Warum hatte sie nie etwas bemerkt? Ihr Kopf kam einfach nicht hinterher. Und dann wurde er ihr plötzlich unendlich schwer. Sie verschränkte die Arme auf der Tischplatte und ließ ihn darauf fallen. Tränen schossen ihr in die Augen, sie war kurz davor, ihnen freien Lauf zu lassen. Da spürte sie Elsas Hand auf ihrem Arm und dachte, auch für sie muss es schwer sein. Dass Ludwig womöglich doch noch lebte, war eine wunderbare Nachricht, aber dass er der Familie den Rücken gekehrt hatte, umso schmerzlicher. Sie hob den Kopf und sah, dass auch ihre Schwiegermutter den Tränen nahe war.

»Vielleicht war er krank«, sagte sie leise. »Der Aufenthalt in der Klinik. Die Sorgen um die Firma. Vielleicht hat ihn das krank gemacht.«

Elsa nickte. »Ja, vielleicht hat ihn das krank gemacht.«

»Oder einfach nur irre!« Thereses Trauer wich auf einmal einer unbändigen Wut. »Warum hat er denn nie was gesagt? Warum hat er das alles mit sich ausgemacht? Ich wäre für ihn da gewesen. Egal, was passiert wäre. Und du auch, Elsa.

Aber er hat es vorgezogen, sich an jemand anderen zu wenden. Warum?«

»Vielleicht, weil wir es von ihm erwartet haben. Weil ich es von ihm erwartet habe. Immer schon. Dass er stark ist. Dass er die Firma und die Familie lenkt. Vielleicht wollte er sich einfach keine Blöße geben. Vor mir. Vor dir. Vor den ganzen Greiffenbergs.«

Therese starrte aus dem Fenster und seufzte. »Ich hätte ihn gern auch mal schwach erlebt«, flüsterte sie. Und dann hielt sie es plötzlich nicht mehr aus. »Verdammt!« Sie sprang so abrupt von ihrem Stuhl auf, dass er nach hinten kippte und mit Getöse zu Boden ging. Sie kümmerte sich nicht darum. »Lass uns gehen«, sagte sie stattdessen. »Weg hier. Jetzt!« Sie konnte es nicht mehr ertragen, an diesem Ort zu sein, der wahrscheinlich das Liebesnest von Ludwig und Senta gewesen war. Ohne auf Elsa zu warten, lief sie hinaus ins Freie und rannte ein Stück den steilen Berg hinab. Zweimal stolperte sie und wäre beinahe gefallen, doch sie fing sich jedes Mal wieder und rannte weiter, immer schneller. Erst als sie die Hütte nicht mehr sehen konnte, hielt sie inne und wartete auf Elsa. Sie kam wenig später. Therese hatte keine Ahnung, ob ihre Schwiegermutter sich die Mühe gemacht hatte, den Stuhl aufzuheben und die Tür abzuschließen. Es war ihr auch egal. Sie wollte nur weg hier, weg von diesem Ort, der nichts Gutes über ihren geliebten Ludwig erzählte, um den sie so sehr getrauert hatte. Und um den sie jetzt mehr denn je trauerte, obwohl er von den Toten auferstanden war. Für sie war er trotzdem gerade gestorben. Ein zweites Mal.

Schweigend fuhren sie zurück nach Prien und hingen ihren Gedanken nach. Was sie heute erfahren hatten, war so ungeheuerlich, dass Therese nicht in der Lage war, in Worte zu fassen, was sie fühlte. Was Ludwigs egoistischer Betrug in ihr auslöste. Elsa ging es offenbar genauso. Sie hatte das Steuer übernommen, starrte mit eisiger Miene geradeaus und fuhr viel zu schnell. Auf der A8 wurden sie geblitzt, und Thereses erster Gedanke war, was für ein trauriges Bild sie auf dem Foto abgeben würden. Zwei Frauen, alt und mittelalt, augenscheinlich tief erschüttert durch ein Leid, das ihnen ein von Herzen geliebter Mensch zugefügt hatte.

30. Das eigene Grab

Schreiben war nicht so ihr Ding. Noch nie gewesen, und so hatte sie stundenlang vor einem leeren Blatt Papier gesessen, obwohl sie weiß Gott Besseres zu tun gehabt hätte. Fürs Abitur lernen zum Beispiel. Bald standen die schriftlichen Prüfungen an, nur leider war ihr Kopf nicht frei für den ganzen Stoff. Auch deshalb hatte sie Caras Rat befolgen und aufschreiben wollen, was sie belastete. Aber das Blatt war weiß geblieben, und dann hatte sie gedacht, warum eigentlich ein Stück Papier verbrennen, wenn man das Corpus Delicti noch hatte? Also hatte sie sich am Abend in einem unbemerkten Augenblick ins Ankleidezimmer ihrer Mutter geschlichen und unter dem Schrank nachgesehen. Da lag er tatsächlich, so wie sie ihn vor Monaten gemeinsam hinuntergeschoben hatten: der Rettungsring, der ihrem Vater womöglich das Leben gerettet hätte, wenn er da gewesen wäre, wo er hätte sein sollen. Noch immer steckte er in der blauen Mülltüte. Offenbar hatte ihn seit damals niemand angerührt. Sie kniete sich auf den Boden, angelte nach dem flachen Paket und zog es aus seinem Versteck. Ein paar Wollmäuse kamen mit herausgeflogen, und das blaue Plastik war voller Staub. Sie klemmte sich den Ring unter den Arm und machte sich damit auf den Weg in den Garten. Einen richtigen Plan hatte sie nicht, aber sie hatte gegoogelt, dass Rettungsringe nicht besonders gut brannten. Also steuerte sie das Gartenhäuschen im hinteren Teil des Grundstücks an und holte einen Spaten heraus. Vergraben tut es sicher auch, dachte sie.

Sie war inzwischen einige Male mit Cara geschwommen. Morgens früh um sieben, doch mit fortschreitendem Frühjahr war auch das Wasser im Chiemsee wärmer geworden. Für ihre Zwecke zu warm. Die graue Hülle verschwand nicht mehr, wenn sie in den See stieg. Das Wasser schmerzte nicht mehr auf ihrer Haut, und irgendwann hatte sie Cara erzählt, dass ihr das gemeinsame Schwimmen Spaß mache, aber seinen Zweck nicht mehr erfülle.

»Versuch das mit dem Zettel«, hatte die Freundin ihr geraten, und heute hatte sie beschlossen, es einfach mal auszuprobieren. Es konnte ja im Prinzip nicht schaden. Nur machte sie es jetzt eben auf ihre Art. Zettel – Rettungsring. Verbrennen – vergraben. Letztlich war es doch egal, wie man es machte. Hauptsache, sie wurde diese graue Hülle endlich los. Diese verdammte Schuld, die noch immer so schwer auf ihren schmalen Schultern lastete wie eine Bleiweste.

Es war schon nach zweiundzwanzig Uhr, als sie den Strand erreichte, und längst dunkel. Sie schaltete die Taschenlampe ein und suchte nach einem guten Platz für das Loch. Doch hier war überall nur Gras, vermutlich war der Boden viel zu hart, um eine ausreichend große Kuhle schaufeln zu können. Also wandte sie sich nach rechts und ging am Ufer entlang. Das Wasser war schwarz, nur der halbe Mond und ein paar Sterne spiegelten sich darin. Sie stapfte immer weiter. Inzwischen war sie sicher zwanzig Minuten unterwegs. Hier war kein Haus mehr am Ufer und kein Steg, der in den See hineinragte. Langsam wurde ihr etwas unheimlich zumute. Das Wasser machte plätschernde Geräusche, und irgendwo schrie eine Eule. Ansonsten war es ganz ruhig. Sie fröstelte, weil sie nicht daran gedacht hatte, eine Jacke mitzunehmen. Mit der Handytaschenlampe leuchtete sie sich den Weg. Das Paket mit dem Rettungsring und der Spaten wurden ihr langsam schwer. Ab und zu hörte sie ein Rascheln von irgendwoher, und jedes Mal erschrak sie beinahe zu Tode. Dann erreichte sie endlich ein Stück Strand mit lockerem weißem Sand. Sie legte den verpackten Rettungsring auf den Boden und platzierte ihr leuchtendes Handy darauf. Dann stach sie mit dem Spaten in den Sand. Er bohrte sich etwa zehn Zentimeter tief in den Untergrund. Hier müsste es funktionieren, dachte sie und markierte mit dem Fuß, wie groß das Loch ungefähr sein müsste, damit der Rettungsring hineinpasste. Dann stützte sie sich, um Kraft zu schöpfen für das, was sie vorhatte, einen Augenblick auf den Spatenstiel. Sie lauschte. Der Wind wehte leises Gelächter zu ihr herüber. Irgendwo in der Nähe mussten sich Leute aufhalten. Vielleicht Jugendliche, die gemeinsam Bier tranken und feierten. Sie fand das tröstlich. Die Stimmen schienen weit genug entfernt zu sein, dass man sie hier nicht hören oder sehen würde, und doch nah genug, dass sie sich nicht so allein fühlen musste.

Sie schob die Ärmel ihres Longsleeves hoch und begann, das Loch auszuheben. Immer wieder stach sie mit aller Kraft in den Boden und schaufelte Sand heraus. Neben ihr entstand ein kleiner Haufen, vor ihr ein immer größer werdendes Loch. Es musste so tief werden, dass niemand den alten Ring fand, auf dem in verblassten Lettern noch immer *Therese* stand.

Sie war völlig verschwitzt, als sie beschloss, dass das Loch nun groß genug war. Sie sprang hinein, es war knietief. Das musste reichen. Vorsichtig kletterte sie wieder hinaus und stützte sich noch einmal auf den Spaten, um sich ein wenig auszuruhen. Die Stimmen und das Lachen drangen wieder zu ihr herüber. Sie blickte in die Richtung, aus der sie kamen, sah aber nichts. Es war viel zu dunkel.

Nachdem sie wieder einigermaßen zu Kräften gekommen war, nahm sie ihr leuchtendes Handy und legte es auf einen Stein, dann schnappte sie sich den Müllsack samt Inhalt und warf ihn mit Schwung in das Loch. Er passte gut hinein. Sie sah auf das Paket hinab und versuchte, in sich hineinzuspüren, ob es ihr schon besser ging, jetzt, wo das Corpus Delicti in seinem Grab lag. Sie konnte es nicht sagen. Vielleicht ein klein wenig. Schnell nahm sie wieder den Spaten zur Hand und begann, das Loch zuzuschaufeln. Plötzlich hörte sie hinter sich ein Rascheln und dann Schritte. Erschrocken drehte sie sich um.

»Na, wen haben wir denn da?«, sagte jemand, dessen Gesicht sie im Dunkeln nicht erkannte. Was aber auch nicht nötig war, denn die Stimme erkannte sie sofort. Es war die von Christoph. Ausgerechnet. Warum ist dieses Prien nur ein so verdammt kleines Dorf, stöhnte sie innerlich.

»Was zum Teufel machst du hier?«, zischte sie. Ihr Herz klopfte so laut, dass sie es selbst hören konnte. Schnell stellte sie sich so hin, dass sie ihm die Sicht auf das Grab versperrte.

»Was zum Teufel machst DU hier?«, fragte er zurück und schaltete nun auch seine Handytaschenlampe ein.

Sie registrierte, dass er ein wenig lallte. Offenbar hatte er getrunken.

»Wir feiern dahinten ein bisschen, und ich musste pinkeln. Da habe ich von Weitem Licht gesehen.« Er deutete auf ihr Handy. »Und ich hab mir gedacht, schaue ich doch mal nach, was da los ist. Und siehe da …« Er machte eine ausladende Handbewegung in ihre Richtung. »Die schöne Antonia ist los. Ganz allein im Dunkeln am Strand. Wer hätte gedacht, dass wir uns hier treffen?« Er schwankte auf sie zu.

»Ich jedenfalls nicht«, fauchte sie.

»Was tust du da eigentlich?« Er hielt sein Handy hoch und machte offenbar ein Foto. Dann leuchtete er auf den Boden und versuchte, einen Blick in das Loch hinter ihr zu erhaschen. »Schaufelst du dir dein eigenes Grab?«

Plötzlich bekam sie es mit der Angst zu tun. Die Tatsache, dass sie hier ganz allein mit ihm war, ließ sie erschaudern, und kurz spielte sie durch, was sie tun würde, falls er handgreiflich werden sollte. Sie hatte immerhin den Spaten, was ihr vermutlich einen Vorteil verschaffen würde. Und sie hatte ihr Handy. Blitzschnell hob sie es auf und überlegte, wen sie anrufen könnte. Hendrik am besten. Aber der war auf einer Party und würde sicher sein Telefon nicht hören. Dann Cara. Sie öffnete ihre Kontakte und drückte deren Nummer.

»Was tust du da?«

»Meinen Joker anrufen.«

Er schlug ihr das Handy aus der Hand. Es flog in hohem Bogen in den Sand. »Ups!« Er grinste. »Das tut mir leid. Na los, zeig mal!« Er stand jetzt direkt vor ihr und deutete über ihre Schulter. »Ist da ’ne Leiche drin?«

»Noch nicht!«

»He, he, he. War das ’ne Drohung?« Er senkte den Kopf wie ein Stier, der den Torero auf die Hörner nehmen will. Unsanft schubste er sie beiseite und starrte in das ausgehobene Loch. »'ne runde Leiche«, murmelte er nachdenklich, kniete sich hin und machte wieder ein Foto.

»Was soll das?«, fragte sie atemlos.

»Beweisfotos«, sagte er, angelte nach dem blauen Plastikpaket und zog es heraus.

»Lass das da drin!«, rief sie.

»He, he, he. Kein Grund, sich so aufzuregen. Ich will doch nur sehen, was du da Schönes vergraben möchtest.«

»Wag es ja nicht!«

»Zu spät«, sagte er grinsend.

Kurz spielte sie mit dem Gedanken, ihm wirklich mit dem Spaten eins überzubraten. Nur zu gern hätte sie diesen Mistkerl außer Gefecht gesetzt, doch man kannte es ja aus Filmen und Serien: Nachher müsste sie wirklich noch eine Leiche vergraben.

Er kam wieder hoch, fand die Öffnung des Müllsacks und zog den Rettungsring heraus. »Na, was haben wir denn da?« Er warf den Ring in den Sand und schoss auch davon ein paar Fotos.

»Wieso tust du das?«, fragte sie wütend.

»Kann nie schaden, Fotos zu machen, wenn jemand was vergräbt. Es wird ja wohl einen Grund haben. Du hast Dreck am Stecken, Antonia von Greiffenberg. Eine Leiche im Keller. Das ist doch klar.«

»Schwachsinn!«, zischte sie.

»Mir machst du nichts vor. Du hast irgendwas angestellt mit dem komischen Ding da, sonst würdest du dir nicht die Mühe machen, es mitten in der Nacht zu vergraben.« Wieder machte er einige Fotos von dem Ring und von der Umgebung.

»Lass das gefälligst, du Idiot!«

»Hast du ›Idiot‹ gesagt?« Seine Stimme klang auf einmal wirklich bedrohlich, und er schwankte schon wieder leicht. »Ich würde sagen, der Idiot bist du. Weil du dich hast erwischen lassen.« Er lachte laut auf. »Ausgerechnet von mir!«

Wieder hielt er sein Handy hoch und machte Fotos, diesmal von ihr. In diesem Moment brannte in ihrem Kopf eine Sicherung durch, und mit einem Satz stürzte sie sich auf ihn, um ihm das Telefon aus der Hand zu reißen. Doch sie hatte nicht damit gerechnet, dass er so wenig standfest war. Er fiel hintenüber, und sie fiel gleich mit. Sie landeten im Sand. Er auf dem Rücken und sie auf ihm drauf.

»Oh, oh, nicht so stürmisch!«

Sie versuchte, von ihm herunterzurollen, doch sie war nicht schnell genug. Er packte sie im Nacken und zog ihren Kopf zu sich herunter. Er roch nach Bier, Schweiß und Zigaretten, er ekelte sie an. Noch einmal versuchte sie, sein Handy zu erwischen, doch es gelang ihr nicht.

»Möchtest du, dass ich die Fotos lösche, Tonilein?«

Verzweifelt versuchte sie, sich aus seinem Griff zu lösen, doch auch das schaffte sie nicht.

»Ich lösche sie«, sagte er. »Unter einer Bedingung.«

»Welche?«, keuchte sie.

»Dass du mich küsst. Und ein bisschen nett zu mir bist.« Er zog ihren Kopf noch näher zu sich heran. Sie wehrte sich mit aller Kraft. Fieberhaft überlegte sie, welche Möglichkeiten sie hatte. Sie konnte laut um Hilfe schreien. Vielleicht würde sie jemand von den Feiernden hören, wenn sie nur laut genug brüllte. Doch dann würden sie das Loch und den Rettungsring sehen und womöglich eins und eins zusammenzählen. Schon morgen wüsste dann das halbe Chiemgau, dass sie ihren Vater auf dem Gewissen hatte. Oder sie mobilisierte noch einmal all ihre Kräfte, um sich doch noch aus der Scheißumklammerung zu befreien. Sich von diesem stinkenden Typen mit dem ekelhaften Schnurrbart küssen zu lassen war jedenfalls keine Option, denn dann müsste sie kotzen. Sie stemmte ihre Arme auf seine Brust und versuchte, sich ihm zu entwinden. Doch Christoph hielt noch immer ihren Nacken mit eisernem Griff fest. Bald würde sie keine Kraft mehr haben. Er hingegen schien immer stärker zu werden. Sie stöhnte vor Anstrengung, doch dann hatte sie ihm nichts mehr entgegenzusetzen. Schon spürte sie die drahtigen Haare seines Schnäuzers an ihren Lippen. Es gab kein Entrinnen mehr. »Scheiße«, hörte sie sich noch sagen. Dann wurde ihr übel.

31. Klebriger Teer

»Hi«, brummte Antonia, zog Sweatshirt und Jogginghose aus und ließ sich neben Cara nieder. Es war erst halb sieben, doch ihre Freundin saß schon im Badeanzug auf dem Steg hinter ihrem Haus und starrte auf ihr Handy. »Und? Irgendwas Neues?«

Cara schüttelte den Kopf. »Nichts Weltbewegendes. Im Stufenchat gibt's mal wieder Stress, haste schon gesehen?«

Sie schüttelte den Kopf.

Cara grinste. »Ansonsten nur ein Hosentaschenanruf von einer gewissen Antonia von Greiffenberg, und Emma fragt, ob wir heute Abend mit ihr am Strand ein Bier trinken.«

»Nee, keinen Bock.«

»Echt nicht? Warum denn nicht? Wäre doch witzig.«

»Finde ich nicht.«

»Ist alles okay?«

»Nein, nichts ist okay«, murmelte sie schlecht gelaunt.

»Was is'n los mit dir? Ist was mit Hendrik? Man sieht ihn kaum noch.«

»Nein. Mit dem ist alles in Ordnung. Der lernt halt viel. Bio Leistung!«

»Okay … was dann?« Cara ließ nicht locker.

»Lange Geschichte«, erwiderte sie ausweichend. Sie brachte es einfach nicht über sich, ihrer Freundin von gestern Abend zu erzählen. Erst mal musste sie ins Wasser und diesen ganzen Schmutz abwaschen, der an ihr haftete wie klebriger Teer. »Erzähl ich dir vielleicht später.«

»Hast du es eigentlich mal gemacht?«, fragte Cara jetzt.

»Was?«

»Na ja, alles aufschreiben und dann verbrennen.«

»Ich wollte, aber dann …«

»Dann?«

»Ich will's nicht erzählen«, erklärte sie und verspürte schon wieder Übelkeit in sich aufsteigen. »Okay?«

»Ja, sicher. Okay«, erwiderte Cara und wirkte fast ein wenig beleidigt.

»Lass uns reingehen.« Mit einem Satz sprang Antonia in den See und schwamm davon, so schnell sie konnte.

»He, warte!« Sie hörte, wie ihre Freundin hinterhersprang und ihr mit schnellen Kraulbewegungen folgte. »Was ist passiert, verdammt?« Cara schrie jetzt fast.

Doch sie antwortete nicht.

Sie schwammen nebeneinander her und wurden dabei immer schneller. Irgendwann japsten sie beide. Antonia spürte, dass ihre Kräfte nachließen, doch sie wollte nicht aufhören. Wollte am liebsten so lange weiterschwimmen, bis sie von Sinnen war und vergessen konnte, was er ihr angetan hatte.

»ANTONIA!« Cara schrie jetzt wirklich. »WIR DREHEN UM!«

Da gab sie klein bei, und sie machten kehrt.

Als sie zitternd und keuchend wieder auf dem Steg saßen, legte Cara ihr sorgsam ein Handtuch um die Schultern. Eine Weile saßen sie so nebeneinander und starrten auf das graue Wasser. Das Wetter war trüb heute. Die Sonne hatte sich hinter einer dicken Wolkendecke versteckt.

»Also?«, fragte Cara irgendwann.

Und dann erzählte sie, was gestern Nacht passiert war. Alles, von Anfang an. Am Ende weinte sie. »Er hat mich geküsst, mit seinem stinkenden Mund, und mich angegrabscht. Ich hätte fast gekotzt.«

Cara verzog angewidert das Gesicht. »Mein Gott«, sagte sie. »Das ist ja … grauenhaft.«

»Ja.«

»Und dann?«

»Irgendwann konnte ich mich doch losreißen. Ich bin aufgesprungen und hab mir sofort den Spaten geschnappt.«

»Krass. Und dann hast du ihm eins übergezogen?«

»Nee, ich hab den Spaten nur angehoben, ›Du Arsch!‹ geschrien und so getan, als würde ich ihm eins überbraten. Er hat richtig Schiss gekriegt, glaub ich. Jedenfalls ist er aufgesprungen und weggerannt, als wäre der leibhaftige Teufel hinter ihm her.«

»Na ja, gewissermaßen war er das ja auch.«

Antonia nickte. »Gewissermaßen.«

»Du solltest ihn anzeigen.«

»Wegen was?«

»Wegen … Körperverletzung. Versuchter Vergewaltigung. Ich frag meinen Vater. Er ist Anwalt.«

»Nein!«, sagte sie bestimmt. »Jeder weiß, wie das ausgeht. Er wird sich rausreden, und ich bin dann die Doofe, die es herausgefordert hat.«

»So ist das heutzutage nicht mehr, Toni.«

»Doch, Cara. Genauso ist das heutzutage immer noch. Glaub mir.«

Ihre Freundin seufzte. »Was machen wir dann? Er kann doch damit nicht durchkommen. Er wird das immer wieder tun. Nicht nur bei dir. Und nicht jede hat einen Spaten dabei, wenn's drauf ankommt.«

Antonia nickte langsam. »Ja. Du hast recht, Cara. Und deshalb …«

»Ja?«

»Deshalb müssen wir die Sache wohl selbst in die Hand nehmen. Hast du eine Idee?«

»Wo ist jetzt eigentlich der Rettungsring?«, unterbrach Cara ihren Gedankengang.

»Wieder zu Hause. Da, wo er vorher war. Unterm Schrank. Aber ich will ihn jetzt wirklich loswerden. Unbedingt.«

»Und die Fotos?«

»Hat er immer noch auf dem Handy. Er hat kein einziges gelöscht. Jedenfalls nicht, dass ich wüsste.«

»Hmmmmm.«

»Hmmmmm.« Antonia sprang auf. »Sag mal, was hast du da eigentlich vorhin gesagt?«

»Wann vorhin?«

»Ganz am Anfang, als ich hier ankam und du in dein Handy gestarrt hast.«

»Dass Emma geschrieben hat?«

»Nein, irgendwas mit einem Hosentaschenanruf.«

»Ja, das warst du. Du warst ewig auf der Mailbox. Aber nur so dumpfe Stimmen. Hab's mir nicht richtig angehört. Das ging ja ewig.«

»Ist es noch drauf?«, fragte sie atemlos. »Oder hast du's gelöscht?«

»Nein. Es ist noch drauf. Wieso fragst du?«

»Ich weiß, was wir machen!«

32. *Maibaum*

»G'schafft. Prost, Loibi!« Ferdinand hielt dem Hotelier sein Glas entgegen. Soeben war auf dem Priener Marktplatz ein neuer Maibaum aufgestellt worden. Es war kein ganz leichtes Unterfangen gewesen. Zwanzig gestandene Männer in Tracht hatten den dreißig Meter langen Stamm gemeinsam aufgerichtet und schließlich so befestigt, dass er nicht mehr umkippen konnte. Kaum stand er aufrecht, hatte die Blaskapelle zu spielen begonnen, die Tanzgruppe zu tanzen und die Besucher zu klatschen. Noch immer war der Applaus nicht verebbt. Das halbe Chiemgau tummelte sich auf dem Marktplatz, um dem Spektakel beizuwohnen. Sogar ein Fernsehteam vom Bayerischen Rundfunk war gekommen, um das Setzen des Maibaums und das anschließende Fest zu begleiten.

Irgendwo in der Menge entdeckte Ferdinand seine Mutter und Oma Elsa. In den letzten Wochen verbrachten die beiden viel Zeit miteinander, und ab und zu fragte er sich, ob er sich Sorgen machen musste. Seine Mutter war noch dünner und blasser geworden als zuvor, und auch Oma Elsa gefiel ihm nicht. Sie war gealtert in letzter Zeit. Einige Male hatte er beobachtet, wie die beiden leise miteinander redeten, das

Gespräch aber abbrachen, sobald jemand anderes den Raum betrat. Er hatte schon überlegt, ob vielleicht eine von ihnen ernsthaft krank war, was sie dem Rest der Familie aber verheimlichte. Er hoffte inständig, dass sein Verdacht nicht zutraf, und hatte sich vorgenommen, mit Pauline darüber zu sprechen. Bisher war jedoch immer etwas dazwischengekommen. Vielleicht erwischte er sie heute Abend mal allein.

Loibi hatte sich heute, wie viele andere auch, in seine Tracht geworfen. Ferdinand musterte die Körpermitte seines Gegenübers und stellte fest, dass ihm die Krachlederne im Laufe der Jahre ein wenig eng geworden war. Der Hosenbund hing unter seinem Bauch, und nur den grünen Hosenträgern war es zu verdanken, dass sie nicht noch eine Etage tiefer rutschte. Er selbst hatte es sich auch nicht nehmen lassen, in Janker und Lederhose zu schlüpfen. Beides holte er nur zu besonderen Anlässen aus dem Schrank. Die Feierlichkeiten zum ersten Mai in Prien waren so ein Anlass – den er zugegebenermaßen die letzten Jahre konsequent geschwänzt hatte. Heute aber hatte er sich extra aus München auf den Weg gemacht, denn er wusste, dass er hier diejenigen antreffen würde, die er brauchte, um die Idee mit dem Hollywood-Film in die Tat umzusetzen. Loibi war schon mal ein guter Anfang. Er war nicht nur Eigentümer des bekannten *Bayerischen Hofs* mitten in Prien, sondern darüber hinaus Mitglied im Stadtrat und überhaupt in so ziemlich jedem Gremium, das es in dieser Gemeinde gab.

»Prost, Ferdi. Warst lang nicht mehr hier.« Der Hotelier stieß gut gelaunt mit ihm an, trank seine Halbe fast leer und legte dann eine Hand auf seinen dicken Bauch. »Durst hab ich. Und wie.«

Ferdinand nickte. »Wem sagst du das.«

»Schön, dass du dich mal wieder unter die Leute mischst.« Loibi schnaufte ein wenig, und sein Gesicht hatte wie so oft eine bedenklich rote Farbe angenommen. »Wie geht's dir denn mit deinen kaputten Haxen? Man hört, du kannst nicht mehr arbeiten?«

Ferdinand nahm nun auch einen tiefen Schluck aus seinem Glas. Das Stichwort kam früher, als er erwartet hatte. Doch er war vorbereitet. Hatte sich zurechtgelegt, was er sagen würde, um Loibi und hoffentlich später Alois, den Bürgermeister, von seiner Idee zu überzeugen.

»Ba, ba, bababa … baba …« Loibi summte im Takt zur Blasmusik und wippte dabei mit dem Fuß.

»Ich kann schon noch arbeiten«, erklärte er jetzt. »Nur nicht mehr auf freier Wildbahn. Sozusagen.«

Loibi lachte laut. »Freie Wildbahn. Der war gut! Aber du bleibst weiterhin beim Film? Oder steigst du um auf Feinkost?«

»Schauen wir mal. Vielleicht beides.« Er deutete mit dem Kinn Richtung Weißwurststand. »Apropos Feinkost. Lust auf eine Wurst?«, fragte er. »Ich könnte dringend eine gebrauchen.«

Loibi schlug ihm auf den Rücken. »Bin dabei!«

Sie kauften zwei Weißwürste mit süßem Senf, und wo sie schon dabei waren, auch gleich noch neues Bier. So bewaffnet, stellten sie sich an einen der zahlreichen blau-weiß geschmückten Stehtische.

Ferdinand tauchte seine Wurst in den Senf. »Guten!«, sagte er und biss ab.

»Guten!« Loibi kaute schon.

»Pass auf, Loibi, ich hab eine geniale Idee. Genial für dich. Genial für mich. Und genial für die ganze Gemeinde.«

Der Hotelier sah ihn halb neugierig, halb misstrauisch an. »Worum geht's denn da?«

Er atmete tief durch. Jetzt bloß nicht bei der Eröffnung schon alles vermasseln. »Es geht um nichts Geringeres als um Hollywood«, verkündete er feierlich.

Loibi hustete. Offenbar hatte er sich vor Schreck an seiner Wurst verschluckt, und jetzt war es an Ferdinand, ihm kräftig auf den Rücken zu schlagen. »Trink mal einen Schluck«, empfahl er ihm.

Es dauerte eine Weile, bis Loibi sich wieder einigermaßen gefangen hatte, und als es endlich so weit war, begann Ferdinand zu erläutern, was es mit seiner Hollywood-Idee auf sich hatte. »Die Firma Sony Pictures ist auf der Suche nach einem geeigneten Drehort in Bayern – für einen Kinofilm. Sagt dir *Downton Abbey* was?«

Loibi sah ihn verständnislos an.

»Egal. Soll jedenfalls ein Riesending werden. Sie brauchen einen schönen See, Berge drumherum, ein Schloss und ein bayrisches Dorf. Was fällt dir dazu ein?«

Der Hotelier biss wieder von seiner Wurst ab und kaute nachdenklich. »Prien«, sagte er dann.

»Eben. Genau das ist mir nämlich auch eingefallen. Ich hab gute Kontakte zu den Machern. Also, den Filmleuten in Hollywood«, erklärte er, auch wenn das etwas übertrieben war. »Über eine Kollegin, die dort arbeitet. Ich hab's ihr gegenüber schon mal angedeutet. Also, dass Prien infrage käme. Und was soll ich sagen …« Er zuckte mit den Schultern. »In Hollywood ist man gelinde gesagt aus dem Häuschen. Sie zahlen gut. Richtig gut. Wenn es klappt, wird das ordentlich Geld in die Gemeindekasse spülen. Und in deine private auch!«

»Wieso?« Loibis Gesicht war jetzt noch röter geworden.

»Weil hier eine große Filmcrew anrücken wird. Hundertköpfig, würde ich sagen. Und die Leute müssen ja irgendwo untergebracht werden. Die Schauspieler und der Regisseur definitiv in einem Fünf-Sterne-Haus.«

Loibi pfiff durch seine Zahnlücke. »Für wie lange?«

»Sicher mehrere Wochen. Und wenn die Stars bei dir absteigen, wird die Presse davon Wind kriegen. Dein *Bayerischer Hof* wird weltweit bekannt werden.«

»Das ist gut. Aber ... wo ist der Haken?«

»Na ja, es wird hier ... sagen wir ... unruhiger werden. Sie werden Straßen absperren. Kulissen aufbauen. Häuser umstreichen ...«

»Häuser umstreichen?«

»Tja, da kennen die nichts. Muss ja alles zusammenpassen. Aber am Ende sieht's wieder so aus wie vorher. Oder vielleicht sogar besser.«

Loibi nickte nachdenklich. »Aber abreißen tun die nichts, oder?«

»Nein. Abreißen nicht. Nur ... vielleicht ein wenig verändern.«

»Und was kann ich da jetzt tun, Ferdi?«

Er deutete mit dem Kinn Richtung Alois. »Den da überzeugen. Der muss es am Ende entscheiden. Und ich fürchte, dass er die Sache nicht ganz so positiv sehen wird wie du und ich. Aber ihr seid befreundet. Dir vertraut er. Ich kenne ihn auch, aber ehrlich gesagt: Ich würde es gern über dich spielen ...«

Loibi verschlang das letzte Stück Weißwurst. »Ich denk drüber nach«, nuschelte er. Dann wanderte sein Blick zum Bürgermeister hinüber, der sich gerade mit der Käserin

Gerti unterhielt. Umtriebig wie sie war, kannte auch sie alle und jeden in Prien. »Alois!«, rief er plötzlich.

Der Bürgermeister winkte ihm zu. »Loibi! Alles klar?!«

»Ich frag ihn direkt«, sagte er, an Ferdinand gewandt. »Worauf warten, wenn er schon mal hier ist.« Er drehte sich wieder zu Alois um. »Kommst du mal rüber? Ich muss was mit dir besprechen!«

Der Bürgermeister nickte Gerti zu und setzte sich in Bewegung.

Läuft, dachte Ferdinand. Wenn er Glück hatte, würde heute vielleicht der Startschuss für die Rettung der Firma fallen. Und für seine eigene gleich mit.

»Ja mei, was ist denn das wieder für ein Schmarrn?!«, hatte Alois Deckers erster Kommentar gelautet. Er war zunächst nicht sonderlich begeistert gewesen von der Hollywood-Idee, doch Loibi konnte verdammt überzeugend sein, wenn er etwas wirklich wollte. Ferdinand hatte den beiden Würdenträgern drei weitere Halbe spendieren und selbst genauso viele trinken müssen, bis der Deal endlich auf den Weg gebracht war. Es gab Schlimmeres, weiß Gott. Und es hatte sich gelohnt. Natürlich war noch nichts unterschrieben, geschweige denn über Details gesprochen worden, doch Alois hatte per Handschlag versichert, dass er alles tun würde, was nötig war, um Hollywood nach Prien zu holen, und da ein Handschlag hier mindestens genauso viel wert war wie eine Unterschrift samt offiziellem Stempel ließ sich die ganze Geschichte schon mal ziemlich gut an.

Irgendwann hatten sich Loibi und Alois verabschiedet und waren in der Menge untergetaucht, um Hände zu schütteln und Small Talk zu halten. Sicher würde heute noch die eine oder andere Angelegenheit bei Bier und Wurst geregelt werden. Eine Hand wusch am Chiemsee die andere. Ganz besonders am Chiemsee. Die Hollywood-Zusage aber war sicher das Spektakulärste, was je an einem ersten Mai in Prien auf die Schiene gesetzt worden war, da war er sich sicher. Bähm! Er hatte es eingetütet. Er konnte kaum erwarten, es Selma zu erzählen, und beschloss, sie anzurufen. Je eher sie es erfuhr, desto besser. Für so ein wichtiges Telefonat war es hier aber definitiv zu laut.

Er trank den letzten Schluck Bier aus seinem Glas, stellte es zurück auf den Tisch und schob sich zwischen den Feiernden hindurch. Hier und da grüßte er oder winkte jemandem zu. Während er den überfüllten Marktplatz überquerte, hielt er unauffällig Ausschau. An einem der Bierstände entdeckte er seine Schwester Antonia – zusammen mit dieser Cara, mit der sie neuerdings dauernd abhing. Die beiden starrten gemeinsam in ein Handy und machten missmutige Gesichter. Vermutlich eine Date-Absage von irgendeinem aktuellen Crush. Er erinnerte sich selbst noch zu gut, wie das in dem Alter war. Und so viel hatte sich seither eigentlich auch nicht geändert. Insgeheim hoffte er nämlich, Christina in der Menge zu entdecken. Er hatte sie lange nicht gesehen. Genau genommen seit dem Tag, an dem er erfahren hatte, dass er an ihrem Unfall schuld war. Nach seinem Geburtstag hatte sie ihm einige Male per WhatsApp geschrieben und auch Treffen vorgeschlagen. Er hatte ihr jedes Mal geantwortet, jedoch zurückhaltend und ausweichend. Er wusste einfach nicht, wie er sich ihr gegenüber verhalten sollte. Dabei vermisste er ihre lustigen Nachrichten. Und die aufbauenden. Er vermisste ihre Fröhlichkeit. Die Grübchen, wenn sie lachte. Das Blitzen in ihren rabenschwarzen Augen, wenn sie ihn ansah. Ihre warme, etwas rauchige Stimme. Herrgott, dachte er. Ich vermisse SIE! So oft hatte er sich schon ausgemalt, wie sie reagieren würde, wenn er es ihr beichtete. Dass er es gewesen war, der ihr die Karriere vermasselt hatte. Betrunken gefahren. Fahrerflucht. Unterlassene Hilfeleistung. Da ließ sich nicht viel beschönigen.

Sie schien jedoch nicht da zu sein, und er beschloss, nach Hause zu gehen. Er würde sich auf einen der Liegestühle am Strand fläzen, aufs Wasser schauen und Selma anrufen, um ihr die frohe Kunde zu überbringen. Sie würde bestimmt ausrasten, wenn er ihr erzählte, was er gerade bei Bier und Weißwurst vereinbart hatte.

Selma rastete nicht aus. Jedenfalls nicht gleich. »Bier, Würstchen und ein Handschlag? Ich meine, Ferdi, ganz ehrlich – wenn ich das Raven von Sony erzähle, dann zeigt der mir einen verdammten Vogel. Ich bräuchte schon etwas mehr. So was wie ein offizielles Schriftstück.«

»Ich hab keine Ahnung, wer Raven ist, aber das Schriftstück kriegst du, Selma. Ganz sicher. Erst der Handschlag. Dann das Schriftstück. Das läuft hier so. Immer.«

»Okay. Dann … kann ich vorbeikommen? Fotos und Videos machen? Und mit diesem Bürgermeister sprechen?«

»Sicher. Er erwartet deinen Anruf. Am besten meldest du dich direkt morgen. Es eilt ja, wenn ich es richtig verstanden habe.«

»Hast du! Wenn das wirklich klappt, Ferdinand von Greiffenberg«, sagte Selma, und jetzt klang sie plötzlich doch ein wenig atemlos und wie kurz vorm Ausrasten. »Dann …«

»Dann?«

»Dann bist du … der absolute King!«

Er grinste. Er war gerne der absolute King. Und er hatte schon fast vergessen, wie sich das anfühlte.

Nachdem er aufgelegt hatte, genoss er noch ein wenig das King-Gefühl, doch es verflog viel zu schnell. Die Sache mit Christina schob sich wieder wie eine dunkle Wolke in seine Gedankenwelt. Plötzlich hatte er das dringende Bedürfnis, die Angelegenheit aus der Welt zu schaffen. Vielleicht war heute ein guter Tag dafür. Er fragte sich, wo sie gerade steckte, und schrieb ihr eine WhatsApp-Nachricht. Nur las sie sie leider nicht. Die Häkchen blieben über eine Stunde lang grau. Gerade als er beschlossen hatte, auf gut Glück nach Übersee zu fahren und einfach bei ihr zu klingeln, meldete sie sich plötzlich doch. Sie arbeitete im Café ihrer Mutter.

»Sundowner in der Beach Bar? Zwanzig Uhr?«, schlug sie vor.

»Gute Idee. Werde da sein«, textete er umgehend zurück. Die Beach Bar am Überseer Ufer des Chiemsees war die perfekte Kulisse für einen entspannten Abend. Und vielleicht auch für ein schwieriges Gespräch, dachte er.

33. *Zitronen*

»Wollen wir nachher noch mal eine Probeklausur machen?«, fragte Antonia.

»Mathe?« Cara seufzte.

»Ja.«

»Hab ich zwar überhaupt keinen Bock drauf, aber besser wäre es natürlich.«

Sie steckten inzwischen mitten in der Klausurenphase. Trotzdem hatten sie beschlossen, auf das Maifest zu gehen. Nur kurz, um sich abzulenken und den Kopf freizukriegen.

Antonia zog ihr Handy aus der Hosentasche. »Krass!«, stieß sie hervor.

»Was?«

»Scheiß auf Mathe! Jetzt brauch ich erst mal ein Bier.« Sie hielt Cara das Handy hin und gab dem Typen am Bierstand ein Zeichen.

»Ich auch«, murmelte ihre Freundin und zog die Fotos, die gerade per WhatsApp eingegangen waren, größer. »Unfassbar!«

Auf allen war Antonia zu sehen, mit Spaten und Rettungsring. Cara swipte. Es gab jede Menge Bilder, etwas unscharf und dunkel, doch Antonia war eindeutig zu erkennen.

Und der Schriftzug *Therese* auf dem Rettungsring ebenfalls. Darunter dann der unglaubliche Text: Du bist geliefert. Wie verbleiben wir? Lass uns uns mal treffen. Grinsender Sonnenbrillen-Emoji. Dollarscheine. Kuss-Emoji.

Cara schüttelte fassungslos den Kopf. »Was bedeutet das?«

»Schätze, das ist ein Erpressungsversuch. Fotos gegen Cash, so klingt es für mich.«

»Das wird ja immer besser«, fauchte ihre Freundin und gab ihr das Handy zurück. »Was machen wir jetzt?«

Der Typ hinter der Theke stellte ihnen zwei Halbe hin.

Antonia reichte ein Glas an Cara weiter. »Erst mal trinken. Dann unseren Plan weiterverfolgen und das tun, was wir längst hätten machen sollen. Ihm das Handwerk legen. Jetzt erst recht!«

Cara nickte. »Jetzt erst recht.«

Sie stießen an, und Antonia trank einen großen Schluck Bier. Es schmeckte kühl und köstlich. »Dass er sich mit mir treffen will, ist gut. Es spielt uns in die Karten.« Nachdenklich zog sie ihr Tabakpäckchen aus der Jackentasche und drehte zwei Zigaretten. Dabei kamen ihr meist die besten Ideen. »Ich hab so Bock, diesen Typen eigenhändig zu zerquetschen wie eine armselige halbe Zitrone, aber wir müssen klug vorgehen.«

»Eben. Zumal er größer ist als eine halbe Zitrone«, sagte Cara trocken. »Und womöglich schlauer.«

»Das jetzt vielleicht nicht gerade. Aber wir. Wir sind schlauer. Und er weiß ja auch nicht, dass wir etwas gegen ihn in der Hand haben.«

»Ja. Dieser Idiot.«

»Hast du morgen Nachmittag schon was vor? Außer Lernen?«

Cara schüttelte den Kopf.

»Ich werde ihm ein Treffen vorschlagen. Und ich weiß auch schon, wo. Würdest du mitkommen?«

»Meinst du das ernst? Natürlich komme ich mit. Wir sind Freundinnen, schon vergessen? Wir ziehen das gemeinsam durch.«

Antonia hatte fertig gedreht und reichte ihrer Freundin eine Zigarette.

Cara nahm sie und klemmte sie sich zwischen die Lippen. »Wir könnten Hendrik mitnehmen«, schlug sie nuschelnd vor.

Antonia gab ihr Feuer und zündete sich selbst dann die andere Kippe an. Genüsslich zog sie daran und blickte nachdenklich dem Rauch hinterher, den sie gen Himmel ausstieß. Sie schüttelte energisch den Kopf. »Nein. Mit dem Typen werden wir alleine fertig.«

»Sicher?«

»Sicher! Ich sag nur, Zitrone. Kennst du eigentlich diesen Spruch?«

»Welchen?«, fragte Cara.

»Was man draus machen soll, wenn einem das Leben Zitronen schenkt.«

»Nee. Was denn? Mus?«

Sie grinste. »Nee. Limonade.«

34. Copacabana

Er hatte ganz schön lange auf das Taxi warten müssen, kam aber trotzdem gerade noch pünktlich am Treffpunkt an. Suchend ließ er seinen Blick über den Sandstrand gleiten. Es wimmelte nur so von Menschen. Kein einziger Liegestuhl war mehr frei, und die Tische und Bänke dahinter waren ebenfalls voll besetzt, was nicht weiter verwunderlich war. Der sonnig-warme Maifeiertag hatte jede Menge Tagesausflügler und das halbe Chiemgau hierhergelockt. Er entdeckte einige bekannte Gesichter. Viktor, einen alten Schulkameraden, zusammen mit seiner Frau. Die schöne Maja Holzer aus Chieming, eine Bekannte von Paulines Ex Sebastian. Ferdinand war eine Zeit lang in sie verliebt gewesen, doch sie hatte es vorgezogen, ihren attraktiven, aber wahnsinnig langweiligen Freund Hugo zu heiraten. Na ja, jeder so, wie er es mochte. Nur Christina konnte er nirgends entdecken, und allzu sehr wunderte ihn das nicht. Sie kam ja eigentlich immer zu spät. Sein Blick wanderte hinüber zu der kleinen Outdoortheke, die aus Treibholz gezimmert und mit einem Dach aus getrocknetem Seegras versehen war. Aus Lautsprechern drangen chillige Gitarrenklänge, und wenn es zehn Grad wärmer gewesen wäre, hätte man glatt meinen können, an einem Strand in der Karibik gelandet zu sein. Er beschloss, die Wartezeit sinnvoll zu nutzen, und reihte sich in die Schlange an der Bar ein, um schon mal Getränke zu besorgen. Er würde zwei Caipirinhas ordern. Christina mochte Caipis, das hatte sie ihm mal erzählt. Außerdem kam ihm das Getränk gerade ziemlich stimmig vor, so karibisch, wie hier alles wirkte.

Er war fast an der Reihe, als Christina plötzlich neben ihm auftauchte, in Jeansshorts und T-Shirt und mit einem prall gefüllten Rucksack auf dem Rücken.

»Entschuldige«, sagte sie ein wenig atemlos und lächelte ihr süßes Lächeln. »Meine Mutter. Ich kam einfach nicht weg. Bringst du mir was mit? Caipi wäre cool.«

Er grinste. »Hatte ich vor.«

»Ich such uns mal ein Plätzchen«, erklärte sie und schaute sich um. »Mensch, ist das voll hier!«

»Viel Glück!«, sagte er.

Christina hatte vorgesorgt. Als er wenig später mit zwei Gläsern Caipirinha in den Händen den Strand absuchte, entdeckte er sie etwas abseits des Trubels direkt am Wasser. Sie saß im Schneidersitz auf einer grün karierten Picknickdecke, was den Rucksack erklärte, und schaute leicht entrückt auf den See. Er setzte sich zu ihr und reichte ihr einen der Drinks. Es war inzwischen fast halb neun. Nicht mehr lange, und die Sonne würde im Chiemsee versinken, was bei diesem klaren Wetter ein spektakulärer Anblick werden würde und ein äußerst karibisch anmutender sicher auch.

»Wie geht's dir?«, fragte sie, nachdem er es sich neben ihr bequem gemacht und mit ihr angestoßen hatte. Sie gehörte zu den Menschen, die eine ehrliche Antwort auf diese Frage erwarteten, das wusste er inzwischen. Und er hatte es sich zur Gewohnheit gemacht, ihr auch ehrlich zu antworten. Wobei, heute war das gar nicht so einfach. »Gut. Und nicht so gut«, sagte er deshalb vage.

Sie sah ihn fragend an. »Ooookay?!«

»Gut, weil … weil ich heute einen beispiellosen Deal eingetütet habe.«

Sie lachte. »Okay. Drunter geht's nicht, was?«

»Ist so!«, erwiderte er gespielt empört.

»Jetzt bin ich gespannt.«

»Vielleicht wird in Prien bald ein Hollywood-Film gedreht«, platzte er heraus.

»Äh … was?« Sie runzelte die Stirn. »Das ist ein Witz, oder?«

»Nein, kein Witz. Eine ehemalige Kollegin von mir arbeitet bei Sony Pictures. Tja, und sie suchen in Bayern eine Kulisse für einen Kinofilm. Historisch. Spielt Ende des neunzehnten Jahrhunderts. Drehort könnte Prien werden. Und das wäre eine verdammt gute Sache.«

»Wäre es?«

»Ja.«

»Bist du sicher?«

»Ja. Absolut! Klar, es kann auch nervig werden. Überall Leute. Alles Mögliche abgesperrt. Aber es ist ja nur vorübergehend. Und am Ende wird es viel Geld in die Kassen spülen. Außerdem drehen sie vielleicht in unserem Laden, wenn Pauline und ich es schlau anfangen. Und das gibt dann gute Presse. Eine bessere Werbung können wir uns echt nicht wünschen. Es soll ein Blockbuster werden, verstehst du? Weltweit. Was bedeutet, dass unsere Produkte auf der ganzen Welt in aller Munde sein werden. Also, wenn es so klappt, wie wir es uns vorstellen jedenfalls.«

»Verstehe. Klingt toll. Für euch Greiffenbergs sicher eine großartige Sache.«

»Nicht nur für uns Greiffenbergs. Sie werden mit einer hundertköpfigen Crew anreisen. Und die Leute müssen irgendwo wohnen.« Plötzlich kam ihm eine Idee. »Sag mal, wie schnell kannst du den Schweinestall eigentlich umbauen?«

»Das geht fix, wenn ich das nötige Kleingeld zusammenhabe. Wieso?«

»Wenn du ihn rechtzeitig fertigkriegst, könnten da auch Leute unterkommen. Hollywood zahlt ordentlich. Du könntest gutes Geld verdienen. Und wer weiß? Vielleicht könnte der Hof sogar als Kulisse für irgendwas dienen. Ich meine, das Haus sieht von außen wunderschön aus. Vielleicht streichen sie es sogar für dich.«

»Wow. Das wär's«, murmelte Christina. »Für wann sind denn die Dreharbeiten geplant?«

»Ende des Sommers, denke ich. Ist noch einige Monate hin.«

»Das wäre zu schaffen mit dem Schweinestall. Und … oh Mann! Das wäre ja mal ein verdammt guter Start, wenn ich direkt eine Hollywood-Crew dort einquartieren könnte. Auch als Argument für die Kreditgeber.«

»Genau. Und danach möchte jede Schulklasse einmal dort wohnen, wo Hollywood gewohnt hat.«

Christina grinste. »Beispiellos!«

»Sag ich doch. Wenn Hollywood nach Prien kommt, gibt's nur Gewinner. Also, fast nur.«

»Schau mal.« Sie deutete aufs Wasser. Die Sonne hatte

sich inzwischen in einen knallroten Ball verwandelt und versank allmählich am Horizont. Heute sah das Spektakel wirklich besonders eindrucksvoll aus. »Auch beispiellos.«

Er nickte und zog sein Handy aus der Hosentasche.

»Es lässt sich nicht einfangen«, prophezeite sie.

»Ich weiß. Machst du trotzdem ein Selfie mit mir? Einfach als Erinnerung an einen schönen Abend«, bat er und dachte, es könnte unser letzter sein, wenn ich es ihr gleich sage.

»Na klar.« Sie rückte näher an ihn heran, legte ihre warme Wange an seine und lächelte. Er drückte ab. Fünfmal insgesamt, um sicherzugehen, dass auch wirklich ein gutes Bild dabei war.

Gemeinsam sahen sie sich die Fotos an. Sie waren alle gut geworden, bis auf eines, auf dem er die Augen geschlossen hatte.

»Schickst du mir die?«, fragte sie.

Er nickte und erledigte es sofort.

»Und warum nicht so gut?«, erkundigte Christina sich nun.

»Wie bitte?«

»Du hast gesagt, dir geht's gut und nicht so gut. Warum denn nicht so gut?«

Natürlich hatte er sofort gewusst, worauf ihre Frage abzielte, doch ihm fiel auf einmal keine Antwort ein, obwohl er sich alles Mögliche zurechtgelegt hatte. Jetzt sah sie ihn auch noch mit ihren schwarzen, glänzenden Augen und der etwas gekräuselten Nase anteilnehmend und leicht besorgt an. Es rührte ihn, dass sie so wahnsinnig empathisch war und sich wirklich dafür interessierte, wie es in ihm aussah. Paradoxerweise hielt ihn genau das in diesem Moment davon ab, es ihr zu erzählen. Ihr zu sagen, wie es in ihm aussah. Weil ihm gerade das Herz aufging und er den Impuls verspürte, ihr süßes, besorgtes, sommersprossiges Gesicht in seine Hände zu nehmen und ihren schönen, großen Mund zu küssen. Weil er plötzlich wusste, dass er sie auf keinen Fall verlieren wollte. Und weil er einfach ein gottverdammter Feigling war.

»Oh, nicht so gut, weil …« Er holte tief Luft. »Weil ich Stress hab mit Pauline«, hörte er sich sagen. »Ich hab Mist gebaut. Aber dann doch noch die Kurve gekriegt. Einigermaßen jedenfalls. Ich denke, wir sind auf einem guten Weg, dass es sich wieder einrenkt.«

Christina lächelte ihn verständnisvoll an. »Jeder baut mal Mist. Wenn man es wieder eingerenkt kriegt, ist ja alles gut.«

Er nickte. Was sie gesagt hatte, war ein perfektes Stichwort. Jetzt wäre die Gelegenheit, es ihr zu erzählen. Ihr endlich zu beichten, dass er an ihrem Unfall schuld war. »Christina, ich …« Er stockte, suchte nach den richtigen Worten, fand sie aber nicht. Er brachte einfach nicht heraus, was er ihr sagen wollte. Was er ihr sagen MUSSTE.

»Schau.« Sie rückte näher an ihn heran und deutete Richtung Horizont. »Wie schön das aussieht.«

In diesem Moment versank die große rote Sonne im Chiemsee, und mit ihr die gute Gelegenheit.

Er legte seinen Arm um Christinas Schultern, drückte sie an sich und beschloss, zu schweigen. Vorerst wenigstens. »Weißt du was?«, sagte er stattdessen.

»Was?«

»Unsere Unfälle hatten irgendwie auch was Gutes.«

»Nämlich?«

»Wir hätten uns sonst vielleicht nie kennengelernt.«

»Stimmt. Und das wäre wirklich schade.«

»Ja. Das wäre es. Ich würde dich nämlich gern noch besser kennenlernen«, erklärte er.

»Ich dich auch, Ferdinand«, sagte sie und blickte ihn dann fragend an. »Warum hast du dich eigentlich in letzter Zeit so selten gemeldet?«

»Weil … ich musste mir erst über einiges klar werden.«

»Okay??«

»Darüber, ob wir …« Er stockte.

»Ob wir?«

»Ob wir Schwäne werden könnten.«

Sie sah ihn an. Ernst. Sekundenlang. Mitten in die Augen. Dann nickte sie. »Ja. Vielleicht können wir Schwäne werden.«

35. Abrechnung

»Ich glaube, da hinten kommt er!« Antonia deutete auf eine Gestalt, die sich langsam zwischen den Feldern hindurchbewegte.

Cara nickte und schaute auf ihr Handy. »Das ist er. Fast pünktlich auf die Minute.«

Sie saßen im Schatten der großen Buche neben Nataschas Stall. Es war alles vorbereitet. Etwas nervös waren sie schon, schließlich hatte Christoph tausend Euro gefordert. Als Schweigegeld. Ansonsten würde er die Fotos aus jener Nacht öffentlich machen, auf Instagram und im Klassenchat gleich mit, damit auch wirklich jeder erfuhr, dass Antonia zu nächtlicher Stunde einen Rettungsring am Strand hatte vergraben wollen. Den Rettungsring, der zu dem Boot gehörte, mit dem ihr Vater ums Leben gekommen war.

Sie hatten ihm per WhatsApp den Standort des Stalls geschickt, mit Datum und Uhrzeit, und dazu ein Foto mit Geldscheinen, das sie sich aus dem Internet gezogen hatten. Christoph hatte verstanden und war nun auf dem Weg hierher. Er würde sich wundern.

»Hi«, begrüßte er sie wenig später und wischte sich mit

dem Handrücken den Schweiß von der Stirn. Etwas unsicher schaute er sich um. »Was ist das hier?« Er deutete auf den alten Holzverschlag. »Ist da die Kohle drin?«

»Ja. Ist sie. Komm, wir gehen rein.«

Antonia erhob sich und marschierte voraus. Cara folgte ihr. Nur Christoph stand noch ein wenig unschlüssig herum.

»Na los, worauf wartest du?«

Er setzte sich nun auch in Bewegung. Gemeinsam betraten sie den Stall. Sie gingen direkt in die Box, die Hendrik und sie sich gemütlich eingerichtet hatten.

»Wow!« Christoph starrte fasziniert auf das alte Schlafsofa. »Was ist das denn? Wohnt hier etwa jemand?«

»Manchmal«, erwiderte sie kühl und deutete auf die Couch. »Setz dich.«

»Wozu? Lass einfach die Kohle rüberwachsen, und dann bin ich auch schon wieder weg.«

»Setz dich!«, sagte jetzt Cara mit lauter, eindringlicher Stimme. Lässig fuhr sie mit der Hand durch ihr schwarzes Haar. Sie wirkte verdammt souverän, was gut war, denn sie selbst fühlte sich plötzlich wie ein Häufchen Elend.

Christoph hockte sich widerstrebend auf die vordere Sofakante. »Und? Was ist jetzt? Ich will hier nicht den ganzen Nachmittag verbringen«, erklärte er, doch dann grinste er auf einmal anzüglich. »Wobei … warum eigentlich nicht?«

»Dein Ernst, Alter!?« Cara stöhnte entnervt. Sie zog einen der beiden Campingstühle heran, die hier herumstanden, und setzte sich ihm gegenüber.

Antonia nahm den anderen und platzierte sich damit dicht neben ihre Freundin.

Christoph blickte irritiert zwischen ihnen hin und her. »Was soll der Scheiß? Habt ihr etwa das Geld nicht?«

»Du hast es erfasst, Christoph.« Cara grinste. »Wir haben das Geld nicht.«

»Okay. Kein Problem. Wenn das so ist, dann gehen die Fotos jetzt raus. Wir hatten eine Abmachung, Chicks!«

»Schnauze.« Cara zog ihr Handy aus der Hosentasche, tippte einen Code ein und reichte es ihr.

Sie öffnete *Voicemail*, ging auf *Antonia* und drückte auf *Play*.

»Möchtest du, dass ich die Fotos lösche, Tonilein?«, hörte man Christophs Stimme sagen. »Ich lösche sie, unter einer Bedingung.«

»Welche?« Sie keuchte auf dem Band. Antonia schloss die Augen, so angewidert war sie allein bei der Erinnerung.

»Dass du mich küsst. Und ein bisschen nett zu mir bist.«

Danach war nur noch lautes Atmen und Raufen zu vernehmen, und schließlich ihr leises »Scheiße«.

Sie sprang auf und ging nach nebenan in den Futterraum. Ihr blieb beinahe die Luft weg. Es war schwieriger als gedacht, das noch einmal zu durchleben. Doch es war ja für einen guten Zweck. Er sollte das nie wieder machen. Mit niemandem.

»Das ist mindestens mal Nötigung, eventuell auch Vergewaltigung«, erklärte Cara in diesem Moment. »Und wenn du es noch ein einziges Mal wagst, Antonia oder sonst irgendjemanden zu behelligen, dann schicken wir diese Tonaufnahme in den Klassenchat. Und, believe me, Alter, nicht nur dahin. Wir sorgen dafür, dass du von der Schule fliegst. Mitten im Abitur, das wäre doch echt schade, oder? Wobei, eigentlich auch egal, denn du würdest sowieso direkt vor Gericht landen. Und vorbestraft sein. Weil … selbstverständlich würden wir die Aufzeichnung auch der Polizei nicht vorenthalten. Sie würde sich sicher brennend dafür interessieren.«

»Für Antonias Fotos genauso. Sie hat Dreck am Stecken. Also: Quid pro quo!«

»Antonia möchte nur einfach nicht mehr an den Tod ihres Vaters erinnert werden«, erläuterte Cara. »Deshalb wollte sie den Rettungsring vergraben. Aber was hast du getan? Quid pro quo? Ernsthaft? Vergiss es, Alter!«

Antonia sah durch das Gitter, dass Christoph nickte. Dann sprang er plötzlich auf und streckte die Hand nach Caras Handy aus, doch die war geistesgegenwärtig genug, es so zu halten, dass er nicht drankam.

»Vergiss es«, wiederholte sie lächelnd. »Du bist am Arsch. Kapier's endlich!«

Christoph verpasste dem Sofa einen kräftigen Tritt. Dann bewegte er sich in Richtung Ausgang.

»He, wo willst du denn so schnell hin?«

»Ich hau ab!«, brummte er.

Cara schüttelte den Kopf. »Nein. Tust du nicht. Noch nicht jedenfalls.«

»Hä?«

»Komm mit«, sagte sie und verließ den Stall. Christoph folgte ihr wie ein räudiger Köter.

Antonia ging nun auch nach draußen. Sie hatte keine Ahnung, was Cara vorhatte. Ihre Freundin griff nach dem Spaten, der an der Holzwand lehnte. Sie hatten ihn mitgebracht, weil sie später noch den Rettungsring vergraben wollten. Endgültig.

»Was soll ich damit?«, fragte Christoph verwirrt.

»Graben, was sonst?«

»Was?«

»Hier hinter dem Stall ist eine gute Stelle. Da buddelst du jetzt ein Loch, so groß, dass der gottverdammte Rettungsring reinpasst.«

»Ich?« Er starrte sie an wie ein wilder Stier.

»Ja. Du. Wer sonst? Das ist das Mindeste, was du für sie tun kannst. Also. Go for it!«

Zwei Stunden später war der Ring unter der Erde, und Christoph hatte sich schweißgebadet und mit krummem Rücken auf den Weg nach Hause gemacht. Er war wütend gewesen, das hatte man ihm angesehen, aber das Loch, das er gegraben hatte, war gut gewesen. Groß und tief. Als er weg war, hatten sie den Ring gemeinsam hineingeworfen und alles wieder zugeschüttet.

Nun standen sie vor dem frischen Grab, und Cara legte einen Arm um ihre Schultern. »Und? Wie fühlst du dich?«

Sie spürte in sich hinein. Der graue Umhang war noch da, aber sie hatte das Gefühl, dass er ein wenig leichter geworden war. Vielleicht lag es wirklich daran, dass der verfluchte Rettungsring nun endlich weg war. Vielleicht war es aber auch wegen Cara. Es fühlte sich gerade ziemlich gut an, dass sie neben ihr stand. »Ich denke, ich habe eben mit etwas abgeschlossen, das ich sowieso nicht mehr rückgängig machen kann.«

»Mir geht's auch ein bisschen so mit dem verbrannten Zettel. Immer, wenn ich wieder auf die Idee komme, dass ich schuld bin und so, denke ich daran, dass sich das alles in Rauch aufgelöst hat, und dann geht es mir besser.«

Antonia nickte. »Und ich werde daran denken, dass das alles hier unten vermodert.«

»Das ist gut.«

»Ja, das ist es. Und dass ausgerechnet Christoph uns geholfen hat und wir mit der Aktion hoffentlich seinen potenziellen nächsten Opfern, das ist auch gut.«

»Kannst du laut sagen.«

»Ich bin froh, dass ich dich getroffen habe, Cara«, sagte sie. »Ich wusste nicht, wie cool es ist, eine beste Freundin zu haben.«

»Same«, erwiderte Cara. »Ich wusste es auch nicht.«

36. Alles auf Anfang

Drei Monate später

»Alter, wann geht das hier endlich weiter?« Antonia zog an ihrer Selbstgedrehten und stieß gelangweilt den Rauch wieder aus.

»Frag ich mich auch«, murmelte Cara und tippte unmotiviert auf ihrem Smartphone herum.

Antonia nahm den kleinen Strohhut mit den Seidenblüten von ihrer aufgetürmten Frisur und legte ihn neben sich auf die Bank. In ihrem engen Korsett konnte sie im Sitzen kaum atmen, und plötzlich überkam sie ein leichter Schwindel. Sie raffte den voluminösen Rock aus bordeauxroter Seide und erhob sich. Der Stoff raschelte, als sie die paar Schritte zur nächsten Straßenlaterne ging, um sich festzuhalten, für den Fall, dass sie in Ohnmacht fallen sollte.

»Alles okay?« Cara sah sie besorgt an.

Sie nickte. »Dieses furchtbare Ding«, stöhnte sie und deutete auf ihr Kleid.

»Geht gleich weiter, Mädels!«, rief Ferdinand. Er stand im Eingang des Greiffenbergschen Ladens und winkte ihnen fröhlich zu. Er hatte gut winken. Seit Hollywood in

Prien eingefallen war, hatte er Oberwasser. Irgendjemand, vermutlich er selbst, hatte ihn zum Koordinator für alles bestimmt, was mit den Dreharbeiten zu tun hatte. Wann immer eine Frage aufkam, funkte man ihren Bruder an, und überraschenderweise wusste er meistens eine Antwort. Er arbeitete Hand in Hand mit Mister Raven Donavan, dem Regisseur des historischen Kinofilms *Lion's Heart Girl*. Der Film handelte von der toughen achtzehnjährigen Bayerin Annemarie von Löwenstein, die es sich, allen Widerständen zum Trotz, in den Kopf gesetzt hatte, Tierärztin zu werden. Zur damaligen Zeit als Frau natürlich undenkbar, zumal wenn man adelig war. Gespielt wurde Annemarie von Anna Joy. Ein Name, den Antonia noch nie zuvor gehört hatte, dabei hatte die junge Schauspielerin offenbar schon in ziemlich vielen großen Filmen mitgespielt.

Seit drei Wochen war Prien nicht mehr wiederzuerkennen. Das ganze Dorf war eine einzige Filmkulisse. Überall wuselten Englisch sprechende Menschen herum, meist ausgestattet mit Walkie-Talkies, In-Ear-Sets und Namensschildern. Wo immer man hinwollte, musste man Haken schlagen, weil gerade mal wieder ein Stück Straße abgesperrt war, ein Parkplatz, der Friedhof oder gleich ein ganzer Berg. Jeden Tag stand irgendwo am Straßenrand eine endlose Kolonne von Wohnmobilen, in denen sich die Garderoben der Schauspieler befanden, die Ateliers der Kostüm- und Maskenbildnerinnen oder das Catering, das weitestgehend von *Feinkost Greiffenberg* bestritten wurde. Das hatten ihre Geschwister gemeinsam eingefädelt und damit, so hofften sie zumindest, auch ein neues Geschäftsfeld aufgetan. Ihr Bruder würde in Zukunft fest bei *Feinkost Greiffenberg* arbeiten, um, wenn sie es richtig verstanden hatte, dafür zu sorgen, dass die Catering-Sparte weiter ausgebaut wurde.

Der Marktplatz hatte sich ebenfalls verändert. Raven Donavan hatte darauf bestanden, die bis dato taubengraue Fassade des *Bayerischen Hofes* hellrosa zu streichen und die des Haushaltswarenladens babyblau. »Wird nachher alles wieder, wie es war«, hatte Ferdinand den betroffenen Hauseigentümern versprochen. Konnte man nur hoffen, dass Hollywood das Versprechen hielt.

»Kommt ihr, Mädels?«, rief ihr Bruder nun.

Antonia drückte ihre Zigarette an einem Mülleimer aus und warf die Kippe hinein. Cara erhob sich träge von der Bank. Heute wurde im Ladenlokal von *Feinkost Greiffenberg* gedreht, und sie, ihre Freundin und später auch Hendrik würden als Statisten mit von der Partie sein. Nicht das erste Mal seit Beginn der Dreharbeiten. Es gab hundertfünfzig Euro pro Drehtag, wobei man die meiste Zeit herumsaß und wartete und dann irgendwann, wenn alle endlich so weit waren, ein, zwei Mal durchs Bild lief. Es war öde, und man musste sich in diese furchtbar engen Kleider quetschen, die einem die Luft abschnürten, aber für das Geld konnte man das mal machen – insbesondere dann, wenn man gerade sowieso nichts Besseres vorhatte. Hendrik, Cara und sie hatten ihr Abitur bestanden und jobbten zurzeit, um Geld zu verdienen. Hendrik und Cara für ihre geplanten Auslandsaufenthalte und sie selbst für ihr Sparschwein. Sie wollte jetzt auf einmal doch nicht mehr weg von Prien, irgendetwas hielt sie hier, sie wusste selbst nicht so genau, was. Ihre Abiturnote war, genau wie die der anderen, nicht gerade grandios ausgefallen, aber irgendwie hatte es bei ihnen allen gereicht. Im Juni hatten sie in feierlicher

Atmosphäre ihr Abiturzeugnis überreicht bekommen und am Tag darauf den obligatorischen Abiball gefeiert. Antonias ganze Familie war gekommen. Sogar Ferdinand war extra aus München angereist. Dass sie alle da gewesen waren, hatte sie ein wenig darüber hinweggetröstet, dass jemand sehr Wichtiges nicht hatte dabei sein können. Ihr Vater. Er hatte ihr an diesem Tag besonders gefehlt. »Er wäre so stolz gewesen, Toni«, hatte Ferdinand ihr ins Ohr geraunt, nachdem er sie statt ihres Vaters zum ersten Tanz aufgefordert hatte. Und er hatte recht. Ihr Papsi wäre sehr stolz gewesen, das wusste sie, denn das war er immer gewesen, egal, was sie getan hatte.

»Vielleicht schaut er uns zu«, hatte sie erwidert und geschluckt.

»Ich glaube, das tut er. Und deshalb gebe ich hier jetzt mein Bestes«, hatte Ferdinand geantwortet und sie herumgewirbelt.

Sie betraten das Ladenlokal und sahen sich um. Auch hier hatte Raven ordentlich gewütet. Beziehungsweise die Bühnenbildner. Alle Waren, die es für gewöhnlich zu kaufen gab, waren aus den Regalen verschwunden. Stattdessen hingen ganze Schinken und Würste an Haken von der Decke, und auf der Verkaufstheke standen eine uralte Waage, Blechdosen mit altmodischen Schriftzügen und Weckgläser mit Eingelegtem. So könnte das hier also zu Ururomas Zeiten ausgesehen haben, dachte Antonia und starrte fasziniert auf die Fleischwurstkringel, die, ebenfalls an Fleischerhaken, an den Wänden hingen. Jedes Detail schien zu stimmen, und wenn im hinteren Teil des Ladens nicht das ganze Filmequipment samt Kameras, Mikros und Bildschirmen aufgebaut gewesen wäre, hätte sie sich wirklich in einer anderen Zeit gewähnt.

Der kleine Laden füllte sich nun mit Filmschaffenden. Zwei Kameraleute trafen ein. Eine von ihnen war Ferdinands Ex Selma Hagen. Er selbst war inzwischen auch hereingekommen. Ebenso Pauline und Oma Elsa, die zwar bei den Dreharbeiten keine Rolle spielten, aber unbedingt dabei sein wollten, wenn im eigenen Laden eine Szene für einen Hollywood-Film entstand. Ihre Großmutter winkte kurz zu ihr herüber und wandte sich dann wieder Pauline zu.

Endlich betrat auch Regisseur Raven Donavan die Location. Er war klein, untersetzt und schätzungsweise um die fünfzig. Sie mochte ihn. Er hatte etwas Väterliches an sich und immer für jeden ein nettes Wort übrig.

»Toni! Darling! You look awesome«, sagte er, als er auf dem Weg zu seinem Regiestuhl an ihr vorbeiging. Er hatte offenbar einen Narren an ihr gefressen, was ihr irgendwie gefiel.

»Das Kleid ist ja ein Albtraum!« Oma Elsa hatte sich jetzt zu ihr durchgekämpft und fuhr mit der Hand über den seidigen Stoff.

»Furchtbar eng vor allem«, stöhnte sie.

»Du meine Güte, und der Hut.«

»Ich weiß, Oma. Ich hab's mir nicht ausgesucht.«

»Eben!« Oma Elsa blickte sich mit steinerner Miene um. Offenbar schien ihr zu missfallen, was sie sah. Vielleicht, weil hier nichts mehr so war wie vorher. Oder weil sie das Gefühl hatte, komplett die Kontrolle über ihren eigenen Laden verloren zu haben. Sie inspizierte eingehend die Regale, nahm mit spitzen Fingern das eine oder andere Produkt heraus und stellte es nach sorgfältiger Betrachtung wieder zurück. »Bitte nichts anfassen!«, rief Ferdinand ihr zu, doch

Oma Elsa ignorierte ihn einfach. Schließlich nahm sie die Verkaufstheke ins Visier, und dann endlich auch ihren Enkel. Der stand mit wichtiger Miene am Tresen und gab irgendwelchen Leuten irgendwelche Anweisungen.

»Wo ist die Hagebuttenmarmelade?«, funkte ihm ihre Großmutter dazwischen.

»Die hat es leider nicht reingeschafft, Oma.« Ferdinand zuckte etwas unbeholfen mit den Schultern. »Raven meinte, es passt nicht.«

»Es passt nicht? Entschuldige, bitte. Hagebuttenmarmelade gab es 1890 auch schon. Das weiß ich zufällig aus sicherer Quelle. Die Marmelade muss ins Bild. Dafür machen wir den ganzen Mist hier doch überhaupt nur.«

»Na ja, auch weil wir damit Geld verdienen und …«

»Sorg einfach dafür, dass die Marmelade im Bild ist, Ferdinand«, unterbrach Oma Elsa ihn resolut.

»Mach ich, Oma.« Er lächelte gequält. »Also, ich versuch's«, fügte er matt hinzu.

Antonia grinste. »Jetzt hat er ein Problem«, raunte sie Cara ins Ohr.

Die nickte. »Sieht so aus.«

Mit Spannung verfolgte sie, wie ihr Bruder sich zwischen den Leuten hindurchdrängelte, um zu Raven zu gelangen. Der saß inzwischen auf dem Regiestuhl und starrte auf einen kleinen Bildschirm zu seinen Füßen. Ferdinand redete auf ihn ein.

»Forget it, Fördi«, hörte sie den Regisseur sagen.

»But my grandma said …«

Raven lachte laut auf. »It's my decision, Fördi. Not your grandma's.«

»You are wrong, Mister Donavan«, mischte sich auf einmal ihre Großmutter ein. Sie hatte sich vor Raven aufgebaut und hielt ihm zwei Gläser mit Josefines Hagebuttenmarmelade entgegen. »It's MY decision, Mister Donavan. Not yours.«

»Excuse me?!« Er starrte sie konsterniert an.

»Put it on the counter.«

»Äh …« Unschlüssig schaute Raven zwischen Verkaufstresen und Oma Elsa hin und her. Sie hatte ihren Laserblick und ihre allerunnachgiebigste Miene aufgesetzt.

»Der Typ hat keine Chance«, wisperte Antonia. »Jede Wette, dass er einknickt?!«

Cara lachte. »Ich bin gespannt.«

Und dann nickte Raven, nahm die Gläser und winkte einen jungen Typen heran, der vielleicht der Assistent seines Assistenten war. Oder dessen Assistent. »Put it on the counter«, sagte er und reichte ihm die Gläser.

»Thank you«, murmelte Oma Elsa und rauschte hocherhobenen Hauptes davon.

»Meine Oma hat gerade einen Hollywood-Regisseur in die Schranken gewiesen. Ich schätze, das wird in die Familiengeschichte eingehen«, raunte Antonia ihrer Freundin zu.

Inzwischen konnte man fast keinen Fuß mehr vor den anderen setzen, so viele Menschen tummelten sich in dem kleinen Ladenlokal, und sie fragte sich, wie hier noch gedreht werden sollte. Wahrscheinlich würde Raven gleich jeden rausschmeißen, der nicht am heutigen Dreh beteiligt war, außer vermutlich Oma Elsa. Antonia vernahm ein leises Knacken und dann eine sonore Stimme, die aus einem der vielen Walkie-Talkies zu kommen schien. Sie verstand nicht richtig, was gesagt wurde. Die meisten anderen offenbar schon, denn plötzlich ging ein Raunen durch den Raum, und dann wurde es ganz still. Wenig später öffnete sich die Ladentür, und Julia Roberts trat ein – in einer großen Robe in Salbeigrün und mit einem ausladenden Hut samt Seidenband auf dem Kopf. Die berühmte Schauspielerin spielte Annemaries Mutter Luise Gräfin von Löwenstein und somit eine der Hauptrollen. Heute sollte sie laut Drehbuch höchstpersönlich Lebensmittel für ein Festmahl aussuchen, obwohl das natürlich eigentlich nicht ihre Aufgabe war, sondern die ihrer Köchin Johanna. Die jedoch, so stand es im Drehbuch, war leider an Grippe erkrankt und die Gräfin so unkonventionell, dass sie die Einkäufe kurzerhand selbst erledigte. Vom Personal im Hause Löwenstein wurde sie dafür gefeiert wie eine Königin, von ihrem stets um Etikette bemühten Ehemann hingegen zurechtgewiesen.

Die Menge teilte sich wie das Rote Meer zu Moses Zeiten, und Julia Roberts lächelte in alle Richtungen, während sie, von zwei Herren eskortiert, anmutig durch den Laden schritt. Als sie Ferdinand entdeckte, machte sie Halt und strahlte ihn an.

»Nice to meet you, Fördi«, sagte sie und lächelte ihr riesiges Lächeln.

»Ich fass es nicht!«, murmelte Antonia.

»Hey, Julia!« Ihr Bruder setzte sein charmantestes Grinsen auf, und Julia Roberts schien förmlich dahinzuschmelzen.

»Ich glaub's nicht. Die steht auf ihn!«, flüsterte Antonia.

Cara nickte. »Sieht echt so aus.«

»So nice to meet you«, hörte Antonia ihren Bruder nun sagen. »How are you?«

»I'm fine. Thank you.«

»Nice«, erwiderte er wenig eloquent. Vielleicht war ihm das Englisch ausgegangen, oder er kam jetzt doch vor lauter Ehrfurcht aus dem Konzept. Wie sonst war es zu erklären, dass er der Schauspielerin auf einmal seine Hand zum High five entgegenhielt?

»Oh Gott«, flüsterte Antonia. »Wie peinlich!«

Doch Julia Roberts lachte laut auf und schlug ihre schmale, feingliedrige Hand gegen seine braun gebrannte Pranke. »You are so funny!«, rief sie und fraß ihn mit Blicken förmlich auf. Dann wandte sie sich an den Regisseur. »I love this German guy, Raven.«

»Gott!«, stöhnte Antonia. »Schlimmer geht's nicht.«

»Wieso?« Cara sah sie irritiert an. »Ist doch cool.«

»Klar. Eben. Und deshalb geht auch das jetzt in die Familiengeschichte ein. Mein Bruder wird auf jeder Familienfeier damit flexen, bis der Arzt kommt. Auf JEDER! Für IMMER!«

»Okay, das nervt.«

»Aber so was von!«

Raven klatschte dynamisch in die Hände. »Okay, guys! Let's start! Anyone who does not have a job here, please leave the location.« Sein Blick fiel auf ihre Großmutter. »Elsa! You may stay.«

Einige der vielen Anwesenden verließen murrend den Raum. Als sie die Tür hinter sich geschlossen hatten, rief Ferdinand: »Ruhe, bitte! Und alles auf Anfang!« Er wirkte wie elektrisiert.

Sie selbst fühlte sich plötzlich auch so. Gemeinsam mit Cara ging sie zu dem Platz vor dem Brotregal, den irgendein Assistent ihnen vorhin zugewiesen hatte. Sie atmete tief durch. Es war vollkommen still, und im ganzen Raum herrschte eine positive Angespanntheit. Der Funke war auf sie übergesprungen. Hollywood drehte bei *Feinkost Greiffenberg.* Das war schon ein besonderer Moment. Vielleicht wurde er sogar zu einer Art Wendepunkt. »Alles auf Anfang«, flüsterte sie und stieß Cara in die Seite. »Es geht los!«

37. Endlich wieder tanzen

Ferdinand verließ die Fähre, die ihn soeben von Gstadt nach Herrenchiemsee befördert hatte. Beinahe beschwingt betrat er die Insel und machte sich auf den Weg zum Schloss. Zum zweiten Mal heute. Seit Tagen war die Herreninsel fest in Ravens Hand. Ferdinand war es im Vorfeld gelungen, umfassende Drehgenehmigungen für bestimmte Bereiche des Schlosses und der dazugehörigen Parkanlagen einzuholen, wozu er sich ganz schön hatte strecken müssen. Priens Bürgermeister hatte da nur wenig ausrichten können. Vielmehr hatte er sich an die Bayerische Schlösserverwaltung wenden müssen. Der bürokratische Aufwand war enorm gewesen, doch am Ende hatte es tatsächlich geklappt. Zum Glück hatte auch die ganze Woche das Wetter mitgespielt. Der September zeigte sich bisher wirklich von seiner allerbesten Seite. Und so war unter den unerbittlichen Augen Ravens und den Linsen zahlreicher Kameras im wunderschön angelegten Schlossgarten gelustwandelt worden, in Cuts und üppigen Kleidern aus Seide und mit passenden Sonnenschirmen. Aufwendig verzierte Kutschen waren vor- und wieder abgefahren. Hinter hohen Hecken aus Buchs war heimlich geknutscht und in einem der Schlafgemächer ein uneheliches Kind gezeugt worden. Die Dreharbeiten auf Herrenchiemsee waren so aufwendig wie anstrengend gewesen, doch am Ende hatte Raven alles im Kasten gehabt, was er benötigte, um in einem Schnittraum in Hollywood einen Blockbuster zu bauen. Es gab also allen Grund zu feiern, und genau das wollten sie heute tun. Die riesige Abschlussparty würde, weil es sich anbot, ebenfalls im Schloss stattfinden, und zwar im berühmten Spiegelsaal, in dem heute der große Debütantenball abgedreht worden war. Der stellte im Drehbuch von *Lion's Heart Girl* den Höhepunkt dar. Annemarie von Löwenstein wurde dort dem ebenso betuchten wie betagten Karl von Falkenau vorgestellt, damit sie sich mit ihm vermählte, obwohl sie den jungen Tierarztgehilfen Anton liebte. Der jedoch war alles andere als standesgemäß, was ihre Liebe unmöglich machte. Später würde sie mit ihm durchbrennen. *Downton Abbey* eben. Nur halt am Chiemsee.

Für das Event heute Abend zeichneten in der Hauptsache er und seine Schwester Pauline verantwortlich. Von Anfang an war für sie beide klar gewesen, dass sie keine gewöhnliche Filmabschlussparty ausrichten würden. Wenn Hollywood schon zugegen war, dann sollte es sehen, dass man am Chiemsee ebenso grandiose Feste feiern konnte wie in Los Angeles. Es würde eine rauschende Ballnacht werden, zu der er und seine Schwester alles eingeladen hatten, was Rang und Namen hatte. Die Hautevolee des deutschen Films. Stars und Sternchen. Politiker, Wirtschaftsbosse und die ganz großen Namen unter den Kulturschaffenden. Die meisten waren ohne mit der Wimper zu zucken bereit gewesen, die horrend teuren Eintrittskarten zu erwerben, denn wann hatte man schon mal die Gelegenheit, gemeinsam mit Julia Roberts und Raven Donavan zu feiern? Rund dreihundert Gäste erwarteten sie, und schon bald würden die ersten eintreffen – in edlen Kutschen und großer Abendgarderobe. Vertreter von Fernsehen, Zeitungen, Rundfunk und Social-Media-Formaten hatten sich ebenfalls angekündigt, um deutschlandweit von Herrenchiemsee zu berichten. Der Name Greiffenberg wäre, so viel stand jetzt schon fest, danach in aller Munde.

Ferdinand warf einen Blick auf seine Armbanduhr. Es war kurz nach neunzehn Uhr. Pauline hätte eigentlich längst hier sein sollen. Der Rest der Familie würde natürlich später ebenfalls zum Fest kommen. Auch seine Mutter und seine Großmutter. Die beiden schienen sich wieder ein wenig gefangen zu haben. Vor einiger Zeit hatte er ihnen gemeinsam mit Pauline auf den Zahn gefühlt, um herauszufinden, ob etwas mit ihnen nicht stimmte. Sie hatten beide glaubhaft versichert, wohlauf zu sein und sich guter Gesundheit zu erfreuen.

Er beschloss, noch einmal in den Spiegelsaal zu gehen, um sich zu vergewissern, dass wirklich alles an Ort und Stelle war. Er betrat den prunkvollen Saal über die Terrasse. Noch war niemand anwesend, abgesehen von zwei Kellnern, die hie und da noch Hand anlegten. Die zwanzig großen, runden Tische waren prunkvoll eingedeckt, mit historischem Meissener-Porzellan und dazu passenden Kristallgläsern. Jeweils in der Mitte befanden sich riesige Blumengestecke aus rosafarbenen Hortensien. Seine Großmutter hatte es sich nicht nehmen lassen, gemeinsam mit dem Greiffenbergschen Haus- und Hofflorristen diese Auswahl zu treffen. Nachher, wenn alle Gäste saßen, würde man ihnen ein Fünf-Gänge-Menü servieren, das sich sehen und vor allem schmecken lassen konnte. Für das Kulinarische hatte Ferdinand nämlich seine Münchener Freundin, die Sterneköchin Sandra Schöne gewinnen können. Sie würde heute Abend eine Kostprobe ihres großartigen Könnens geben und dabei in der Hauptsache Produkte aus der Region verwenden. Nicht wenige davon selbstredend aus dem Hause Greiffenberg. Das ging auch aus der edel gestalteten Menükarte hervor, die neben jedem Teller lag. Dafür hatten er und Pauline natürlich ebenfalls gesorgt. Der Name Greiffenberg sollte sich in den Köpfen aller Anwesenden einnisten.

Onkel Wolfgang hatte sich aus all dem weitestgehend herausgehalten und sich beleidigt auf seinen Affenfelsen zurückgezogen – was in seinem Fall der Priener Golfplatz war. Hollywood, Product-Placement, Influencer-Marketing – alles nicht seine Welt, hatte er gesagt. *Feinkost Greiffenberg* lebe von seinen Traditionen, und das, was sie da betrieben, sei eine Verramschung des guten Namens. Im Nachhinein konnte Ferdinand nicht fassen, dass er beinahe auf die Machenschaften seines Onkels hereingefallen wäre. Inzwischen hatte er eingesehen, dass es höchste Zeit für einen Umbruch bei *Feinkost Greiffenberg* war und dass seine Schwester das viel früher erkannt hatte als er selbst. Tja, am Ende war Pauline wohl doch die Klügere von ihnen beiden. Aber er war der bessere Netzwerker und hatte die entsprechenden Kontakte, und das war ebenfalls ein Riesenpfund. Insbesondere in der Filmbranche – und am Chiemsee. Zusammen waren er und seine Schwester ein unschlagbares Team. Das hatte sich in den letzten Wochen und Monaten gezeigt, und er war froh, dass sie es geschafft hatten, ihren Streit beizulegen und gemeinsam für die Firma zu kämpfen – und für die Familie, deren Existenz daran hing.

»Hallo, Bruderherz«, hörte er auf einmal ihre Stimme. Er drehte sich um. Sie kam mit einem breiten Lächeln auf ihn zu.

»Da bist du ja!« Er musterte sie kurz. Ihre schlanke Gestalt steckte in einem fließenden schwarzen Einteiler mit Neckholderkragen und weitem Bein. »Wow, du siehst mega aus, Schwesterherz«, sagte er ehrlich beeindruckt.

»Schleimer.«

»Das meine ich ernst!«, rief er empört.

»Sicher. Und? Alles im Griff?« Sie sah sich um.

»Ja, klar, alles im Griff. Du kennst mich.«

»Eben!«

Er verpasste ihr einen sanften Rippenstoß. Dann gingen sie zur Bühne hinüber, die eigens für diesen Abend am Kopfende des Saals aufgebaut worden war. Die Gäste würden heute ein Unterhaltungsprogramm erster Güteklasse präsentiert bekommen. Sportakrobatisches, eindrucksvolle Stunts und Hip-Hop-Dance auf höchstem Niveau standen auf dem Programm. Musikalisches Highlight würde der Auftritt von Leni Berger sein. Christina und ihre ehemalige Band hatten die Sängerin in der Vergangenheit des Öfteren musikalisch begleitet, weshalb sie sie persönlich kannte. Sie hatte ein gutes Wort bei Leni eingelegt, und vermutlich war es der genauso ergangen, wie es ihm immer erging: Man konnte Christina einfach nichts abschlagen. Natürlich würde sie heute Abend auch mit von der Partie sein. Er freute sich auf sie. Sehr sogar.

»Sieht doch alles gut aus hier«, sagte Pauline und inspizierte noch einmal die ebenfalls mit beeindruckendem Blumenschmuck versehene Bühne. »Ich denke, wir haben alles getan, damit dieser Abend ein Erfolg wird.« Sie strich ihm einen Fussel vom Frack.

Er nickte, denn er war ganz ihrer Meinung. »He«, sagte er dann, formte aus Daumen und Zeigefinger einen Kreis, drehte sich um und zeigte ihr das Zeichen hinter seinem Rücken.

Sie grinste und machte das Gleiche. »Haben wir zwei gut hingekriegt.«

»Wir haben alles getan, Pauline. Jetzt können wir nur hoffen, dass keine unvorhergesehenen Katastrophen passieren.«

»Was soll jetzt schon noch groß passieren?«, fragte sie und boxte ihm freundschaftlich auf den Solarplexus.

Er zuckte mit den Schultern. »Eigentlich nichts«, erwiderte er. »Also dann … let's rock it!«

Christina sah umwerfend aus in ihrem nachtblauen Slipdress, das sie sich eigens für diesen Abend gekauft hatte. Die silbernen Stilettos, die sie dazu trug, bereiteten ihr offenbar weniger Probleme, als sie im Vorfeld gedacht hatte. Mit schnellen Schritten und einem strahlenden Lächeln kam sie auf ihn zu, als Leni Berger *Being in Love* anstimmte.

»Hey, Prinzessin«, sagte er und legte einen Arm um ihre schmale Taille. »Das ist ja unser Lied!«

»Seit wann?«, fragte sie lachend.

»Seit jetzt«, sagte er und führte sie auf die überfüllte Tanzfläche.

Der Abend war gut über die Bühne gegangen. Sehr gut sogar. Das hervorragende Essen war in aller Munde gewesen, buchstäblich und auch sonst. Sogar Julia Roberts hatte es geschmeckt. Insbesondere der Belugalinsensalat mit Balsamicodressing. Zumindest hatte man ihm das so zugetragen. Die Bühnenshow war derart gut angekommen, dass es am Ende minutenlang Standing Ovations gegeben hatte. Und nun rockte Leni die Bühne und sorgte für beste Stimmung.

Er selbst würde sich später in der Küche ein paar Reste zu Gemüte führen, denn zum Essen war er bislang nicht gekommen. Er war viel zu aufgeregt gewesen, und außerdem hatte ihm die Zeit gefehlt. Bis eben war er noch mit Knopf im Ohr herumgelaufen, denn er war heute Abend Ansprechpartner für jeden und alles. Die Schnittstelle, bei der alles zusammenlief. Kurz vor dem Essen gelüstete es Julia Roberts nach einer Kiwi, und er hatte mit einem Anruf dafür gesorgt, dass sie eine bekam. Gegen neun brauchte die Schauspielerin Barbara Bauer Hilfe, weil der rechte Spaghettiträger ihres Kleides einer Umarmung mit ihrem neuen Freund nicht standgehalten hatte und gerissen war. Ferdinand hatte diskret und ohne viel Aufhebens dafür gesorgt, dass ihr aus der Verlegenheit geholfen wurde. Probleme mit dem Kutschenservice? Ein zu spät eingetroffener Waldemar Hartmann, der den Abend moderieren sollte? Zu wenig Champagnertrüffel? Ferdinand hatte alles geregelt. Und sogar selbst noch das eine oder andere Fernsehinterview gegeben. Doch nun lief es. Den Knopf im Ohr hatte er vorübergehend Pauline überlassen, denn jetzt wollte er sich konzentrieren. All eyes on Christina! Sie war die Schönste heute Abend. In seinen Augen jedenfalls. Und das, obwohl sich die Konkurrenz wahrlich sehen lassen konnte.

»Na, los«, sagte sie. »Endlich mal wieder tanzen!«

Zunächst tanzten sie Freestyle, aber dann nahm er ihre Hand, und es wurde eine Art Foxtrott daraus. Er hatte mit fünfzehn einen Tanzkurs besucht, weil seine Mutter darauf bestanden hatte, aber das war lange her, und er hatte längst wieder alles vergessen. Außerdem waren seine Beine noch immer ein wenig steif und eingerostet. Trotzdem harmonierten sie auf der Tanzfläche perfekt. Vielleicht, weil Christina die Führung übernahm. Sie schien sich noch an den ein oder anderen Tanzschritt zu erinnern. Irgendwann landete sie in seinen Armen, und er drückte sie fest an sich. Ihr warmer, in Seide gehüllter Körper schmiegte sich an seinen, ihr etwas verschwitzter Kopf lag an seiner Brust. Plötzlich gab es nur noch sie und ihn, und er dachte, hoffentlich hört Leni Berger nie mehr auf zu singen. Natürlich tat sie es doch. *Being in Love* war nun mal leider nur zwei Minuten fünfzig lang, und eine Langversion gab es nicht. Christina nahm den Kopf von seiner Brust, lachte ihn an und roch gut. Nach Erdbeeren und Christina, und alles, was er in diesem Moment wollte, war, sie einfach zu küssen. Er nahm sie bei der Hand und führte sie nach draußen auf die Terrasse. »Komm mit«, sagte er, lief mit ihr die Stufen hinab und zog sie in den Park. Hinter der hohen Buchsbaumhecke, dort, wo Annemarie heute heimlich den Tierarztgehilfen Anton geküsst hatte, machte er Halt. Eine kleine Kabeltrommel lag noch im Gras, und ein paar zusammengeheftete DIN-A4-Seiten. Vermutlich Text für den Dreh vom Nachmittag.

»Willst du mich entführen?«, fragte Christina ihn ein wenig atemlos.

»Ich … will dich küssen«, sagte er leise in ihr Ohr.

»Oh …«

Er sah ihr in die Augen. Sie glänzten wie Sterne.

»Habt ihr Männer das eigentlich auch? Dieses Gefühl im Bauch, kurz vorm Küssen? Wie Blitze, nur flauschiger?«

»Ja. Flauschige Blitze. Haben wir auch«, sagte er und dachte, typisch, dass sie sich solche Wörter ausdenkt. Er beugte sich zu ihr hinunter. »Auch währenddessen übrigens«, murmelte er und küsste ihre weichen Lippen.

»Ich muss schon sagen, Ferdi! Tolles Ding, was du hier auf die Beine gestellt hast«, sagte Mike anerkennend, als sie eine halbe Stunde später an seinem Tisch Platz nahmen. Natürlich waren die Grindlers heute Abend ebenfalls mit von der Partie. Das verstand sich von selbst.

Leni hatte eine Spielpause eingelegt, und DJ Loy aus dem P1 hatte übernommen. Auch das hatte Ferdinand eingestielt.

»Danke für die Blumen.« Er grinste. »Seh ich genauso.«

»Ich auch«, bekräftigte Christina und legte lächelnd ihre linke Hand auf seine rechte.

Mike entging das nicht. »Oh. So ist das also.« Erstaunt sah er ihn an. »Das … hatte ich noch gar nicht mitgekriegt.«

»Du musst ja auch nicht alles wissen, Mike.« Christina und er hatten ihre noch junge Beziehung bisher nicht öffentlich gemacht. Es hatte sich langsam entwickelt, und sie wollten erst sehen, wohin es führte mit ihnen beiden. Heute Abend zeigten sie sich das erste Mal gemeinsam als Paar. Als sehr verliebtes Paar, um genau zu sein. Ganz offiziell, für alle sichtbar, und das fühlte sich ziemlich gut an – auch wenn ihn regelmäßig dieses schlechte Gefühl überkam, weil er noch immer nicht reinen Tisch mit ihr gemacht hatte.

Mike musterte ihn, leicht amüsiert, wie ihm schien. Dann fiel sein Blick auf ihre Hände. Christinas Narbe war nicht zu übersehen. Nicht einmal in diesem schummrigen

Licht. »Wie ist das passiert?«, fragte er. Ihm fehlte wirklich jegliches Feingefühl dafür, wann man wem welche Fragen stellte. Beziehungsweise besser nicht stellte.

»Autounfall«, erklärte Christina knapp.

»Oh. Fuck! Tut mir leid. Schon länger her?«

»Nein. Letztes Jahr im Winter«, sagte sie freimütig. »Auf der B 305.«

Mike stutzte. »B 305. Kommt mir irgendwie bekannt vor.« Er blickte vielsagend in Ferdinands Richtung. »Dir nicht?«

Christina sah erst Mike fragend an. Dann ihn.

Ferdinand schluckte, drückte sanft ihre Hand und schickte ein Stoßgebet gen Himmel. Halt einfach die Fresse, Mike, dachte er flehentlich und versuchte beinahe verzweifelt, ihm mit Blicken zu verstehen zu geben, dass hier jetzt Schluss war mit dem Thema.

Doch Mike verstand natürlich nicht. Vielleicht wegen des vielen Champagners in seinem Blut, oder der Lines, die er ohne jeden Zweifel längst gezogen hatte. Jedenfalls plauderte er munter weiter, ohne zu merken, dass er gerade dabei war, eine Bombe mit verheerend großer Sprengkraft zu zünden.

»Der gute alte Ferdi hatte nämlich auch einen Unfall auf der B 305.«

Ferdinand versetzte ihm unter dem Tisch einen kräftigen Tritt.

»Was denn? Kann sie doch ruhig wissen.« Mike schüttelte ungehalten den Kopf. »Er spricht nicht gern drüber. Was verständlich ist. Es war nämlich mein Jaguar. Hat er dir wahrscheinlich nie erzählt.«

Christina sah ihn irritiert an. Er spürte, wie ihm das Blut aus dem Gesicht wich, und sein Bauch, der eben hinter der Hecke noch voller flauschiger Blitze gewesen war, zog sich unschön zusammen und fühlte sich plötzlich nicht mehr nach Küssen an, sondern eher wie bei einem Magen-Darm-Infekt.

»Na ja, sei's drum. Er hat's ja zum Glück überlebt. Also, Ferdi. Mein Auto leider nicht. Stimmt's, Kumpel?« Mike haute ihm kräftig auf die Schulter.

»Ah. Okay. Ähm ... wann genau war das?«, fragte Christina.

»Wann genau war das, Ferdi?«

Er atmete tief ein und wieder aus. Dann schloss er für einen kurzen Moment die Augen. Er würde die Wahrheit sagen müssen. In diesem ungünstigsten aller Momente, am Tag seines großen Triumphes. Aber es gab keinen Weg raus. Ihm blieb nichts anderes übrig. »Es war ... in der Nacht zum ... zum neunzehnten Februar«, stieß er hervor.

Christina starrte ihn an. »In der Nacht ... in DER Nacht?«

Er drückte noch einmal ihre Hand. Dann ließ er sie los. Er hielt es nicht mehr aus, sprang auf und marschierte einfach raus aus dem Saal.

Er lief die sechs Terrassenstufen hinab in den Park und dann weiter geradeaus. Hie und da standen Gäste, meist in kleinen Grüppchen, rauchend, quatschend, lachend, doch das nahm er nur am Rande wahr. Er war wie in Trance und ging einfach immer weiter. Schließlich gelangte er an den riesigen runden Brunnen, in dessen Mitte die marmorne Göttin Latona mit ihren Zwillingen Artemis und Apollon über meterhohe Wasserfontänen wachte. Er ließ sich auf die steinerne Umrandung sinken und verbarg den Kopf in den Händen. Was war er nur für ein Idiot! Warum hatte er es ihr nicht einfach gesagt, als noch Zeit dafür war? Wenn er es ihr erklärt hätte, ihr glaubhaft gemacht hätte, dass er sie nicht gesehen hatte, damals, in dieser unseligen Februarnacht, vielleicht hätte sie ihm sogar verziehen. Er drehte sich um, tauchte die Hände ins Becken und spritzte sich Wasser ins Gesicht. Es roch etwas brackig. Angewidert fuhr er sich mit dem Ärmel über die Stirn. Und dann stand Christina plötzlich auf der Schlossterrasse und hielt Ausschau. Im besten Fall nach mir, dachte er. Oder im schlechtesten. Wer wusste schon, was sie umtrieb? Egal. Sie mussten reden. So konnte die Sache heute Abend nicht stehen bleiben. Er hob den Arm und winkte ihr zu. Sie erkannte ihn, schritt die Steinstufen hinunter und kam zu ihm. Ohne ein Wort setzte sie sich neben ihn und starrte geradeaus.

»Was riecht hier so?«, fragte sie.

»Das Wasser aus dem Becken. Ich wollte mir das Gesicht abkühlen.«

»Ih.«

»Ja, hab ich dann auch gedacht.« Er klaubte einen Kieselstein vom Boden auf, warf ihn unmotiviert in die Luft und fing ihn wieder auf.

»Wie lange weißt du's schon?«, fragte sie irgendwann leise und bohrte mit dem Absatz ihres rechten Schuhs ein Loch in den Kiesboden.

»Seit dem Tag am Piratenstrand. Als du mir von deinem Unfall erzählt hast«, gab er zu. »Ich wollte es dir sagen. Die ganze Zeit. Aber … irgendwie kam immer was dazwischen. Oder es passte nicht.«

»Es passte nicht?«

»Na ja, es war irgendwie immer … der falsche Zeitpunkt. Ich … ich war einfach zu feige, es dir zu sagen.«

»Ja. Sieht ganz so aus.«

»Sag du mal einem …« Er zögerte kurz. »Einem Menschen, den du sehr magst, dass du seinen Traum zerstört hast. Ich hab's einfach nicht übers Herz gebracht. Ich fühl mich schrecklich, Christina, und ich würde einiges dafür geben, wenn ich diese ganze Sache irgendwie ungeschehen machen könnte, das kannst du mir glauben.«

»Sicher. Glaub ich dir. Kannst du aber nicht.«

»Ich weiß.«

»Und du bist damals nach dem Unfall wirklich einfach abgehauen?«

»Ja, bin ich. Weil ich ... na ja, alkoholisiert war. Und weil ich dich nicht gesehen hab auf dem dunklen Acker. Das musst du mir glauben, Christina. Ich muss selbst kurz das Bewusstsein verloren haben nach dem Unfall. Und du hast wahrscheinlich mit deinem Auto ein ganzes Stück hinter mir gestanden. Ich ... ich hab dich wirklich nicht gesehen. Es war stockdunkel, und wie gesagt, ich hatte auch was getrunken. Ich hab mich umgesehen, und dann dachte ich, okay. Ich bin allein. Keiner hat was mitgekriegt. Keiner ist verletzt. Also schnell weg! Tja, und dann bin ich abgehauen. Hab mich vom Acker gemacht. Buchstäblich.«

»Du hast dich umgesehen?«

»Vielleicht auch nicht. Ich ... wollte einfach nur weg. Es war ... unverantwortlich. Alles. Die ganze Aktion. Wie gesagt. Wenn ich könnte, ich würde es ungeschehen machen. Ich ... verdammt.« Wieder verbarg er sein Gesicht in den Händen und schüttelte den Kopf. »Ich hab dein Leben versaut, Christina.«

Sie hatte inzwischen mit dem anderen Absatz ein zweites Loch in den Boden gebohrt. Sie zog ihn heraus und öffnete die Verschlüsse ihrer Stilettos. Dann erhob sie sich und schlüpfte aus den Schuhen.

»Was hast du vor? Willst du die jetzt etwa in mein Herz rammen?«, versuchte er einen Scherz.

»Am liebsten ja. Aber ich lass es vorerst bleiben«, sagte sie und ließ die Schuhe in ihrer rechten Hand baumeln. Sie wandte sich zum Gehen.

»Wohin willst du?«, fragte er und stand auch auf.

Sie drehte sich zu ihm um. »Nach Hause. Ich muss das alles … erst mal sacken lassen.«

»Kann ich dich anrufen?«, fragte er hoffungsvoll.

Sie schüttelte den Kopf. »Ich melde mich. Gegebenenfalls.«

»Was bedeutet das? Gegebenenfalls.«

»Es bedeutet, dass ich mich betrogen fühle, Ferdinand. Weil du es die ganze Zeit wusstest und es mir nicht gesagt hast. Und das fühlt sich verdammt … beschissen an.«

»Ich weiß«, sagte er leise, doch wahrscheinlich hörte sie es nicht mehr. Sie war schon davongeeilt. Barfuß, und ohne sich noch einmal umzudrehen. ›Gegebenenfalls.‹ Das klingt nicht gut, dachte er, und sein Magen zog sich schon wieder zusammen.

Als Christina außer Sichtweite war, lief auch er los. Er hatte kein Ziel, nur das Bedürfnis, sich zu bewegen. Er marschierte vom Schloss weg. Der Mond schien vom Himmel. Er war fast voll und warf sein fades Licht auf die Bäume und Sträucher rechts und links neben ihm und auf den schmalen Trampelpfad, den er jetzt entlangschritt. Es war ruhig hier. Nur ab und zu war ein Knacken zu hören, und aus der Ferne leise die dumpfen Bässe aus den Lautsprechern im Spiegelsaal. Er ging schnell, mit ausladenden Schritten, und geriet bald außer Atem. Seine Form ließ verdammt zu wünschen übrig seit seinem Unfall. Irgendwann tauchte rechter Hand die taubenblaue Seekapelle mit dem hübschen Türmchen auf, und linker Hand der See. Hier, direkt am Ufer, musste der kleine Picknickplatz sein, an dem er einmal mit Nina gewesen war. Zwei Bänke, die sich gegenüberstanden, dazwischen ein schmaler Holztisch. Er wollte sich setzen. Sich kurz ausruhen und nachdenken. Da hinten war die Stelle. Er konnte die Bänke in der Dunkelheit schemenhaft erkennen. Nur wenige Schritte waren es noch bis dahin. Fast hatte er den Platz erreicht, als er innehielt. Da saß schon jemand, mit dem Rücken zu ihm. Ein älterer Herr, wie es schien. Was hatte der Typ hier mitten in der Nacht zu suchen? Ob es ein Partygast war, der ebenfalls kurz verschnaufen wollte? Ferdinand überlegte, ihn anzusprechen, verwarf den Gedanken jedoch wieder. Er wollte jetzt für sich sein, nicht reden müssen. Nur denken. Sonst nichts. Der Mann hatte ihn offenbar noch nicht bemerkt. Gut so. Er beschloss, einfach an ihm vorbeizugehen. Vielleicht auf den Steg, ein paar Meter weiter. Zügig schlich er an den Picknickbänken vorbei.

»Ferdinand!«, hörte er plötzlich jemanden hinter sich rufen. Er zuckte zusammen. Der Mann hatte ihn also doch bemerkt. Und er kannte seinen Namen! »Warte, Junge.«

Ferdinand hielt im Gehen inne. Sein Herz blieb fast stehen. Die Stimme kannte er.

Er drehte sich um und sah dem Mann, der jetzt auf ihn zukam, ins Gesicht. »Vater?!«, stieß er fassungslos hervor. »Bist du das?«

38. Phönix aus der Asche

Ferdinand starrte ihn an. Kurz schloss er die Augen und schüttelte unmerklich den Kopf. Hatte er jetzt völlig den Verstand verloren? Spielte sein Gehirn ihm einen Streich?

Der Mann, der aussah wie sein Vater, stand nun unmittelbar vor ihm. Ferdinand zog sein Handy aus der Hosentasche, schaltete die Taschenlampe ein und leuchtete in seine Richtung. Kein Zweifel. Er war es wirklich! Sein Vater, der tot geglaubte Ludwig. Schmal war er geworden, und er trug einen graumelierten Bart, der ihn älter aussehen ließ, als er war. Aber er war es, es sei denn, er hatte einen eineiigen Zwillingsbruder, von dem Ferdinand nichts wusste.

»Was … wieso … wieso bist du hier?«, stieß er hervor. »Und wieso lebst du überhaupt?«

Sein Vater atmete tief ein und wieder aus. »Weil … das ist eine lange Geschichte.«

»Ja, Vater. Kann ich mir vorstellen.« Er wusste nicht, ob er sie überhaupt hören wollte, diese lange Geschichte. Es war ihm gerade alles zu viel.

»Darf ich dich umarmen?«, fragte sein Vater ihn unvermittelt.

Er wich zurück. Nein, dachte er, ich will nicht umarmt

werden. Nicht in diesem Moment. Nicht von ihm. Alles kam ihm plötzlich so schräg vor. Er war überwältigt – aber auf eine unangenehme Weise. Dass sein Vater noch am Leben war, das war ja irgendwie … gut. Mehr noch – ein Wunder. Aber dass er hier mitten in der Nacht plötzlich auftauchte, nach so langer Zeit, ohne Vorwarnung, das packte Ferdinand gerade einfach nicht, und es hatte vermutlich auch nichts Gutes zu bedeuten.

Vielleicht war es kopflos, eine Kurzschlussreaktion auf jeden Fall, dass er ihm keine Antwort gab und stattdessen einfach ging. Erst noch rückwärts, ein paar Schritte. Dann drehte er sich um und rannte einfach davon, so schnell es eben ging mit seiner miesen Form. Seine Beine trugen ihn besser, als er erwartet hätte, und als er endlich das Schloss erreichte, taten sie ihm nicht mal sonderlich weh. Er nahm zwei Treppenstufen auf einmal, um auf die Terrasse zu gelangen, und als er oben war, sah er, dass einige wenige Gäste sich langsam auf den Heimweg machten. Die ersten Wagen rollten heran. Kutscher in schwarzen Anzügen stiegen vom Bock herunter und warteten mit ihren Pferden geduldig auf ihre Fahrgäste. Drinnen war noch immer der DJ am Werk. Sommerliche Beats drangen durch die riesigen Fensterflügel hinaus in den Schlosspark. Er zog sein Handy aus der Tasche und warf einen Blick darauf. Es war Viertel nach zwei. Sicher würde hier noch mehrere Stunden gefeiert werden. Der harte Kern der Fernsehbranche war fürs Durchhalten bis in die frühen Morgenstunden bekannt, und Hollywood ja sowieso, das wusste jeder. Er betrat den Spiegelsaal durch eine der geöffneten Fenstertüren und sah sich um. Die Tanzfläche war brechend voll. Ein Zeichen dafür, dass das Projekt Ballabend gänzlich gelungen war. Aber was ihm vor wenigen

Stunden noch alles entscheidend erschienen war, kam ihm plötzlich völlig egal vor. Christina war nicht mehr da. Und sein Vater von den Toten auferstanden. Wen interessierte da noch eine gut gefüllte Tanzfläche?

Er lief durch den Saal. An den Tischen saß kaum noch jemand. Wer nicht tanzte, stand an der Bar, um sich einen weiteren Gin Tonic oder ein Glas Champagner zu holen. Der Alkohol floss in Strömen. Ferdinand hatte im Vorfeld dafür gesorgt, dass von allem genug vorhanden war. Er selbst brauchte jetzt auch unbedingt einen Drink. Er ging an die Bar, bestellte sich einen Gin Tonic und mischte sich unters Volk. Suchend schaute er sich um. Er musste es loswerden, das mit seinem Vater. Wo war die Familie, wenn man sie brauchte? Weiter hinten entdeckte er seine Großmutter. Er spielte mit dem Gedanken, es ihr als Erste zu sagen. Oma Elsa war robust und mit allen Wassern gewaschen, doch sie war nun auch schon einundachtzig, und Ludwig war immer ihr Lieblingssohn gewesen. Er beschloss, es ihr lieber schonend beizubringen. Und nicht heute. In einer Ecke sah er nun auch seine Mutter. Sie belagerte mit Miez und Mauz, wie er ihre Münchener Frauenclique gern nannte, einen Stehtisch unter einem riesigen goldenen Lüster und schien sich bestens zu unterhalten. Nein, dachte er. Kein guter Zeitpunkt. Er würde es ihr und Oma Elsa morgen sagen. Vielleicht beim Frühstück, wenn er darüber geschlafen hatte. Er nahm einen großen Schluck aus seinem Glas. Dann entdeckte er Pauline. Sie amüsierte sich gerade prächtig mit ihrem Leopold auf der Tanzfläche. Sie trug noch immer einen Knopf im Ohr, aber gerade schien niemand etwas von ihr zu wollen – außer Leopold. Ein Traumpaar, die beiden, dachte er wehmütig, kippte den Rest seines Gin Tonics und bahnte sich den Weg zum Dancefloor. Seine Schwester würde es sich jetzt anhören müssen, bevor er noch platzte.

»Hey, Bruderherz«, begrüßte sie ihn lachend. »Ein gelungenes Fest. Wir können uns gegenseitig gratulieren.«

»Komm mit«, zischte er.

»Nein! Wieso?«, protestierte sie.

»Es ist wichtig! Lass uns kurz rausgehen.«

»Okay?!«

»Ich komm mit«, erklärte Leopold entschlossen.

Ferdinand nickte. »Ja. Umso besser.«

Sie marschierten zu dritt hinaus. Aus den Augenwinkeln sah er Antonia und ihre Freundin Cara an einem der Stehtische draußen. Sie rauchten und unterhielten sich offenbar angeregt. Er beachtete sie nicht weiter. Antonia musste die Neuigkeit auch nicht unbedingt heute Nacht noch erfahren. Er lotste Pauline und Leopold an den Latona-Brunnen. Bisher hatte sich niemand von den Gästen hierher verlaufen. Sie waren also ungestört.

»Verdammt, Ferdinand, was ist denn los?«, fragte seine Schwester jetzt ungeduldig. »Ich hoffe, du hast einen sehr guten Grund, uns von der Tanzfläche loszueisen.«

»Keine Sorge. Hab ich. Unser Vater lebt!«, stieß er hervor.

Pauline starrte ihn an. »Was redest du da? Bist du betrunken?«

»Ja. Vermutlich. Ein wenig. Aber völlig Herr meiner Sinne, glaub mir. Ich hab ihn gesehen. Eben. Er ist hier auf der Insel. Da hinten, bei der Kapelle!«

»Ach, komm schon, Ferdi. Es ist dunkel, und …« Sie deutete mit dem Kinn auf sein Glas, das er immer noch in der Hand hielt. »Du siehst Gespenster.«

Er nahm wahr, dass sie plötzlich zitterte, obwohl es hier

draußen immer noch angenehm warm war. Leopold legte einen Arm um ihre Schultern und drückte sie an sich. Ferdinand seufzte leise. Einen Arm hätte er jetzt auch gut gebrauchen können. Aber nicht den von Leopold.

»Er hat mit mir geredet, Pauline. Er hat mich sogar gefragt, ob er mich umarmen darf. Ich täusche mich nicht. Ich war mir noch nie so sicher.«

»Und? Was hast du gesagt?«

»Wie bitte?«

»Auf die Frage mit dem Umarmen?«

Er schwieg einen Moment. »Nichts«, sagte er dann. »Ich bin … einfach abgehauen. Es … es war mir zu viel. Zu überwältigend.«

»Lass uns hingehen«, schlug sie vor. »Oder, Leopold?« Sie sah ihren Freund fragend an.

Er nickte.

»Kommst du mit, Ferdi?«

Er biss sich auf die Unterlippe. »Okay. Sonst glaubst du mir ja sowieso nicht.«

»Genau.«

Sie liefen los. Nach einem Fußmarsch von etwas mehr als zehn Minuten erreichten sie die Kapelle und sahen sich um. Es war niemand mehr da.

Ferdinand deutete auf den Picknickplatz am Seeufer. »Genau da hat er gesessen. Auf dieser Bank.«

»Jetzt aber nicht mehr«, stellte seine Schwester treffend fest.

Er nickte. »Scheint so.«

»Wie hat er ausgesehen?«, fragte Leopold.

»Er ist schmaler geworden. Auch älter. Und er trägt jetzt einen Bart.«

»Und du bist ganz sicher, dass …«

»Er ist von der Bank aufgestanden und hinter mir hergelaufen, ich hab ihm mit meiner Handytaschenlampe ins Gesicht geleuchtet. Er hat mit mir gesprochen, verstehst du? Ich kenne ja seine Stimme. Wir standen höchstens einen Meter voneinander entfernt. Und den hier hatte ich noch nicht intus.« Er deutete auf sein Glas. »Also, ja, ich bin mir ganz sicher.«

»Und wo ist er dann jetzt?«

»Gute Frage. Wo war er in den letzten anderthalb Jahren?«

»Tja …«, murmelte Pauline.

»Irgendwie habe ich das Gefühl, dass wir das sehr bald erfahren werden«, sagte er.

»Gut möglich«, stimmte Leopold ihm zu.

39. *Ein schwerer Gang*

Er stach die Ruder ins rabenschwarze Wasser und zog mit aller Kraft durch. Es plätscherte leise, während sein Boot Richtung Gstad glitt. Langsam wurden seine Arme lahm. Nicht zum ersten Mal überkam ihn der schmerzliche Gedanke, dass er alt wurde. Nachdem Ferdinand davongelaufen war, war er auf den Steg gegangen und hatte eine Weile auf den dunklen See gestarrt. Er hatte gehofft, dass sein Sohn zurückkehren würde, doch vergeblich. Also hatte er sich in das Ruderboot gesetzt, mit dem er auf die Insel gekommen war, und jetzt war er auf dem Heimweg. Beziehungsweise auf dem Weg zurück ins Hotel. Ein Heim hatte er ja nicht mehr. Das hatte er sich selbst genommen, damals, nachdem er in Seenot geraten war. Wie oft hatte er, als er wieder einigermaßen bei Sinnen gewesen war, darüber nachgedacht, an den Chiemsee zurückzukehren, doch am Ende hatte er es einfach nicht gepackt. Nachdem er im April Sentas Hütte verlassen hatte, hatte er sich zunächst nach München durchgeschlagen und ein paar Monate dort verbracht. Er besaß Aktiendepots bei zwei Privatbanken in der Schweiz, von denen niemand aus der Familie wusste. Die hatte er in der Vergangenheit immer mal wieder benutzt, um Geld umzuschichten. Sehr groß war sein Portfolio nicht, und es hatte sich auch nicht sonderlich gut entwickelt, doch immerhin hatte das Wertpapiervermögen gereicht, um ihn in den letzten Monaten über Wasser zu halten.

Vor etwa vier Wochen hatte er es schließlich doch getan. Er war an den Chiemsee zurückgekehrt. Hauptsächlich, weil er sonst nicht gewusst hatte, was er machen sollte. Seitdem wohnte er im Gstader Seehotel *Schoiner*. Unter falschem Namen natürlich. Jeden Tag rechnete er damit, dass ihn jemand erkannte, doch bisher war alles gut gegangen. Mit großem Interesse hatte er verfolgt, wie seine Kinder versuchten, die Firma zu retten. Die Presse war voll von Hollywood in Prien, und er musste zugeben, dass Ferdinand und Pauline da möglicherweise ein Geniestreich gelungen war. Heute Abend, als Deutschlands Hautevolee sich auf den Weg Richtung Herrenchiemsee machte, hatte er nicht widerstehen können. Er wollte das Spektakel live verfolgen, zumindest aus der Ferne, weshalb er sich das Boot ausgeliehen hatte. Es war nicht das erste Mal nach seinem Segelunfall, dass er sich wieder aufs Wasser traute. Anfangs hatte er befürchtet, er könnte Panik kriegen, doch es machte ihm kaum etwas aus. Vielleicht, weil er sich nicht mehr erinnern konnte, was passiert war, nachdem er über Bord gegangen war. Amnesie. Ihm fehlten mindestens zwei Stunden, was irgendwie ein merkwürdiges Gefühl war.

Nachdem er auf Herrenchiemsee angekommen war, hatte er sich im Schlosspark auf eine Bank gesetzt. Die Musik war zu hören gewesen, und einige der eintreffenden Gäste meinte er, erkannt zu haben. Irgendwann hatte er keine Lust mehr gehabt, nur den Beobachter zu spielen, und war langsam zurückgegangen Richtung Kapelle, wo er mit dem Boot angelegt hatte. Kurz hatte er noch eine Zigarette rauchen wollen, bevor er sich auf den Rückweg machte. Dafür hatte er sich den kleinen Picknickplatz am Wasser ausgesucht. Er rauchte jetzt wieder. Nach dreißig zigarettenfreien Jahren hatte er erneut damit angefangen. Als wenn es einem damit besser gehen würde! Gerade hatte er das Gauloises-Päckchen aus seiner Hemdtasche gezogen, als er plötzlich jemanden näher kommen hörte. Und trotz der Dunkelheit hatte er die Person schnell erkannt. An seiner Haltung und an der Art, wie er sich mit den Händen durch die Haare fuhr. Und dann war er einfach aufgesprungen und hatte den Namen gerufen. Eine Kurzschlusshandlung, klar. Er hatte sich so lange versteckt und immer wieder abgewogen, ob und wann er zu seiner Familie zurückkehren sollte, und dann, an diesem Abend, in dieser merkwürdigen Kulisse, war es einfach passiert. Und es war gründlich nach hinten losgegangen. Ferdinand hatte abweisend reagiert, aber was sollte man auch tun, wenn der tot geglaubte Vater plötzlich vor einem stand? In so einer Situation hätte er wahrscheinlich auch die Flucht ergriffen. Nun hatte er allerdings keine Wahl mehr. Dass er lebte, dürfte sich familienintern schnell herumsprechen. Insofern blieb ihm nichts anderes übrig, als den Gang nach Canossa anzutreten.

Dreimal hatte er sich in den letzten vier Wochen bereits auf den Weg Richtung Greiffenberg-Villa gemacht, doch jedes Mal hatte ihn der Mut verlassen, und er war auf halbem Weg umgekehrt. Wie sollte er seiner Familie erklären, warum er sich einfach aus dem Staub gemacht hatte, letztes Jahr im April? Und wie sollte er das mit Senta erklären? Er begriff es ja selbst nicht. Wie verletzt Therese sein würde, dass er das alles nicht mit ihr geteilt hatte. Dass ihm die Geldsorgen über den Kopf gewachsen waren. Wie gekränkt sie sein würde, wenn sie erfuhr, dass es Senta gegeben hatte. Dass eine fremde Frau ihm in seinen schlimmsten Stunden zur Seite gestanden hatte.

Etwa zwölf Stunden später stand er in seinem Hotelzimmer, in Unterhosen und weißem Schiesser-Shirt, und beschloss, dass es nun endgültig an der Zeit war. Er öffnete den Schrank und nahm einen dunkelblauen Anzug heraus, den er sich in München gekauft hatte. Seine Familie hatte immer Wert auf gute Kleidung gelegt. Allen voran seine Mutter und Therese. Und er selbst natürlich auch. Insbesondere an Sonntagen. Er schlüpfte in Hemd, Hose und Jackett, fuhr noch einmal mit dem Kamm durch sein ergrautes Haar und nickte sich im Spiegel zu. Heute würde er es schaffen. Er musste. Für eine Umkehr war es jetzt zu spät.

40. Der verlorene Sohn

»Himmel!« Elsa starrte ihren Enkelsohn an. »Und du bist sicher, dass er es war?«

»Zu hundert Prozent«, versicherte Ferdinand und trank einen Schluck Wasser aus seinem Glas. Er sah übernächtigt aus. Blass und müde, wie sie alle. Das große Fest gestern steckte ihnen noch in den Knochen. Sie selbst war gegen halb drei aufgebrochen, die anderen erst im Morgengrauen. Nachdem gegen Mittag endlich alle aufgestanden waren, hatte Ferdinand schrecklich geheimnisvoll getan und sie aufgefordert, sich um zwei Uhr in der Bibliothek einzufinden. »Außerordentlicher Familienrat«, hatte er gesagt. »Ich muss euch etwas Wichtiges erzählen.«

»Ernsthaft? Heute?« Antonia hatte entnervt die Augen verdreht. »Wir hängen hier alle komplett in den Seilen, Mann.«

»Das kannst du auch in der Bibliothek. Glaub mir, dich wird interessieren, was ich zu sagen habe.« Dann war er plötzlich sehr ernst geworden. »Es ist wirklich … wichtig.«

Am Ende waren sie alle erschienen. Alle, außer Onkel Wolfgang. Den hatte Ferdinand nicht eingeladen. »Ihm sag ich es später«, hatte er gemeint.

Nachdem alle ihre Plätze eingenommen hatten, war er

von der Chaiselongue aufgestanden und zum Fenster gegangen. Einen Augenblick hatte er hinausgesehen und dabei ungewöhnlich nachdenklich gewirkt.

»Hau raus, Bruder«, hatte Antonia ungeduldig gefordert und ihn mit dem Ellbogen in die Seite gestoßen. Wie immer hockte sie auf der Fensterbank und ließ ihre langen Beine baumeln.

Da hatte Ferdinand sich umgedreht, in die Runde geblickt und tief Luft geholt. »Ich hab ihn gesehen!«

»Wen?« Antonia gähnte.

»Unseren Vater. Ludwig. Ich hab ihn gesehen. Gestern Nacht auf der Insel!«

Ihr war der Schreck in die Glieder gefahren. Wenn es stimmte, was ihr Enkelsohn da sagte, dann hatten sie und Therese also wirklich richtig gelegen, obwohl sie, nachdem sie die Hagebuttenmarmelade in Sentas Berghütte entdeckt hatten, keinen Schritt weitergekommen waren. Sie hatten kurz darauf die Polizei eingeschaltet und auch auf eigene Faust heimlich weitergeforscht. Sie hatten sämtliche Bankkonten durchforstet, sich in München und Umgebung umgehört und per Mail mit Senta Kontakt aufgenommen. Das alles jedoch ohne den geringsten Erfolg. Ludwig blieb wie vom Erdboden verschluckt. Irgendwann waren sie mit ihrem Latein am Ende gewesen. Die Welt war riesig, und er hätte überall sein können. Oder nirgendwo. Sie hatten sich gesagt, dass die Marmelade im Schrank vielleicht doch nur ein Zufall gewesen war, und sie waren heilfroh, niemandem in der Familie etwas erzählt zu haben. Sie hätten falsche Hoffnungen geweckt und unnötig Wunden aufgerissen, die gerade dabei waren zu verheilen.

Elsa wechselte einen Blick mit ihrer Schwiegertochter.

Die saß kerzengerade auf dem Sofa und war soeben noch eine Nuance blasser geworden. Sie sah jetzt weißer aus als die Wand hinter ihr. Pauline, die neben ihr saß, starrte einfach nur stumm geradeaus. Sie wirkte angeschlagen, aber nicht sonderlich überrascht. Elsa nahm an, dass ihre Enkelin bereits Bescheid wusste. Vermutlich hatte ihr Bruder sie gleich gestern Nacht in Kenntnis gesetzt. Deshalb hatte sie sicher auch die Zwillinge zu Leopold gefahren. Die Nachricht von der Wiederauferstehung ihres Großvaters brachte man ihnen besser schonend bei.

Elsa war aufgewühlt, beschloss aber, so gut es ging, die Ruhe zu bewahren. »Wo kam er denn so plötzlich her?«, fragte sie jetzt also in gemäßigtem Tonfall und trank einen Schluck Tee aus ihrer Tasse mit dem Greiffenberg-Wappen.

»Keine Ahnung.« Ihr Enkelsohn zuckte mit den Schultern. »Er stand plötzlich einfach vor mir. Wie eine Erscheinung. In der Nähe der kleinen Seekapelle.«

»Come on, Ferdi. Wie viel hast du gestern Nacht getrunken?« Antonia lachte laut auf.

»Ich weiß, Leute. Es klingt wie ausgedacht. Ist es aber nicht. Er saß leibhaftig da, auf der Picknickbank. Ich hab ihn zuerst nicht erkannt. Es war dunkel, und er ist sehr schmal geworden. Aber er war es! Er hat mich erkannt, und dann ist er aufgestanden und hinter mir her.«

»Und … was hat er gesagt?« Antonia wirkte noch immer ungläubig.

»Na ja, er hat meinen Namen gerufen. Und dann …« Ferdinand hielt inne. »Dann wollte er mich umarmen.«

Therese starrte ihren Sohn stumm an. Ihre Miene war wie versteinert, und Elsa fragte sich, was in diesem Moment in ihr vorging.

»Und? Hat er?«, wollte Antonia wissen. »Dich umarmt?«
Ferdinand schüttelte den Kopf. »Nein.«

»Nein?«

»Ich … mein Gott, ich war wie vor den Kopf gestoßen. Zu dem Zeitpunkt dachte ich noch, dass mein Gehirn mir einen Streich spielt. Dass ich träume oder nicht mehr ganz dicht bin, weil ich einen Geist sehe.«

Antonia zog die Knie an und sah ihren Bruder misstrauisch an.

»Was?«, fragte er.

»Irgendwie … denke ich es immer noch.«

»Was denkst du?«

»Dass du nicht ganz dicht bist.«

»Denk, was du willst.«

Elsa seufzte und nahm noch einen Schluck Tee. Es wurde Zeit, dass sie etwas dazu sagte. Also erhob sie sich aus ihrem Sessel, ging zum Kamin und stellte ihre Tasse auf dem Sims ab. Dann wandte sie sich ihrer Familie zu. »Es ist wahr«, erklärte sie. »Was Ferdinand sagt, ist wahr.«

»Woher willst du das wissen, Oma?«, fragte Antonia.

»Ja, woher?« Pauline sah sie verwirrt an.

»Nun ja«, begann sie zögerlich und fragte sich, wie ihre Enkelkinder es wohl auffassen würden, dass sie und Therese Hinweise gefunden hatten, die auf ein Überleben Ludwigs hindeuteten. Und dass sie ihnen nichts davon gesagt hatten.

»Eure Mutter und ich haben vor einiger Zeit Nachforschungen angestellt, weil … na ja, es gab Anzeichen«, erklärte sie. »Anzeichen, dass er noch lebt.«

»Welche?«, wollte Pauline wissen.

»Hauptsächlich ein Foto.«

»Mit was drauf?«, fragte Ferdinand.

Elsa sah Therese an.

»Das tut nichts zur Sache«, sagte ihre Schwiegertochter leise, aber mit fester Stimme.

»Das tut nichts zur Sache? Und wie das was zur Sache tut«, ereiferte sich Ferdinand. »Was war das für ein Foto?«

»Wir haben es in einem von … Ludwigs Jacketts gefunden, in der Innentasche.«

»Und was war drauf?«, beharrte Pauline.

»Wie gesagt, es tut nichts zur Sache!«, erklärte Therese erneut, und in einem Ton, der keinen Widerspruch duldete.

»Okay …?!« Ferdinand zuckte die Schultern und tauschte ratlose Blicke mit seinen Schwestern.

»Eure Mutter und ich haben damals beschlossen, der Sache auf den Grund zu gehen«, erklärte Elsa nun. »Und die Hinweise, dass Ludwig noch lebte, haben sich verdichtet.«

»Und wo war er dann die ganze Zeit?«, fragte Antonia. Ihre Enkelin war inzwischen von der Fensterbank gesprungen. »Und warum habt ihr nichts gesagt?«, stieß sie aufgeregt hervor.

»Wir wollten euch nicht unnötig Hoffnung machen«, erklärte sie. »Es war ja nicht zu hundert Prozent sicher, dass er noch am Leben ist.«

»Okay«, zischte Antonia. »Aber jetzt ist es sicher. Jedenfalls, wenn mein Bruder nicht komplett den Verstand verloren hat. Also, was sollen wir tun? Ihn suchen?«

Ludwig ließ sich bis vor das Tor bringen. Dort stieg er aus, bezahlte und gab dem Taxifahrer zehn Euro Trinkgeld. Dann ging er die Kieseinfahrt hinauf und wurde mit jedem

Schritt, den er sich der Eingangstür näherte, langsamer. Fast war es, als hätte ihm jemand ein Spandex-Gummiband um den Bauch gebunden, das ihn zurückhielt. Er sah sich um. Verändert hatte sich hier kaum etwas. Die Rabatten rechts und links waren gepflegt wie eh und je, die riesigen Buchsbaumkugeln akkurat geschnitten. Einige sahen allerdings etwas ramponiert und angefressen aus. Seine Mutter hatte dem Buchsbaumzünsler schon vor Jahren den Kampf angesagt, doch es war und blieb offenbar ein erfolgloser Kampf. Bis zu vier Generationen Zünsler wuchsen im Jahr heran. Das hatte er letzte Woche noch im Radio gehört. Es wurden immer mehr, sodass man der gefräßigen Raupe kaum noch Herr wurde. Ein Jammer, wenn man bedachte, wie lange diese Buchsbaumkugeln gebraucht hatten, um so groß und prächtig zu werden.

Der Kies knirschte unter seinen Ledersohlen. Er war jetzt fast da. Kurz hielt er inne, streckte den Rücken und ging dann die steinernen Stufen zum Eingangsportal hinauf. Er würde es durchziehen. Was blieb ihm auch anderes übrig? Seine Familie wusste jetzt, dass es ihn noch gab, und sie würden sowieso nicht ruhen, bis sie ihn gefunden hatten. Er legte seinen Zeigefinger auf den kupfernen Klingelknopf. Das hatte er sich vorher überlegt. Dass er klingeln würde. Er hätte auch den Schlüssel aus dem Versteck unter der Fensterbank nehmen können und dann einfach aufschließen und reingehen. Mit diesem Gedanken hatte er gespielt. Immerhin war es auch sein Haus und somit sein gutes Recht, es ohne Ankündigung zu betreten. Doch er hatte sich dagegen entschieden. Er wollte niemanden erschrecken. Schließlich hatte er genug Leid angerichtet. Bei dem Gedanken, was er seiner kleinen Toni angetan hatte, wurde ihm beinahe schlecht. Und auch, wenn er an Therese dachte. Also drückte er jetzt den Klingelknopf. Augen zu und durch. Er hörte das Ding-Dong, kurz darauf ertönten Schritte in der Diele. Die Tür öffnete sich, und Ferdinand stand vor ihm.

»Hallo, mein Junge«, hörte er sich sagen.

Sein Sohn wich zurück und beäugte ihn stumm. »Komm rein«, sagte er schließlich. »Wir sitzen in der Bibliothek.« Offene Arme sahen anders aus, aber die hatte er auch nicht erwartet. Erst recht nicht von Ferdinand. Erst recht nicht nach gestern Abend.

Therese schrie leise auf, als er hinter seinem Sohn die Bibliothek betrat. Sie hielt sich die Hand vor den Mund und starrte ihn an, als wäre er ein Geist. Im selben Moment fiel ihm ein, dass er genau das ja war: ein von den Toten auferstandener Geist – jedenfalls für seine Familie. Seine Mutter stand am Kamin und murmelte: »Junge!« Dann, so schien es, knickten ihr die Beine weg. Pauline stand neben ihr und war so geistesgegenwärtig, sie am Arm festzuhalten und zu ihrem Sessel zu führen. Niemand sagte etwas. Alle sahen fassungslos aus. Erschüttert. Bestürzt. Aber was hatte er auch erwartet? Er ärgerte sich, dass er sich nicht überlegt hatte, was er als Erstes sagen würde, andererseits hatte er auch nicht damit gerechnet, die Familie vollzählig versammelt in der Bibliothek anzutreffen. Natürlich hatte er sich oft ausgemalt, wie es sein würde, wenn er in die Villa zurückkehrte. In seiner Fantasie hatte meist Therese geöffnet und »Ludwig! Mein Gott, wo kommst du denn her?« gehaucht. Oder seine Mutter. Mit den Worten »Junge, du lebst?!« hatte sie ihn in seiner Gedankenwelt begrüßt und war ihm um den Hals gefallen. Doch hier in der Bibliothek hauchte gerade niemand etwas, und es fiel ihm auch keiner um den Hals. Er öffnete den Mund, der sich plötzlich staubtrocken anfühlte. Dann schloss er ihn wieder. Er sah zu Antonia hinüber, die an der Fensterbank lehnte und leichenblass geworden war. Sie war die Erste, die die Sprache wiederfand.

»Papa«, flüsterte sie und kam langsam auf ihn zu.

»Toni«, sagte er leise und spürte, dass ihm etwas schwindelig wurde.

Sie stand vor ihm und starrte ihn an. »Der Bart sieht scheiße aus«, sagte sie mit rauer Stimme. Und dann fiel sie ihm plötzlich doch um den Hals. »Papsi …«, schluchzte sie.

Ludwig drückte sie fest an sich. »Tonilein«, presste er hervor und spürte, dass auch ihm Tränen in die Augen stiegen. »Lange nicht gesehen, mein kleiner Fratz. Wie sehr ich dich vermisst habe. Euch alle.« Dann brach ihm die Stimme, und er begann, hemmungslos zu weinen. Eine ganze Weile stand er so da, mit seinem kleinen Fratz, weinend, mitten in der Bibliothek, doch irgendwann löste Toni die Umarmung, und er ging zum Fenster und blickte hinaus auf den See. Wie sehr er diesen Ausblick vermisst hatte. Wie sehr ihm die Familie gefehlt hatte. Das wurde ihm in diesem Moment erst richtig klar. Das hier war sein Zuhause. Hier gehörte er hin. Nicht zu fassen, dass er weggewollt hatte. Natürlich war es ihm schon damals nicht richtig erschienen, einfach zu verschwinden und seine Familie mit all dem Schlamassel alleinzulassen, aber er war nicht mehr er selbst gewesen. Das musste er sich immer wieder sagen. Es war die Krankheit, die ihn das hatte tun lassen.

»Wo warst du, Ludwig?«, hörte er auf einmal Therese fragen. Er zuckte zusammen. Ihre Stimme hatte schneidend geklungen. Langsam drehte er sich zu ihr um, ließ sich neben sie aufs Sofa sinken und nahm ihre Hand. Reflexartig entzog sie sie ihm und rückte ein Stück von ihm ab. Er hatte erwartet, dass sie konsterniert sein würde, wenn er hier einfach so auftauchte, aber auch, dass sie sich vielleicht freuen würde, nach dem ersten Schock. Darüber, dass er wieder da war. Dass er noch lebte. Konnte es sein, dass sie von Senta wusste? Waren sie gesehen worden? Gab es Gerüchte in der Richtung? Möglich war es. Solche Geschichten flogen öfters mal auf, durch irgendeinen dummen Zufall. Dieser unschöne Gedanke fraß sich jetzt wie ein Wurm durch sein Gehirn. Natürlich. Sie wusste es. Vielleicht wussten es sogar alle hier im Raum. Das jedenfalls würde die Feindseligkeit erklären, die ihm entgegenschlug.

»Papa?« Pauline sah ihn unverwandt an.

»Ja«, sagte er und blickte zu Boden.

»Es würde mich auch interessieren. Uns alle. Wo du warst!«

Er nickte. »Natürlich, Kind. Ich … weiß gar nicht, wo ich anfangen soll.«

»Vielleicht mit dem Tag, an dem du mit deinem Boot in den Sturm geraten bist«, half Ferdinand ihm auf die Sprünge. Er hatte sich inzwischen auf die Chaiselongue gesetzt und sah ihn süffisant an. »Wir sind nämlich davon ausgegangen, dass du ertrunken bist, und was soll ich sagen? Wir waren erschüttert. Wir haben getrauert. Es hat uns das Herz gebrochen.«

Ludwig hörte, wie Therese neben ihm zu schluchzen begann.

Ferdinand ließ sich nicht beirren. »Und jetzt bist du wieder da«, sagte er. »Knapp anderthalb Jahre später stehst du einfach vor unserer Tür, als wäre es das Normalste von der Welt. Was zum Teufel denkst du dir eigentlich?«

»Ich kann es erklären. Ich …«

»Ja, bitte. Tu das. Wir sind ganz Ohr, Vater. Erklär uns, wieso du uns zum Narren gehalten hast. Wieso du nicht tot bist, sondern quicklebendig, und hier auf dem Sofa sitzt, als wäre nichts gewesen.«

Er nickte, und dann fing er an zu erzählen. Fahrig, ohne Konzept, obwohl er sich schon im Vorfeld zurechtgelegt hatte, was er sagen wollte. Und wie er es sagen würde. Aber jetzt, wo es so weit war, redete er einfach drauflos. »Mir … mir ist alles über den Kopf gewachsen«, begann er, während er aus den Augenwinkeln wahrnahm, wie Pauline zum Servierwagen neben dem Sofa ging und ein Glas Wasser einschenkte. Sie gab es ihm, und dankbar trank er mehrere Schlucke hintereinander. Weil sein Mund so trocken war und um Zeit zu gewinnen. »Die Firma. Die roten Zahlen. Die Schulden. Ihr habt es ja sicher schnell herausgefunden nach meinem Verschwinden. *Feinkost Greiffenberg* war runtergewirtschaftet. Ich hatte es verbockt. Am Ende konnte ich einfach nicht mehr. Ich bin belastbar, klar. Immer schon gewesen. Aber niemand ist davor gefeit, dass die Last zu schwer wird. Bei mir war es so. Ich war einfach durch.« Er trank noch einen Schluck Wasser und stellte das Glas dann wieder auf dem Couchtisch ab. »Ich habe es euch nie gesagt, aber ich hatte schon einmal Probleme mit … Überlastung. Vor ein paar Jahren war ich einige Zeit Tagespatient im *Medical Park*. Abteilung Burnout.« Er warf Therese einen Seitenblick zu. Sie saß wie versteinert da und starrte auf den Teppich. »Nicht mal dir habe ich es erzählt, Resilein. Frag mich nicht, warum. Ich wollte es, aber Schwäche zeigen ist wohl nicht gerade meine Stärke. Und mir ging's dann ja auch wieder besser. Jedenfalls für eine Weile. Irgendwann habe ich gemerkt, dass es wieder losging. Na ja … dann kam der Sturm, und ich war mit dem Segelboot draußen. Ich hatte das Wetter unterschätzt, bin in Seenot geraten und über Bord gegangen.« Kurz schloss er die Augen. »Die Wellen waren meterhoch. Ich hatte mit dem Leben abgeschlossen. Doch dann habe ich es wie durch ein Wunder doch irgendwie an Land geschafft.«

»Und wie?«, fragte Antonia tonlos.

»Keine Ahnung. Ich kann mich nicht erinnern. Ich weiß noch, dass ich ins Wasser gefallen bin, und dann … Amnesie. Ich muss wohl auch eine Weile bewusstlos gewesen sein, denn irgendwann bin ich wach geworden. Mitten in der Nacht. Mir war kalt, meine Klamotten waren nass. Ich lag am Ufer, inmitten von Pampasgras. Ich stand völlig neben mir. War orientierungslos. Ich weiß noch, dass ich einfach losgelaufen bin. Irgendwohin, querfeldein. Fragt mich nicht, wie lange, und auch nicht, in welche Richtung. Weg vom Wasser jedenfalls, denn irgendwann kam ich an eine Straße, und dann tauchte vor mir eine Bushaltestelle auf. Da wurde es schon hell. Ich hab mich in das Häuschen gesetzt, weil ich völlig fertig war. Hundemüde. Ich konnte kaum noch stehen. Und dann kam der Bus, und der fuhr nach München. Ich bin einfach eingestiegen. Ohne Fahrkarte, ohne Geld. Aber mich hat niemand kontrolliert. Ich weiß nicht, warum, aber in dem Moment ist es mir richtig erschienen, von hier wegzufahren. Ich wollte alles, nur nicht zurück in die Firma. Ich wollte … einfach nur woanders sein.«

»Und was war mit … mir? Mit uns?« Therese sah ihn nicht an, als sie das fragte, sondern blickte einfach weiter starr geradeaus.

»Gute Frage.« Er dachte an Senta und fühlte sich furchtbar. »Ich war … nicht ich selbst.« Er warf seiner Frau einen Seitenblick zu. Ihre Miene war noch immer wie aus Stein.

»Du bist zu ihr gefahren«, sagte sie tonlos.

Verdammt. Sie wusste es wirklich. Er musste also die ganze Geschichte erzählen. Aber das würde er später tun, wenn sie beide allein waren. Er mochte gar nicht daran denken, wie weh er ihr damit tun würde.

»Ähm … kurze Zwischenfrage …«, warf Antonia ein. »Zu wem bist du gefahren?« Seine Jüngste blickte irritiert zwischen ihm und ihrer Mutter hin und her.

»Das würde mich auch brennend interessieren«, warf Ferdinand ein.

»Das …« Er stockte. »Das würde ich gern mit eurer Mutter unter vier Augen besprechen.«

Therese hob den Blick. »Warum denn, Ludwig?«, fragte sie. Ihre Stimme klang auf einmal schrill. »Ich denke, es geht uns alle an. Wer sie ist. Und was du mit ihr hattest.«

»Wow!«, entfuhr es Antonia.

Er schwieg. Vor seinen Kindern zuzugeben, dass er Therese betrogen hatte, war das Schlimmste. Aber seine Ehre war wohl sowieso nicht mehr zu retten. Er würde von nun an das Arschloch der Familie sein, und es gab nichts, was er daran ändern konnte. Also konnte er auch gleich die Karten auf den Tisch legen.

»Als ich in München ankam, bin ich erst mal ziellos umhergeirrt«, fuhr er zerknirscht fort. »Ich hatte Hunger und kein Geld dabei. Tja, und dann habe ich beschlossen, zu ihr zu gehen. Zu Senta. Ich wusste, wo sie wohnte. Ich hatte sie schon ein paar Mal besucht.«

»Weil?« Antonia ließ nicht locker.

»Du hattest eine Affäre?« Ferdinand nickte gespielt anerkennend. »Krass! So ist das also!«

Seine Mutter saß in ihrem Sessel, die Hände im Schoß gefaltet, und zog eine Augenbraue hoch. Sie nickte ihm zu. »Dann erzähl mal. Woher kennst du diese …« Sie machte eine Kunstpause. »Senta?!?«

Was soll's, dachte er und fuhr fort. »Sie war eine der *Kaffeeprinzessinnen*. Wir haben Teile unseres Kaffees von ihnen bezogen. Auf einem Lebensmittelkongress in Nürnberg habe ich sie näher kennengelernt. Wir haben uns nett unterhalten, sind am Abend noch auf ein Glas Wein an die Hotelbar, und … na ja …« Voller Unbehagen sah er seine Frau an, die mit regungsloser Miene dasaß. »Lange Rede, kurzer Sinn: Ja, ich habe eine Affäre mit ihr begonnen. Vor gut zwei Jahren. Ich hatte mich in sie verliebt. So was passiert nun mal. Ich konnte nicht anders, als sie wiederzusehen. Gelegenheiten hatte ich durch meine vielen Geschäftsreisen genug. Ich musste nicht groß lügen. Nur schweigen. Das hat es leicht gemacht.«

»Und nach deinem Segelunfall, da bist du also zu ihr«, griff seine Mutter den Faden wieder auf.

»Ja«, gab er zu. »Als ich an dem Tag bei ihr geklingelt habe, war sie zu Hause. Sie hat mir etwas zu essen gekocht und mich ins Bett gepackt, ich war ja total ausgekühlt in meinen nassen Sachen. Und dann bin ich erst mal dageblieben, weil ich es einfach nicht geschafft habe, zurückzugehen. Dass ich über Bord gegangen bin und fast ertrunken wäre, muss irgendwas in mir ausgelöst haben, das meine Krankheit schlagartig massiv verschlechtert hat. Jedenfalls war ich lange Zeit wie paralysiert. Irgendwann hat Senta mich mit in ihre kleine Berghütte im Zillertal genommen, wo ich mich von der schweren Depression nur sehr langsam erholt habe.« Kurz schloss er die Augen. Er erinnerte sich nicht gern an diese dunkle Phase in seinem Leben. »Ich war antriebslos. Die Welt erschien mir nur noch grau. Ich hab mich regelrecht verschanzt in Sentas Wohnung und später oben auf der Hütte. Alles, was um mich herum geschah, war mir egal. Deshalb habe ich mich die ganze Zeit nicht gemeldet. Ich war jemand anderes als der, den ihr kanntet. Es hat viele Monate gedauert, bis ich wieder einigermaßen auf den Beinen war. Und während dieser ganzen Zeit hat Senta sich um mich gekümmert.«

»Sie hätte uns wenigstens Bescheid geben müssen, dass du noch lebst«, sagte Pauline empört. »Wir haben um dich getrauert, Papa!«

»Ich weiß«, gab er kleinlaut zu. Er mochte sich gar nicht vorstellen, was seine Familie durchgemacht hatte. »Ja, das hätte sie tun müssen. Ich selbst war ja nicht in der Lage dazu. Aber sie hatte wohl trotz allem einfach Angst, mich zu verlieren. Wenn ihr ein Lebenszeichen von mir gehabt hättet, dann hättet ihr mich vermutlich gesucht.«

»Oh ja!« Seine Mutter nickte und ließ keinen Zweifel daran, dass es genau so gewesen wäre.

»Aber jetzt bist du hier, Papa. Wieso?«, fragte Pauline.

»Als es mir endlich wieder besser ging, bekam ich schreckliches Heimweh. Nach euch. Nach der Villa. Nach dem Chiemsee. Senta und ich gerieten häufig deswegen in Streit. Am Ende lief es nicht mehr gut zwischen uns. Schließlich hat sie die Hütte verlassen, und ich habe es dort dann auch nicht mehr lange ausgehalten. Ich bin zurück nach München und habe mich unter falschem Namen in eine kleine Airbnb-Wohnung eingemietet. Senta und ich haben uns seitdem nicht mehr gesehen, wir gehen nun wieder getrennte Wege. Und ich habe dann irgendwann beschlossen, zu euch zurückzukehren.«

»Einfach so …« Pauline schnaubte.

»Nicht einfach so. Ich habe lange darüber nachgedacht, aber am Ende war die Entscheidung klar. Und dann habe ich mich erst nicht getraut, euch unter die Augen zu treten. Ich wohne seit Wochen in Gstad im Hotel. Das hier ist mein vierter Versuch. Genau genommen sogar mein fünfter.« Er sah Pauline an. »An deinem Dreißigsten war ich schon mal hier. Beziehungsweise dort.« Er zeigte Richtung See. »Senta hat mich hergefahren, damit ich dich an deinem runden Geburtstag sehen kann – wenigstens aus der Ferne. Allein hätte ich das damals nicht geschafft. Ich war mit einem Ruderboot auf dem Wasser unterwegs und habe beobachtet, wie ihr am Strand gefeiert habt.«

»Dann hatte Ada doch recht«, murmelte seine Tochter.

»Was meinst du?«

»Sie hat dich gesehen. Immer wieder hat sie davon gesprochen und steif und fest behauptet, dass du noch lebst.«

Er schmunzelte. »Dann hat sie mich also doch erkannt, die Kleine. Ich hab gesehen, wie sie zu mir rübergeschaut hat, aber nicht angenommen, dass sie mich auf die Entfernung erkennt. Wie geht es den Zwillingen?«

»Gut. Sie … wir leben jetzt alle zusammen hier in der Villa«, erklärte Pauline. »Also, ohne Sebastian.«

»Verstehe«, sagte er und war fast erleichtert, das zu hören. »Ich … ich würde auch gerne wieder hier leben.«

Niemand reagierte. Alle starrten vor sich hin. Nur seine Mutter stand auf und kam zu ihm herüber. Er erhob sich ebenfalls. »Wir werden sehen, was wird. Gut, dass du wieder da bist, mein Junge«, sagte sie und umarmte ihn fest.

Therese saß währenddessen mit durchgestrecktem Rücken auf dem Sofa und blickte starr aus dem Fenster. Sie machte keinerlei Anstalten aufzustehen.

41. Vertrauensbruch

Christina stand am Küchenfenster ihrer kleinen Dachgeschosswohnung in Übersee. Die Sonne war gerade erst aufgegangen und der Himmel lilarot. Kurz hatte sie den Impuls, ihn zu fotografieren, doch sie verwarf die Idee wieder. Die besondere Farbe ließ sich sowieso mit dem Handy nicht einfangen. Sie blickte hinunter auf die menschenleere Straße. Nicht mehr lange, dann würde der Umzugswagen vor der Tür stehen, und sie würde ganz auf den Maier-Hof ziehen. Die Renovierungsarbeiten am Haus waren in vollem Gange und würden bald beendet sein. Die Zimmer im bereits vollständig umgebauten Stallgebäude waren für die Zeit der Dreharbeiten tatsächlich von Filmschaffenden aus Hollywood angemietet worden, was sich herumgesprochen hatte. Inzwischen waren sie auch für den Rest des Jahres weitestgehend ausgebucht. Es lief gut. Jetzt schon. Ihr Konzept war aufgegangen, auch dank Ferdinands Hilfe. Doch trotzdem wollte sich keine rechte Freude einstellen. Der Streit mit ihm am Abend des Balls bereitete ihr schlaflose Nächte, und noch immer war sie empört über das, was er getan hatte. Beziehungsweise nicht getan. Dass er schuld war an ihrem Unfall und es ihr die ganze Zeit nicht gesagt hatte, hatte ihr

Vertrauen in ihn erschüttert. Sie hatte auf Wolke sieben geschwebt in den letzten Wochen, und der Fall auf den Boden der Tatsachen war tief und verdammt schmerzhaft gewesen. Sie wandte den Blick von der Straße ab und spürte, wie sich Müdigkeit in ihrem ganzen Körper ausbreitete. Dabei war sie gerade erst aufgestanden. Sie schaltete ihre kleine Kaffeemaschine ein und machte sich einen doppelten Espresso. Die alte Küchenuhr an der Wand zeigte kurz nach sieben. Definitiv zu früh, um an einem Sonntagmorgen bereits wach zu sein, doch sie hatte auch in dieser Nacht mal wieder kaum ein Auge zugetan. Also hatte sie beschlossen, dann eben aufzustehen und nach dem Frühstück den Papierkram anzugehen, der seit Ewigkeiten auf ihrem Schreibtisch lag und darauf wartete, erledigt zu werden. Sie stellte die dampfende Kaffeetasse auf den kleinen Holztisch, zog ein dickes Haargummi von ihrem Handgelenk und türmte damit ihre dunklen Locken zu einem Dutt auf. Sie trug eine Jogginghose und ein graues Sweatshirt, das Ferdinand hier einmal liegen gelassen hatte, als er zu Besuch gewesen war. Ein klein wenig roch es noch nach ihm und erinnerte sie an die Zeit, als sie gedacht hatte, es könnte klappen mit ihnen beiden. Dass sie vielleicht sogar wie Hans und Hilde werden könnten. Schwäne eben. Ob mit oder ohne Ehekrach. Sie hatte zwar immer gewusst, dass sie sehr verschieden waren – er der schöne Spross der Greiffenbergs, Skifahrer, Surfer, Stuntman, dazu einer von Münchens begehrtesten Junggesellen. Und sie – na ja, sie war halt die mit den Windbeuteln und den gelben Gummistiefeln. Aber als sie sich in der Reha kennenlernten, hatte er gerade seine Wunden geleckt und mit sich und der ganzen Welt gehadert, während sie nach vorne geblickt und ihr Schicksal angenommen hatte. Ferdinand hatte sie dafür bewundert. »Wo nimmst du nur deinen unerschütterlichen Optimismus her?«, hatte er sie manchmal kopfschüttelnd gefragt. »Der ist einfach hier drin«, hatte sie lachend geantwortet und auf ihr Herz gedeutet. Und dieses Herz hatte er mit der Zeit erobert. Sein jungenhafter Charme und seine Sanftheit, die gar nicht zu ihrem ursprünglichen Bild von ihm zu passen schien, hatten sie beinahe gegen ihren Willen in seinen Bann gezogen.

Seit dem Ballabend hatte er schon mehrmals versucht, sie auf dem Handy zu erreichen, doch sie hatte ihn jedes Mal weggedrückt. Sie konnte einfach nicht mit ihm sprechen. Ihre Enttäuschung darüber, dass er die ganze Zeit dieses Geheimnis vor ihr gehabt hatte, war riesig und beinahe körperlich zu spüren.

Ding-dong machte es plötzlich, und sie zuckte vor Schreck zusammen. Beinahe hätte sie den Kaffee verschüttet, die Türklingel war viel zu laut eingestellt. Aber nun lohnt es sich auch nicht mehr, das noch zu ändern, dachte sie. Und dann fragte sie sich, wer um diese Uhrzeit überhaupt schon bei ihr schellte. Sie stand auf, versuchte, mit den Fingern ihr Haar ein wenig zu richten, und öffnete die Wohnungstür.

»Mein Gott, was machst du denn hier?«, stieß sie hervor. »Ferdinand!« Er sah auch ganz schön übermüdet aus.

»Hi! Entschuldige, dass ich hier einfach so reinschneie. Ich hab versucht, dich anzurufen, aber du gehst ja nicht ans Telefon.«

»Was gibt es denn?«, fragte sie kühl und baute sich so auf, dass er die Wohnung nicht ohne Weiteres betreten konnte.

»Ich muss mit dir reden«, sagte er. »Bitte!« Er sah sie beinahe flehentlich an.

Sie trat seufzend beiseite. »Na gut. Komm rein.«

»Danke.« Er schob sich an ihr vorbei und ging in die Küche. »Darf ich?«, fragte er und deutete auf einen Stuhl.

Sie nickte, und er setzte sich.

Sie ließ sich auch wieder auf ihrem Platz nieder, trank den restlichen Espresso aus und beschloss, ihm vorerst keinen anzubieten, obwohl er definitiv so aussah, als könnte er einen gebrauchen.

»Dann schieß mal los«, sagte sie und fühlte sich plötzlich ganz flatterig. Seine Anwesenheit machte sie nervöser, als ihr lieb war.

»Schönes Sweatshirt.«

»Ich hatte gerade kein anderes zur Hand«, erwiderte sie. Es stimmte sogar. »Aber ich ziehe mich um. Dann kannst du es gleich mitnehmen.« Sie klang viel tougher, als sie sich fühlte. Irgendwie war es, als würde sie neben sich stehen und sich selbst zuhören.

»Deswegen bin ich nicht hergekommen, aber … mein Vater ist wieder da!«, platzte er heraus.

»Äh, wie bitte?« Was redete er da?

»Wir haben es noch nicht an die große Glocke gehängt. Es wird noch nach einer …« Er malte Anführungszeichen in die Luft. »… Sprachregelung gesucht. Aber du hast richtig gehört. Er ist wie Phönix aus der Asche gestiegen.«

»Das ist ein schlechter Witz, oder?« Offenbar war Ferdinand verrückt geworden. »Ich dachte, er ist … tot.«

»Ja. Das dachten wir alle. Ist er aber nicht. Ganz im Gegenteil, er ist quicklebendig und nistet sich gerade wieder in der Villa ein. Ich dachte auch erst, ich bin im falschen Film, als er am Ballabend plötzlich vor mir stand. Unmittelbar nach unserem … Streit. Leicht abgemagert, mit Bart, aber … lebendig.«

»Ach, komm! Das ist ja hollywoodreif.«

»Genau.« Er lachte kurz. »Das ist dann der nächste Film, der hier gedreht wird. Jedenfalls hat er letzten Sonntag einfach bei uns an der Haustür geklingelt. Und dann ist er reinmarschiert und hat uns eröffnet, dass er noch lebt und zu uns zurückkommt.«

»Krass. Das heißt, er ist gar nicht auf dem See verunglückt?«

»Doch. Er ist gekentert und über Bord gegangen. Aber er konnte sich irgendwie selbst retten. Na ja, du weißt schon, Unkraut vergeht nicht. Jedenfalls hat er sich dann nach München durchgeschlagen und ist bei seiner Affäre untergekommen.«

»WAS? Das wird ja immer kruder.«

»Ja, wie gesagt. Hollywood. Oder vielleicht eher ZDF-Fernsehfilm, keine Ahnung. Jedenfalls hatte er seit Längerem eine Geliebte. Und einen Burnout. Beziehungsweise am Ende sogar eine ausgewachsene Depression.«

»Oh ...«

»Ja. Hat auf einmal alles nicht mehr geregelt gekriegt. Die Firma. Die Schulden. Der Druck. Wurde ihm alles zu viel, trotzdem hat er niemandem was gesagt.«

»Das tut mir echt leid.«

»Ja, er war anscheinend sehr krank. Und wohl nicht in der Lage, nach Hause zu kommen. Seine ... Geliebte, Senta, hat sich um ihn gekümmert, inzwischen sind sie allerdings getrennt. Tja, und jetzt ... he's back.«

»Gott!«

»Du sagst es.«

Sie nickte. »Freust du dich? Ich meine, du hast gedacht, er ist tot. Und jetzt lebt er.«

»Hmmm. Ja, ich freue mich schon. Klar. Aber gleichzeitig ...« Er stockte, als müsse er erst mal in sich hineinhören. »Gleichzeitig bin ich auch sauer auf ihn. Er hat uns die ganze Zeit darüber im Unklaren gelassen, dass er lebt. Ich meine, er hätte uns wenigstens mal ein Lebenszeichen zukommen lassen können. Wir fühlen uns verdammt hintergangen. Insbesondere natürlich meine Mutter.«

»Das verstehe ich gut.«

»Und deshalb bin ich auch hier, Christina. Weil ich denke, dass du dich so ähnlich fühlen musst. Wegen des Unfalls.« Er sah sie betreten an. »Ich möchte gern mit dir darüber reden.«

»Bisschen spät, findest du nicht?«

»Doch, finde ich. Ich weiß, ich hätte es dir sofort sagen müssen. Ich war echt ein Idiot.«

»Ja.«

»Ich wollte es ja. Die ganze Zeit. Und hab's dann immer wieder aufgeschoben. Weil ... weil ich dachte, ich würde dich verlieren, wenn du es weißt. Und das wollte ich auf keinen Fall. Dich verlieren. Ich mag dich, Christina. Ich weiß nicht, wo das mit uns beiden hinführen würde. Aber was ich weiß, ist, dass ich schon lange nicht mehr so viel für jemanden empfunden habe wie für dich. Du bist so anders, und ohne dich ist alles so ... grau.« Er sah ihr in die Augen und legte seine Hand auf ihre. Sie ließ es geschehen und betrachtete sein gebräuntes Handgelenk. Er trug das Lederarmband, das sie ihm nachträglich zum Geburtstag geschenkt hatte. Es stand ihm wirklich gut.

»Und dann hattest du beschlossen, es mir gar nicht mehr zu sagen?«, fragte sie leise.

»Nein. Ja. Es war irgendwann einfach zu spät. Ich weiß

auch nicht, was ich gedacht habe. Dass es sich schon irgendwie … lösen würde. Total feige, ich weiß. Ich kann dich nur dafür um Entschuldigung bitten. Wenn ich es rückgängig machen könnte, glaub mir, dann würde ich es tun.«

Aus einem Impuls heraus zog sie die Hand weg. Ein bisschen verstand sie ihn zwar, aber die Enttäuschung über seine Unehrlichkeit saß trotzdem tief.

»Wie hättest du denn reagiert, wenn ich es dir gesagt hätte? Gleich zu Anfang?«, fragte er.

Sie zuckte mit den Schultern. »Ich wäre sicher erst mal fassungslos gewesen. Aber ich hätte mir wahrscheinlich gedacht, er war damals ein anderer Mensch. Durch seinen schweren Stuntunfall ist er erwachsener geworden. Und dann hätte ich vielleicht damit leben können. Aber so wie es jetzt gelaufen ist … ich frage mich, ob du wirklich erwachsener geworden bist, wenn du nicht zu deinen Fehlern stehen kannst und es offenbar okay findest, mich … in dich verliebt zu machen, obwohl so eine große Lüge zwischen uns steht.«

»Ich finde es nicht okay. Ich bin da nur irgendwann nicht mehr rausgekommen. Weil ich Angst hatte.« Er sah sie unsicher an. »Und jetzt? Habe ich dich jetzt erst recht verloren?«

Sie hätte gern Nein gesagt, aber was er getan hatte, wog so verdammt schwer. »Keine Ahnung«, sagte sie leise. »Ich … ich muss das erst mal verdauen.«

42. *Back at home*

»Und? Hast du sie noch?«

Therese wusste sofort, worauf Ludwig anspielte, aber sie hatte nicht vor, ihm zu antworten. Er war nicht mehr ihr engster Vertrauter, ihr Bruder in crime. Er war ein Fremder für sie, seit er zurück war, und es ging ihn gar nichts an, ob sie ihre Angewohnheit noch hatte.

»Was tust du hier so früh am Morgen?«, fragte sie stattdessen und verrenkte sich, um den Reißverschluss ihres Kleides zu schließen.

»Komm, ich helf dir«, sagte Ludwig und trat dicht hinter sie.

»Ich schaffe es allein!« Schnell drehte sie sich weg und ließ den Reißverschluss so, wie er war.

Ludwig war eben unangekündigt hier hereingeschneit, in ihr Schlafzimmer, als wäre es das Normalste von der Welt. Er hatte es nicht einmal für nötig befunden, vorher anzuklopfen. Gut eine Woche war vergangen, seit er wieder aufgetaucht war und die große Lebensbeichte in der Bibliothek abgelegt hatte. Und offenbar glaubte er, damit wäre die Sache erledigt. Er hatte sie noch am selben Abend um ein Vier-Augen-Gespräch gebeten, bei einem Spaziergang am See.

Sie hatte eingewilligt. Natürlich. Was hätte sie auch sonst tun sollen? Und selbstverständlich interessierte es sie, was er ihr zu sagen hatte, auch wenn von vornherein klar war, dass es schmerzhaft werden würde. Wobei, schmerzhaft war es ja sowieso schon die ganze Zeit gewesen. Seit Ludwigs Verschwinden war Schmerz ihr ständiger Begleiter. Erst die Ungewissheit, dann die Gewissheit, und schließlich das Senta-Foto. Es gab nicht mehr viel, was sie noch hätte umhauen können. Und so war sie tatsächlich ganz cool geblieben, als sie gemeinsam am Wasser entlanggegangen waren und Ludwig ihr zu erklären versucht hatte, wie es dazu gekommen war, dass er sich in eine andere Frau verliebt hatte, obwohl er sie, Therese, über alles liebte.

»Es war nicht meine Absicht. Es ist schleichend passiert«, hatte er niedergeschlagen erklärt, und sie hatte sich gefragt, was das eigentlich für einen Unterschied machte. »Ich hab sie kennengelernt, wir haben uns geschrieben. Dann wiedergetroffen. Weitergeschrieben. Per WhatsApp. Und dann ist es irgendwie passiert.« Er habe Senta nicht mehr aus dem Kopf gekriegt, und irgendwann habe sich sein Verstand komplett verabschiedet und sein Herz die Kontrolle übernommen. Oder die Endorphine. Jedenfalls hatte er sich verliebt – und es hatte angeblich nichts gegeben, was er dagegen hätte tun können.

»Du Armer«, hatte sie schnippisch erwidert und in diesem Moment doch einen Stich verspürt, der noch mehr wehtat als der Schmerz, den sie nun schon so gut kannte. Aber anmerken lassen hatte sie es sich nicht. Sie war einfach weitergelaufen und hatte sich darauf konzentriert, sich nicht bildlich auszumalen, was das bedeutete, in der Praxis, dass er sich verliebt hatte. Sie wollte lieber gar nicht wissen, wie oft sie es wann und wo miteinander getrieben hatten. Sie würde baldmöglichst irgendwo etwas mitgehen lassen müssen, um das alles auszuhalten, aber dann war das eben so. Vielleicht war es jetzt langsam auch wirklich an der Zeit, dass sie eine Therapie machte. Das alles waren Gedankenfetzen, die ihr durch den Kopf schossen, während Ludwig ihr zu erklären versuchte, was er am liebsten nicht getan hätte.

»Vielleicht war es der Reiz des Neuen. Oder eine verspätete Midlife-Crisis«, verteidigte er sein Tun. Oder eben einfach eine Übersprungshandlung, wegen des großen Drucks, den er beruflich ja zu diesem Zeitpunkt hatte. Jedenfalls, und an dieser Stelle fasste er sie am Arm und blieb stehen. Jedenfalls rüttele diese ganze Sache mit Senta überhaupt nicht daran, dass er sie immer noch über alles liebe. »Ich möchte dich um Verzeihung bitten und hoffe, dass du das kannst, Resilein. Mir verzeihen. Es ist mein größter Wunsch.«

Sie hatte ihn angesehen, in sein schmal gewordenes Gesicht geschaut und gedacht, dass sie den Bart nicht mochte. Und dass sie, wenn sie ehrlich war, ihn im Gesamten auch nicht mehr mochte. Er war nicht mehr der Ludwig, der er vor seinem Verschwinden gewesen war. Für sie war er ein anderer geworden. Und den neuen Ludwig, den konnte sie gerade ganz und gar nicht ausstehen.

»Komm, ein Bussi, ja?«, bat er, so wie er es früher oft getan hatte. Damals hatte sie ihm diesen Wunsch immer gern erfüllt. Jetzt drehte sie sich beinahe angewidert weg, und in diesem Augenblick dachte sie, dass sein Auftauchen nichts änderte. Ihr Ludwig, der, den sie über alles geliebt hatte, den gab es nicht mehr. Er war für sie gestorben und mausetot.

Verblüfft über ihre Zurückweisung, ging er ins Ankleidezimmer hinüber und fing an, die Schränke zu öffnen. »Wo sind meine Sachen?«, rief er. Seine Stimme klang erstaunt.

»Ludwig, wir dachten, du bist tot!«, rief sie zurück und schaffte es nun endlich, ihren Reißverschluss zu schließen. Sie trat in den Türrahmen. »Wir haben die Sachen weggegeben. Kleiderspende. Die Kirchengemeinde hat sich sehr gefreut.«

»Natürlich«, beeilte er sich zu sagen. »Ich werde mich neu einkleiden müssen.« Er marschierte an ihr vorbei zurück ins Schlafzimmer und deutete auf den Koffer, den er zu ihrem Schrecken mit hochgebracht hatte. »Den habe ich mir kürzlich in München gekauft«, informierte er sie. »Alles, was ich besitze, befindet sich darin.« Er öffnete die Scharniere des mittelgroßen Rimowa, klappte den Deckel auf und begann, alles darin Befindliche fein säuberlich auf sein Bett zu legen.

»Was tust du?«, fragte sie irritiert.

»Auspacken, Resilein, was sonst?«

»Heißt das, du willst wieder …«

»Ja, ich hab heute endgültig ausgecheckt bei *Schoiber*. Weißt du, ich habe das Hotelzimmer satt, außerdem hab ich Sehnsucht nach dir. Ich bin zurück. Richtig zurück. Ich kann dir gar nicht sagen, wie sehr ich mich freue.«

Ihre Freude hielt sich in Grenzen, auch wenn sie geahnt hatte, dass dieser Moment irgendwann kommen würde. Nur hatte sie erwartet, dass er mit ihr besprechen würde, wie ein zukünftiges Zusammenleben aussehen könnte. Ob es überhaupt eines geben würde, unter diesen Umständen. »Du hättest es mir vorher mitteilen müssen«, sagte sie kühl.

»Entschuldige mal … es ist meine Villa. Mein Schlafzimmer und somit auch meine Entscheidung, wann ich hierher zurückkomme, nicht wahr?« Er schnappte sich einen Stapel gefalteter Poloshirts, ging damit nach nebenan und räumte sie in seinen leeren Schrank.

Sie nickte langsam. So war das also. Sein Haus, seine Entscheidung. Offenbar war er der Ansicht, dass seine Entschuldigung am Seeufer ausreichte, damit sie ihn wieder mit offenen Armen in ihrem Schlafzimmer empfing. Also, in seinem.

»Sicher«, erwiderte sie kühl. »Deine Villa. Deine Entscheidung. Aber eins hast du vergessen, Ludwig.«

Überrascht sah er sie an. »Was, Resilein?«

Sie konnte es plötzlich nicht mehr leiden, dass er sie so nannte. »Mich. Ich gehöre dir nämlich nicht, Ludwig. Nicht mehr jedenfalls. Und deshalb …« Sie wandte sich ab. »Deshalb werde ich nicht mehr dieses Bett mit dir teilen. So als wäre nichts gewesen. Als hätte es Senta nie gegeben. Was denkst du eigentlich?«

Er schob sich wieder an ihr vorbei ins Schlafzimmer, nahm eine Handvoll eingerollter Sockenpaare vom Bett und starrte sie an. »Aber ich hab doch versucht, es dir zu erklären!«

»Und du denkst wirklich, das reicht? Ein Versuch, es mir zu erklären? Du hast mich betrogen, Ludwig. Mich angelogen und hintergangen. Und du denkst ernsthaft, ein *Sorrytutmirleidwarnichtsogemeint* reicht aus, um das alles ungeschehen zu machen?«

Er zuckte mit den Schultern und ging zurück ins Ankleidezimmer. Sie folgte ihm. In diesem Moment rutschte ihm eins der Sockenpaare aus der Hand. Er bückte sich, um es aufzuheben, und sein Blick fiel unter den Schrank.

Sie erschrak, denn plötzlich erinnerte sie sich, was dort noch immer liegen musste. Doch Ludwig kam wieder hoch.

Er schien nichts bemerkt zu haben. Sie nahm eine ihrer goldenen Haarspangen von der Fensterbank und ließ sie wie versehentlich ebenfalls auf den Boden fallen, um beim Aufheben einen Blick unter den Schrank zu werfen. Er war weg! Keine blaue Mülltüte. Kein Rettungsring mehr da. Wo er nur war? Wahrscheinlich hatte Antonia ihn verschwinden lassen. Wahrscheinlich hatte sie ihr Leben aufräumen wollen. Und genau das würde sie jetzt auch tun. Sie zerrte ihren größten Koffer oben vom Regal und begann, den Inhalt ihres Kleiderschranks hineinzupacken.

»Was machst du denn da?«, fragte Ludwig.

»Mein Leben aufräumen«, erklärte sie kühl. »Ich ziehe ins Gästezimmer.«

43. *Der neue Traum*

»Na los, kommt schon!« Ferdinand nahm Lisa und Lilly am Halfter und führte sie vorsichtig die Rampe des Transporters hinab und dann durch die Toreinfahrt auf den Maier-Hof. Mit einem Mal stoppten die beiden Kühe, als wäre vor ihnen eine unsichtbare Wand aus dem Boden gewachsen, und schauten zu dem in neuem Glanz erstrahlten Stallgebäude, in dem nun keine Schweine mehr wohnten, sondern junge Leute, die hier Urlaub machten – oder auf Klassenfahrt waren. Im gepflasterten Hof davor tummelten sich schon einige Gäste, wie Ferdinand feststellte. Pauline und Leopold waren da und hatten die Zwillinge mitgebracht. Seine Mutter und seine Großmutter saßen auf der Holzbank vor der frisch getünchten Wand. Antonia, Hendrik und Cara hielten Bierflaschen in der Hand und inspizierten das Salatbüfett. Er erkannte Christinas Mutter, die gerade ein riesiges Tablett mit Windbeuteln brachte. Und dann waren da noch mindestens ein Dutzend junger Leute, die er noch nie zuvor gesehen hatte. Hostel-Gäste, vermutete er. Hollywood war inzwischen wieder abgereist, doch es hatte Furore gemacht, dass ein Teil des Teams auf dem Maier-Hof untergekommen war und man sogar eine Szene hier gedreht hatte.

Das Wohnhaus, in das Christina nächste Woche einziehen würde, war nun auch so gut wie fertig, weshalb sie für heute zu einer kleinen Einweihungsfeier geladen hatte. Family and friends. Und alle Gäste, die ohnehin gerade da waren.

»Weiter geht's, Mädels!« Ferdinand zog ein wenig an Lillys und Lisas Halfter. Er hatte ihnen ihre Glocken umgehängt und die Bänder mit Blumenschmuck versehen. Pauline hatte ihm dabei geholfen, sie war besser in so was. Er war gespannt, was Christina zu seinem … nun ja, etwas ungewöhnlichen Einweihungsgeschenk sagen würde. Lisa und Lilly stammten von Leopolds Hof und waren ihre Lieblingskühe gewesen, letzten Sommer, als sie als Sennerin auf der Alm ihres Cousins gearbeitet hatte. Sie hatte ihm schon mehrmals erzählt, dass Lilly damals ertrunken wäre, wenn Pauline und Leopold sie nicht aus dem See gerettet hätten. Lilly war damals gerade erst geboren. Es war seine Idee gewesen, ihr die Vierbeiner zu schenken, und Leopold war sofort einverstanden gewesen und hatte sie ihm verkauft. Die beiden Wiederkäuer würden in den ebenfalls frisch renovierten Kuhstall einziehen – als erste ihrer Art. Sicher kamen später noch ein paar Artgenossen hinzu, denn Christina plante, sich eine kleine Herde glücklicher Kühe zuzulegen, um Milch und Käse für den Eigenbedarf herzustellen.

Ferdinand kniff die Augen zusammen und hielt Ausschau nach ihr, doch er konnte sie nirgendwo entdecken. Vielleicht war sie im Haus. Sie hatte sicher alle Hände voll zu tun mit der Bewirtung der Gäste.

»Kommt schon, ihr zwei. Ihr seid mein Geschenk. Mein einziges, wohlgemerkt. Also benehmt euch auch so«, beschwor er seine Schützlinge, und offenbar hatte er verzweifelt genug geklungen, denn nun setzten sich die behäbigen Tiere endlich wieder in Bewegung. Unter den erstaunten Blicken aller anwesenden Gäste führte er sie genau bis vor die Haustür. Statt den Klingelknopf zu drücken, bimmelte er an Lillys Glocke, und wenig später trat Christina aus dem Haus.

»Servus, Ferdinand«, sagte sie und betrachtete irritiert seine beiden Begleiterinnen. »Ähm … warum hast du Kühe dabei?« Sie kam näher. »Sag mal, das sind doch … Lisa und Lilly!« Behutsam trat sie auf die beiden zu und streichelte ihre Gesichter.

»Ich hab's nicht mehr geschafft, es einzupacken, aber … das ist mein Einweihungsgeschenk.«

»Was? Ist das dein Ernst?«

»Jepp. Mein voller Ernst. Es sind keine Esel, aber was ihre Sturheit angeht, tut sich das nicht viel.«

»Er hat sie mir abgekauft«, erklärte Leopold. Er und die anderen Gäste verfolgten mit Spannung die Geschenkübergabe.

»Wow!« Christina sah ihn an. Dann schüttelte sie lachend den Kopf. »Das ist … echt cool von dir. Danke!« Sie stellte sich auf die Zehenspitzen und gab ihm einen Kuss auf die Wange.

In dem Moment hatte er zum ersten Mal seit ihrem Streit das Gefühl, dass da doch noch etwas war zwischen ihnen. Dass er vielleicht nicht alles zerstört hatte.

Gemeinsam brachten sie Lisa und Lilly in den Kuhstall. Die Tiere erkundeten erst neugierig ihr neues Zuhause und widmeten sich dann dem Futter, das Leopold ihnen bereits vorausschauend in den Trog geschüttet hatte.

»Sie fühlen sich wohl.« Christina strich noch einmal über ihre Nasen.

»Ja, sieht ganz so aus«, erwiderte er.

Nachdem das geklärt war, gingen sie zurück zu den anderen Gästen. Der Umbau war abgeschlossen, der Startschuss für Christinas neuen Traum abgefeuert, und das musste gebührend gefeiert werden. Es gab Bier, Musik und reichlich zu essen.

Lisa und Lilly blieben nicht die einzige Überraschung an diesem Tag. Ludwig erschien irgendwann auch auf der Bildfläche. Es war sozusagen sein erster offizieller Auftritt als von den Toten Auferstandener. Ferdinand fiel auf, dass seine Mutter ihn keines Blickes würdigte, und wie man hörte, schliefen die beiden auch nicht mehr im selben Zimmer. Er fand das traurig. Sie hatten immer so symbiotisch gewirkt – als könne niemand ihnen etwas anhaben. Wie man sich täuschen konnte. Und was Liebe anrichten konnte. Das Schönste. Und das Schlimmste. Dazwischen gab es wenig. Er hatte es gerade am eigenen Leib erfahren.

Als das Büfett abgegrast war und alle Gäste gut versorgt, nahm er zwei Flaschen Bier aus dem Kasten, ging zu Christina und reichte ihr eine. »Prost«, sagte er. »Danke für die schöne Party!«

»Danke für dein schönes Geschenk«, erwiderte sie. »Wollen wir mal nach ihnen sehen?«

Er nickte.

Sie betraten den Kuhstall. Es war ganz ruhig. Nur ab und zu war ein leises Rascheln zu hören.

»Lilly? Lisa?«, rief Christina leise.

Langsam näherten sie sich der großzügigen Box und schauten hinein. Da lagen die beiden Tiere, ganz dicht beieinander, und schliefen tief und fest.

»Sie scheinen sich schon eingelebt zu haben.« Er lächelte.

Es sah wirklich rührend aus, wie Mutter und Tochter sich da so eng aneinanderkuschelten.

»Danke«, sagte Christina. »Dafür, dass du mir geholfen hast, meinen neuen Traum zu verwirklichen.«

»Nachdem ich deinen alten zerstört hatte«, erwiderte er zerknirscht.

»Wie es aussieht, hatte es auch sein Gutes. Ich bin glücklich mit dem hier.«

»Ja?«

»Ja.«

Eine Weile betrachteten sie schweigend die schlafenden Kühe.

»Ich glaube, ich bin dir noch eine Antwort schuldig«, sagte Christina irgendwann.

Er sah sie fragend an.

»Die Antwort lautet: Nein.«

»Nein?«

»Nein, du hast mich nicht verloren.«

Er schluckte, und flauschige Blitze schossen in seinen Bauch. »Im Ernst?«, fragte er leise.

»Im Ernst. Aber manchmal bist du echt ein Idiot.«

»Ich arbeite dran.«

»Ich weiß.«

»Komm mal her«, sagte sie lächelnd und streckte die Hand nach ihm aus.

Er trat vor und ergriff sie. Und dann umarmte er Christina, ganz fest und fast eine halbe Ewigkeit lang. Ich lass sie nie wieder los, dachte er und küsste sanft ihr Haar.

44. Das Wiederauferstehungsfest

»Wer hätte das gedacht?«, murmelte Elsa und nahm eine Auster von ihrem Teller.

»Was gedacht?« Ihr Sohn Ludwig stand ihr gegenüber an einem der weiß behussten Stehtische im großen Wohnzimmer und träufelte ausgiebig Zitronensaft auf seine Muscheln.

»Dass ich noch einmal das Vergnügen haben würde, mit meinem Sohn Austern zu schlürfen.«

»Ich jedenfalls nicht«, bemerkte Therese spitz. Sie stand mit Miez und Mauz am Nebentisch und nippte schlecht gelaunt an ihrem Champagnerglas.

»Trink, Liebes. Du kannst es weiß Gott gebrauchen«, hörte Elsa Miezi sagen und registrierte, dass die Münchnerin ihrer Schwiegertochter kurz mit der Hand über den Rücken strich und dabei Ludwig mit einem so abfälligen Blick bedachte, dass der eigentlich auf der Stelle tot hätte umfallen müssen. Vor ein paar Wochen war ihr Jüngster sechzig geworden und hatte den runden Geburtstag allein und in aller Stille in seiner Münchener Airbnb-Wohnung verbracht. Ein Jammer sei das gewesen, war er in letzter Zeit nicht müde geworden, zu betonen. Und darüber hinaus völlig unangemessen für das Familienoberhaupt der Greiffenbergs. Es hatte eine Weile in ihm rumort und gebrodelt, und dann war er eines Morgens zum Frühstück erschienen und hatte verkündet, er plane, am vierzehnten Oktober ein großes Fest zu geben. Zumindest seine, nun ja, sozusagen Wiedergeburt wolle er gebührend begehen, wenn schon sein Sechzigster ungefeiert geblieben sei und auch Pauline sich in diesem Jahr geweigert habe, ein Fest zu ihrem Geburtstag auszurichten.

Therese hatte ihr Müsli von sich weggeschoben und entnervt aufgestöhnt. »Muss das sein?«

»Ja, warum denn nicht, Resilein?«, hatte ihr Sohn erwidert.

»Weil mir nach allem Möglichen zumute ist, nur nicht nach Feiern!«

Doch Ludwig hatte sich durchgesetzt und für den heutigen Abend großzügig eingeladen. Familienmitglieder, Freunde, Wegbegleiter und Mitarbeiter waren in großen Autos vorgefahren und in die Villa gekommen – in festlicher Garderobe zumeist und mit Geschenken beladen. Seine lange Abwesenheit hatte Ludwig der Allgemeinheit mit einer Kopfverletzung und nachfolgenden Beeinträchtigung seines Gedächtnisses durch den Segelunfall erklärt. Das klinge einfach besser als Depression, hatte er gemeint und seine Version der Geschichte zur internen Sprachregelung erklärt. Pauline hatte eingewendet, dass sie lieber offen mit seiner Erkrankung umgehen wolle, auch um ein Zeichen zu setzen und einen Beitrag zur Entstigmatisierung des Themas Depression zu leisten, doch ihr Sohn hatte davon nichts wissen wollen.

»Das sollen andere machen«, hatte er abgewunken. »Ich bin Geschäftsmann und habe schließlich einen Ruf zu verlieren.«

Und so gratulierte man ihm heute vielfach zur vollständigen Genesung von einer Kopfverletzung, die es nie gegeben hatte. »Gut, dass deine grauen Zellen noch alle da sind, wo sie hingehören, und wieder ihren Dienst tun«, hörte Elsa gerade Alois Decker sagen. Der Bürgermeister klopfte Ludwig lächelnd auf die Schulter. »Ist ja nicht zu spaßen mit so einer Sache. Das hätte richtig böse enden können, Ludwig.«

»Das kannst du laut sagen, Alois.« Ludwig hämmerte sich lachend mit der Faust aufs Haupt und sagte: »Klopf auf Holz!« Inzwischen schien er seine Geschichte selbst zu glauben.

Elsa beschloss, noch etwas zu essen. So ein paar Austern waren ja nur etwas für den hohlen Zahn und taugten allenfalls als Appetizer. Zum Glück war das Feinkostbüfett reichhaltig und vielseitig, was im Hause Greiffenberg natürlich Ehrensache war. Genauso wie die Tatsache, dass an edlem Wein und Champagner nicht gespart worden war. Dementsprechend gut aufgelegt waren die illustren Gäste. Sie standen in Grüppchen an den Stehtischen oder hatten sich an der langen Tafel niedergelassen, um zu essen, zu trinken und zu plaudern. Ein Pianist saß am Flügel und spielte leise Klaviermusik. Vielleicht Schubert. Sie kannte sich mit Klassik nicht allzu gut aus. Ludwig hatte jedenfalls keine Kosten und Mühen gescheut, um sich und seine Auferstehung zu feiern, das musste man ihm lassen.

Sie ging zum Büfett hinüber, nahm von den Linguine mit Trüffel und kehrte an ihren Platz zurück. Pauline und Leopold stellten sich mit gefüllten Tellern dazu.

»Schönes Fest, nicht wahr?«, sagte ihre Enkelin und spießte ein Stück gerösteten Blumenkohl auf ihre Gabel. »Auch wenn der Anlass etwas … skurril ist.«

Elsa nickte. »Sind Ada und Max schon im Bett?«

»Nein. Sie schauen oben einen Film. Toni ist bei ihnen. Sie hatte keine Lust auf Austern und Schubert.«

Also tatsächlich Schubert, dachte Elsa. Er und die Austern waren wahrscheinlich nicht der einzige Grund, warum Antonia den Abend lieber oben bei den Zwillingen verbrachte. Vermutlich wollte sie dieses, wie sie es Ludwig gegenüber genannt hatte, »verlogene Theater« nicht miterleben. Sie war ja fast noch ein Kind und hatte so sehr um ihren geliebten Vater getrauert, während er die ganze Zeit am Leben gewesen war. Dass er ihnen kein einziges Zeichen gegeben hatte, war schwer zu verzeihen. Für sie alle. Aber ganz besonders für Antonia.

»Kein Champagner für dich?«, fragte sie jetzt Pauline.

Die schüttelte den Kopf. »Später vielleicht.« Leopold legte einen Arm um ihre Schultern und lächelte. Die beiden wirkten heute ungewöhnlich gelöst. Vermutlich, weil es in der Firma wieder besser lief. Der Aronade-GAU geriet langsam in Vergessenheit, und die gute Presse rund um den Hollywood-Dreh und den großen Ball tat ein Übriges. Schon jetzt zeigte sich, dass sich die Umsätze bei *Feinkost Greiffenberg* wieder in eine sehr erfreuliche Richtung entwickelten. Es ging bergauf. Endlich. Pauline und Ferdinand hatten gemeinsam das Ruder herumgerissen. Eine neue Greiffenberg-Generation hatte sich in Stellung gebracht und war auf dem besten Weg, das Familienunternehmen nachhaltig und fit für die Zukunft zu machen. Elsas Blick fiel auf ihren Sohn Wolfgang. Er stand in der Nähe und unterhielt sich mit Faber, seinem Freund von der Sparkasse.

»Mit dieser Hollywood-Geschichte habt ihr wirklich einen Riesencoup gelandet«, hörte sie den Banker sagen. »Meinen Glückwunsch zu dieser grandiosen Idee.«

»Danke, danke. Man tut, was man kann«, erwiderte Wolfgang und schüttete sich eine Handvoll Erdnüsse in den Mund. »Man muss eben den richtigen Riecher haben, wenn man erfolgreich sein will. Und du kennst mich: Ich hab ihn.«

»Das hat der jetzt nicht wirklich gesagt, oder?«, murmelte Pauline.

»Leider doch«, erwiderte Leopold. »Dein Onkel eben.«

Elsa seufzte. Ihr Ältester sah wohl wieder mal seine Felle davonschwimmen, und sich aufzuplustern war seine Art, damit umzugehen. Die Auferstehung seines jüngeren Bruders hatte er sicher auch noch nicht verdaut. Am Tag, nachdem Ludwig in der Villa aufgetaucht war, hatte sie Wolfgang einbestellt, um es ihm schonend beizubringen. Sie hatten sich zu zweit in die Bibliothek zurückgezogen.

»Was gibt's denn so Wichtiges, Mutter?«, hatte er wissen wollen, woraufhin sie ihm erst einmal einen Whiskey eingeschenkt hatte.

»So schlimm?«, hatte er misstrauisch gefragt und sich in einen Sessel fallen lassen.

»Na ja, was heißt schlimm. Es geht um deinen Bruder.«

»Mein Bruder?«, fragte er stirnrunzelnd. »Hat man … seine Leiche gefunden?«

»Nein. Im Gegenteil.«

»Was denn für ein Gegenteil?«

»Er ist … zurück.«

Wolfgang starrte sie wortlos an. Man konnte förmlich sehen, wie die Nachricht ganz langsam durch seine Gehirnwindungen waberte und schließlich in ihrer ganzen Bedeutung in sein Bewusstsein drang. »Er lebt noch?«, stieß er hervor.

»Ja. Gestern stand er hier plötzlich vor der Tür.«

Wolfgang nickte langsam und kippte seinen Whiskey hinunter. Dann starrte er eine Weile wortlos in Richtung Fenster. »Das ist doch nicht zu fassen!«, stieß er irgendwann hervor und ließ seine Hand auf die Armlehne des Sessels krachen.

Im nächsten Moment ging die Tür auf, und Ludwig kam herein. »Wolfgang, grüß dich!«, sagte er, als hätte er seinen Bruder gestern zuletzt gesehen.

»Was zum Teufel …«, murmelte Wolfgang und sah aus, als hätte er eine Erscheinung. Dann sprang er von seinem Sessel auf und stürzte, ohne ein einziges Wort zu sagen, hinaus.

Elsa wusste nicht, ob ihre Söhne seither miteinander gesprochen hatten. Heute Abend würdigten sie sich jedenfalls keines Blickes.

»Wo bleibt eigentlich Ferdinand?«, unterbrach Pauline ihre Gedanken.

»Gute Frage«, sagte sie. In diesem Moment betrat ihr Enkel den Salon. Wenn man vom Teufel sprach … Er trug einen maßgeschneiderten dunkelblauen Anzug, dazu T-Shirt und Sneakers. Diese Mode würde sie wohl nie verstehen. Dem guten Aussehen ihres Enkels tat es aber keinen Abbruch, das musste sie zugeben. Wenn man genau hinsah, merkte man, dass er das rechte Bein ein klein wenig nachzog. Vielleicht würde sich das noch geben, hatte der Orthopäde gemeint, und wie sie Ferdinand kannte, würde er tatsächlich nicht ruhen, bis er auch dieses kleine Handicap los war.

Gerade schaute er sich suchend um, fand Christina und ging zu ihr. »Hallo, Ferdi, du glaubst nicht, was Lilly und Lisa heute wieder angestellt haben«, hörte sie sie losplappern.

»Sie haben es irgendwie geschafft, ihre Stalltür zu öffnen, und dann haben sie den halben Reisigbesen aufgefressen.«

»Na, hoffentlich ist er ihnen gut bekommen!« Ferdinand gab ihr lachend einen Kuss. Dann ließ er den Blick schweifen und entdeckte sie.

»Oma!«, rief er sichtlich erfreut. Er nahm seine Freundin bei der Hand, navigierte sie durch die Gästeschar und kam zu ihnen an den Tisch.

»Na, ihr? Was gibt's Neues?« Sein Blick fiel auf Paulines Glas. »Wasser?«

»Ja, Wasser. Einer muss hier ja einen klaren Kopf bewahren«, erklärte ihre Enkelin.

»Aha …«, sagte er. »Kann natürlich nicht schaden.« Er deutete mit dem Kinn zur Stirnseite des Raumes, wo Ludwig sich gerade aufbaute, offenbar in der Absicht, eine Rede zu halten.

»Resilein, kommst du?«, rief er.

Therese setzte ein Lächeln auf und stellte sich neben ihren Mann.

»Sie ist eben ein absoluter Vollprofi«, sagte Miezi am Nachbartisch anerkennend.

Auf ein Zeichen Ludwigs war das Klavier inzwischen verstummt, und jetzt klopfte er mit einem silbernen Löffel gegen sein Champagnerglas. Er war schon wieder etwas fülliger geworden, und den Bart hatte er sich auch abrasiert. Das Gestrüpp war innerhalb der Familie allgemein nicht gut angekommen, was er sich wohl zu Herzen genommen hatte.

Als alle Gäste verstummt waren, räusperte er sich und strahlte in die Runde. »Wunderbar!«, rief er überschwänglich. »Wie schön, dass ihr alle gekommen seid. Ich möchte mich herzlich bei euch bedanken, dass ihr meiner Einladung gefolgt seid, um mit mir meine …« An dieser Stelle malte er Anführungszeichen in die Luft. »… Wiederauferstehung zu feiern.«

Allgemeines Gelächter erfüllte den Raum.

»Ich bin heilfroh, dass die gute alte Holzkugel hier oben …« Er deutete auf seinen Kopf. »… noch funktionstüchtig zu sein scheint und mir irgendwann endlich wieder eingefallen ist, wo ich wohne.«

Neuerliches Gelächter.

»Und wo ich hingehöre«, fügte er in ernstem Tonfall hinzu und legte einen Arm um Therese. Die hatte ein Strahlen aufgesetzt und lächelte ihm zu, als wäre sie frisch verliebt.

In der Tat, Vollprofi, dachte Elsa beeindruckt. Nur wer sie sehr gut kannte, sah, dass ihr Gesichtsausdruck der eines Models war, das man gebrieft hatte, für ein Foto glücklich auszusehen.

»Danke, Resilein. So schön, wieder bei dir zu sein.«

Sie strahlte noch mehr.

»Bedanken möchte ich mich aber auch bei meinen Kindern«, fuhr ihr Sohn nun fort. »Pauline und Ferdinand. Danke, dass ihr das Ruder unserer Firma übernommen und das Schiff während meiner Abwesenheit durch die raue See gelenkt habt. Ihr habt das großartig gemacht. Chapeau. Hut ab. Ihr seid die Besten. Jetzt könnt ihr euch endlich wieder zurücklehnen.«

Elsa runzelte die Stirn. Zurücklehnen? Wie meinte er das? Pauline und Ferdinand schienen ebenfalls nicht zu verstehen und wechselten einen erstaunten Blick.

»Ab Montag ist bei *Feinkost Greiffenberg* wieder alles beim Alten. Käpt'n Pauline, Käpt'n Ferdinand. Ich übernehme!«

Pauline starrte ihren Vater fassungslos an und sah dann zu ihrem Bruder.

»Nicht. Sein. Fucking. Ernst!«, murmelte der und leerte seinen Champagner in einem Zug. »Heißt das, der Alte will weitermachen und schmeißt uns raus?«

Ihre Enkelkinder sahen sie fragend an.

Sie nahm jetzt auch einen großen Schluck aus ihrem Champagnerglas. Dann nickte sie langsam. »Sieht ganz so aus, Kinder«, sagte sie halblaut und schob die Ärmel ihres dunkelblauen Valentino-Kleides hoch.

»Aber … wusstest du davon, Oma?«, fragte Pauline.

Sie schüttelte verärgert den Kopf. »Nein. Davon wusste ich nichts. Und da ist das letzte Wort auch noch nicht gesprochen.«

Lesejury